ARMANDO LUCAS CORREA

Die verlorene Tochter der Sternbergs

Weitere Titel des Autors:

Das Erbe der Rosenthals

Titel auch als Hörbuch erhältlich

Das Buch

»Meine kleine Viera«, flüsterte Julius ihr zu, auch wenn sie seine Ratschläge noch nicht verstehen konnte. »Wenn du Angst hast und spürst, dass dein Herz rast, dann fang einfach an, die Herzschläge zu zählen. Zähle sie, und konzentriere dich auf jeden Einzelnen, denn nur du kannst sie kontrollieren. Wenn die Pause zwischen einem Herzschlag und dem nächsten länger wird, wird auch deine Angst nach und nach verschwinden. Wir brauchen diese Pausen, in denen Stille herrscht, um zu existieren und um nachdenken zu können.«

Es ist eine der letzten Erinnerungen, die Viera an ihren Vater hat. Kurze Zeit später starb er in einer Haftanstalt, in die die Nationalsozialisten ihn verschleppten. Es ist der Schatz, den sie im Herzen trägt, als ihre Mutter sie mit einem Schiff nach Kuba schickt. Auch ihre Schwester Lina wird ihre Herzschläge zählen – bis an ihr Lebensende.

In seinem zweiten Roman erzählt Armando Lucas Correa vom Schicksal einer jüdischen Familie, die der Nationalsozialismus und die Gräueltaten des Zweiten Weltkriegs auseinanderreißen. Eine Geschichte von Liebe und Verlust, Verzweiflung und Wagnis.

Der Autor:

Armando Lucas Correa lebt in Manhattan und arbeitet dort als Herausgeber des wichtigsten Magazins der spanischen Gemeinschaft in den USA, *People en Español.* Zuvor arbeitete er auf Kuba als Herausgeber eines Kulturmagazins. Für seine journalistischen Beiträge wurde er bereits mehrfach ausgezeichnet, unter anderem von der National Association of Hispanic Publications und der Society of Professional Journalism.

Die Übersetzerin:

Ute Leibmann arbeitete nach ihrem Studium der Germanistik und Anglistik mehrere Jahre in der Verlagsbranche. Heute lebt sie als freie Lektorin und Literaturübersetzerin mit ihrer Familie in Düsseldorf.

ARMANDO LUCAS CORREA

Die verlorene Tochter der Sternbergs

ROMAN

Übersetzung aus dem amerikanischen Englisch
von Ute Leibmann

eichborn

Dieser Titel ist auch als E-Book erschienen.

FSC
www.fsc.org
MIX
Papier aus verantwortungsvollen Quellen
FSC® C014496

Eichborn Verlag in der Bastei Lübbe AG

Titel der amerikanischen Originalausgabe:
»The Lost Daughter«

Spanish edition published in 2019 by Atria Español as »La hija olvidada«
Published by arrangement with Atria Books,
an Imprint of Simon & Schuster, Inc.

Für die deutschsprachige Ausgabe:
Vollständige Taschenbuchausgabe
der bei Eichborn erschienenen Hardcoverausgabe

Textredaktion: Dr. Ulrike Brandt-Schwarze, Bonn
Umschlagmotiv: © Stephen Mulcahey/Trevillion Images;
© nhermitis/Shutterstock
Satz: hanseatenSatz-bremen, Bremen
Gesetzt aus der Adobe Caslon Pro
Druck und Einband: GGP Media GmbH, Pößneck

Printed in Germany
ISBN 978-3-8479-0084-9

2 4 5 3 1

Sie finden uns im Internet unter eichborn.de
Bitte beachten Sie auch luebbe.de

Inhalt

Für Judith, das Mädchen auf der St. Louis.
Für meine Mutter, meine erste Leserin.
Für meine Kinder Emma, Anna und Lucas, wieder einmal.
Für Gonzalo, in tiefer Verbundenheit.

Das Ziel ist das Vergessen. Ich bin früher angelangt.
Jorge Luis Borges

ERSTER TEIL

Der Besuch

New York, April 2015

1

»Ist da Ms. Duval? Élise Duval?« Die Stimme am Telefon wiederholte ihren Namen, als sie schwieg. »Meine Tochter und ich waren kürzlich auf Kuba, und wir haben hier einige deutsche Briefe, die wohl für Sie bestimmt sind.«

Élise hatte schon immer die Gabe besessen, die Zukunft vorherzusehen. Doch nicht an diesem Tag. Was an diesem Tag geschah, hätte sie niemals erahnen können.

Im ersten Moment dachte sie, es müsse sich bei dem Anruf um ein Missverständnis handeln. Schließlich war sie Französin und lebte bereits seit siebzig Jahren in New York, seit ein Onkel mütterlicherseits sie nach Kriegsende adoptiert hatte. Ihre einzigen noch lebenden Verwandten waren ihre Tochter Adele und ihr Enkel Etienne. Die beiden waren ihr ein und alles, und was früher einmal gewesen war, lag in tiefer Dunkelheit.

»Ms. Duval?«, fragte die Frau noch einmal, freundlich, aber bestimmt.

Élise suchte nach dem nächstbesten Halt, denn sie fürchtete, gleich ohnmächtig zu werden. »Sie können heute Nachmittag vorbeikommen«, brachte sie schließlich hervor und legte auf, ohne sich vergewissert zu haben, ob sie womöglich um diese Zeit schon einen Termin hatte, und ohne zuvor Rücksprache mit ihrer Tochter zu halten. Den Namen der Frau hatte sie verstanden, Ida Rosen, und auch den der Tochter – Anna –, aber ihr Gedächtnis war leer, vor der Vergangenheit verschlossen. Sie hatte nicht das Bedürfnis gehabt, nachzufragen, ob diese Fremde und ihre Tochter ein berechtigtes Anliegen verfolgten. Auch war es überflüssig gewesen, den beiden ihre Adresse mitzuteilen, denn die hatten sie offenbar bereits. Dieser Anruf war kein Versehen gewesen, so viel war klar.

Die nächsten Stunden verbrachte Élise damit, sich darüber Gedanken zu machen, was sich wohl hinter diesem kurzen Gespräch verbarg. »Rosen«, murmelte sie vor sich hin, während sie unter den verblassten Schatten der Menschen suchte, die damals nach dem Krieg mit ihr den Atlantik überquert hatten.

Nach einigen Stunden gelang es ihr kaum mehr, sich an den Anruf zu erinnern. Ihr Gedächtnis war wählerisch – nicht alles war es wert, dass man sich seiner erinnerte. »Die Zeit reicht nicht, um sich zu erinnern«, hatte sie früher immer zu ihrem Mann gesagt, später dann zu ihrer Tochter – und inzwischen sagte sie den gleichen Satz zu ihrem Enkel.

Mittlerweile empfand sie ein gewisses Unbehagen darüber, dass sie so schnell eingewilligt hatte, die fremde Frau zu empfangen. Sie hätte nachfragen sollen, von wem diese Briefe stammten, wie sie nach Kuba gelangt waren und was Mrs. Rosen und ihre Tochter dort gemacht hatten. Doch sie hatte nichts gesagt.

Als es schließlich an der Tür klingelte, machte ihr Herz einen Satz. Sie schloss die Augen, holte tief Luft und zählte ihre Herzschläge: eins, zwei, drei, vier, fünf, sechs – ein Trick, den sie als Kind gelernt hatte, eine ihrer wenigen klaren Erinnerungen an jene Zeit. Sie wusste nicht, wie lange sie wartend in ihrem Schlafzimmer gesessen hatte, gekleidet in ihr dunkelblaues Kostüm.

Es war, als seien ihre Sinne durch das Klingeln plötzlich geschärft. Sie vernahm auf einmal alles viel deutlicher. Sie meinte, die leisen Atemzüge der beiden Fremden zu hören, die vor der Tür darauf warteten, dass ihnen eine erschöpfte, alte Witwe öffnete. Aber warum wollten sie sie treffen? Sie hielt inne, die Hand am Türgriff, und hoffte wider besseres Wissen, dass dieser Besuch nur eine Einbildung war – ein Traum, eine der vielen verrückten Ideen, die das Alter mit sich brachte. Sie schloss die Augen und versuchte, sich vorzustellen, was wohl passieren würde, doch es gelang ihr nicht.

Élise wurde allmählich klar, dass es bei diesem Treffen nicht um die Zukunft ging. Vielmehr tat sich eine Vergangenheit auf, die sie nicht länger fernhalten konnte, ein Schatten, der über ihrem Leben gehangen hatte, seit sie im Hafen von New York von Bord gegangen war und die Hand eines Onkels, der ihr ein Vater werden sollte, sie aus ihrem Vergessen befreite. Doch ihre Erinnerungen vermochte er nicht zurückzubringen. Sie waren verschwunden, ausgelöscht von der Notwendigkeit zu überleben.

Entschlossen öffnete sie die Tür. Ein Lichtstrahl blendete sie. Das Geräusch des Fahrstuhls, ein Nachbar auf dem Wege nach unten, Hundegebell und das Heulen eines Krankenwagens lenkten sie einen Moment lang ab. Dann holte das Lächeln der Frau sie wieder ins Hier und Jetzt zurück.

Wortlos winkte Élise die beiden herein. Sie vermied jede Geste, die ihre Panik hätte verraten können. Die Tochter, Anna, die etwa zwölf Jahre alt sein mochte, trat auf sie zu und umarmte sie auf Taillenhöhe. Sie wusste nicht, wie sie darauf reagieren sollte. Vielleicht hätte sie dem Mädchen die Hände auf die Schultern legen sollen – oder ihm über das Haar streichen, wie sie es bei ihrer eigenen Tochter getan hatte, als diese im gleichen Alter gewesen war.

»Du hast blaue Augen«, stellte sie zaghaft fest.

Wie albern! Ich hätte lieber sagen sollen, dass sie schöne *Augen hat*, dachte Élise und versuchte, darüber hinwegzusehen, dass die Augen des Mädchens ebenso blau und mandelförmig waren wie ihre eigenen und dass ihr Profil … *Nein*, ermahnte sie sich ängstlich, denn es war ihr eigenes Spiegelbild, das ihr aus dem Gesicht des fremden Mädchens entgegenblickte.

Élise gab sich einen Ruck und führte die beiden ins Wohnzimmer. Als sie die Frau und das Mädchen auffordern wollte, Platz zu nehmen, reichte Anna ihr einen kleinen Kasten aus mattem Ebenholz.

Vorsichtig klappte Élise ihn auf. Nachdem sie den ersten Brief auseinandergefaltet hatte, der in verblichener Tinte auf eine Seite aus einem botanischen Album geschrieben war, traten ihr Tränen in die Augen.

»Gehört das mir?«, flüsterte sie, während sie das Kruzifix umklammerte, das sie um den Hals trug, ein Talisman, der sie begleitet hatte, seit sie sich erinnern konnte.

»Deine Augen«, wiederholte sie und starrte Anna gequält an.

Élise wollte aufstehen, hatte aber das Gefühl, ihr Herz würde gleich den Dienst versagen. Sie verlor die Kontrolle – über sich und über das Leben, das sie sich so mühevoll aufgebaut hatte. Wie aus der Ferne konnte sie plötzlich ihr Gesicht sehen und betrachtete die Szene wie ein unbeteiligter Zeuge.

Ihre Handflächen wurden feucht, das Kästchen entglitt ihr, und die Briefe verteilten sich auf dem Teppich. Ein Foto, das eine Familie mit zwei ängstlich dreinblickenden kleinen Mädchen zeigte, lag halb vergraben unter vergilbten Blättern. Élise schloss die Augen. Ein schmerzhafter Stich in ihrer Brust ließ sie taumeln. Während sie auf den ausgeblichenen Teppich sank, wurde ihr klar, dass es nun endlich so weit war – das endgültige Vergessen stand bevor.

Stille, sie war umgeben von einer Wand aus Stille. Sie versuchte, sich zu erinnern, wie oft ein Herz stehen bleiben und dann weiterschlagen konnte. *Eins* … Stille. *Zwei* … eine weitere, noch längere Pause. *Drei* … absolute Leere. Die Stille, die zwischen einem Herzschlag und dem nächsten herrschte, trennte sie von der Welt. Einen noch wollte sie hören. *Vier.* Und dann noch einen. Sie atmete, so tief sie konnte. *Fünf* … nur einer noch, dann wäre sie gerettet. Stille. *Sechs!*

»Élise!« Der Schrei ließ sie zusammenfahren. »Élise!«

Der Name, dieser Name. *Élise.* Das war doch nicht sie – sie war niemand. Sie existierte gar nicht, es hatte sie nie gegeben. Sie hatte ein Leben gelebt, das nicht ihr eigenes war, eine Familie gegründet, aber diese von Anfang an getäuscht, und sie sprach eine Sprache, die gar nicht die ihre war. All die Jahre war sie vor dem geflohen, was sie wirklich war. Und wozu? Sie hatte überlebt, und das war weder ein Fehler noch ein Versehen.

Als die Rettungssanitäter sie auf die Trage hoben, hatte sie die Frau und das Mädchen mit den blauen Augen bereits vergessen, und vergessen waren auch die Briefe in der fremden Sprache und das Foto.

Doch in dem Raum, der sich durch das Vergessen auftat, breitete sich eine Erinnerung aus. Sie selbst als kleines Mädchen, wie sie versuchte, den Weg durch einen dichten Wald zu finden, zwischen riesigen Bäumen, deren Kronen so dicht waren, dass sie den Himmel nicht sehen konnte. Woher sollte sie wissen, wohin sie gehen musste, wenn sie doch die Sterne nicht sehen konnte? Auf ihrer Wange, auf ihren Händen und ihrem Kleid war Blut – doch es war nicht ihres. Am Boden ein lebloser Körper in einer Blutlache. Weit und breit keine Hand, die ihr half und sie festhielt. Sie spürte die feuchte, drückende Luft und hörte sich mit kindlicher Stimme stammeln: »Mama! Mama!« Sie war einsam und verlassen, verloren in der Dunkelheit.

Im Nebel der ungeordneten Erinnerungen sah sie plötzlich alles wieder vor sich: die Briefe, den Kasten aus Ebenholz, die violette Schmuckschatulle, einen abgewetzten Lederfußball, den verwundeten Soldaten. Welke Blumen und verschwommene Zeilen.

Es hatte erst dieses kleine Mädchen auftauchen müssen,

Anna, ehe Élise erkennen konnte, wer sie wirklich war, ehe sie die Maske ablegen konnte, die sie sieben Jahrzehnte lang getragen hatte. Nun belohnte die Vergangenheit sie mit diesem letzten, überraschenden Besuch und mit den handgeschriebenen Zeilen auf den Seiten eines wohlbekannten Buches. Ein Buch, das nicht wegen seines Inhalts wichtig war, sondern weil es sie durch jeden Tag ihrer Kindheit begleitet hatte und sie so viele Stunden damit verbracht hatte, den Buchstaben und Blumen auf diesen Seiten nachzuspüren.

»*Hydrocharis morsus-ranae*«, flüsterte sie.

Ihr war, als schwebe sie, als triebe sie umher wie eine dieser Wasserpflanzen mit den gelb geränderten Blüten. Sie fantasierte, aber wenn sie sich noch erinnern konnte, hieß das wohl, dass sie noch lebte. Es war an der Zeit, dass sie sich zu sterben gestattete, aber zuerst musste sie noch etwas mit diesen herausgerissenen Buchseiten tun.

Dennoch, der Schaden war angerichtet, und sie hatte kein Recht, um Vergebung zu bitten. Sie schloss die Augen und zählte ihre Herzschläge. Die Stille dazwischen half ihr, die Angst zu verdrängen. *Wer hat mir das beigebracht?*

»Fertig«, hörte sie eine Stimme.

Dann spürte sie, wie sich ein schweres Gewicht auf ihre Brust presste. Der erste Stromstoß verursachte ein solches Herzklopfen, wie sie es noch nie erlebt hatte. *Ich werde nicht zulassen, dass man mich wiederbelebt*, dachte sie. Sie wollte nicht mehr leben. Als Kind hatte man sie auf einen Ozeanriesen verfrachtet, und seither hatte sie nicht gewagt zurückzuschauen. Auch jetzt würde sie nicht zurückschauen.

Der zweite Stromstoß erfüllte sie mit einem Wärmegefühl und zwang sie, die Augen zu öffnen. Unkontrollierbare Tränen liefen ihr über das Gesicht. Sie wusste nicht, ob sie noch lebte oder schon tot war, und das brachte sie zum Weinen. Jemand nahm ihre Hand und strich ihr sanft über die Stirn.

»Mama!«, hörte sie die tränenerstickte Stimme ihrer Tochter. Sie war so nah bei ihr, dass Élise ihr Gesicht nicht erkennen konnte.

Würde sie die richtigen Worte finden und ihrer einzigen Tochter Adele erklären können, dass sie sie mit einer Lüge hatte aufwachsen lassen?

»Élise, wie geht es Ihnen? Es tut mir so leid ...« Da war auch Ida, offensichtlich völlig verstört von der Wirkung, die ihr Besuch gehabt hatte.

Adele sagte nichts. Sie verstand offenbar nicht, was diese fremde Frau und ihre Tochter im Krankenhaus bei ihrer Mutter verloren hatten, einer alten Frau, die im Sterben lag.

In einer Sprache, die ihr fremd geworden war, hörte Élise sich einen Satz murmeln, der von irgendwo aus dem Dunkel kam: »Mama, verlass mich nicht!«

Eins ... Stille. *Zwei* ... Stille. *Drei* ... Stille, *vier, fünf* ... Sie holte tief Luft und wartete auf den nächsten Herzschlag.

Sommer 1939

Meine kleine Viera,

es ist erst ein paar Stunden her, dass wir uns getrennt haben, aber Deine Mama vermisst Dich ganz furchtbar. Die Stunden, die verstreichen, erscheinen mir wie Tage, Wochen, ja, Monate. Aber ich tröste mich mit dem Gedanken, dass Du mich nachts immer noch hören wirst – das heißt, wenn es bei Dir Nacht ist und bei mir früh am Morgen –, wenn ich Dir leise vorsinge und Dir aus deinem geliebten botanischen Album vorlese.

Du bist wie diese Blumen, die erst lernen müssen, auf einer Insel zu überleben, in ständig feuchter Erde und unter sengender Sonne. Du brauchst Licht, um zu gedeihen, und Licht wird es dort, wo Du bist, reichlich geben. Es wird gleißend hell und stechend sein, doch Du musst Dich nicht davor fürchten, denn ich bin mir sicher, Du wirst wachsen und stärker werden.

Deine Schwester vermisst dich sehr. Beim Zubettgehen bittet sie mich immer, ihr von Dir zu erzählen – und von den glücklichen Tagen, als wir noch eine Familie waren. Sei stark, bleib im Sonnenlicht, und wachse, damit Du auf uns zu rennen und uns umarmen kannst, wenn wir uns wiedersehen, denn ich bin mir ganz sicher, dass wir uns wiedersehen werden. Und dann umarmen wir uns, genauso fest wie im Hafen, als wir unten neben dem riesigen Schiff standen.

Meine Viera, denk immer daran, dass Deine Mutter auf Dich aufpasst – auch aus der Ferne. Solltest Du Angst haben, dann zähle Deine Herzschläge, um zur

Ruhe zu kommen, so wie Papa es Dir beigebracht hat. Deine Schwester beherrscht diese Technik inzwischen auch sehr gut. Denk dran, erst sind sie ganz schnell, doch sobald Du anfängst, sie zu zählen, wirst Du die Stille finden, die zwischen den einzelnen Schlägen liegt. Die Angst verschwindet, je größer der Abstand zwischen ihnen wird. Vergiss das nicht, meine Kleine. Jeden Freitag zünde zwei Kerzen an, schließe die Augen und denke an uns. Wir sind bei dir.

In Liebe
Mama

ZWEITER TEIL

Die Flucht

Berlin, 1933–1939

2

Amanda Sternberg hatte schon immer befürchtet, eines Tages ihr Ende in den Flammen zu finden, deshalb überraschte es sie nicht sonderlich, dass ihre Bücher bald dieses Schicksal erleiden sollten.

Die Deutsche Studentenschaft hatte ein warnendes Flugblatt mit zwölf Thesen *Wider den undeutschen Geist!* in ihrem kleinen Buchladen in Charlottenburg hinterlassen. Sie hatte bereits mit dem Ausräumen der Bücher begonnen, von der Auslage im Fenster bis zur hintersten Ecke des Lagerraums. Es wurde erwartet, dass sie alle Bücher aussortierte, die als anstößig, zersetzend oder undeutsch angesehen werden konnten. Dieses Zerrbild der Luther'schen Thesen sollte alles Jüdische aus der Welt des Druckes tilgen und jeden Buchbesitzer im Land erreichen. Amanda war sicher, dass nur sehr wenige ihrer Bücher überleben würden. So viele Jahre hatte sie zwischen Pergamenten, Manuskripten und kalbsledergebundenen Bänden mit handgezeichneten Illustrationen verbracht, inmitten von Geschichten über Duelle, heimliche Liebschaften, teuflische Verschwörungen und verwirrte Geisteskranke. Bücher und Geschichten machten ihre Vergangenheit aus – und die ihrer Familie, denn die Leidenschaft ihres Vaters hatte der Kunst der alten Schreiber gegolten. Und all das sollte nun zu Asche werden. *Ein wahrhaft wagnerianischer Akt der Reinigung*, dachte sie.

Sie klammerte sich noch immer an die verzweifelte Hoffnung, dass das Ladenschild mit der Aufschrift *Büchergarten* nicht weiter auffallen würde. Vielleicht würden sie sie in Ruhe lassen, wenn sie in der Auslage nur reines Deutschtum ausstellte und die Bücher, die ihr am Herzen lagen, im Hinterzimmer versteckte? Auch das Wetter kam ihr zugute: Wochenlanger Regen hatte das Vorrücken der Scheiterhaufen gebremst.

Selbst wenn sie noch einen Funken Hoffnung hatte, durfte sie ihre Familie keinem Risiko aussetzen. Deshalb hatte sie sich entschlossen, endlich mit der grausamen Aufgabe zu beginnen. Aber zuerst legte sie sich neben die Bücherregale auf den Boden. Sie ließ den Kopf auf den warmen Holzdielen ruhen, starrte hinauf zu den Spinnweben an der Decke und ließ die Gedanken zwischen den Rissen und Feuchtigkeitsflecken entlangwandern, die alle ihre eigene Geschichte hatten, genau wie jedes Buch in ihrem Buchladen seine eigene Geschichte hatte: wer es vorbeigebracht hatte, warum es angeschafft worden war, wie schwierig das Versenden gewesen war. Diese Stadt war davon besessen, jeden Gedanken, jede Metapher und jeden Vergleich zu kontrollieren, und von dem Bedürfnis, verfemtes Schrifttum ausfindig zu machen, um es auf einem öffentlichen Platz zitternd vor Jubel und unter Gesängen in die Flammen zu werfen. Sie sah ein grenzenloses Feuer vor sich, das kein Buch überleben würde, denn selbst in den deutschesten, nationalistisch gesinnten und reinsten Werken ließen sich noch zahllose Mehrdeutigkeiten entdecken. Ihr war klar, dass die Interpretation eines Textes letztlich immer vom Leser abhing – egal, wie der Autor seine Figuren gestaltete oder welche Worte er wählte. »Am Ende ist alles von unseren Sinnen abhängig – unser Geruchssinn bestimmt, was wir riechen«, murmelte sie vor sich hin, während sie versuchte, einen Weg zwischen möglichen Lösungen zu finden, von denen ihr keine besonders praktikabel erschien.

Seufzend legte sie die Hände auf ihren Bauch. Bald würde

er deutlich sichtbar anschwellen. Das Bimmeln der Türglocke riss sie aus ihrer Lethargie. Sie wandte den Kopf und erkannte die vertrauten Umrisse: Nur Julius kam zu dieser Tageszeit in den Buchladen.

Er kniete sich neben sie auf den Boden und bedeckte ihre Ohren mit seinen großen, warmen Händen, während er sie erst auf die Stirn, dann auf die Nasenspitze und schließlich auf die Lippen küsste. Ein Glücksgefühl durchströmte sie, wie immer, wenn sie sah, wie Julius in seinem grauen Mantel und der abgenutzten ledernen Aktentasche den Buchladen betrat.

»Wie ist es meinen beiden Lieblingen ergangen?«, hörte sie seine tiefe, liebevolle Stimme. »Wovon habt ihr gerade geträumt?«

Amanda wollte ihm erzählen, dass sie sich vorgestellt hatte, wie sich in ihrem Laden die Kunden drängten und ganz wild darauf waren, die neuesten Bücher zu kaufen. Dass sie von einer Stadt ohne Soldaten träumte, in der man Autos und Straßenbahnen nur aus der Ferne hören konnte, doch er sprach schon weiter, ehe sie etwas erwidern konnte.

»Die Zeit drängt«, sagte er. »Du musst endlich die Bücher wegschaffen.«

Sein Tonfall ließ sie frösteln, und sie schaute ihn bittend an.

»Lass uns nach oben gehen, Liebling. Dein Baby und ich haben Hunger«, sagte er nur.

Das Wohnzimmer der beiden war eine Art Garten, umgeben von einer Mauer aus Literatur. Es gab Brokatvorhänge mit Blumenmustern, Wandteppiche, die ländlich-idyllische Szenen zeigten, Teppiche, dicht wie frisch gemähtes Gras, und jeder freie Platz war mit Büchern bedeckt.

Beim Abendessen bemühte sich Amanda um ein unverfängliches Gespräch, nur damit Julius nicht zum drängendsten Thema zurückkehrte. Sie erzählte ihm, dass sie eine Enzyklopädie verkauft, dass jemand eine Sammlung griechischer Klassiker bestellt habe und dass ihre Lieblingskundin, Fräulein Hilde Krahmer, nun schon seit einer Woche nicht mehr im Buchladen aufgetaucht sei, während sie doch sonst immer gleich nach ihrem Unterricht erschienen war und stundenlang in den Regalen herumgestöbert hatte, ohne je etwas zu kaufen.

»Morgen früh musst du als Allererstes das Schaufenster leer räumen«, verlangte Julius. Als er merkte, wie sehr sein ernster Tonfall Amanda erschreckt hatte, ging er zu ihr und zog sie einen Moment lang an sich. Er lehnte den Kopf an ihre Brust und atmete den Duft ihres frisch gewaschenen Haares ein.

»Wirst du denn nie müde, dir Herzen anzuhören?«, fragte Amanda lächelnd.

Julius legte den Finger an die Lippen, dann hockte er sich vor sie hin, legte sein Ohr auf ihren Leib und erwiderte: »Ihres kann ich auch schon hören. Ich bin mir sicher, dass wir eine Tochter bekommen. Ihr Herz wird genauso schön sein wie das ihrer Mutter.«

Seit seiner Schulzeit in Leipzig hatte Julius das Herz fasziniert – die Unregelmäßigkeiten in seinem Rhythmus, die elektrischen Impulse und der Wechsel von Herzschlag und Ruhephase. »Es gibt nichts Stärkeres als das Herz«, hatte er zu Amanda gesagt, als sie frisch verheiratet waren und er noch an der Universität studierte. Dann hatte er warnend hinzugefügt: »Das Herz kann allen möglichen physischen Gewalteinwirkungen widerstehen – aber Traurigkeit kann es ganz schnell zerstören. Also keine Traurigkeit in diesem Haus!«

Mit dem ersten Kind warteten sie, bis er sich mit einer eigenen Praxis niedergelassen hatte. Manchmal ging Amanda mit ihm in sein Behandlungszimmer und probierte den Elektrokardiografen aus, den er kürzlich auf einer Reise nach Paris gekauft hatte. Ein solches Gerät war in Charlottenburg ein großes Novum und erschien Amanda wie eine komplizierte Version der Singer-Nähmaschine, die sie auf dem Speicher stehen hatte.

Beflügelt von den Gedanken an die Tochter, die in Amandas Leib wuchs, beschrieb Julius an diesem Abend im Bett seiner Frau voller Begeisterung die einzelnen Phasen des Herzzyklus. »Ein Herz im diastolischen Stadium befindet sich im Entspannungszustand«, erklärte er ihr, während sie in seinen Armen lag, und fuhr mit seinen Erläuterungen fort. Verwirrt von den Fachausdrücken schlief Amanda bald ein, an der Brust des Mannes, der sie und ihr Baby bis jetzt hatte beschützen können, auch wenn sich überall erschreckende Dinge zusammenbrauten, nicht nur in der unmittelbaren Nachbarschaft, sondern im ganzen Land. Amanda wusste, dass Julius sich gut um ihr Herz kümmerte, und das reichte, um ihr ein Gefühl der Sicherheit zu geben.

Mitten in der Nacht wurde sie wach und schlich auf Zehenspitzen und ohne das Licht einzuschalten aus dem Zimmer, um Julius nicht zu wecken. Ein eigenartiges Unruhegefühl trieb sie nach unten zu einem der Regale im Hinterzimmer, wo die Bücher lagerten, die nicht zu verkaufen waren.

Dort stapelten sich die Bücher des russischen Dichters Wladimir Majakowski. Er hatte zu den Lieblingsautoren ihres Bruders Abraham gehört, der vor einigen Jahren aus Deutschland auf eine Insel in der Karibik ausgewandert war. Dort standen auch, mit brüchigen, altersschwachen Rücken, die Bilderbücher, aus denen ihr Vater ihr früher beim Zubettgehen vorgelesen hatte. Sie überlegte, welches der Bücher sie wählen würde, wenn sie nur ein einziges auswählen dürfte. Die Entscheidung dauerte nicht lange: Sie würde das botanische Album retten. Dieses französischsprachige Buch mit handgezeichneten Illustrationen von exotischen Blüten und Pflanzen hatte ihr Vater einmal von einer Studienreise in die Kolonien mitgebracht. Sie zog den Band aus dem Regal. Sein ganz besonderer Geruch erinnerte sie immer an ihren Vater. Als sie das Buch aufklappte, stellte sie fest, dass die Seiten schon stark vergilbt waren und die Tinte auf einigen der Zeichnungen verblichen war. Sie konnte sich noch immer genau an die Namen der Pflanzen erinnern, sowohl an die französischen als auch an die lateinischen, denn vor dem Einschlafen hatte ihr Vater ihr immer von den Pflanzen aus fernen Ländern erzählt, als seien sie Wesen mit einer Seele.

Aufs Geratewohl schlug sie eine Seite auf und ihr Blick fiel auf *Chrysanthemum Carinatum*. Sie schloss die Augen und meinte, die volltönende Stimme ihres Vaters zu hören, die ihr erklärte, dass diese Pflanze ursprünglich aus Afrika stamme, dreifarbig sei, gelbe Röhrenblüten an der Basis und so große Blütenköpfe habe, dass einem beim Betrachten ganz warm ums Herz würde.

Sie nahm das Buch mit hoch ins Schlafzimmer und legte es unter ihr Kopfkissen. Erst danach konnte sie ruhig weiterschlafen.

Am nächsten Morgen weckte Julius sie mit einem Kuss auf die Wange. Der Zedernholzduft seiner Rasiercreme erinnerte sie an ihre Flitterwochen am Mittelmeer. Sie zog ihn an sich, barg ihren Kopf an seinem schlanken, aber muskulösen Hals und flüsterte: »Du hattest recht. Es wird ein Mädchen. Das habe ich geträumt. Wir werden sie Viera nennen.«

»Willkommen, Viera Sternberg«, erwiderte Julius und schloss Amanda in seine starken Arme.

Als er sich auf den Weg in die Praxis gemacht hatte, ging Amanda wie immer zum Wohnzimmerfenster, um ihm zum Abschied zuzuwinken. Er war schon fast an der Straßenecke angekommen und wurde von einer Gruppe Jugendlicher mit Hakenkreuzarmbinden umlagert.

Doch Amanda hatte keine Angst um ihn. Sie wusste, dass Julius sich durch nichts einschüchtern ließ, weder durch einen Schubser noch durch eine Pöbelei oder Beleidigung. Er blickte sich kurz um und lächelte zu ihr hinauf, ehe er um die Straßenecke bog. Das genügte ihr. Amanda war nun bereit, die Regale auszuräumen, denn sie hatte das Buch ausgewählt, das sie vor dem Feuer retten würde.

Als sie nach unten ging, um die Ladentür zum *Büchergarten* aufzuschließen, hatte sich Frau Strasser bereits wie eine Mauer vor dem Eingang aufgebaut. Frau Strassers ohnehin schon einschüchternde Wirkung wurde noch verstärkt durch ihre Kleidung, eine Art Kostüm mit gegürteter Uniformjacke aus schwerem Stoff. Es war die neue Mode in dieser Stadt, in der Weiblichkeit und Eleganz missbilligt wurden. Frau Strasser gehörte jetzt zu einer Armee von Frauen, die sich wie Soldaten aufspielten, obwohl man sie streng genommen gar nicht zu den Waffen gerufen hatte.

»Ich werde nicht dulden, dass direkt vor meiner Nase entartete Bücher verkauft werden«, wetterte sie. »Sie können von Glück reden, dass es so viel geregnet hat! Aber nun ist Ihre Schonfrist vorbei!«

Es stimmte. Im Mai hatte Amandas Buchladen die Verbrennung von mehr als zwanzigtausend Büchern auf dem Opernplatz unbeschadet überstanden. Die Bücher waren wie Leichen auf Schubkarren getürmt worden, von fanatischen Studenten, die ihre Zukunft darin sahen, den größten Scheiterhaufen, den Berlin je erlebt hatte, mit immer neuer Nahrung zu versorgen.

An jenem düsteren Abend des 10. Mai hatten sie die Radioansprache gehört, die die Zukunft ihres Landes besiegeln sollte: »Das Zeitalter eines überspitzten jüdischen Intellektualismus ist nun zu Ende, und der Durchbruch der deutschen Revolution hat auch dem deutschen Weg wieder die Gasse frei gemacht.«

Wie kann ein Land ohne Dichter und Denker überleben?, hatte Amanda sich gefragt, während sie gedankenverloren neben Julius saß und aus dem Radio die Hymne der Nationalsozialisten erklang, die von einer neuen Zeit schwärmte.

Die verregneten Tage im Spätfrühling hatten die Studenten zunächst daran gehindert, mit den Bücherverbrennungen in der Stadt fortzufahren, aber nun würden sie sich mit neuem Elan ans Werk machen – und Amandas Büchersammlung würde nicht verschont bleiben.

Frau Strasser stand immer noch auf der Schwelle, doch Amanda ließ sich von ihr nicht einschüchtern. Sie strich sich über den Bauch, entschlossen, sich von dieser vierschrötigen Frau mit der militärischen Verkleidung nicht in ihrem Glück stören zu lassen. *Ich werde bald Mutter*, dachte sie. Frau Strasser blieb mit trotzig verschränkten Armen vor ihr stehen. Während Amanda ihre Nachbarin betrachtete, ging ihr durch den Kopf, dass das einzig Menschliche an dieser Frau ihre Augen waren. Auch wenn sie ein barsches Auftreten hatte, wurde an ihrer Kleidung und ihrem Aussehen deutlich, dass sie keineswegs der Gruppe der Auserwählten angehörte. Sie repräsentierte lediglich die Macht der Masse, nicht die der Elite. Einer Elite, der sie zweifellos mit uneingeschränkter Bewunderung und Gehorsam huldigte.

Nachdem Frau Strasser Amanda einen Moment drohend angeschaut hatte, marschierte sie mit großen Schritten weiter. Amanda war klar, dass sie das nächste Mal in Begleitung der nationalsozialistischen Jugend hier auftauchen würde. Sie führte etwas im Schilde.

Amanda trat neben das Regal an der Auslage und bereitete sich innerlich darauf vor, ihre Urteile fällen zu müssen. Sie fühlte sich wie eine Mutter, die ihre eigenen Kinder ins Nichts stieß. Die Barbaren zerstörten eine jahrhundertealte Zivilisation. Sie bekämpften die Vernunft im Namen einer angeblich idealen Ordnung und verlangten nach Vollkommenheit. Sie konnte die Tränen nicht länger zurückhalten, als sie sich daran erinnerte, wie ihr Vater seine Bücher nach Themen geordnet hatte, dabei fast zärtlich über die Buchrücken strich und den Staub von der Oberseite blies. Sie hatte wieder den Geruch von Tinte und Leim, Mandeln und Vanille in der Nase, den Duft des trockenen, brüchigen Leders der antiquarischen Bände. Und sie meinte ihren Vater zu hören, wie er ihr erklärte, warum Papier zerbröselt, welche flüchtigen Substanzen es enthielt und was es mit Zellulose, Lignin und saurer Hydrolyse auf sich hatte.

Sie bemühte sich, die Namen nicht zu lesen, mit denen sie sich nun befassen musste. *Warum diese, aber andere nicht?* Sie begann mit Zweig, ging weiter zu Freud, London, Hemingway, Lewis, Keller, Remarque, Hugo, Dostojewski, Brecht, Dreiser, Werfel, Brod, Joyce und kam schließlich zu Heine, dem Lieblingsdichter ihres Vaters. Auch ihre Tränen erleichterten ihr die unglückselige Aufgabe nicht, bei der sie sich zum Handlanger der Zensur machen musste. Schließlich begann sie damit, die Bücher auf den Boden zu werfen und sie auf ihr noch schlimmeres Schicksal vorzubereiten.

Die Türglocke bimmelte, und ein sommersprossiger Student mit rosigen Wangen betrat den Laden. Sein Gesicht wirkte so heiter und energiegeladen, dass es selbst die steife braune Uniform fröhlich erscheinen ließ. Wider besseres Wissen nickte sie ihm freundlich zu, als sei er ein Stammkunde, der gekommen war, um stundenlang zwischen Buchrücken in Texten und Abbildungen zu stöbern.

»Wo ist der Eigentümer?«, fragte er und betonte dabei gewichtig jede Silbe, als wolle er seine Macht hervorheben und damit seine geringe Körpergröße vergessen machen.

Amanda behielt einen kühlen Kopf. Lächelnd erklärte sie ihm, dass sie im Moment allein sei und er auf ihren Ehemann warten müsse, falls er mit einem Mann reden wolle.

»Sie haben nur noch den heutigen Tag Zeit, um den ganzen Plunder aus den Regalen zu entsorgen!«, blaffte der junge Mann sie an und wandte sich um. Bevor er die Ladentür mit einem Knall hinter sich zuzog, stieß er halblaut zwischen den Zähnen hervor: »Dreckiges Gewürm!«

Was hatte es für einen Sinn, dass sie noch versuchte, einzelne Bücher auszuwählen, wenn ohnehin schon alles entschieden war? Der Moment war gekommen, den *Büchergarten* verwelken und sterben zu lassen. Es gab nichts, was sie noch tun konnte: Sie musste ihren Buchladen der Gnade der Scharfrichter überlassen.

Die Sonne stand im Zenit, als sie die Bücherregale hinter sich ließ, den Laden abschloss und sich auf den Weg durch ein Viertel machte, das sie kaum noch als ihre Nachbarschaft erkannte. *Heute ist Sommersonnenwende, der längste Tag des Jahres*, dachte sie. *Nun fängt der Sommer an.*

Unterwegs fiel ihr auf, dass die Nachbarn einander aus dem Weg gingen. Jeder schien nur noch zu flüstern und den anderen zu belauschen. Zweifel und Unsicherheit hatten die deutsche Hauptstadt fest im Griff – da schien es sicherer, einfach nur zuzuhören, denn das Sprechen barg ungewisse Risiken. In jedem Haus, hinter jedem Fenster erschallten die Radioansprachen, vollmundige Lobpreisungen der Reinheit waren zur dauerhaften akustischen Untermalung geworden: »Deutschland den Deutschen.«

Bin ich denn etwa keine Deutsche?, hätte sie am liebsten gefragt.

Schließlich fand sie sich in der Fasanenstraße wieder. Als

ihr bewusst wurde, dass die Synagoge in der Nähe lag, überquerte sie die Straße. An der Ecke entdeckte sie zu ihrer Freude frische Dahlien vor einem Blumengeschäft. Sie erfreute sich an den leuchtenden Farben mitten in dieser grauen, trostlosen Stadt, die ihre ganze Lebendigkeit eingebüßt hatte.

Sie betrat den Laden und bat um die Blumen mit den meisten Blüten, sie wollte damit ihren Mann in seiner Praxis überraschen. Die Blumenhändlerin, eine gebückte Frau mit Händen wie Klauen, begann damit, einzelne Stiele aus den Gefäßen zu ziehen.

»Ich möchte nur welche in verschiedenen Rosatönen«, unterbrach Amanda sie in ihrer Arbeit.

»Sind doch allet dieselben. Rote Dahlien eben«, brummte die Floristin. »Wat is'n los mit Ihnen? Ham Se Tomaten auf den Augen? Wenn's Ihnen nich jefällt, wat ick hier mache, dann binden Se sich Ihren Strauß doch selber!«

Nachdem Amanda eigenhändig ein paar Dahlien in Zartrosa, Himbeerrosa und kräftigem Purpurrosa ausgewählt hatte, bezahlte sie rasch und verließ den Laden. Den Strauß an sich gepresst verließ sie die Sybelstraße und ging den belebten Kurfürstendamm hinunter, bis sie die Pariser Straße erreichte, die zu Julius' Praxis führte. Von Minute zu Minute wurden die Farben der Dahlien kräftiger, als wollten sie sich gegen die drückende, verletzende Atmosphäre wehren.

Obwohl Amanda versucht war, sich in der zarten Schönheit der Blumen zu verlieren oder in den Gesichtern der Kinder, an denen sie vorüberkam, wurde sie unsanft in die Realität zurückgeholt, als sie daran dachte, dass sie und ihr Mann die Einzigen waren, die noch nicht die Flucht angetreten hatten. Ihre Cousins waren in Polen, ihre Eltern bereits verstorben und seine ebenfalls. Was blieb ihnen hier also noch?

Julius und sie hatten Freunde in Frankreich. Sie könnten sich um eine Ausreise bemühen, alles hinter sich lassen und in

Paris oder irgendeiner französischen Kleinstadt von vorn anfangen. Ihr Mann hatte sogar Patienten, die er nur anzusprechen bräuchte, damit sie ihn beim Palästinaamt in der Meinekestraße empfahlen. Doch Julius meinte, er könne seine herzkranken Patienten nicht im Stich lassen. Neuerdings erschienen sie sogar mit einem Hakenkreuz am Revers oder auf der Armbinde in der Praxis, aber Julius sah über diese Symbole hinweg, die Amanda so sehr reizten.

»Das ändert doch nichts an meiner Aufgabe«, sagte er bloß. »Sie sind immer noch meine Patienten. Ich untersuche nur ihr Herz – um ihre Gedanken kümmere ich mich nicht.«

Als Amanda die Praxis betrat, blickte Fräulein Zimmer von dem riesigen Mahagonischreibtisch auf, auf dem sich die Krankenakten stapelten. Ihr Gesichtsausdruck war nicht gerade begeistert, denn sie wusste, dass der Doktor seine weniger dringlichen Termine absagte oder verschob, wenn Amanda ihn mit einem ihrer unangekündigten Besuche bei der Arbeit überraschte.

Amanda setzte sich in das düstere Wartezimmer gleich neben die Tür zum Sprechzimmer und hoffte, dass sie sich jeden Moment öffnen würde. Zuerst hörte sie von drinnen Stimmen und Gelächter, dann trat ein groß gewachsener grauhaariger Mann heraus. Er trug einen dunkelbraunen Anzug, an dessen Revers ein Hakenkreuz prangte. Beim Betreten des Wartezimmers bemerkte er Amanda, die von ihrem Platz aufstand. Er musterte sie verblüfft, als frage er sich, was eine bildhübsche junge Deutsche bei einem Herzspezialisten verloren hatte.

Immer wenn Amanda auf diese Art gemustert wurde, senkte sie den Blick, was manche womöglich als Unterordnung hätten deuten können. Dem imposanten Mann folgte ein Junge, der dem Mann mit seinen plumpen Zügen wie aus dem Gesicht geschnitten war: dieselben weit auseinanderstehenden Augen, Himmelfahrtsnase, dichte Brauen und kaum erkennbare Lippen. Der Anzug schlackerte so locker um den Körper des Jungen, dass sie unmöglich sagen konnte, ob sich unter den breiten Schulterpolstern auch Muskeln oder nur Knochen verbargen. Seine Augen traten so weit hervor, dass sie aus den Höhlen zu springen drohten, und seine Lippen waren von kränklich violetter Farbe.

Als Julius seine Frau entdeckte, ging er an den Männern vorbei, gab ihr einen Kuss und legte den Arm um sie.

»Ihre Frau?«, fragte der ältere Mann im braunen Anzug. »Sie sieht gar nicht aus wie …« Seine Stimme erstarb.

Der Junge starrte sie mit zornigem Gesichtsausdruck an, der zu sagen schien: *Warum ich und nicht sie?* Schließlich gehörte er einer überlegenen Rasse an, während sie bloß versuchte, sich hinter einem arischen Äußeren zu verbergen, obwohl sie offenbar nur ein minderwertiges Wesen war. Wieso nur war dann sein Herz so schwach geraten, dass es nicht genügend Blut durch seinen Körper pumpen konnte – und das ausgerechnet jetzt, wo sein Land ihn so dringend brauchte?

Vater und Sohn machten sich rasch auf den Weg und riefen Fräulein Zimmer noch einen Abschiedsgruß zu.

Kaum hatte Anna die Praxis an Julius' Arm verlassen, fühlte sie sich unbezwingbar. Sie waren zusammen, mehr brauchten sie nicht.

Julius blickte sie an, und sie lächelte. *Was wäre mein Leben nur ohne dich?*, dachte er. Schweigend gingen sie zum Olivaer Platz und setzten sich auf eine der Restaurantterrassen, von der aus sie einen Blick auf die Bäume im Park und den Sonnenuntergang hatten. Julius bestellte Wein und etwas zu essen.

»Heute ist der längste Tag des Jahres«, sagte Amanda.

Das Leben meinte es doch eigentlich gut mit ihnen. Bald würden sie Eltern werden, und seine Praxis hatte immer mehr Zulauf. Obwohl sich das Jahr mit dem Aufstieg des Nationalsozialismus so unheilvoll entwickelt hatte, hatten sie keineswegs die Absicht, alles zurückzulassen, was sie sich aufgebaut hatten. *Warum sollten wir auswandern und wieder ganz von vorn anfangen?*, dachte Julius. *Und wohin überhaupt?*

Als die Sonne unterging, verzichteten sie auf den Kaffee und machten sich auf den Heimweg. Amandas Schritte wurden langsamer, je näher sie dem Haus kamen, als verspüre sie einen gewissen Widerwillen. *Lass es uns noch ein wenig hinauszögern, lass uns stehen bleiben, halt an*, hätte sie am liebsten gesagt.

Julius ging schweigend neben ihr her und passte seine Schritte den ihren an. Er wusste, was seiner Frau Sorgen bereitete. In der Dämmerung waren Horden von jungen Leuten unterwegs, sie schienen in alle Richtungen zu laufen, doch Soldaten oder Polizei sah man nirgendwo.

Als sie um die Straßenecke bogen, sahen sie den Tumult vor dem *Büchergarten*. Aus der Ferne konnten sie Frau Strasser erkennen, umringt von Nachbarn und Schaulustigen. Studenten mit Schubkarren kamen ihnen entgegen, die Karren waren vollgeladen mit Büchern. Die jungen Männer sangen eine Art Kampflied, doch Amanda konnte den Text nicht verstehen.

Dann kam ihre Lieblingskundin, Fräulein Hilde Krahmer, auf sie zu gerannt.

»Hilde!«, rief Amanda, als diese nur noch ein paar Meter entfernt war, und ihre Stimme überschlug sich fast. Julius drückte ihr die Hand, als flehe er sie an, sich nicht von der Angst überwältigen zu lassen.

Hilde Krahmer, eine junge Frau mit kurz geschnittenem kastanienbraunen Haar und hochgeknöpfter weißer Bluse, blieb bei ihnen stehen. »Sie haben die Tür aufgebrochen und alle Bücher herausgeholt!«

Alle. Amandas einzige Hoffnung war, dass sie ihr wertvollstes Buch, für das sie mitten in der Nacht aufgestanden war, hatte retten können und dass es immer noch unter ihrem Kopfkissen lag.

Hilde wirkte vollkommen aufgelöst. »Ich dachte, dass die Studenten sich nach dem großen Feuer im Mai wieder beruhigt hätten, aber stattdessen … Wie weit ist es nur mit uns gekommen, Amanda!«

Als Amanda den hellroten Feuerschein sah, wusste sie, dass dies ein Zeichen war. Zusammen mit diesen Büchern ging auch ein Teil ihres Lebens in Flammen auf.

Vor der Ladentür stand Frau Strasser. Sie trug eine Hacke in der Hand und schien zufrieden, dass sie ihre Mission erfüllt hatte.

Nur ein paar junge Leute schauten sich die Feuersbrunst an. Sie waren die einzigen Schaulustigen, niemand sonst schien sich dafür zu interessieren. Am liebsten hätte Amanda geschrien, doch stattdessen kniff sie die Augen zusammen, während sie den Qualm einatmete und sich vorstellte, wie Leder, Papier und Leim der Hitze des Feuers erlagen. Über Hildes Wangen liefen die Tränen, und in Julius' Augen lag ein trauriger Glanz. Amandas Miene dagegen war zu einem eigenartigen Lächeln erstarrt.

»Sie verbrennen nur Papier! Die Bücher sind immer noch hier drin«, sagte sie und tippte sich mit dem Zeigefinger an die Stirn. All ihr Kummer schien in dieser Geste gefangen zu sein. »Wenn sie die Bücher wirklich verschwinden lassen wollen, dann müssen sie uns alle verbrennen«, stieß sie hervor. »Denken die vielleicht, sie könnten alles in Asche legen, was ich von meinem Vater gelernt habe? Das wird ihnen niemals gelingen, Hilde. Die Stimme meines Vaters wird mich immer begleiten …« Sie brach ab.

»Auch unter den Deutschen gibt es immer noch ein paar gute Menschen«, versuchte Hilde, sie zu trösten.

»Ich bin auch Deutsche. Dies ist mein Land, egal, was sie sagen!«

»Schon vor mehr als hundert Jahren hat ein Dichter geschrieben: ›Dort wo man Bücher verbrennt, verbrennt man am Ende auch Menschen.‹ Der Reichskanzler hat sie alle hypnotisiert, vor allem die jungen Leute, die so unüberlegt handeln.«

In ihren Träumen hatte Amanda das Feuer vorhergesehen. Die Flammen waren bis zu den Wolken emporgeschlagen, der Bücherstapel war höher gewesen als die Gebäude am Opernplatz. In Wirklichkeit waren es nur etwa zwanzig Studenten, die – ermutigt durch ihre Hakenkreuze und das Fahnenlied der Hitlerjugend – Rache an einer Handvoll Bücher nahmen. Doch Amanda wusste, dass es weitergehen würde. Dies war erst der Anfang.

Sie konnten nichts dagegen tun. Als Amanda Hilde zum Abschied umarmte, spürte sie, dass sie beide von nun an eine lange, enge Freundschaft verbinden würde. Gemeinsam würden sie heimlich Sätze ihrer Lieblingsautoren rezitieren und sie auf diese Weise lebendig erhalten. Sie nahm Julius' Hand, während sie die Treppe zu ihrer Wohnung hinaufstiegen. Sie hatten das Feuer überlebt, wenigstens diesmal, und Amanda erfüllte die Genugtuung, dass sie wenigstens ein Buch vor den Flammen hatte retten können. Es würde sie begleiten bis zu ihrem Tod.

»Lass uns zählen, wie viele Tage es noch bis zum Winter sind«, sagte sie zu Julius. »Wie viele Tage es noch sind, bis unsere Tochter geboren wird.«

»Aber wir haben doch erst Juni, mein Schatz«, erwiderte Julius gelassen. »Bis dahin haben wir noch einen langen Weg vor uns.«

3

Viera Sternberg wurde an einem kalten Januarmorgen im Jahr 1934 geboren. Das neue Jahr hatte kaum begonnen, und die ersten Sonnenstrahlen kämpften sich durch die schweren Berliner Winterwolken.

Der Winter war Amandas liebste Jahreszeit. An den langen verregneten Abenden beruhigten sich ihre Sorgen und unsteten Gedanken. Sie lenkte sich damit ab, ihre winzige Tochter zu betrachten, die ihr schon bald mit dem Blick folgte, sobald sie nur ihre Stimme hörte.

Oft las Amanda dem Baby auf Französisch oder Latein aus dem botanischen Album vor, das sie vor den Flammen hatte bewahren können. Viera schlief dann ein, eingelullt von den Sprachen, die ihr allmählich immer vertrauter wurden.

»Dein Großvater hat Bourbon-Rosen geliebt. Man muss sie im Februar zum Austreiben bringen, im laubbedeckten Boden. Er hat Rosen bevorzugt, die niedrige Temperaturen aushalten, die widerstandsfähigsten Sorten wie Souvenir de la Malmaison und Madame Pierre Oger, die haben auch weichere Dornen.«

Beim Stillen zitierte Amanda aus dem botanischen Album und fügte manchmal aus dem Stegreif zusätzliche Informationen hinzu, so wie ihr Vater es getan hatte, wenn er ihr als Kind vorlas.

Seit jener Mittsommernacht hatte sich Traurigkeit in Amandas Augen eingenistet. Sie versuchte zu lächeln, während sie ihre Tochter stillte, musste dabei aber immer daran denken, dass ihr Kind ohne Bücher aufwachsen würde. Mitleidig betrachtete sie das Baby. *Wie kann man ein Kind nur in eine so feindselige Welt setzen?*, fragte sie sich, ohne sich jedoch schuldig zu fühlen, dass Viera unter ihrem Fehler und dem Hass der anderen würde leiden müssen. Wenn Amanda wach war, wartete sie verzweifelt auf die Nacht, damit die Zeit schneller verging, doch in ihren Träumen sah sie nur eine trostlose Zukunft vor sich, in der sie selbst ein Buch war, das dem Feuer übergeben werden sollte. Eines Tages würde auch sie qualvoll in den Flammen sterben.

Wenn Julius nach Hause kam, galt sein erster Kuss Viera. Er blieb nun abends länger in der Praxis, da sich die Zahl seiner Patienten seit der Geburt des Kindes beinahe verdoppelt hatte.

»Meine kleine Viera hat uns Glück gebracht«, sagte er dann und erzählte von den Herzproblemen, die in der Hauptstadt immer mehr zunahmen. *Anscheinend hat die Begeisterung für den Nationalsozialismus die Herzen vieler Menschen schrumpfen lassen*, dachte Amanda.

Wenn Julius sich von Viera wegbewegen wollte, zitterten ihre Lippen. Sie kniff die dunklen Augen zusammen und fing an zu weinen, dabei wurde ihr ganzer Körper feuerrot. Julius nahm seine Tochter hoch, wenn sie schon fast schlief, und schaukelte sie im Rhythmus ihres Herzschlags, seine Bewegungen folgten den Tönen des kleinen Herzens, das mit der Wucht eines Wirbelsturms in diese Welt gekommen war.

»Meine kleine Viera«, flüsterte Julius ihr zu, auch wenn sie seine Ratschläge noch nicht verstehen konnte. »Wenn du Angst hast und spürst, dass dein Herz rast, dann fang einfach an, die Herzschläge zu zählen. Zähle sie, und konzentriere dich auf jeden Einzelnen, denn nur du kannst sie kontrollieren. Wenn die Pause zwischen einem Herzschlag und dem nächsten länger wird, wird auch deine Angst nach und nach verschwinden. Wir brauchen diese Pausen, in denen Stille herrscht, um zu existieren und um nachdenken zu können.«

Das Jammern des Kindes ließ nach, und auch Amanda ließ sich durch Julius' Stimme beruhigen.

»Im Sommer mieten wir uns ein Haus am Wannsee«, schlug er vor, ehe sie zu Bett gingen. Amanda umarmte ihn mit der Kraft, die ihr noch verblieben war.

Julius betrachtete die feinen Fältchen im Gesicht seiner Frau und hatte den Eindruck, dass sie mit jedem Tag ein bisschen mehr verkümmerte.

An den Freitagnachmittagen blühte Amanda trotz des Regens und der Kälte auf, denn dann kam Hilde sie besuchen, sobald ihr Unterricht im Osten der Stadt endete. Wenn das Wetter schlecht war, setzten sich die Frauen ans Fenster, tranken die exotischen Kräutertees, die Hilde von ihren Ausflügen nach Paris mitbrachte, und beobachteten die Leute, die im Regen vorüberhasteten. Schien die Sonne, schlenderten sie die Alleen entlang und schoben Viera in ihrem Kinderwagen spazieren. Auf ihrem Kopf wuchsen bereits dichte rötliche Haarbüschel, und auf ihren Wangen tauchten die ersten Sommersprossen auf. Dem Baby gefielen die Spaziergänge, und das Geschaukel des Kinderwagens auf dem Kopfsteinpflaster wiegte es in den Schlaf. Unterwegs machten die beiden Frauen immer eine Pause in Georgs Café in der Nähe des Olivaer Platzes. Dort wärmten sie sich im schwachen bernsteinfarbenen Licht der Lampen auf und hofften darauf, dass es bald Sommer würde.

Wenn Viera unruhig wurde, nahm Amanda sie auf den Arm, wiegte sie hin und her und flüsterte ihr ins Ohr: »Eines Tages fahren wir nach Griechenland und leben auf einer der

Inseln dort, weit weg von hier. Papa wird eine Praxis mit Blick aufs Meer eröffnen …«

»Viera ist ihrem Vater wie aus dem Gesicht geschnitten«, bemerkte Hilde mehr als einmal, was Amanda immer sehr stolz und glücklich machte.

Hilde war kein besonders mütterlicher Typ, aber sie nahm gern an den Gedankenspielen ihrer Freundin teil. Hildes Familie lebte in Süddeutschland, sie selbst war zum Studium nach Berlin gekommen. Als sie die Ausbildung zur Volksschullehrerin abgeschlossen hatte, hatten die Eltern ihr eine kleine Wohnung im Bezirk Mitte gekauft, und sie gab in einer privaten Mädchenschule Unterricht in griechischer Mythologie, was ihr allerdings überhaupt keinen Spaß machte. Hilde liebte französische Literatur, und obwohl sie nur über bescheidene Grundkenntnisse des Französischen verfügte, hatte sie alle deutschen Übersetzungen gelesen, die sie im *Büchergarten* hatte finden können.

Von hinten sah sie aus wie ein junger Mann. Sie ging jede Woche zum Friseur und ließ sich das Haar so kurz schneiden, dass ihr Nacken und das eckige Kinn betont wurden. Ihre dichten dunklen Augenbrauen und die schwarzen Augen bildeten einen scharfen Kontrast zu ihren Lippen, die sie immer purpurrot schminkte. Wenn sie sich aufregte oder Angst bekam, tauchten rote Flecken auf ihrem Hals und ihrer Brust auf, als würde das Blut durch ihre Poren nach außen treten.

Wann immer sie ein paar unterrichtsfreie Tage hatte, fuhr sie mit dem Zug nach Paris, um sich mit ihren Freundinnen in der Hauptstadt der Feste und des Müßiggangs zu treffen. »In Paris ist das Leben viel unbeschwerter«, erzählte sie Amanda.

Hilde hatte Amanda auch erklärt, sie sei das schwarze Schaf der Familie, weil sie unmissverständlich klargemacht hatte, dass sie nicht vorhabe zu heiraten. Und Kinder würde sie schon gar nicht in diese Welt setzen, für die man sich schämen müsse.

Da Hildes Ansichten kaum mit den herrschenden Moralvorstellungen des neuen Deutschlands vereinbar waren und sie sie in Schwierigkeiten bringen konnten, versuchte ihre Familie, sie finanziell zu unterstützen, damit sie reisen und weiterhin in der Hauptstadt leben konnte. Dort, so hofften ihre Eltern, würde sie auf mehr Toleranz treffen als in ihrer konservativen süddeutschen Heimat.

»Nächsten Freitag fahre ich nach Paris und treffe ein paar Freundinnen. Ich brauche dringend eine Luftveränderung – in dieser Stadt ersticke ich. Frei atmen kann ich nur, wenn ich bei dir bin.«

Amanda stellte sich vor, wie Hilde und ihre Freundinnen in weiten Hosen und mit modernen Kurzhaarschnitten, parfümiert mit herben, holzigen Düften, durch die engen Straßen schlenderten, die zur Seine führten, wie sie die Buchgeschäfte im Marais besuchten oder an den Ständen der Bouquinisten nach einer vergriffenen Klassikerausgabe suchten.

Immer freitags, wenn Hilde und sie vor Sonnenuntergang nach Hause kamen, half die Freundin ihr noch, das Abendessen für Julius zuzubereiten. Dann brachten sie Viera ins Bett und entzündeten zwei kleine Kerzen im Esszimmer, in dem die Bücherregale nun leer standen.

Eines Tages kehrte Hilde von ihrem Ausflug nach Paris mit Schweizer Schokoladentäfelchen und aromatischen Teebeuteln zurück.

»Du musst Julius unbedingt davon überzeugen, nach Paris zu ziehen«, sagte sie zu Amanda. »Wenn du nur die Straßen im Marais sehen könntest! Dort könntest du frei sein, du könntest vielleicht sogar wieder einen Buchladen eröffnen. Obwohl ich mich manchmal schon frage, ob ich überhaupt noch nach

Frankreich fahren sollte. Sie mögen die Deutschen nicht. Alle sagen, dass Deutschlands militante Haltung einen neuen Konflikt heraufbeschwören könnte, so wie 1914. In diesem Falle gnade uns Gott …«

Amanda fühlte sich überrannt von der Beharrlichkeit, mit der ihre Freundin sie zu überreden versuchte, dass Julius und sie die Koffer packen und die Stadt verlassen sollten. Schließlich hatten sie Berlin immer als ihre Heimat betrachtet.

»Viele Familien sind schon von hier ins Marais gezogen. Ihr sprecht doch beide Französisch, was braucht ihr mehr?«

Ja, jeder war auf der Flucht, und die Geschichten, die man in den Zeitungen über die Emigranten lesen konnte, wurden immer widerlicher. Amanda hatte beschlossen, die Verunglimpfungen in Radio und Presse zu ignorieren. Dort wurde immer wieder berichtet, die Emigranten hätten das Familienvermögen gestohlen, ihre alten Verwandten in heruntergekommenen Wohnungen ohne Strom und heißes Wasser zurückgelassen und ihre Kinder mit einem Davidstern um den Hals vor den Kirchentüren ausgesetzt.

»Diesen Sommer verbringen wir erst mal am Wannsee«, entgegnete Amanda gelassen, um jedem Gedanken an Exil einen Riegel vorzuschieben. Ihr Mann war noch nicht bereit dazu. Sie dagegen schon.

4

Während ihrer Sommerfrische im Haus am Wannsee eröffnete Amanda ihrem Mann, dass sie wieder schwanger war. Keiner von ihnen war über diese Tatsache besonders begeistert, denn sie konnten sich kaum vorstellen, ein weiteres Kind in dieser bedrückenden Atmosphäre von Furcht und Einschüchterungen aufzuziehen.

Eines Morgens bewegte sich eine Gestalt den Weg zum Haus hoch. Julius öffnete die Tür, und Amanda sah ihn mit gesenktem Kopf mit dem Hauseigentümer sprechen, während sie Viera im Auge behielt, die inzwischen angefangen hatte zu krabbeln und das Zimmer unsicher machte. Als Julius zurückkam, schwieg er zunächst, doch Amanda begriff sofort. Sie nahm ihre Tochter auf den Arm.

»Sag mir, was los ist. Ich bin auf alles gefasst.«

Sie wollte ihrem Mann zeigen, dass sie wieder stärker war und er sich auf sie verlassen konnte.

»Wir müssen hier raus«, erwiderte Julius und ließ sich in den Sessel sinken, von dem aus man in den Garten blicken konnte. »Der Eigentümer darf uns das Haus nicht länger vermieten. Die neuen Rassengesetze erlauben es nicht. Die Miete für nächste Woche wollte er nicht annehmen. Wenn wir bleiben, wird die Polizei kommen und es melden.«

»Na, dann ist es wohl nicht zu ändern. Komm, Viera, Zeit, nach Hause zurückzukehren.«

Noch am gleichen Tag machten sie sich auf den Weg nach

Berlin. Als sie zu dritt im Fond des Autos saßen, chauffiert von einem schweigenden Fahrer, kam es Amanda so vor, als sehe jede Straßenecke gleich aus. Ein Haus war wie das andere, überall herrschte lähmende Monotonie. Die Soldaten hatten sich vermehrt wie die Fliegen, auch sie glichen einander, wie sie mit widerlicher Perfektion in ihren steifen Uniformen in Reih und Glied standen, alle in der gleichen Haltung, wie Spielzeugsoldaten. Auch ihr Fahrer trug Uniform. Alles wirkte einförmig, bis sie das gelbliche Gebäude erreichten, das einmal moosgrün gewesen war und in dessen Erdgeschoss sich ein wunderbarer Buchladen befunden hatte.

Der Frühling war noch voller Hoffnung gewesen, der Sommer dagegen eine Enttäuschung. Da der Winter extrem niedrige Temperaturen mit sich brachte, war Amanda in der späten Phase ihrer Schwangerschaft gezwungen, im Haus zu bleiben. Derweil wurde Viera immer aktiver und machte die Wohnung unsicher. Während der ersten Monate hatte Amanda stark unter Morgenübelkeit gelitten, im letzten Drittel spürte sie ununterbrochen die lebhaften Bewegungen des Babys, vor allem, wenn sie selbst schlafen wollte. Sie war sich sicher, dass es wieder eine Tochter werden würde, und sie sollte Lina heißen. Manchmal ließen die kräftigen Tritte des Babys Amanda nachts zusammenfahren, und ihr Stöhnen weckte Julius und beunruhigte ihn. Ihr war klar, dass sie mehr essen musste, doch die Preise – selbst die der Grundnahrungsmittel – waren exorbitant gestiegen, und sie wollte sicherstellen, dass Viera mit ihrem unersättlichen Appetit genug bekam und gesund blieb.

Lina Sternberg wurde mitten in der Nacht geboren, kurz vor Frühlingsanfang 1935. Amanda war froh, dass die kalten, verregneten Tage vorbei waren und sie nun endlich mit dem Baby und Viera nach draußen gehen und die Sonne genießen konnte. Doch die Stadt kam ihr zunehmend fremd vor. Manchmal bog sie um eine Straßenecke und wusste nicht mehr, wo sie sich befand. Sie fühlte sich wie ein falscher Ton in einer gleichbleibend öden, streng reglementierten Harmonie.

Ihre zweite Tochter, die in den letzten Monaten der Schwangerschaft so aktiv gewesen war, entwickelte sich zu einem ruhigen Baby, das die meiste Zeit schlief. Sie zu stillen war eine Herausforderung, weil sie immer tief und fest einschlief, sobald sie nur ein bisschen Milch aus der Brust ihrer Mutter getrunken hatte. Julius fürchtete, dass Lina nicht genug zunehmen könne, und fand sie zu zart für ein Baby ihres Alters.

»Sie wird schon wachsen, sie ist ein gesundes Kind«, versicherte Amanda ihm. »Gib ihr ein bisschen Zeit. Wir sind alle verschieden. Du kannst nicht erwarten, dass sie genauso ist wie Viera.«

Als Lina ein halbes Jahr alt war, hatten sich ihre tiefblauen Augen zu ihrem hervorstechendsten Merkmal entwickelt. War sie wach, betrachtete sie alles in ihrer Umgebung mit ernster, fast verstörender Intensität. Sie lächelte nie.

Noch vor ihrem ersten Geburtstag fing sie an zu laufen, und bald folgte sie ihrer älteren Schwester überallhin. Die beiden waren unzertrennlich, die eine mit rötlichem Haar und honigbraunen Augen, die andere mit leuchtend goldblonden Locken und dem tiefblauen ernsten Blick. Sie spielten so zufrieden miteinander, dass Amanda mehr Zeit für die Hausarbeit blieb und sie ihre Freitagnachmittage mit Hilde wieder mehr genießen konnte.

Lina war es, die den Rhythmus in ihrem Haushalt bestimmte und die Spiele mit ihrer Schwester anführte. Wenn Julius von der Arbeit nach Hause kam, nahm er sie auf den Arm, und sie legte den Kopf an die Brust ihres Vaters und imitierte das Pumpen seines Herzens, indem sie ihren Kopf auf und nieder bewegte, als ließe die Kraft der Herzschläge ihn so springen. Dann lächelte Julius und nannte sie »meine Kleine«.

Allerdings machte er sich nach wie vor Sorgen, dass sie zu

winzig und schwach sei. Im Herbst fing sie sich einen fieberhaften Infekt nach dem anderen ein, hustete und mochte kaum mehr etwas essen. Essen war ihr überhaupt lästig – schließlich war die Welt viel spannender als ein Teller mit farbloser Nahrung, und sie zog es vor, ihre Umgebung zu erkunden, statt stundenlang am Tisch zu sitzen und einen langweiligen Löffel nach dem anderen zum Mund zu führen.

Bereits mit achtzehn Monaten hatte Lina sprechen gelernt und war sehr weit für ein Kind ihres Alters. Manchmal wirkte sie sogar reifer als ihre Schwester. Wenn man die beiden sprechen hörte, hätte man denken können, dass Lina die Ältere sei. Allein ihre Größe verriet, dass sie es nicht war.

Abends vor dem Zubettgehen nahm Julius die beiden Mädchen auf den Arm, tollte mit ihnen durch die Wohnung und erzählte ihnen Geschichten über die alten Ägypter, die Griechen und die Römer, über heilige Skarabäus-Käfer, wilde Schlachten, Ozeane, Nomadenstämme und Sklaven. Manchmal hielt er ihnen auch Vorträge über verrückte Philosophen oder Herzspezialisten und schwärmte ihnen von Erfindungen vor, die in hundert Jahren die Menschheit retten würden, ganz so, als stünde er in einem Hörsaal der Universität. Um ihrem Vater zu gefallen, rissen die Mädchen in gespieltem Schrecken die Augen weit auf und brachen in ein so fröhliches Gelächter aus, dass er sich wie der glücklichste Mann auf Erden fühlte.

»Ist das deine Art von Gutenachtgeschichte?«, unterbrach Amanda sie dann, auch wenn sie insgeheim wünschte, dass dieses Spiel niemals enden möge.

5

Eines Nachts, Anfang November 1938, schreckte Amanda aus dem Schlaf hoch. Sie trat ans Fenster und sah einige Nachbarn auf der Straße stehen und zum Himmel hinaufblicken. Einer von ihnen entdeckte sie am Fenster und rief ihr mit einer Bestürzung, die inzwischen nur allzu vertraut geworden war, zu: »Die Synagoge in der Fasanenstraße brennt!«

Amanda schloss das Fenster, kehrte mit der Schicksalsergebenheit einer bereits Verurteilten ins Bett zurück und versuchte vergeblich, wieder einzuschlafen.

Am nächsten Morgen waren die Fenster von Julius' Praxis eingeworfen, und jemand hatte hasserfüllt einen ungelenken Stern auf die Vorderseite des Praxisgebäudes geschmiert – und daneben das Wort, das inzwischen in der ganzen Stadt zum Schimpfwort geworden war: *Jude.* Als Julius die Praxis betrat, fand er überall Steine auf dem Boden. Kurz darauf erschien seine Sekretärin und eröffnete ihm ohne sichtliches Mitgefühl, dass sie kündigen müsse.

Julius ließ sich auf dem Sofa im Wartezimmer nieder und wartete ab, wer wohl der erste mutige Patient wäre, der sich über die Anordnungen dieser angeblich überlegenen Rasse hinwegsetzte. Doch kein einziger Patient erschien, weder an diesem Tag noch am folgenden. Die Leute riefen nicht mal an, um ihre Termine abzusagen.

Julius zog aus seiner Tasche zwei goldene Ketten, an denen je ein winziger sechszackiger Stern hing, und betrachtete mit düsterer Miene die eingravierten Namen seiner Töchter: Viera und Lina.

»Welchen Sinn hat es, dass die Mädchen die jetzt tragen?«, murmelte er vor sich hin. »Welchen Schutz sollten sie ihnen bieten?«

An jenem Freitag machte Amanda ihren üblichen Spaziergang mit Hilde und den Mädchen durchs Viertel. Der Brandgeruch hing noch immer in der Luft, und die Bürgersteige waren übersät mit Glasscherben. In der Ferne stieg eine schmale Rauchsäule aus den Ruinen des Gebäudes hervor, das einmal Berlins schönste Synagoge gewesen war. Sie hatten Georgs Café erreicht, wo es etwas leerer war als an den vorhergehenden Freitagen, und wollten gerade ihren Tee bestellen, als ein Polizist das Café betrat und schweigend die Gesichter der Gäste musterte.

»Schon wieder so ein Zinnsoldat«, sagte Amanda. »Man könnte sie einfach auswechseln, und ich bin sicher, dass es nicht mal ihre Familien merken würden. Sie denken das Gleiche, haben die gleiche Stimme und den gleichen Gesichtsausdruck. Sogar ihre Seelen sind zur gleichen furchtbaren Einförmigkeit verwässert. Die anderen – das sind wir. Aber weißt du was, Hilde? Ich bin es langsam leid, andersartig zu sein …«

Der Polizist verließ das Café und malte, unterstützt von einer Gruppe junger Männer, mit groben Strichen einen sechszackigen Stern neben den Eingang. Und sie, die anderen, die Andersartigen, blieben einfach sitzen. Sie waren an die Beleidigungen gewöhnt – was hätten sie auch tun sollen?

In dieser Nacht wartete Amanda, bis Julius schlief. Dann stand sie leise auf und setzte sich ins Wohnzimmer ans Fenster. Sie brauchte Zeit für sich, ohne Hilde, die Mädchen und ohne ihren Mann. Sie musste in Ruhe nachdenken, auch wenn sie nicht recht wusste, in welche Richtung ihre Gedanken gingen. *Es ist sowieso schon zu spät. Viel schlimmer kann es nicht mehr kommen.* Wahrscheinlich war es gut, dass ihre Eltern nicht mehr lebten. Und ihr Bruder konnte von Glück reden, dass er nach Kuba ausgewandert war. Gerade noch rechtzeitig war er der Barbarei entkommen, die sie und ihre Familie nun umgab. Ihre beiden Töchter waren alles, was Julius und ihr noch geblieben war.

Sie wusste, dass der Moment gekommen war, Deutschland zu verlassen. Doch es gab keinen Ort, der sie willkommen geheißen hätte. Die Larven waren bereits in jeder Ecke der verwesenden Stadt und vermehrten sich mit erschreckendem Hass, um alles zu verschlingen, was nicht so war wie sie oder sie gar an ihrer Ausbreitung hindern wollte. Sie hatten die ganze Stadt und das gesamte Land infiziert, und nun strebten sie danach, auch den Kontinent anzustecken, vielleicht sogar die ganze Welt. Ihr Endziel kannte keine Grenzen: Das gesamte Universum musste arisch werden.

Am folgenden Freitag klopfte jemand erschreckend hartnäckig an die Tür. Amanda ging nach unten, während Hilde und die Mädchen heißen Kakao tranken, Kompott aßen und so taten, als wäre das Leben noch immer völlig normal. Unten stand ein Patient mit angstverzerrtem Gesicht und brachte eine Nachricht von Julius.

»Sie haben ihn abgeholt«, rief der alte, offensichtlich kranke Mann verzweifelt. »Jetzt sperren sie uns alle ein, Frau Sternberg!«

»Wohin haben sie ihn gebracht?«, fragte Amanda, bevor sie die Nachricht überhaupt richtig aufgenommen hatte.

»In die Gestapo-Dienststelle in der Oranienburger Straße. Das haben sie jedenfalls gesagt … Wer weiß, ob das stimmt. Die können ja tun, was sie wollen.«

Amanda nahm Mantel und Handtasche und ließ die Mädchen ohne weitere Erklärungen und ohne sich zu verabschieden in Hildes Obhut zurück.

Die Stadt war in Aufruhr. Jeder eilte ziellos in irgendeine Richtung. Die Menschen rannten einander um, ohne sich zu entschuldigen. Amanda versuchte, ein Taxi anzuhalten, doch alle brausten an ihr vorüber, sodass ihr nur blieb, die S-Bahn nach Mitte zu nehmen. In diesem Moment war es ihr ohnehin egal, ob sie missbilligende Blicke auf sich zog.

Als sie die Dienststelle der Gestapo erreichte, sah sie mehrere Frauen, die sich nach ihren Angehörigen erkundigten, doch niemand gab ihnen Auskunft. Man könne nichts tun, ehe es nicht eine aktualisierte Liste der Verhafteten gebe. Jemand vermutete, dass sie in dem ehemaligen Altenheim auf der Großen Hamburger Straße sein könnten.

In der Nähe der Gestapo-Dienststelle waren immer noch Spuren des Brandes an der großen Synagoge zu finden. Der Wind blies ein Stück Pergament in Amandas Gesicht. Darauf befand sich ein Satz auf Hebräisch, den sie lieber nicht lesen wollte. Vielleicht stand dort ja ihr Schicksal geschrieben, und sie war noch nicht bereit, sich diesem Schicksal zu stellen. Zu ihren Füßen lagen verkohlte Holzstücke, überall stiegen Rauchschwaden auf, als weigere sich das Feuer, gelöscht zu werden.

Sie betrat das Gebäude, und ein junger Soldat führte sie sofort durchs Treppenhaus zu den Büroräumen. Vielleicht hatte er Amanda ausgewählt, weil sie im Gegensatz zu den anderen Frauen, die verzweifelt schrien oder schluchzten, überraschend ruhig wirkte. Entschlossen folgte sie dem jungen Zinnsoldaten die Treppe hinauf.

»Über wen wollen Sie Erkundigungen einholen?«

»Über meinen Mann.«

»Ist Ihr Mann Kommunist?«

Amanda schwieg. Ihr ging auf, dass der unerfahrene junge Soldat sie für seinesgleichen gehalten hatte. Ihm war nicht klar gewesen, dass sie zu den anderen gehörte, dass sie eine von denen war, die draußen vor dem Eingang nach ihren Angehörigen schrien.

»Ein Jude? Wie kommen Sie denn zu einem jüdischen Mann?«

Weshalb sollte sie ihm weitere Erklärungen geben? Amanda schwieg und beschleunigte ihre Schritte. Er musterte ihre Gesichtszüge, die Größe ihrer Ohren und ihrer Nase, als sei er ein Experte für Schädelvermessung. Hätte er ein Instrument bei sich gehabt, um die Eigentümlichkeiten zu untersuchen, durch die sich Sterbliche von Unsterblichen unterscheiden, hätte er zweifellos ihre Stirn vermessen, den Abstand zwischen ihren Augen untersucht und festgehalten, wie weit ihre Nasenwurzel von ihrer Oberlippe entfernt war.

Der Beamte, der in seinem Büro hinter einem riesigen Mahagonischreibtisch saß, hatte lange Listen in makelloser Handschrift vor sich liegen, geordnet nach Alphabet und Datum der Verhaftung. Amanda nannte mit fester Stimme den Namen ihres Mannes, woraufhin der Mann Liste für Liste durchging.

Amanda klopfte das Herz bis zum Hals. Sie wollte sich ihre Angst nicht anmerken lassen, aus Sorge, der Beamte könne sie möglicherweise wittern. Um die Selbstkontrolle zu behalten, zählte sie lieber stumm. *Eins, zwei, drei, vier, fünf, sechs …*

»Sternberg. Sternberg, Julius. Sie sind also die Frau des Doktors. Frau Sternberg, Ihr Mann ist nicht mehr in diesem Gebäude. Er hat sich in seiner Praxis an einer Glasscherbe verletzt und musste sich einen Druckverband am Bein anlegen. Verwundete können wir hier nicht unterbringen.«

Der Spielzeugsoldat stand immer noch hinter ihr.

»In welches Krankenhaus wurde er gebracht?«

»Frau Sternberg, Ihr Mann wurde in kein Krankenhaus

gebracht. Die Wunde wird von allein heilen. Ihr Mann ist in Sachsenhausen.«

Zuerst begriff sie nicht recht, was er da sagte, doch nachdem sie den Ortsnamen in Gedanken mehrmals wiederholt hatte, fiel ihr wieder ein, was sie darüber gehört hatte. *Ein Arbeitslager unweit von Berlin. Niemand kehrt aus Sachsenhausen zurück.*

»Schickt man da nicht Zigeuner und Kommunisten hin? Leute, die sich politisch betätigen? Mein Mann ist Kardiologe. Er ist Arzt.«

»Frau Sternberg, hier liegt kein Irrtum vor. Ihr Mann ist nach Sachsenhausen geschickt worden, zusammen mit all den anderen seiner Art«, sagte der Beamte und betonte dabei »seiner Art« so, dass es keinen Zweifel geben konnte. »Auch in Sachsenhausen braucht man Ärzte. Haben Sie etwas Geduld, er wird Ihnen schreiben.«

Der letzte Satz durchbohrte sie wie ein Pfeil. Sie schleppte sich die Treppen hinunter wie ein Tier auf dem Weg zur Schlachtbank. Sie hatte Zeit- und Ortssinn verloren, und erst als sie wieder draußen auf der Straße war, weckten die Schreie der hilflosen Frauen sie aus ihrer Benommenheit.

Eine alte Frau hielt ihr ein zerknittertes Blatt Papier entgegen. Darauf standen zwei Namen geschrieben. »Meine Söhne«, schluchzte die Frau. Doch Amanda konnte nicht länger zuhören oder hinschauen. Fassungslos bahnte sie sich einen Weg durch die Menge der Unglücklichen. In der Ferne, am Ende einer Allee ohne Richtung und Ziel, verfärbte sich der Abendhimmel tiefrot.

Als sie die Hochbahn unterquerte, kam ihr ein eleganter älterer Mann mit Krawatte und Hut entgegen, der sich auf einen Gehstock stützte. Er ging langsam, mit seit Langem erworbener Würde, und sprach wieder und wieder den gleichen Satz vor sich hin, den Amanda erst verstand, als sie schon fast mit dem Mann zusammengestoßen war: »Sie haben alle mitgenommen. Sie haben alle mitgenommen.«

Ihr wurde bewusst, dass darin der große Verlust widerhallte. Sie alle hatten jemanden verloren: sie selbst, der alte Mann und die Frauen in der Oranienburger Straße, die um ihre Angehörigen weinten und befürchten mussten, dass diese nie wieder zurückkehren würden.

6

Am nächsten Morgen ging Amanda zur verlassenen Praxis, um nachzuschauen, ob Julius sich tatsächlich an einer Glasscherbe aus der Eingangstür verletzt hatte. Überall waren Blutspuren, aber es gab auch offensichtliche Hinweise auf einen Kampf. Ihr Mann hatte um sein Leben gekämpft, er hatte fliehen wollen, statt sich einfach zu ergeben. Amanda setzte sich auf das Sofa, wie sie es früher so oft an den sonnigen Nachmittagen getan hatte, die ihr inzwischen bereits aus dem Gedächtnis schwanden. So verharrte sie eine Weile und starrte in der schwachen Hoffnung auf die Tür, dass irgendein Wunder geschehen würde, auch wenn sie nicht an Wunder glaubte.

Sie versuchte, sich zu erinnern, wie sie Julius zum letzten Mal gesehen hatte, sich seine letzten Worte, die letzte Umarmung, den letzten Kuss ins Gedächtnis zu rufen. Nichts. Sie konnte sich nicht einmal daran erinnern, wie Julius' Stimme geklungen hatte, wenn er sich morgens von ihr verabschiedete. All diese glücklichen Momente waren wie ausgelöscht. Geblieben war nur das leblose, getrocknete Blut des einzigen Mannes, den sie je geliebt hatte.

Hilde beschloss, so lange bei ihnen einzuziehen, bis Julius wieder freikam. Lina betrachtete die Gesichter der beiden Frauen aufmerksam. Ihrem ernsten Blick nach schien sie bereits überzeugt, dass ihr Vater niemals zurückkehren würde. Amanda lächelte ihr zu und bereitete sich innerlich auf die verhängnisvolle Nachricht vor, die ihre Tochter anscheinend längst vorhersah. Mit Lina an ihrer Seite, so wusste Amanda plötzlich intuitiv, würde die Zukunft keine ungeahnten Überraschungen bieten.

Drei Wochen später kam ein Brief von Julius. Es war nicht ersichtlich, wo er abgeschickt worden war, nur ihr Name war darauf zu lesen. Mit dem Umschlag in der Hand stand Amanda im Eingang zum Buchladen. Zuerst war sie verwirrt, weil der Brief nur aus Anweisungen zu bestehen schien. Sie erkannte die krakelige Handschrift kaum wieder, manche Worte waren gar nicht richtig ausgeschrieben. Dieses vergilbte, fleckige und zerknitterte Blatt Papier war das Letzte, was ihr Mann berührt hatte.

2. Dezember 1938

Amanda,

Du musst zum Polizeipräsidium am Alexanderplatz gehen. Frage an der Pforte nach einem Herrn Christmann, und weise Dich aus. Von dort gehe zum Palästinaamt, Meinekestraße 10, und frage nach Mr. Donovan. Melde Dich bei ihm als die Frau des Doktors an, mehr musst Du ihm nicht sagen, er weiß dann schon Bescheid.
Die Koffer stehen im Hinterzimmer im Schrank mit den Klapptüren.
Ich bekomme die Infektion in meinem Bein nicht in den Griff. Sie breitet sich immer weiter aus, und hier gibt es, wie Du Dir bestimmt vorstellen kannst, keine Medizin. Ich kann inzwischen nicht mehr laufen, aber wenigstens eine gute Nachricht gibt es: Das Bein tut nicht weh.

Wie geht es meinen Mädchen? Sag Viera, dass sie immer gut auf ihre Schwester aufpassen soll. Und ihr alle drei denkt bitte immer daran, dass Angst nicht weiterhilft. Die Angst nimmt einem nur das letzte bisschen Klarheit. Zählt jeden Herzschlag, und seid gewiss, dass ich von hier aus immer mit Euch zählen werde.
Wie wäre mein Leben wohl verlaufen, wenn ich Dich nicht getroffen hätte? Du bist mir begegnet, als ich Dich am meisten gebraucht habe. Du bist mein Lebenslicht. Damals in Leipzig hatten wir einen gemeinsamen Traum. Wir haben uns vorgestellt zu heiraten, eine Familie zu gründen und eine Praxis aufzumachen – und Du wolltest den ehemaligen Buchladen Deines Vaters wiedereröffnen. Wir wollten zwei oder vielleicht drei Kinder haben. Wir wollten den Sommer am Wannsee verbringen und eines Tages gemeinsam auf die Akropolis steigen. Die wichtigsten Träume haben wir uns erfüllen können. Nun hilf mir dabei, dass noch alles zu einem guten Ende kommt.
Hier von diesem düsteren, kalten Ort aus kann ich Dein Herz schlagen hören. Ich kann mich noch genau erinnern, wie es schlägt – wenn Du schläfst oder wach bist, wenn Du glücklich bist – oder traurig, so wie heute.
Meine Amanda, ich wünsche mir, dass Du niemals vergisst, dass wir einmal glücklich waren.

Dein Julius

Als sie den Brief zu Ende gelesen hatte, wusste Amanda, dass dies die Abschiedsworte ihres Mannes waren. Ein Schrei bahnte sich tief aus ihrem Innern Bahn, und sie brach am helllichten Tage und für jeden sichtbar auf dem Bürgersteig vor dem Laden zusammen. Sollten sie doch ruhig sehen, wie sie weinte – sollten sie ruhig sehen, was sie ihrer Familie angetan hatten! Jeder Einzelne dieser vollkommenen Rasse sollte erkennen, welches Grauen er verursacht hatte – und die Schuld spüren, für die er eines Tages in nicht gar so ferner Zukunft würde büßen müssen.

Sie ließ die Mädchen in Hildes Obhut und lief ohne Mantel und mit wildem Blick los, als wären es nur ein paar Schritte von ihrem Haus bis zum Alexanderplatz. Sie spürte die Kälte nicht. Fest presste sie ihre steife braune Ledertasche an sich, in die sie Julius' Brief gesteckt hatte. Ansonsten war die Tasche fast leer, nur ein paar Geldscheine und Münzen befanden sich darin – und die letzte Fotografie, die sie alle vier gemeinsam zeigte, aufgenommen kurz nach Linas Geburt. Eine Familie mit ernstem Blick, obwohl der Fotograf sie mehrfach aufgefordert hatte zu lächeln. Ein düsteres Foto – das einzige Licht lag auf ihren Gesichtern, der Rest des Bildes war verschwommen. Der Gedanke, dass sie dieses Foto bei sich trug, erfüllte Amanda mit einem schwachen Glücksgefühl. Eine kurze, flüchtige Regung nur, die ihr inzwischen beinahe fremd geworden war.

Es war ein Wochentag, sie wusste nicht, welcher, aber das spielte auch keine Rolle. Sie nahm die nächstbeste S-Bahn und wurde von den Passanten angerempelt und im Gedränge mitgerissen wie ein lebloser Körper. Sie lief durch makellos saubere Straßen, wo es weder Scherben noch verkohlte Ruinen gab, keine Spuren des Schreckens. Wer waren die Geister? Die anderen oder sie? Sie wusste es selbst nicht.

Ohne dass sich irgendjemand dafür zu interessieren schien, betrat sie das Polizeipräsidium. Sie kam sich vor, als sei sie bereits tot. Sie folgte Julius' Anweisungen, und man gab ihr einen Umschlag, den sie ungeöffnet in ihre steife Handtasche steckte.

Sie zitterte, doch nicht vor Angst. Ihr Herz war schon stehen geblieben, als sie Julius' Brief bekommen hatte. Wo hatte sie seinen Brief nur gelassen? Da war er, in ihrer Hand.

Wieder stieg sie in einen Zug, ohne sich dessen wirklich bewusst zu sein, diesmal von Mitte nach Charlottenburg. Dann stand sie vor dem Gebäude Meineckestraße, in dem das Palästinaamt der Jewish Agency for Palestine untergebracht war. Hier waren keine langen Schlangen verzweifelter Menschen, heute war niemand da. Die Fensterscheiben waren eingeworfen, die Büros menschenleer; ein einziger neugieriger Schaulustiger drückte sich vor dem Eingang herum.

Verwirrt lief sie weiter, ohne Richtung und Ziel. Sie hatte keine Ahnung, wohin sie jetzt gehen sollte, denn der Brief enthielt keine Anweisungen für den Fall, dass das Palästinaamt geschlossen und Mr. Donovan verschwunden war – verhaftet oder ermordet.

Auf der Suche nach einem bekannten Gesicht ging sie zum Olivaer Platz. Aber die Scheiben in Georgs Café waren ebenfalls eingeworfen, die Tür aus den Angeln gehoben und Tische und Stühle umgekippt. Es schien, als gäbe es in ganz Berlin keine vertrauten Orte mehr.

Irgendwann stand sie vor einer großen Leuchtreklame. Ein paar Minuten später saß sie bereits im Saal, umgeben vom beißenden Zigarettenqualm der Gestalten, die sich dem Dunkel verschrieben hatten. Für Julius und sie hatte es zu den beeindruckendsten Erlebnissen gehört, in diesem Lichtspielhaus zu sitzen und von ihren Plätzen im dunklen Zuschauerraum zu sehen, wie die strahlenden Gesichter auf der riesigen Leinwand zum schwarz-weißen Leben erwachten. Im Vorspann zu *Olympia* las sie den Namen einer Jugendfreundin, die sie immer nur unter dem Namen Helene gekannt hatte. Gemeinsam hatten sie Unterricht in der Grimm-Reiter-Schule für künstlerischen Tanz genommen. Sie hatte damals davon geträumt, Tänzerin zu werden, Helene dagegen von einer Karriere als Schauspielerin. Sie waren auch gemeinsam zum Schwimmen gegangen und um die Wette geschwommen, bis sie außer Atem waren.

Nun ließ sich Amanda von Helene auf der Leinwand durch unzählige Säulen griechischer Tempel führen, dann stieg sie zum Himmel empor, wo eine olympische Göttin sie mit offenen Armen empfing. Sie sah schweißbedeckte Gesichter, die sich mit anderen messen wollten und lautstark brüllten, als seien sie hungrigen Löwen in der Arena vorgeworfen worden.

Einer wird gewinnen – dies ist die Stunde des Siegers, der Moment, wenn der schnellste Mann der Welt lossprintet und gewinnt – zum großen Entsetzen der vollkommenen Rasse. Wenn er gewinnen kann, dann kann sie es auch schaffen. Wenn er die Grenzen des Menschenmöglichen sprengt, dann wird auch sie nichts aufhalten.

Die Massen heulen, blutdürstig, sie schreien und verlangen nach dem Sturz des Andersartigen. Sie, Amanda, ist das Andersartige. Als das olympische Feuer erlischt, erhebt sich über dem Olympiastadion der Lichtdom bis weit in die Wolken hinauf, und die Gesichter verschwimmen zu einem einzigen Jubelruf, einem Salut an die Leere. Die rauchenden Männer im Zuschauerraum, Soldaten einer unsichtbaren Armee, erheben sich von ihren Sitzen, als der Mann, der ihrer aller Schicksal kontrolliert, auf der Leinwand erscheint. Wie ein einziges Lebewesen reagieren sie auf diese Kraft außerhalb ihrer Selbst und heben gemeinsam den rechten Arm, um ihren Führer zu grüßen.

Einer der Soldaten aus der Reihe vor ihr wies sie zurecht: »Wie kann eine gute Deutsche bloß sitzen bleiben und nicht den Triumph unseres überlegenen Volkes feiern?«

Ich frage mich, ob Helene sich noch manchmal an unsere Träume erinnert, dachte Amanda und ignorierte den Mann. Helene war inzwischen ein großer Star und hatte ihre Arbeit in den Dienst der Nationalsozialisten gestellt.

Amanda schloss die Augen, und der dunkle Zuschauerraum verschwand. Julius saß neben ihr, so wie früher, wenn sie sich gemeinsam in den Vorführungen im Ufa-Palast verloren hatten. Lächelnd hatten sie den Männern auf der Leinwand zugesehen, wie sie im Frack mit weißer Fliege und polierten Lackschuhen im silbernen Mondlicht eine Marmortreppe hinuntertanzten, und Amanda war dem Rhythmus in ihrem seidenen Abendkleid gefolgt, das wie eine zweite Haut war, wie eine Ausweitung ihres ätherischen Körpers.

Aus dem Nebel der Erinnerung hörte sie plötzlich jemanden eine Melodie pfeifen und erschauderte. Sie schmiegte sich in Julius' Arme und fragte: »Wieso bringst du mich hierher?«, doch er lächelte bloß.

Sie zitterte immer noch – diese schreckliche Melodie, dieses furchtbare Pfeifen, versetzte sie jedes Mal wieder in Angst, wenn es im Film zu hören war. Gleich würde wieder der Schatten des Mannes mit dem gepeinigten Gesichtsausdruck zu sehen sein. *In der Halle des Bergkönigs* ... Eine Gruppe kleiner Mädchen singt einen Abzählreim über einen Mörder.

Amanda versuchte, die Erinnerung an das Bild und die Melodie aus dem Film zu verdrängen. *Wieso lässt mich die Erinnerung an Julius an diesen Film denken, der mir immer wieder einen Schauder über den Rücken jagt?*, fragte sie sich verwundert. Doch dann wurde ihr plötzlich bewusst, dass die Geschichte sich wiederholte. Sie musste fliehen. Auch ihre Töchter waren schutzlos einem Serienmörder ausgeliefert – doch er verbarg sich hinter den makellosen Uniformen der Sieger.

Als sie das Kino verließ, öffnete sie ihre Handtasche und zog noch einmal Julius' Brief hervor. Diesmal las sie nur das Datum und wiederholte es leise für sich.

2. Dezember 1938. War das ein Samstag gewesen?

7

Während Amanda nach einer Möglichkeit suchte, aus der Stadt zu fliehen, unterhielten sich Viera und Lina damit, mit dem alten Stethoskop ihres Vaters zu spielen und damit an Wänden und Fenstern zu horchen. Für Lina besaß jeder Gegenstand Leben – und das wollte sie auch jedem zeigen. Ehe sie sich ein Stück Obst in den Mund steckte, untersuchte sie es, um herauszufinden, ob es atmete oder nicht. Abends, bevor ihre Mutter ihr auf Französisch aus dem botanischen Album vorlas, horchte sie das Buch ab, und sie erlaubte Amanda erst, die Seite aufzuschlagen, an der sie stehen geblieben waren, wenn sie »den Herzschlag gefunden hatte«, wie sie es nannte. Viera roch dann an den vergilbten Seiten und seufzte.

Da ihr so viel auf Französisch vorgelesen worden war, konnte Lina inzwischen ganze Absätze aus dem Buch flüssig wiedergeben. Wenn sie mit Hilde in ein Café oder in den Park gingen, redeten sie in der Sprache, die auch Amanda als Kind von ihrem Vater gelernt hatte.

Oft schlenderte Amanda mit Lina im Schlepptau zwischen den leeren Regalen des ehemaligen Buchladens umher und erinnerte sich daran, wo welche Bücher gestanden hatten: Ritterepen und Liebesromane, Erstausgaben, französische Übersetzungen, Botanikbücher, Atlanten, Volksenzyklopädien und Wörterbücher. Wenn sie die Augen schloss, wusste sie noch genau, wo einmal *Madame Bovary*, wo *Schuld und Sühne* oder *Die Elenden* ihren Platz gehabt hatten. In ihren Träumen stellte sie sich manchmal vor, dass ein besonderer literarischer Schatz, ein Lieblingsbuch ihres Vaters oder einer ihrer Favoriten, plötzlich wie durch ein Wunder wieder aus dem Nichts auftauchen würde.

Hilde beschäftigte die Mädchen mit den Schätzen, die ungenutzt im Kleiderschrank hingen, Seidenkleider, die nicht mehr getragen wurden, goldbestickte Schals oder Fächer aus Brüsseler Spitze. Sie malte ihnen Lippen, Wangen und Nasenspitzen mit Lippenstift an und tupfte ihnen mit ihrem Augenbrauenstift Schönheitsflecken auf die Grübchen. Die Mädchen schüttelten sich vor Lachen, als wären sie glücklich, als wäre Julius immer noch da und würde sie an warmen Sommerabenden zu Bett bringen.

»Mama ist traurig«, sagte Lina einmal, und sofort war der fröhliche Moment vorbei. »Ich weiß, dass Papa nicht mehr wiederkommt.«

Hilde lehnte sich in ihrem Sessel zurück und dachte sich Geschichten aus, um die Mädchen, so gut sie nur konnte, vor diesem Gedanken zu schützen.

»Eines Tages, wenn ihr gar nicht damit rechnet, wird die Tür aufgehen und der Doktor steht da. Herr Sternberg kommt bestimmt wieder – und wisst ihr auch, warum? Wenn er jemanden mit einem schwachen Herzen retten kann, wenn er das wichtigste Organ des Menschen wieder gesund machen kann, dann weiß er doch wohl auch, wie man sich von anderen Verletzungen wieder erholt – egal, wie schlimm sie sind. Er wird bestimmt wieder gesund und kehrt zu euch zurück! Und jetzt überlegt mal – was wollt ihr denn morgen Nachmittag unternehmen?«

Die Mädchen antworteten nicht. Sie verließen das Haus nicht mehr gern und blieben lieber in der Wohnung über dem ehemaligen Buchladen, wo sie vor den Anfeindungen der Nachbarn und der Menschen auf der Straße sicher waren.

Eines Nachmittags, als sie gerade ein altes Schlaflied sangen, das Lina unbedingt hören wollte, obwohl noch gar nicht Schlafenszeit war, klopfte es unten lautstark an die Tür zur Straße. Hilde ging nach unten, um nachzuschauen, wer da versuchte, sie in ihrem Heim zu stören, und Amanda folgte ihr. Das Erste, was sie sah, war das Hakenkreuz am Revers des Mannes, dann erst erkannte sie das Gesicht des Patienten, mit dem sie vor einiger Zeit in der Praxis ihres Mannes ein paar Worte gewechselt hatte. Noch lebhafter erinnerte sie sich an seinen mageren Sohn, den Jungen mit den bläulichen Lippen. Sie bat Hilde, nach oben zu den Mädchen zu gehen, und da sie den mutmaßlich feindlich gesinnten Mann nicht auch noch freundlich hereinbitten wollte, blieb sie stumm an der Tür stehen, in Erwartung einer weiteren Beleidigung, wie sie sie schon bei ihrer ersten Begegnung erfahren hatte.

»Frau Sternberg, ich bringe Ihnen eine Nachricht von Ihrem Mann. Darf ich eintreten?«, sagte der Mann und blickte sich um, als wolle er sich vergewissern, ob ihn auch niemand dabei beobachtete, wie er ein Haus betrat, das mit einem Schandmal markiert war.

Amanda trat zur Seite. Der stämmige Mann blickte sich noch immer nervös um. Anscheinend wusste er nicht, wie er anfangen sollte. Wortlos zog er schließlich einen dicken Umschlag aus der Tasche seines Regenmantels und hielt ihn ihr hin.

Amanda verstand nicht, was er da tat. War er gekommen, um Schulden zu bezahlen, die durch die neuen Rassegesetze ohnedies hinfällig waren, oder verkündeten diese Dokumente, dass nun auch sie selbst verhaftet werden sollte?

Sie bedachte den Mann mit ihrem feindseligsten Blick.

»Was wollen Sie von uns?«, fuhr sie ihn an und ignorierte den Umschlag.

»Ich … bin gekommen, um Ihnen zu helfen«, erwiderte er zögernd.

»Wir brauchen Ihre Hilfe nicht. Sie wissen recht gut, dass mein Mann in Kürze zurückkommt.«

»Frau Sternberg, ich fürchte, ich muss Ihnen mitteilen, dass Ihr Mann nicht zurückkommen wird.«

Sie standen einen Moment schweigend da, bis die Fassung, die Amanda seit seiner Ankunft so mühsam bewahrt hatte, dahinschwand. Tränen stiegen ihr in die Augen, und sie bemühte sich krampfhaft, sie zurückzuhalten.

Der Mann streckte ihr immer noch die Hand entgegen, als wolle er darauf bestehen, dass diese starrköpfige Frau ihm trauen solle – obwohl sie ein Graben trennte: nicht nur die Rasse, sondern auch eine Ideologie. Er war ein Vertreter der herrschenden Partei, sie eine Jüdin mit dem Aussehen einer Deutschen.

»Das ist das Mindeste, was ich für Ihren Mann tun kann. Bitte nehmen Sie den Umschlag.«

»Ich brauche Ihr Geld nicht«, entgegnete Amanda.

»Nur dank Ihres Mannes ist mein Sohn noch am Leben«, beharrte der Mann.

»Und wie geht es Ihrem Sohn jetzt?«, fragte sie mit schwacher Stimme. Sie konnte seinem Blick nicht länger standhalten, ohne in Tränen auszubrechen.

»Leider wird er dem Führer nicht dienen können, aber wenigstens ist er noch unter uns«, erwiderte der Mann mit einem Lächeln, das er gleich wieder unterdrückte, als befürchte er, etwas Unpassendes gesagt zu haben.

Amanda nahm den Umschlag entgegen. Sie wollte gerade nachschauen, was darin war, als der Mann sie unterbrach.

»Sie haben Ihre Pässe bereits. Ich weiß, dass Sie keine Visa mehr für Palästina bekommen konnten, aber es ist mir gelungen, Ihnen Landeerlaubnisse für Kuba zu besorgen. Und Fahrkarten für die Erste Klasse auf einem deutschen Ozeandampfer. Die Fahrkarten sind im Umschlag. Ich habe mich vergewissert, dass alles korrekt ist. Mit Hilfe Ihres Mannes konnte ich Ihren Bruder in Havanna ausfindig machen, und er hat mir mitgeteilt, dass er Sie alle aufnehmen würde.«

»Ohne meinen Mann verlassen wir Deutschland nicht«, protestierte Amanda, während ihr gleichzeitig bewusst wurde, dass Julius die Ausreise seiner Familie bereits seit Wochen, wenn nicht gar Monaten geplant hatte.

»Herr Sternberg ist vor sechs Tagen gestorben«, entgegnete der Mann mit gesenktem Blick und verschränkte die nun leeren Hände.

Ohne den Kopf zu heben, versuchte er, Amandas Reaktion zu erkennen. Sie schwieg und lächelte schwach. Sie war auf diesen Moment vorbereitet gewesen, er kam nicht völlig überraschend. Von dem Tag an, als Julius verhaftet worden war, hatte sie geahnt, dass er nicht wiederkehren würde. Auch Lina hatte das vorhergesehen. Der Brief, den sie bekommen hatte, war sein Abschied gewesen – mehr brauchte sie nicht zu wissen. Schon gar nicht brauchte sie das Mitleid dieses Mannes, der ebenso schuldig war wie jene, die den Vater ihrer Kinder hatten sterben lassen. Sie wollte nur noch, dass dieser Mensch endlich verschwand und sie mit der Trauer allein ließ, mit der sie von nun an leben musste.

»Doktor Sternberg war ein großartiger Mensch. Er hat darum gebeten, dass ich zu ihm komme, und es ist mir gelungen, ihn noch vor seinem Tod zu besuchen. Die Wundinfektion hat ihn innerlich aufgezehrt, aber er hatte noch genug Kraft, um mich zu bitten, dass ich Ihnen und Ihren Töchtern helfe.«

Als sie den Fremden in der Vergangenheitsform über ihren Mann sprechen hörte, begannen Amandas Lippen zu zittern. Sie biss sich so fest darauf, wie sie konnte. Auf keinen Fall wollte sie ihr Leid mit ihm teilen. Auch ihr Blick zeigte keinerlei Dankbarkeit. Sie wartete nur darauf, dass er endlich verschwand und sie mit ihren Töchtern und ihrer Freundin allein ließ und sie Julius' letzten Brief noch einmal lesen konnte.

»Ich konnte allerdings leider nur eine Landeerlaubnis für zwei Personen bekommen. Herrn Sternbergs Wunsch war es, dass Sie die beiden Töchter reisen lassen. Die *St. Louis* legt am 13. Mai abends in Hamburg ab. Sie finden alle nötigen Informationen im Umschlag.« Er schwieg einen Moment und holte nervös Luft, dann fuhr er langsam fort: »Es ist die einzige Möglichkeit, die Mädchen in Sicherheit zu bringen ...«

Er brach ab, hin- und hergerissen zwischen seiner Pflicht als guter deutscher Staatsbürger und dem Gefühl, in der Schuld des Mannes zu stehen, der seinem Sohn das Leben gerettet hatte. Nur weil er diesem Mann so viel zu verdanken hatte, sah er sich genötigt, Angehörige einer minderwertigen Rasse zu schützen, die sein Land doch von der Erdoberfläche verschwinden lassen wollte. Den Abschaum, das Gewürm, das Lumpengesindel, diejenigen, die die Staatskasse plünderten, den Deutschen die Arbeit stahlen und die reinste Rasse, die Gott geschaffen hatte, demütigten.

Wieder herrschte längeres Schweigen. Als er sah, dass Amanda nicht reagierte, trat er einen Schritt auf sie zu. Am ganzen Körper zitternd wich sie zurück.

»Frau Sternberg, tun Sie, was Ihr Mann gesagt hat. Sie selbst sollen von Hamburg aus am nächsten Morgen mit dem ersten Zug nach Paris weiterreisen und von dort aus nach Limoges. Ihr Ziel, Frau Sternberg, ist ein kleines Dorf in Haute-Vienne. Dort erwartet Sie Claire Duval. Sie wurde bereits für ein Jahr bezahlt, bis Ihre Töchter und Sie wieder vereint sein können. Auf diese Weise wird auch Frau Duval geholfen – wie Sie wissen, ist sie verwitwet und muss allein für ihre Tochter sorgen.«

Es war über ein Jahr her, dass Amanda zuletzt Kontakt mit Claire gehabt hatte. Claires Mann, der sehr viel älter gewesen war als sie, war ein großer Pflanzenliebhaber gewesen – eine Leidenschaft, die er mit Amandas Vater geteilt hatte, seit die beiden sich in den Kolonien kennengelernt hatten. Claires Mann war vor einigen Jahren gestorben.

Amanda konnte nicht verstehen, weshalb Julius diese Fluchtpläne vor ihr verborgen hatte. Offenbar hatte er alles von langer Hand geplant – es für sich selbst jedoch gar nicht erst in Betracht gezogen.

»Es ist das Beste, was Sie für Ihre Töchter tun können«, schloss der Mann mit ernster Stimme. »Die einzige Möglichkeit.« Er sah sie ein letztes Mal eindringlich an, dann wandte er sich um und ging.

Ein paar Sekunden stand Amanda stocksteif da und ging in Gedanken das Panorama durch, das sich ihr eröffnete. Sie war dazu verdammt, sich in einem winzigen Dorf im Südwesten Frankreichs zu verstecken, während ihre Töchter auf einer unbedeutenden Insel auf der anderen Seite des Atlantiks verschwinden sollten. Sie wusste nicht, was sie tun sollte. Schließlich ging sie ins Hinterzimmer und suchte zum ersten Mal die Koffer, die ihr Mann in seinem Abschiedsbrief erwähnt hatte. Sie fand nur seine Arzttasche. Als sie sie öffnete, stellte sie fest, dass sie bis zum Rand mit Reichsmark gefüllt war. Sie ließ sie an ihrem Platz stehen und lief gedankenverloren im Zimmer auf und ab.

»Julius, Julius, was haben wir getan …?«, rief sie verzweifelt, während ihr die Tränen über die Wangen liefen. Sie war untröstlich über den Verlust und die Vorstellung, dass sie ihre Töchter bald ins Ungewisse schicken musste. *Ich weiß, dass du nur das Beste für uns wolltest, aber wie kannst du von mir verlangen, dass ich mich von meinen Töchtern trenne? Unseren Schätzen, unseren Augensternen? Viera ist ja schon etwas älter, aber Lina …*

Sie verbrachte lange Zeit im Hinterzimmer des Buchladens, bei der Tasche, die vollgestopft war mit einem Vermögen, das weder ihr noch ihren Töchtern die Freiheit erkaufen konnte. Die Zeit lief gegen sie. Sie musste die beiden auf eine Überfahrt ins Ungewisse vorbereiten, zu einer Insel auf der anderen Seite des Ozeans, weit weg von dieser düsteren Welt. *Ja, auf dieser Insel wird es Sonne geben, viel Licht, und niemand wird auf sie herabschauen. Mein Bruder wird die beiden beschützen*, sagte sie sich wieder und wieder.

Sie versuchte, sich vorzustellen, wie die Zukunft ihrer Töchter auf einer Karibikinsel aussehen würde – bei einem Onkel, der kommunistische Ideen vertrat und sich wütend gegen alles und jeden auf der Welt richtete, jederzeit bereit, zu den Waffen zu greifen. Aber alles, was sie sah, war eine dichte schwarze Wolke.

Ach, Abraham, mir bleibt wohl keine andere Wahl, als dir aus dieser Entfernung blind zu vertrauen!

Sie erinnerte sich daran, wie er als junger Mann gewesen war: streitlustig und ständig bereit, sich gegen die etablierte Ordnung aufzulehnen. Schon als Kind hatte er seine Eltern, Religion und die herrschende Politik infrage gestellt. Die Geschichtsstunden gipfelten häufig in Faustkämpfen mit seinen Schulkameraden, und mehr als einmal hatte seine Mutter in der Schule intervenieren müssen, um schlimmere Strafen zu verhindern. Ihr Bruder war von dem kommunistischen russischen Schriftsteller Majakowski ganz besessen gewesen und hatte seinen Vater überredet, alle seine Gedichtbände zu kaufen. Die Bücher wurden in braunes Packpapier eingeschlagen nach Deutschland geliefert, damit man die roten Umschläge nicht sah. *Wie mag Abraham jetzt sein?*, fragte sie sich. Es war lange her, dass sie ihn gesehen hatte, das letzte Mal vor ihrer Heirat mit Julius.

Noch immer in ihre Betrachtungen versunken, kehrte Amanda nach oben in die Wohnung zurück. Die Mädchen schliefen bereits, und Hilde erwartete sie mit einer Tasse Tee, die sie ein wenig beruhigte.

»Sie gehen fort«, sagte Amanda und trank einen Schluck.

»Viera und Lina reisen mit dem Schiff ab. Es ist die einzige Möglichkeit, sie zu retten.«

Noch während sie es sagte, kam es ihr so vor, als rede jemand anderes an ihrer Stelle. Was sie da aussprach, waren weder ihre eigenen Worte noch ihre Gedanken. Sie atmete den Duft des Tees ein und wiederholte noch einmal, was sie sich gerade sagen gehört hatte.

»Wir könnten nach Paris fliehen«, schlug Hilde vor, nachdem sie aus ihrer anfänglichen Schockstarre erwacht war.

»Das Schiff wird spätabends ablegen, Mitte Mai, in Hamburg.«

Als Amanda sah, wie die Tränen aus Hildes zusammengekniffenen Augen rannen, lächelte sie ihre Freundin tröstend an. Hilde konnte ihre Gefühle herauslassen, sie konnte weinen und schließlich auch getröstet werden, während sie selbst scheinbar ungerührt blieb.

Amanda erklärte Hilde, dass sie den *Büchergarten* und Berlin verlassen würden, erwähnte ihr Ziel jedoch nicht, nur, dass es eine Fahrt ohne Wiederkehr sein würde. Hilde verstand. Weder umarmte Amanda ihre Freundin, noch kam ein Schluchzen über ihre Lippen.

»Ich muss die Koffer packen. Drei Koffer, einen für jedes Mädchen und einen für mich. Mehr werden wir nicht brauchen.«

In ihrem Schlafzimmer suchte sie den kleinen Kasten aus Ebenholz heraus, den ihr Vater ihr einmal geschenkt hatte, und betrachtete die feinen Einlegearbeiten aus Perlmutt.

»Diospyrus ebenum«, flüsterte sie und schob den Kasten in den Koffer, zusammen mit dem kostbaren botanischen Album.

Ohne die Bücher war das Zimmer nur noch ein leerer, lebloser Raum. Es gab nichts mehr, was sich zu retten lohnte. Keinen Grund hierzubleiben, keine Veranlassung, wehmütige Gedanken an die Vergangenheit zu verschwenden.

»Die Mädchen reisen nach Kuba«, erklärte sie Hilde, als sie ins Esszimmer zurückkam. »Wenigstens können sie dort zur Schule gehen. Hier dürfen sie es ja nicht mehr. Und ohne Bücher …«

Am meisten beunruhigte sie, dass sie auf Gedeih und Verderb dem Unbekannten ausgeliefert war – der Entfernung und der Zeit. Sie umarmte ihre beste Freundin, und in der Umarmung fand sie endlich die Kraft, die schreckliche Tatsache auszusprechen: »Sie haben Julius vor sechs Tagen sterben lassen.«

Sechs Tage: eine Ewigkeit. Sie versuchte, sich zu erinnern, was sie an jenem Tag getan hatte: *Hat es geregnet? War es kalt? Nein, die Sonne hat geschienen, und ich war mit den Mädchen draußen.* Ja, jetzt fiel es ihr wieder ein. *Es war ein schöner Tag. Ist er in der Morgendämmerung gestorben oder mitten in der Nacht? Hat ihm jemand die Hand gehalten oder ihm die Augen geschlossen? Wer hat sich von ihm verabschiedet, wer hat seine letzten Worte gehört?*

»Es wird alles gut. Julius hat alles organisiert. Die Mädchen gehen zu meinem Bruder nach Kuba, und ich werde in Südfrankreich wohnen, bei meiner Freundin Claire, auf einem kleinen Bauernhof, weit weg von den Barbaren. Siehst du: Julius hat uns gerettet. Er wird immer auf uns aufpassen. Ich habe einen Engel geheiratet.«

Die beiden Frauen lächelten. Die Vorstellung, dass Julius über sie wachte, vermittelte ihnen ein zwar trügerisches, aber dennoch tröstliches Gefühl von Frieden. Jetzt mussten sie noch planen, wie sie in Verbindung bleiben und wann Hilde sie besuchen kommen konnte.

»Ach, Hilde, wir haben noch ein bisschen Zeit, ehe wir uns voneinander verabschieden müssen. Und unsere Trennung wird nicht ewig dauern.« Amanda schwieg einen Moment. »Wir werden uns wiedersehen, wenn Deutschland zur Vernunft gekommen ist. Wir leben in Zeiten der Dunkelheit, aber du kannst sicher sein, dass am Ende das Licht siegen wird. Niemand kann ewig im Dunkeln leben.«

Hilde zog sich in ihr Schafzimmer zurück. Endlich war Amanda allein – sie brauchte Zeit für sich, um mit der Situation umzugehen, dass sie sich bald von ihren Töchtern trennen musste.

Allein. Ohne dass jemand über sie urteilte oder sie bemitleidete, während sie zornig mit ihrem Schicksal haderte und ihren Vorfahren die Schuld an ihrer Situation gab, weil die Eltern der Eltern ihrer Eltern Deutschland zu ihrem Gelobten Land auserkoren und das Nomadenleben aufgegeben hatten, für das sie doch letzten Endes bestimmt waren. Sie selbst hatte kein Recht, irgendwo Wurzeln zu schlagen. Hier und jetzt war es an Amanda, nach einem Jahrhundert illusorischer Beständigkeit für ihre Familie mit ihren beiden Töchtern die Tür hinter sich zuzuziehen. Sie musste aufbrechen und eine neue Welt erobern, die – da war sie sicher – ebenso feindselig sein würde wie die, welche sie zu verlassen gezwungen waren.

8

Freundliche Begrüßungsfloskeln verschwanden aus den alltäglichen Begegnungen und wurden ersetzt durch ein zackiges Emporreißen des rechten Armes, begleitet von dem Ruf »Heil Hitler!«. Amanda war nun von allem abgeschnitten: Weder durfte sie das Telefon benutzen noch eine Zeitung kaufen oder mit der Straßenbahn fahren.

Jeden Tag ging Amanda mit den Mädchen nach draußen, während Hilde Unterricht gab, und versuchte, Brot, Käse, Fleisch und Kartoffeln aufzutreiben. Auf den Straßen mussten sie ständig gegen einen Strom von Menschen ankämpfen. *Niemand geht mehr*, dachte Amanda, *alle marschieren entweder, oder sie rennen. Nur wir gehen in unserem eigenen Tempo.*

Eines Morgens beobachtete sie vor der Metzgerei, wie eine Gruppe junger Männer den Ladenbesitzer verprügelte, während dieser verzweifelt versuchte, seinen Kopf zu schützen. Seine Kippa war heruntergefallen und lag ein Stück weiter am Boden. Ein Junge trat dagegen, als wäre sie ein Fußball, hüpfte auf und ab und schrie triumphierend »Sieg Heil«.

»Was machen die denn mit Herrn Ross?«, fragte Lina mit zitternder Stimme. Viera begann zu weinen.

Ein Mann mit Hut und Hakenkreuzbinde am rechten Arm stieß versehentlich gegen Amanda.

»Verschwinden Sie hier lieber, hier ist es nicht sicher für Sie. Bringen Sie die Kinder sofort nach Hause!«, befahl er mit leiser Stimme und warf ihr einen verschwörerischen Blick zu, ehe er sich der Gruppe anschloss, die den Metzger attackierte.

Amanda zog die Mädchen fort, und diesmal rannten sie genauso schnell und rücksichtslos wie die Barbaren und trampelten über alles hinweg, was ihnen im Weg war. Schließlich fanden sie Schutz in einem Hofeingang unweit der Grolmannstraße. Sie stießen ein rostiges Eisentor auf und liefen auf den Hof einer großen Mietskaserne, deren Wände mit Schimmel überzogen waren. Das Gesicht gen Himmel gerichtet, betete Amanda um einen Lichtstrahl, der sie aus dieser demütigenden Lage führen würde. *Nur ein paar Wochen noch, dann sind wenigstens die Mädchen in Sicherheit*, sagte sie sich. Zugleich bat sie innerlich um Vergebung, weil sie zwei unschuldige Wesen diesem Krawall ausgesetzt hatte. Doch nun war es zu spät, es gab kein Zurück mehr. Julius hatte das verstanden und seine letzten Tage damit zugebracht, ihre Rettung zu organisieren.

Sie schloss die Augen und sagte Dank. Sie fragte sich, wer wohl der Mann gewesen sein mochte, der sie vor der Metzgerei gewarnt hatte. Vielleicht ein Engel, den Julius ihnen geschickt hatte – einer von den Barbaren, dessen Herz er gerettet hatte. Sie war überzeugt, dass Julius die Stadt mit Engeln gefüllt hatte.

Als Hilde nach dem Abendessen den Tisch abräumte, nahm Amanda Viera und Lina bei der Hand und ermahnte sie, gut zuzuhören. Nur das Klappern von Geschirr war zu hören.

»Mädchen, euer Vater hat für euch einen Aufenthalt bei meinem Bruder Abraham auf Kuba organisiert«, sagte sie und erstickte die Proteste der Kinder im Keim. »Wir müssen tun, was Papa sagt. Erst fahrt ihr beiden vor, und später treffen wir uns alle dort wieder.«

Lina wandte sich zu Hilde um, in der Hoffnung, dass diese ihnen beispringen und ihre Mutter überzeugen würde, sie nicht so weit fortzuschicken, zu einem Onkel, den sie gar nicht kannten und der sie wahrscheinlich nur aufnahm, weil er keine andere Wahl hatte. Doch Hilde kehrte ihnen den Rücken zu und beschäftigte sich mit dem Abwasch.

»Wann sollen wir abreisen?«, fragte Viera.

»Bald. In ein paar Wochen.«

»Ich habe Angst, Mama.« Viera begann zu zittern, und ihre Augen wurden rot.

»Und was machen wir, wenn wir Angst haben?«

»Wir zählen unsere Herzschläge«, antwortete Lina an Vieras Stelle und fing an, leise zu zählen. »Eins ... zwei ... drei ... vier ...« Sie lächelte und hoffte auf ein Lob, weil sie die Frage ihrer Mutter richtig beantwortet hatte.

»Sehr gut. Wir müssen anfangen zu packen. Wir können nur mitnehmen, was wir unbedingt brauchen.«

Hilde fragte sich, was hinter der scheinbar so ungerührten Miene ihrer Freundin vorgehen mochte, während diese wie ferngesteuert ihren Töchtern Anweisungen gab. Wie fühlte man sich, wenn man den eigenen Töchtern mitteilen musste, dass man gezwungen war, sie auf eine weit entfernte Insel zu schicken – vielleicht für immer? Ein Teller glitt Hilde aus der Hand, und sie fuhr zusammen, als sie das Porzellan auf den Fliesen zerschlagen hörte. Doch die anderen nahmen gar keine Notiz davon. Sie machten sich nicht die Mühe zu schauen, was Hilde zerbrochen hatte. Es war ihnen egal. Sie gingen ohnehin fort.

Amanda nahm ihre Töchter mit in ihr Schlafzimmer. Sie legten sich gemeinsam in ihr Bett und kuschelten sich zu dritt aneinander, als sei dies ihr letzter gemeinsamer Abend. Was sie jetzt brauchten, war Zeit miteinander.

»Eines Tages besuchen wir gemeinsam die Akropolis«, flüsterte Amanda ihren Töchtern ins Ohr – eine schöne Zukunftsfantasie, an die sie sich klammern konnten, während sie einschliefen.

Freitag, bei Einbruch der Dunkelheit, als sie gerade im Esszimmer die Kerzen anzünden wollten und ihr Abendessen fast fertig war, hörten sie ein lautes Klopfen an der Vordertür. Inzwischen konnte sie nichts mehr erschrecken. In einer Woche, am Samstag, dem 13. Mai, würden sie nicht mehr beisammen sein. Nichts konnte schlimmer sein als das. Hilde ging nach unten zur Haustür, kam zurück und teilte ihnen mit, dass zwei Frauen, beide mit Klemmbrettern bewaffnet, unten warteten.

Amanda ging mit den Mädchen in den *Büchergarten*, in dem es nun keine Bücher mehr gab.

»Sie sind gekommen, um unsere Vermögensabgabe einzufordern«, teilte Hilde ihr mit und schloss sich dabei bewusst in die Inventur der Besitzstände ein, die jeder abgeben musste, der das Land verließ.

Eine der Frauen starrte Hilde verächtlich an.

»Wie kann sie sich bloß mit diesem Abschaum gemein machen?«, sagte sie zu der anderen, die daraufhin in raues Gelächter ausbrach. »Sich mit denen auf eine Stufe zu stellen!«

Hilde beachtete die Frauen nicht, und auch Amanda reagierte nicht. Sie fühlte sich seltsam beschützt von der Leere um sie herum: Hier gab es nichts von Wert, das sich lohnte, in die Liste aufgenommen zu werden, nichts, was sie vor ihnen retten wollte. Sie war mit ihren Töchtern und ihrer Freundin gut aufgehoben zwischen den leeren Regalen des ehemaligen *Büchergartens*, während diese Frauen eine Vergangenheit plünderten, die sie nicht länger bewahren wollte.

Zaghaft hatte der Frühling inzwischen auch Berlin erreicht, und die Plakatwände mit ihrem größenwahnsinnigen Lobgesang auf die Vollkommenheit warfen Schatten auf die zarten Blumen. Doch für Amanda, die umherlief und sich von der Stadt verabschiedete, die sie einmal für die ihre gehalten hatte, gab es keine Jahreszeiten mehr. Sie fragte sich, warum die Bäume in der Straße Unter den Linden immer noch nicht blühten.

Am letzten Abend aßen sie schweigend im flackernden bernsteinfarbenen Kerzenlicht. Am Fuß der Treppe standen ihre drei leichten Koffer. Hilde hatte ihnen ein paar Kofferanhänger von ihrer letzten Reise nach Paris mitgebracht und sie gemeinsam mit den Mädchen an den Koffern befestigt.

»Hotel Bellevue«, las Lina vor. »Ist das ein Schloss?«

»Ein kleines Schloss mitten in der schönsten Stadt Europas, wo es viele Paläste gibt, aber ohne Prinzessinnen. Du könntest die erste sein!«

Das Auto sollte sie in aller Frühe am nächsten Morgen abholen und zum Hamburger Hafen bringen. Hilde hatte sich darum gekümmert, dass ihre Papiere vollständig waren, dass sie weder die Landeerlaubnisse noch die Bordkarten für die Erste Klasse vergaßen und auch nicht die Pässe mit dem stolzen Adler, der von einem Hakenkreuz überschattet wurde. Amanda dagegen hoffte beinahe, dass es irgendein Versehen gab, dass sie irgendetwas vergessen hätten – ein günstiges Missgeschick, das sie vor der Schuld bewahren könnte, die sie sonst ihr ganzes Leben mit sich herumtragen müsste.

An jenem Abend schliefen die Mädchen in Erwartung ihrer Reise ruhig und friedlich. Amanda und Hilde lagen wach und lauschten dem flachen Atem der unschuldigen Wesen.

9

Als die Sonne an jenem Samstagmorgen aufging – der letzte Sonnenaufgang, den sie in Berlin sehen sollten –, bereiteten sie ihre Flucht vor. Es gab keine Rückkehr. Amanda umfasste Hildes Hände, sah ihr fest in die Augen und umarmte sie.

»Du wirst in meinen Gedanken immer bei mir sein, meine liebe Freundin«, sagte sie leise. »Danke für alles!«

»Bist du ganz sicher, dass du die Mädchen nicht doch mit nach Paris nehmen willst?«

»Ich muss sie schützen, Hilde. Wir müssen von hier fortgehen. Womöglich ist selbst ein Ozean nicht groß genug, um sie vor dieser Barbarei zu bewahren.«

»Kann ich dir schreiben?«

»Lieber nicht. Hilde, das wäre nicht gut. Dies ist unser Abschied.«

»Was ist nur aus uns geworden, Amanda?«, brachte Hilde hervor. Ihre Stimme klang brüchig.

»Sie werden dafür büßen, Hilde. Wir alle werden es büßen. Wie du einmal gesagt hast: Sie fangen mit Büchern an und hören mit Menschen auf. Deutschland ist nicht mehr, was es früher war. Meine Eltern waren stolz darauf, zum zivilisiertesten, kultiviertesten und kreativsten Land der Welt zu gehören … Und was sind wir jetzt? Noch schlimmer ist es, dass Jahre vergehen werden und wir immer noch für die Schuld der anderen werden büßen müssen. Sie haben die Nation in einen Abgrund geführt, aus dem sie unmöglich wieder emporsteigen kann. Wer wird noch ein deutsches Kind haben wollen? Wenn wir eines Tages alt sind, wird die ganze Welt uns meiden. Eine Generation nach der andern wird versuchen, diese Niedertracht wiedergutzumachen, aber es wird nicht gelingen. Das ist das Ende, Hilde. Das ist der Anfang vom Ende.«

Amanda ließ ihre Freundin los, und diese wandte sich ab, schlug verzweifelt die Hände vors Gesicht und ging dann mit gesenktem Blick zum Ausgang. Die Mädchen küssten Hilde liebevoll zum Abschied. Lina hielt ihre steife Stoffpuppe vor sich, Viera trug ein geblümtes Kopftuch, das im Nacken zusammengebunden war. Gespannt auf die Odyssee, die vor ihnen lag, kletterten sie rasch auf den Rücksitz des Autos.

Amanda warf ihrer Freundin einen letzten Blick zu. Sie selbst konnte vor dem Terror fliehen, aber Hilde würde die beschämende Schuld ihrer Nation mittragen müssen. Sie konnte nicht anders, als sie zu bemitleiden.

Hilde ihrerseits erschrak vor Amandas gefühlloser Kälte. Sie wirkte so schwerelos wie jemand, der nicht mehr existiert oder sich längst schon irgendwo anders hin verabschiedet hat.

»Wie fühlst du dich?« Hildes Stimme klang weich und traurig.

Als Amanda ihre Freundin hörte, kehrte sie wieder in die Gegenwart zurück.

»So, als hätte man uns im Dunkeln vor einem Erschießungskommando aufmarschieren lassen. Wir können nicht sehen, wer da schießt, wer uns angreift. Wir hören nur das durchdringende Jaulen der Kugeln, aber wir stehen immer noch. Egal, wie oft die Kugeln uns durchbohrt haben – wir bleiben stehen, bis die Schwerkraft uns überwältigt. Und dann liegen wir am Boden, alle in einer langen Reihe, von Kugeln durchsiebt, mit weit aufgerissenen Augen. Aber sie können uns nicht töten. Wir sind immer noch da, weil nichts und niemand uns von unserem Leid erlösen kann. Wie ich mich fühle, Hilde? Ich fühle gar nichts.«

Sie umarmten sich noch einmal wortlos und ohne Tränen. Eine Umarmung wie eine rettende Insel im Ozean. Eine Umarmung, die niemand außer der Nachbarin sah, die am Fenster im zweiten Stock lauerte.

Oben am Himmel stand immer noch der Vollmond und ließ sich auch von der einbrechenden Morgendämmerung nicht verdrängen. Amanda starrte nach oben, und Tränen stiegen ihr in die Augen.

»Was für ein sturer Mond«, seufzte sie.

Sie packte sich an die Kehle, als sei dort eine Wunde. Sie war gestorben, als sie Julius abgeholt hatten, nun kümmerte sie nur noch vor sich hin. *Wie viele Tode erwarten mich noch?*, fragte sie sich.

Als Amanda ins Auto steigen wollte, stieß sie gegen einen vorbeimarschierenden Soldaten, doch was machte das schon? Die Mädchen saßen bereits auf der Rückbank, und Hilde schloss den ehemaligen *Büchergarten* zweimal ab – und damit den Zugang zu einer wunderbaren Welt. Amanda stieg ins Auto, und es fuhr langsam los, während die Kinder hektisch zum Abschied winkten. Hilde blieb noch einen Moment in der Tür des Buchladens stehen, dann ging sie in entgegengesetzter Richtung davon, mit kalter Wut im Blick.

Sie sahen, wie Hilde langsam davonging, als seien sie und das Auto noch über ein unsichtbares Gummiband miteinander verbunden. Doch irgendwann war auch Hilde nur noch eine schemenhafte Gestalt, die bald ganz verschwunden sein würde. Amanda holte tief Luft und versuchte, sich das Wesen ihrer Freundin für die ungewisse Zeit ihrer Flucht tief ins Gedächtnis zu prägen.

»In Havanna brauchen wir keine Mäntel«, flüsterte Lina.

»Da scheint die ganze Zeit die Sonne, sodass es manchmal gar nicht Nacht wird. Kannst du dir das vorstellen?«

Viera lächelte, den Blick auf die feuchten Augen ihrer Mutter gerichtet.

»Wir fahren auf eine Insel, wo es immer hell ist – wo immer Sommer ist«, fuhr Lina aufgeregt fort.

»Aber warum hat Onkel Abraham keine Kinder? Vielleicht mag er keine Kinder …«, unterbrach Viera sie.

»Onkel Abraham hat keine Kinder, weil er so viel arbeitet.«

»Dann hat er doch gar keine Zeit für uns«, meinte Viera und betrachtete immer noch aufmerksam den abwesenden Blick ihrer Mutter, ihr hektisches Atmen, die zitternden Lippen und hängenden Lider, die Art und Weise, wie sie ihre Fäuste öffnete und wieder zusammenballte, als wolle sie ihre Verzweiflung darin einschließen. »Mama«, sagte Viera nur und versuchte, sie aus ihrer Lethargie zu reißen.

An Amanda nagten heftige Zweifel. Niemals hätte sie den Anweisungen dieses Barbaren folgen sollen, der sie in der Praxis ihres Mannes so erniedrigt hatte. Der Mann hatte alles getan, um seinen Sohn zu retten, hatte ihn sogar einem Arzt aus einer minderwertigen Rasse anvertraut, um sein Herz gesund zu machen – und jetzt musste sie mit ihren Töchtern fortgehen. Was für eine Mutter war sie, dass sie sich von einem Mann hatte übertölpeln lassen, dessen einziges Sinnen und Trachten es war, sie und ihre Kinder aus seinem absurden Idealbild einer Nation zu entfernen.

»Mama!«, rief Viera.

»Was machen wir hier?« Endlich reagierte Amanda. »Wo fahren wir hin?«

»Nach Kuba, Mama. Da erwartet uns Onkel Abraham«, erklärte Lina. Sie klang nicht sehr überzeugt.

In diesem Moment hellte sich Amandas Miene auf, und sie lächelte die Mädchen an. Die Kinder seufzten erleichtert, aber

Lina war immer noch verunsichert. Sie spürte, dass ihre Mutter gerade eine Entscheidung getroffen hatte, die sie alle für immer verändern würde, eine Entscheidung, die sie selbst noch nicht benennen konnte. Vielleicht war sie zu dem Schluss gekommen, dass es zu gefährlich wäre, ihre Töchter allein auf eine Insel zu schicken, wo es immer brütend heiß war. Vielleicht würde ihre Mutter mit ihnen auf dem Schiff fahren, um sich erst mal zu vergewissern, ob es Onkel Abraham auch wirklich recht war, dass sie zu ihm kamen. Es war auch möglich, dass Viera und sie auf dem Bauernhof in Frankreich landen würden, umgeben von Schafen, und dort auf ein Signal ihrer Mutter warteten. Lina ahnte etwas, doch die unmittelbare Zukunft war so unklar, dass sie nichts Genaueres erkennen konnte.

Sie versuchte, ihre Herzschläge zu zählen, ebenso die Vieras und ihrer Mutter, um die Phasen der Stille zwischen ihnen zu synchronisieren und die Angst zurückzudrängen, so wie ihr Vater es ihnen beigebracht hatte. *Vielleicht können wir ja doch zusammen reisen*, dachte sie und begann, mit offenen Augen zu träumen. *Wenn der Kapitän sieht, dass wir zwei kleinen Mädchen ganz allein unterwegs sind, dann wird er Mama bestimmt vorschlagen, mit uns zu kommen. Er wird eine Kabine für uns alle drei finden, mit einem riesigen Bullauge. Wie konnten Sie die beiden bloß alleinlassen, Madam? Sehen Sie denn nicht, dass sie noch viel zu klein sind? Das kann ich auf gar keinen Fall zulassen. Hier, bitte, hier haben Sie Ihre Landeerlaubnis – Sie können die beste Kabine an Bord bekommen. Sehen Sie doch nur, wie froh Ihre Mädchen jetzt sind! Und nun auf nach Havanna, Sie werden sehen, was das für eine schöne Stadt ist!*

10

Am Hamburger Hafen herrschte heilloses Gedränge. Inmitten des Durcheinanders ragte der riesige schwarz-weiß-rote Ozeandampfer auf wie eine gewaltige schwimmende Eisenmasse. Sie stiegen aus dem Auto, luden ihre Koffer aus und bahnten sich einen Weg durch die Menge. Amanda versuchte, sich zwischen den hin- und herdrängenden Menschen zu orientieren. Eine Kapelle spielte einen misstönenden Marsch. Befehle wurden gebrüllt, laute Abschiedsrufe erschallten. Viera und Lina starrten staunend auf das riesige Schiff, das sie zu der Insel ihres Onkels bringen sollte.

Amanda hatte genug damit zu tun herauszufinden, wer aus der Menschenmenge mit dem Schiff fortreiste und wer wie sie zurückblieb. Sie stellte sich an einer Schlange an, die zu einer Kontrollstelle führte. Diese mussten die Auserwählten zunächst passieren, bevor sie die schwankende, rutschige Gangway hinaufsteigen durften.

Am Ende der Schlange prüften drei Soldaten langsam und gründlich die Dokumente und stempelten sie ab. Ja, ihre Papiere waren alle in Ordnung. Sie hatte die Pässe der Kinder bei sich … Irgendetwas fehlte, sie hätte aber nicht sagen können, was.

Vor ihr in der Schlange standen ein Mann und eine Frau von etwa fünfzig Jahren, die kein Gepäck bei sich hatten und dunkel gekleidet waren. Sie wandten sich zu ihr um und lächelten sie an.

»Wir sind die Meyers«, stellte die Frau sich vor, als sie bemerkte, dass Amanda sie interessiert musterte.

»Frau Meyer, meine ältere Tochter wird allein reisen«, sagte Amanda so leise, dass es weder Viera noch Lina hörten. »Ich heiße Amanda Sternberg«, fügte sie nach einer Pause hinzu und zwang sich zu einem Lächeln.

Die Frau wich einen Schritt zurück und blickte sie vorwurfsvoll an.

»Wir haben leider keine andere Wahl.«

Die Frau begriff immer noch nicht. Ihr Mann achtete gar nicht auf das Gespräch der beiden.

»Frau Meyer, bitte, bitte kümmern Sie sich um meine Tochter«, fuhr Amanda fort. »Es gibt niemanden sonst, dem ich sie anvertrauen könnte. Mein Bruder wird sie in Havanna erwarten.«

Während sich die Schlange vorwärtsschob, blickte Frau Meyer zu dem Kind hinab, das immer noch fasziniert der dumpfen Marschmusik der Kapelle lauschte.

»Sie heißt Viera«, sagte Amanda und deutete auf Viera. »Sie ist die Ältere, sie wird schon zurechtkommen. Sie wird bald sechs. Aber Lina ist noch zu klein, sie ist erst vier!«

Die Frau nickte stumm. Ihr Blick war etwas freundlicher geworden. Amanda konnte verstehen, warum sie zunächst so abweisend reagiert hatte. Frau Meyer musste im Stillen ihre Qualitäten als Mutter infrage gestellt haben: Wie konnte sie nur ihre Tochter zwei völlig Fremden überlassen? Doch auch Frau Meyer wurde durch ihre verzweifelte Lage an Bord des Schiffes getrieben – und Amandas Situation war vermutlich noch hoffnungsloser.

»Ich glaube zwar nicht, dass Ihre Entscheidung richtig ist«, sagte Frau Meyer, »aber ich werde tun, was ich kann, damit sich Ihr Kind nicht ganz alleingelassen fühlt.« Ihre Stimme war fest. Es klang, als hätte sie Amanda zwar am liebsten immer noch einen Vorwurf gemacht. Zugleich fühlte sie sich aber wohl nicht berechtigt dazu, da doch ihr Mann und sie, wie alle anderen hier im Hafen, ebenfalls der unerträglichen Lage in Deutschland zu entfliehen versuchten und alles hinter sich ließen.

Der Offizier nahm die Papiere der Meyers und stempelte ein rotes J in ihre Pässe. Ein anderer Offizier, der neben ihm stand, verlangte Amandas Papiere zu sehen. Sie reichte ihm Vieras Pass und die Einreiseerlaubnis. Nachdem das J auch in Vieras Pass gestempelt worden war, begaben sie sich Richtung Gangway. Die Meyers traten zur Seite, damit Amanda sich von ihrer Tochter verabschieden konnte. Sie selbst hatten niemanden in Hamburg, von dem sie Abschied nehmen konnten.

Viera und Lina begriffen nicht, was vor sich ging. Ihre Mutter hatte diese Entscheidung in letzter Minute getroffen, die Mädchen dachten immer noch, sie würden Deutschland gemeinsam verlassen und gemeinsam ihr Abenteuer auf der fernen Insel antreten.

Amanda beugte sich zu ihrer älteren Tochter hinab. Sie wollte, dass diese ihr zuhörte, dass sie verstand und ihr wenigstens vergab. Sie holte eine kleine violette Schatulle aus ihrer Handtasche, öffnete sie und zog zwei goldene Kettchen heraus, an denen je ein Davidstern hing. Sie wählte denjenigen mit Vieras Namen aus, legte Linas Kette wieder zurück in die Schatulle und schob sie in die Handtasche.

»Viera, du bist die Ältere«, meinte sie und blickte ihrer Tochter in die Augen, während sie ihr die Kette um den Hals legte. »Ich glaube nicht, dass Lina die Reise überstehen würde.«

Vieras Lippen begannen zu zittern. Ihre Augen füllten sich mit Tränen.

»Mama!«, flehte sie.

Lina betrachtete noch immer fasziniert das Treiben im Hafen. Die Wellen, die sich am Bug des Schiffes brachen, die schwankende Gangway, die Kapelle, die immer noch mit ihrer schiefen Marschmusik die Abschiedsrufe übertönte.

»Ich werde auch aus der Ferne immer bei dir sein, Tag und Nacht«, sagte Amanda, zog das botanische Album hervor und trennte einen Stapel vergilbter Seiten heraus. »Hör zu, Viera. Ich behalte diese Blätter hier. Solange wir nicht zusammen sein können, werde ich dir jeden Morgen etwas darauf schreiben. Und an dem Tag, an dem die Blätter alle aufgebraucht sind, werden wir uns wiedersehen. Das verspreche ich dir.«

Die drei umarmten sich fest und küssten sich.

»Deine Mama liebt dich. Wir werden immer beieinander sein. Deine und meine Kette werden uns miteinander verbinden. Sie ist ein Geschenk deines Vaters«, sagte sie und berührte den Davidstern. »Und jetzt lauf, Viera. Frau Meyer wartet schon auf dich.«

Das kleine Mädchen wandte sich von ihrer Mutter ab, ging mit zusammengebissenen Zähnen zum Fuß der Gangway und schritt dann mit gesenktem Blick die Rampe hinauf. Das Herz schlug ihr nicht bis zum Hals. Sie hatte keine Angst. Es bestand also gar kein Grund, die törichten Herzschläge zu zählen.

Amanda suchte in ihrem Koffer nach dem Ebenholzkästchen, faltete die Seiten aus dem botanischen Album zusammen und legte sie hinein.

Lina starrte ihre Mutter verzweifelt an. Was hätte sie sie auch fragen sollen? Zum ersten Mal in ihrem Leben wusste sie nicht, was sie sagen sollte. Frau Meyer wandte sich um und lächelte ihnen voller Mitgefühl zu. Sie hatte verstanden.

Was habe ich nur getan?, schrie es stumm in Amanda. Ihr Gesicht war schmerzverzerrt, doch sie hatte keine Tränen. Während sie zusah, wie ihre ältere Tochter einer möglichen Rettung entgegen ins Ungewisse verschwand, befielen sie plötzlich Zweifel: Hatte sie nicht zugleich ihre jüngere Tochter verdammt? Zwar hatte sie Lina vor dem Unbekannten geschützt, dafür setzte sie sie aber zweifellos anderen Qualen und Entbehrungen aus. Mit weit aufgerissenen Augen prägte sie sich diesen Moment in allen Einzelheiten tief in ihr Gedächtnis ein. Es war der 13. Mai 1939, acht Uhr abends. Lina klammerte sich an ihre Mutter und verstand nicht, warum sie plötzlich doch auf dem Festland bleiben sollte.

Was habe ich eigentlich in Vieras Koffer gepackt? Was hat sie als Letztes gegessen? Wird sie frieren? Sie könnte auf hoher See Fieber bekommen. Ja, da waren mehrere Kleider, zwei Paar Schuhe – aber ihre Kleider werden ihr bald zu klein sein. Mein Gott! Am liebsten hätte sie die Zeit angehalten und ihrer Tochter hinterhergerufen, sie solle wieder zurückkommen, doch das Tuten des Signalhorns machte ihr bewusst, dass es zu spät war. Der Dampfer legte vom Kai ab. Sie konnte die angespannten Gesichter der Flüchtenden auf dem Hauptdeck sehen. Doch sie entdeckte weder Viera noch die Meyers. Sie stellte sich vor, dass Viera allein in ihrer Kabine in der ersten Klasse saß und mit einem Lächeln auf dem Gesicht ihren kleinen Lederkoffer auspackte. *Ja, ganz bestimmt lächelt sie*, sagte sich Amanda.

Sie nahm Linas eiskalte Hand und kehrte dem Schiff, den Meyers und ihrer anderen Tochter den Rücken zu.

Herbst 1939

Meine kleine Viera,

die Tage hier werden immer grauer. Jeden Morgen kämpft die Sonne ums Aufgehen: Manchmal gelingt es ihr, an anderen Tagen aber bleibt sie hinter den Wolken verborgen.
Ich habe noch nichts von Onkel Abraham gehört, doch zurzeit ist die Post nicht sehr schnell. Ich muss mich wohl noch eine Weile gedulden.
Ich habe gespannt darauf gewartet, endlich etwas von Dir zu hören, und jeden Abend in den Briefkasten geschaut, bis vor ein paar Tagen der erste Brief, den ich Dir geschickt hatte, wieder zu mir zurückkam. Ich lege ihn ebenfalls diesem Umschlag bei, zusammen mit den anderen, die mir zurückgeschickt wurden, denn Deine Mama wird Dich nie aufgeben, dessen kannst Du gewiss sein.
Wir haben Krieg. Aber glücklicherweise sind wir hier in diesem Dorf in Sicherheit, auf einem Bauernhof, fernab von den großen Städten. Ich glaube nicht, dass man uns hier finden wird.
Deine Schwester Lina wird immer größer, und ihr Französisch wird von Tag zu Tag besser. Du solltest sie mal hören – sie klingt schon wie eine Einheimische.
Seit einiger Zeit gehen wir hier in eine Kirche, aber Du sollst wissen, dass ich immer noch jeden Abend eine Kerze für Dich anzünde und meinen Davidstern in der Hand halte, als wäre es deiner. Wenn ich ihn halte, spüre ich Dich an jeder Zacke und bin Dir nahe.

Inzwischen sprichst Du bestimmt schon Spanisch – jedenfalls ein paar Worte. Ich möchte, dass Du mir in Deiner neuen Sprache schreibst. Ich schreibe Dir morgens früh, weil ich weiß, dass dann bei Dir drüben gerade Abend ist und Du zu Bett gehst. Schlaf gut, meine kleine Viera – möge die Sonne Dich jeden Morgen leiten!
Wir werden niemals aufhören, an Dich zu denken, selbst wenn auf dieser Seite der Erde der Tag nie mehr anbrechen sollte.

In Liebe
Mama

DRITTER TEIL

Die Zuflucht

Haute-Vienne, Frankreich, 1939–1942

11

Claire Duval fürchtete das Vergessen. Zuerst war ihre Mutter, später auch ihr Vater und schließlich ihr Ehemann in einem dichten Nebel der Verwirrung verschwunden, und alle hatten sie die Verbindung zu ihrer Vergangenheit verloren. Irgendwann hatten alle drei sie nicht mehr erkannt, allmählich ihre Sprachfähigkeit eingebüßt und nur noch sinnentleert gestikulieren können. Am Ende bewegten sie sich gar nicht mehr und kehrten, zusammengerollt wie neugeborene Babys, dorthin zurück, woher sie gekommen waren.

Ihren Mann behielt sie in liebevoller Erinnerung. Jérôme Oliver war ein feiner, liebenswürdiger Mensch gewesen, der sich für exotische Pflanzen interessiert und sein Leben dem Studium der Botanik gewidmet hatte. Mit zunehmendem Alter war er jedoch durch seine Krankheit reizbar und ungestüm geworden, und er hatte die letzten Jahre einsam und ans Bett gefesselt verbracht. Geplagt von Druckgeschwüren war er von Tag zu Tag mehr verfallen. Die furchtbaren Schmerzen hatte Jérôme mit einem starren, eisigen Lächeln ertragen. Wenn Claire sich dieses maskenhafte Gesicht ins Gedächtnis rief, schauderte es sie immer noch. Dennoch zwang sie sich, sich an jede Einzelheit zu erinnern, an die glücklichen wie an die schmerzlichen Zeiten. Wenn sie wach war, zwang sie sich bewusst durch das Labyrinth der Vergangenheit, in der Hoffnung, dass die Erinnerungen sie dann nicht in ihren Träumen heimsuchen würden. Claire fürchtete Träume. Sie waren das Einzige, was sie sich zu vergessen erlaubte.

In letzter Zeit hatten sie wiederkehrende Albträume verfolgt. Sie war schweißgebadet aufgewacht und hatte versucht, die undeutlichen Botschaften zu verdrängen, die ihr zu sagen schienen, dass sie das Leben ihrer Tochter in Gefahr bringe. Alles hatte mit jenem Brief angefangen, in dem Julius Sternberg sie um einen Gefallen bat. Da sie sich ihm verpflichtet fühlte, hatte sie sich einverstanden erklärt, Sternbergs Frau aufzunehmen – schließlich war diese die Tochter eines der ältesten und besten Freunde ihres Mannes.

Es ist meine Christenpflicht, dachte sie und sagte sich das immer wieder, denn zugleich befürchtete sie, einen großen Fehler zu begehen. Sie durfte Amanda nicht abweisen, musste aber auch ihre eigene Tochter schützen. Sie konnte sich noch gut daran erinnern, dass ihr Mann regelmäßig antiquarische französische Botanikalben an den *Büchergarten* in Berlin geschickt hatte. Die beiden Pflanzenliebhaber hatten eine lange freundschaftliche Korrespondenz geführt. Nach dem Tod von Amandas Vater war Jérôme tieftraurig gewesen. Dann war allmählich der Erinnerungsverlust gekommen, die Demenz forderte ihren Preis. Seit Jérômes Tod hatte sich Claire ganz der Erziehung ihrer Tochter gewidmet. Doch nun hatte sie das Gefühl, sie sei es ihrem Mann schuldig, Amanda zu helfen.

Als sie an diesem Maimorgen aufstand, war die Luft schon warm, ein Hinweis darauf, dass der Sommer nicht mehr fern war. Nachdem Claire leise ihre Gebete gesprochen hatte, füllte sie den Blumenkasten neben der Eingangstür mit Veilchen und pflückte einen Strauß Wildblumen – Schleierkraut, Prachtspieren, Ginster und Lavendel –, den sie als Willkommensgruß für Amanda in eine Vase auf den Tisch stellte. Sie kannte sie bisher nur aus Briefen und den gelegentlichen Erwähnungen ihres Mannes, doch sie wollte ihr Bestes tun, damit Amanda sich von ihren schrecklichen Erlebnissen erholen konnte – der Flucht und dem Kummer darüber, dass sie ihre beiden Töchter mit einem Schiff auf die andere Seite des Ozeans hatte schicken müssen.

Als Claire kurz darauf einen Blick durch die Haustür warf, entdeckte sie in der Ferne einen schwankenden Schatten.

»Danielle!«, rief sie laut, woraufhin ihre Tochter aufgeregt zu ihr gelaufen kam.

»*Maman*, du hast mir gar nicht erzählt, dass Madame Sternberg noch jemanden mitbringt!«

Wortlos legte Claire den Arm um ihre Tochter und strich ihr über das Haar.

Jetzt, im Frühling, stand die Natur in voller Blüte, Rot-, Orange- und Gelbtöne hatten das Grau der kalten Jahreszeit vertrieben. Doch die Frau und das Mädchen, die nun auf sie zukamen, schienen in ihren schweren, dicken Mänteln den längst vergangenen Winter mit sich zu schleppen.

Danielle hängte sich an den Arm ihrer Mutter, während sie auf der Türschwelle warteten. Amanda trat mit einem schüchternen Lächeln auf sie zu, und Claire half ihr aus dem staubigen Mantel. Während die beiden Frauen einander umarmten, konnte Claire den zarten, abgemagerten Körper und die merkwürdig langsamen Atemzüge der Fremden spüren.

»Danielle, das ist Madame Sternberg, Amanda. Und …«, sie zögerte, als wartete sie auf eine Bestätigung, »… und das ist wohl ihre Tochter.«

»Das ist Lina«, erklärte die Frau und senkte den Blick. »Viera ist allein mit dem Schiff abgereist.«

Die beiden Mädchen starrten einander neugierig an und tauschten ein schüchternes Lächeln. Doch gleich darauf hatten sie einander umarmt, Danielle griff nach Linas Hand und zog sie hinter sich her ins Haus.

Amanda blickte sich um, als rechnete sie damit, dass irgendjemand ihr gefolgt sein könne. Flüchtig schoss ihr der Gedanke durch den Kopf, ihre Tochter sei vielleicht vom Boot geflohen, ins kalte Wasser der Elbe gesprungen und ans Ufer geschwommen, weil sie nicht von ihnen getrennt sein wollte.

Viera kann ja gar nicht schwimmen, fiel ihr ein.

»Die Zeit vergeht schnell, Sie werden sehen«, sagte Claire tröstend. Sie führte Amanda ins Esszimmer, wo es von dem Kuchen, den sie zum Willkommen gebacken hatte, nach Sahne und Zimt duftete.

»Ich kann nur abwarten«, entgegnete Amanda, während sie die losen Seiten des botanischen Albums auf dem Tisch ausbreitete. »Viera ist die Ältere. Ich habe ihr das Buch gegeben, aus dem diese Seiten stammen, als wir uns voneinander verabschiedet haben. Auf den rausgetrennten Seiten werde ich ihr schreiben. Und wenn die Blätter aufgebraucht sind, werden wir uns wiedersehen.« Sie lächelte zynisch. »Das habe ich ihr jedenfalls versprochen. Haben Sie schon mal von einer Mutter gehört, die nicht hält, was sie ihrer Tochter versprochen hat?«

»Viera wird es bestimmt gut haben«, erwiderte Claire. Sie stand auf und kam mit einer Tasse Kamillentee wieder, in dem eine getrocknete Frucht des Sternanis schwamm. »Was Sie getan haben, war nur zu ihrem Besten.«

Schweigend saßen sie einige Minuten da. Claire betrachtete geduldig die fahrigen Gesten, den verlorenen Gesichtsausdruck und das wiederholte Seufzen dieser Fremden, der sie Zuflucht bot.

Amanda fiel es schwer, sich überhaupt noch an die Reise von Hamburg nach Haute-Vienne zu erinnern, an das lange Warten auf einem Bahnsteig. Daran, ob sie ihrer Tochter etwas zu essen gegeben hatte, ob sie etwas getrunken hatten. Das Letzte, woran sie sich erinnern konnte, war das Pfeifen des Stationsvorstehers gewesen, als er bei Einfahrt in den Bahnhof den Namen des kleinen Ortes gerufen hatte.

Claire zeigte ihr das Zimmer hinter dem Wohnzimmer, in dem sie schlafen sollte. Die Holzbalken an der Decke in

Amandas vorübergehendem Unterschlupf machten einen altersschwachen Eindruck. Türen und Fenster hingen ein wenig schief in den Angeln. Von draußen schimmerten schmale Streifen Sonnenlicht durch Risse und Löcher im Mauerwerk. In ihrem Zimmer löste sich der grünliche Putz von den Wänden, doch ihr Bett war mit makellos weißer, frisch gebügelter Wäsche bezogen.

Sie versuchte zu lächeln, aber ihr Gesicht wollte ihr nicht gehorchen. Als sie endlich allein in ihrem Zimmer war, überwältigte sie der Schmerz, auch wenn sie nicht weinen konnte. Es war ein spürbarer körperlicher Schmerz wie bei einem Armamputierten, dem selbst die bloße Erinnerung an die fehlende Hand noch Qualen bereitet. Amanda nahm eine der Seiten, die sie aus dem botanischen Album gerissen hatte, ohne die Zeichnung näher zu betrachten. Wahllos versuchte sie, einen Satz an die freien Stellen zu schreiben, und hatte das Gefühl, als würde ihre Seele sich von ihrem Körper lösen. Sie schwebte empor und stieß gegen die hölzernen Deckenbalken. Von dort oben meinte Amanda ihren reglosen Körper zu sehen, wie er unten am Tisch saß, mit dem Stift in der Hand auf das Papier starrte und auf eine Eingebung wartete, was sie ihrer verlassenen Tochter schreiben könnte.

Meine kleine Viera, schrieb sie auf Deutsch, in einer Sprache, die sie sich eigentlich geschworen hatte, nie wieder zu sprechen. *Vielleicht sollte ich besser auf Französisch schreiben*, dachte sie. Ihre Hand zitterte, die Buchstaben wurden zu schweren, ungelenken Schlingen, die ihre Angst deutlich erkennen ließen. *Erst ein paar Stunden sind vergangen, und trotzdem vermisst Deine Mama Dich jetzt schon* … Sie musste Viera ein Zeichen geben, irgendeinen Anhaltspunkt, dass sie sich wiedertreffen würden. *Sommer 1939*, gelang es ihr zu schreiben, ein Datum, das genauso vage war wie ihre Gedanken. Sie hatte keine Ahnung, wann sie den Brief zu Ende bringen könnte, der erst einen Teil

Frankreichs durchqueren und einen ganzen Ozean überqueren musste, ehe er die tropischen Straßen Havannas erreichte. Den Stift noch in der Hand schlief sie ein, und ihr Kopf sank ganz nah neben das Blatt.

Kurz nach Mitternacht hörte Claire gedämpfte Geräusche. Leise durchquerte sie das dunkle Wohnzimmer und legte das Ohr an die Tür zu Amandas Zimmer. Amanda sang, es klang wie ein Wiegenlied. »Guten Abend, gute Nacht, mit Rosen bedacht, mit Näglein besteckt, schlupf unter die Deck'. Morgen früh, wenn Gott will, wirst du wieder geweckt.« Claire verstand nur wenig Deutsch, sie erriet nur, dass es um den Abend und um Blumen ging.

Amanda brauchte sechs Wochen, um jenen ersten Brief fertig zu schreiben. Sie durfte sich keinen Fehler erlauben: Die kostbaren Seiten aus dem botanischen Album durften nicht verschwendet werden. Jedes Wort, jeden einzelnen Satz musste sie sorgfältig abwägen. Es war immens wichtig zu erspüren, wie die Formulierungen für ihre Tochter klingen würden, die einsam und allein am anderen Ende der Welt lebte. Immer wieder bekam Amanda Zweifel an dem, was sie schon geschrieben hatte. Auf keinen Fall wollte sie, dass Viera dachte, ihre Mutter wäre schwach und voller Sorgen. Sie musste den Eindruck erwecken, dass sie glücklich wäre, um auch Viera frischen Mut zu verleihen.

An einem feucht-schwülen Sommerabend verschloss sie den Umschlag und warf ihn in den Briefkasten an der Hauptstraße. Drei Tage und zwei Stürme zogen vorüber, ehe der Postbote den Brief endlich mitnahm. Zunächst würde er ihn vermutlich nach Limoges bringen, von wo aus er an seinen endgültigen Bestimmungsort weitergeleitet würde. Amanda wusste nicht, ob Briefe, die auf die andere Seite des Atlantiks geschickt wurden, erst einen Umweg über Paris nehmen mussten. Sie diskutierte endlos mit Claire über diese Frage, wenn sie ihr in der Küche half oder die beiden Frauen beisammensaßen, um Schals für den Winter zu stricken, während die Mädchen draußen herumtollten, auf Bäume kletterten oder sich in die vertrockneten Blumen am Wegesrand fallen ließen.

Manchmal las Amanda ihnen abends Texte aus dem botanischen Album vor. Danielle war beeindruckt, wie gut diese deutsche Dame Französisch und sogar Latein sprach. Vor dem Gutenachtkuss erzählte Amanda den beiden Mädchen immer von Viera.

»Wir hätten Papas Stethoskop mitnehmen sollen«, meinte Lina eines Abends. »Danielle und ich hätten damit spielen können, so wie Viera und ich früher.«

Nachdem sie bei den Mädchen das Licht ausgemacht hatte, zog sich Amanda in ihr eigenes Zimmer zurück. Sie war überrascht, dass es in dem Haus nur Kochbücher, Werke über Heilpflanzen und eine Bibel gab – alle verborgen auf den obersten Regalbrettern in der Küche.

Sonntags gingen sie zu viert in Pater Marcels Messe in der Dorfkirche, wo Amanda etwas über die christliche Auffassung von Schuld, Sühne und Vergebung erfuhr. Obgleich sie nicht die Absicht hatte zu konvertieren, ließ sie sich von der Liturgie forttragen und trösten und war tief berührt, wenn sie sah, wie Lina mit gefalteten Händen, gesenktem Kopf und geschlossenen Augen niederkniete und mit kindlichem Eifer zu einem fremden Gott betete.

Danielle hatte es sich in den Kopf gesetzt, alle Spuren eines deutschen Akzents aus Linas Sprache zu tilgen. Manchmal schob sie ihr einen Bleistift in den Mund, ein anderes Mal ein Stückchen Brot unter die Zunge. Oder Lina sollte die Wörter aussprechen, als hauche sie jemandem einen Kuss zu, woraufhin beide Mädchen regelmäßig einen Lachanfall bekamen. Aber wie sehr sich Lina auch um ihre Aussprache bemühte – für die Dorfkinder blieb sie »das deutsche Mädchen« oder »die aus dem Elsass« oder sogar »Danielles Flüchtlingsfreundin«. Amandas Sorge legte sich etwas, als ihr klar wurde, dass zumindest niemand ihre Tochter abschätzig als »Judenmädchen« bezeichnete.

Jeden Freitag bei Sonnenuntergang zündete Amanda auf der Fensterbank Kerzen an, wartete, bis am folgenden Morgen die Sterne am Himmel erschienen, und schrieb unvollendete Sätze an Viera. Der Freitag war auch der Abend, an dem sie Pater Marcel bei sich bewirteten. Sie aßen gemeinsam, und regelmäßig gipfelte das Essen in einer leidenschaftlichen Diskussion über den schrecklichen Schatten, der über Europa hing.

Pater Marcel war groß und voller Leben. Sein Haar war an den Ohren und im Nacken so kurz geschoren, dass man seine Adern hervortreten sah, wenn er sich aufregte. Seine freundlichen grauen Augen bildeten einen Gegensatz zu der vehementen Art, mit der er die Welt infrage stellte, obwohl er dabei niemals laut wurde und stets seinen liebenswürdigen Tonfall beibehielt, was Amanda zunächst verwirrte. Sein Eifer, die Bitterkeit seiner Worte und der Pessimismus, mit dem er über die düstere Zeit sprach, die ihnen bevorstünde, klangen altmodisch und fremd für jemanden, der das präzise Französisch des Paters nicht genau verstand. Erst auf der Kanzel wurde seine Stimme schroffer und erfüllte die ganze Kirche.

»Manchmal meine ich, die Welt ist an ihr Ende gekommen«, sagte er eines Abends langsam. »Ist uns denn nur noch das Gebet geblieben? Der Krieg steht unmittelbar bevor.«

Für Amanda hatte der Krieg längst begonnen. Pater Marcels Worte beunruhigten sie weniger als Claire, für die der Priester nach dem Tod ihres Mannes der einzige Mensch war, dem sie vertraute und an den sie sich wenden konnte, wenn sie Schutz brauchte.

»Ich glaube nicht, dass die Deutschen es wagen, in Frankreich einzumarschieren«, warf sie leise ein.

»Das sind sie doch schon einmal. Damals haben sie verloren. Aber jetzt sind sie eine Militärmacht und haben die Unterstützung einer ganzen verblendeten Nation«, sagte Pater Marcel mit gesenkter Stimme. »Wir reden hier von Hitler, nicht von irgendeinem einfachen Soldaten.«

»Können die Nazis uns hier finden?«, fragte Lina erschrocken.

»Die lassen wir einfach nicht rein!«, redete Danielle ihr Mut zu.

»Solange der Krieg noch nicht erklärt ist, sollten wir uns darüber auch keine Sorgen machen«, sagte Claire. »Esst lieber eure Suppe auf – das ist jetzt viel wichtiger!« Sie hatte die Angst in den Augen der Mädchen gesehen.

»Ich sage ja nur, dass wir vorbereitet sein sollten«, beharrte der Priester, ehe er mit seiner Mahlzeit fortfuhr.

Amanda hörte dem Gespräch zu, ohne daran teilzunehmen. Die Nationalsozialisten hatten ihre Familie schon zerstört, und sie war fast sicher, dass es keinen geschützten Ort für sie und ihre Tochter gab.

»Er ist Waise und wurde von Nonnen großgezogen. Deshalb ist er so rebellisch«, flüsterte Claire Amanda so leise zu, dass Pater Marcel es nicht hören konnte. »Unter seinem Priesterkragen regt er sich leidenschaftlich über alles auf. Zwar hat er die Weisheit eines alten Mannes, aber die Vitalität der Jugend macht ihn impulsiv.«

»Und was tun wir, während die Welt zerbricht? Nichts. Nicht zu glauben, was aus mir geworden ist!«, fuhr der Priester leidenschaftlich fort und schüttelte den Kopf. »Ich kenne mich selbst nicht mehr.« Er seufzte, ließ den Löffel auf den Tisch sinken und schloss die Augen, als führe er einen gewaltigen Kampf mit sich selbst.

»Wir stecken alle in demselben Dilemma«, wagte Amanda einzuwerfen und senkte sofort den Kopf, aus Angst, eine unbesonnene Bemerkung gemacht zu haben.

Der Priester schwieg, als ihm bewusst wurde, dass er seine Gastgeber beunruhigt hatte. »Es wird keinen Krieg geben«, sagte er. »Wenigstens sollten wir beten, dass es keinen gibt«, fügte er hinzu, beendete seine hitzige Rede, indem er einen Löffel Suppe aß, und starrte verlegen auf das geblümte Tischtuch.

Claire stand vom Tisch auf und fing an abzuräumen. Ehe sie seinen Teller nahm, legte sie ihm die Hand in einer versöhnlichen Geste auf die Schulter. Pater Marcel starrte immer noch die Tischdecke an.

»Ich werde mich darum kümmern, dass Lina auf die Mädchenschule im Dorf gehen kann«, sagte er schließlich und sah zu Amanda hinüber. Sie dankte ihm mit einem Lächeln.

Der Abend endete ohne Abschiedsworte. Amanda brachte die Mädchen in ihr Zimmer und schob den Stuhl zwischen die beiden Betten, dicht an die kleine Lampe.

»Mama liest uns jetzt aus dem zerrissenen Buch vor«, erklärte Lina, wobei sie das Wort »zerrissen« geheimnisvoll betonte. »Sie wird uns von Blumen vorlesen, über Leguminosen und die Phlox-Familie …«

Claire begleitete den Priester noch bis zur Straße und blieb neben ihm stehen. Sie blickten hinauf in den dunklen Nachthimmel. Der Mond war hinter den Wolken verborgen, und auch Sterne waren nicht zu sehen. Pater Marcel nahm Claires warme, vertraute Hand, und sie wagte es, in einer freundschaftlichen Geste den Kopf an seine Schulter sinken zu lassen. So verharrten sie einige Minuten, bis er sich schweigend aus ihrer stillen Nähe löste. Dann schritt er rasch in die Dunkelheit davon, beinahe als würde er fliehen.

12

Lina war außer sich vor Freude über die Möglichkeit, mit Danielle zur Schule zu gehen. Sie schwor sich, dass sie ihr Französisch verbessern würde, bis keinerlei Akzent mehr zu hören wäre. *Ich werde französischer werden als die französischen Mädchen*, sagte sie sich und übte endlos die Aussprache der schwierigsten Wörter.

»Wir werden nicht in derselben Klasse sein«, warnte Danielle sie, als sie auf der Hintertreppe von Claires Haus saßen. Danielle war acht und reif für ihr Alter.

»Aber wir können zusammen zur Schule gehen und wieder zurückkommen – das ist das Wichtigste.«

Eines Nachmittags wurde ihre Unterhaltung unterbrochen. Erst wirbelten Blätter über den staubigen Weg, dann tauchte dahinter ein Junge auf.

»Das ist Rémi«, erklärte Danielle. »Du wirst sehen, dass er die ganze Zeit nur Blödsinn macht.«

»Das ist also die Ausländerin«, sagte der Junge. Er trat zu Lina und musterte sie eingehend, als wolle er herausfinden, wo genau sie herkam. Als er merkte, dass er sie verlegen machte, trat er ein Stück zurück und ließ den abgewetzten Lederball fallen, den er unter dem Arm getragen hatte. »Keine Angst, kleines Mädchen. Wir fressen hier keinen!«

»Bist du sicher?«, meinte Danielle. »Soweit ich weiß, hast du doch immer Hunger.« Danielle ergriff Linas Hand, und die beiden schlugen die Abkürzung Richtung Dorf ein.

»Ich hoffe, dass diese *Élise* ein bisschen Französisch spricht«, fuhr Rémi fort, während er ihnen folgte, dann ein Stück vorlief und Kreise um sie drehte.

»*Élise*? Sie heißt Lina, und sie spricht besser Französisch als du. Vergiss nicht, dass deine Familie aus dem Norden gekommen ist – also bist du eher Ausländer als sie ...«

»Aber sie sieht doch viel mehr wie eine *Élise* aus, findest du nicht?«

»Hör nicht auf ihn«, sagte Danielle zu Lina. »Die ganze Zeit über denkt er sich Namen für alles aus, was ihm begegnet.«

»Los, wir gehen zum Fluss!«, schrie Rémi und stürmte los, während er sich den weißen Gürtel mit der Metallschnalle zurechtrückte, der eine zu kurze Hose an Ort und Stelle hielt. Er trug Schuhe, aber keine Socken. Die Mädchen rannten hinter ihm her. Den ganzen Weg bis ins Dorf traute sich Lina nicht, ein Wort zu sagen.

Der Junge führte sie bis zu den Bahnschienen am Rande des Dorfes. Dort, wo die Schienen kurz vor der Brücke in eine Kurve bogen, erhob sich ein großer Felsen. Die Kinder ruhten sich in seinem Schatten aus.

»Der Zug müsste in einer halben Stunde kommen«, meinte Rémi. Seine Wangen waren gerötet vom Rennen, der Kragen seines Hemdes schweißnass. »Hier ist ein guter Platz zum Sitzen.«

Lina betrachtete ihn schweigend und versuchte, dem Schwall aus Wörtern und Scherzen zu folgen, der aus ihm hervorsprudelte.

Als er bemerkte, wie seine neue Freundin neugierig den weißen Gürtel musterte, erklärte er stolz: »So hat Giampiero

Combi seine Hose bei der Weltmeisterschaft getragen, und so will ich sie auch immer tragen.«

Rémis Familie kam aus Reims, aber seine Mutter stammte aus der Emilia-Romagna. Sie hatte sich in einen Franzosen verliebt, hatte ihre Familie und ihr Land verlassen und war so auch dem Faschismus entkommen, der sich in ihrer Heimat breitgemacht hatte. Das war jedenfalls die Geschichte, die Danielle an einem der Freitage beim Abendessen mit Pater Marcel gehört hatte. Rémi hatte zwar nie die Sprache seiner Mutter gelernt, war aber leidenschaftlicher Anhänger der italienischen Nationalmannschaft – eines Landes, das er nicht kannte und auch nicht besuchen wollte, »solange der Duce an der Macht ist«, wie er immer sagte, eine Formulierung, die er wohl von seiner Mutter aufgeschnappt hatte. Immer wenn sie einer Fußballübertragung im Rundfunk lauschten, neckte sein Vater ihn: »Du bist also ein Juventus-Anhänger? Das macht uns zu Todfeinden!« Dann zwinkerte seine Mutter ihm zu, während Rémi stolz erwiderte, dass er niemals eine Mannschaft von Verlierern unterstützen würde – und dass Frankreich niemals eine Weltmeisterschaft gewinnen würde, solange Spieler von Juventus die Gegner waren. Italien hatte die Weltmeisterschaft im Vorjahr gewonnen, und er würde sie »bis zum Letzten« unterstützen. »Faschist! Mein einziger Sohn ist ein Faschist!«, stöhnte sein Vater dann und schlug die Hände vors Gesicht. »In diesem Haus wird keine Pasta mehr gekocht«, befahl er seiner Frau, die lachte, während ihr Sohn sich fragte, warum sein Vater ihn als Faschisten bezeichnet hatte.

»Mein Vater sagt, dass es bald Krieg gibt. Wenn der Krieg ausbricht und Deutschland in Frankreich einmarschiert, gehen wir nicht in den Norden, sondern werden die Pyrenäen überqueren und so weit wie möglich nach Süden gehen, nach Spanien. Wir haben schon einen Plan. Und ihr?«

»Wenn es Krieg gibt und die Deutschen in Paris einmarschieren, wird es wahrscheinlich nicht mehr viele Orte geben, an die wir noch fliehen können«, meinte Danielle.

»Wir sind schon einmal geflohen, aber wenn wir jedes Mal weglaufen, sobald die Nazis näher kommen – was soll dann aus uns werden?«, fragte Lina. Sie hatte bis zu diesem Augenblick geschwiegen und sprach nun sehr langsam und versuchte, jedes Wort ganz genau auszusprechen, um älter zu wirken und sich den Anschein von Überlegenheit zu geben.

Rémi starrte sie einen Moment verdattert an. Doch dann lief er plötzlich in Richtung der Schienen los.

»Der Zug kommt! Wir müssen auf die andere Seite.«

In der Ferne konnten sie die Lokomotive sehen, die kurz davor war, in die Kurve einzubiegen. Rémi nahm Danielle an der Hand und gemeinsam überquerten sie die Gleise. Lina blieb zurück.

»Lina!«, schrie Danielle. »Du hast nicht mehr genug Zeit rüberzukommen. Bleib, wo du bist!«

Rémi vergrub das Gesicht in den Händen. Lina kletterte auf die Böschung, zögerte einen Moment, als sie die heranbrausende Lokomotive sah, sprang dann los und fiel mit dem Kopf voran auf die Steine in der Mitte des Gleisbetts. Die Vibration der Gleise erschütterte ihren ganzen Körper, doch sie blieb flach liegen, bis der Zug vorüber war. Danielle dachte, sie hätte unter dem Zug die Füße des Mädchens gesehen, das sie doch eigentlich beschützen sollte, aber vor lauter Staub konnte sie nichts richtig erkennen, und ihr Aufschrei blieb stumm. Rémi lief zu Lina, half ihr hoch und umarmte sie.

»Alles in Ordnung?«

Lina erwiderte nichts. Sie rappelte sich hoch. Blut rann aus ihren aufgeschürften Knien.

»Deine kleine Deutsche ist ganz schön tapfer«, stellte Rémi fest, während Danielle sich immer noch von dem Schrecken erholen musste.

Lina ging erhobenen Hauptes mit steifen Schritten los und versuchte, den brennenden Schmerz an ihren Knien zu ignorieren. Sie wusste, dass sie nicht weinen durfte, wenn sie die Anerkennung von Rémi und von den Mädchen in der Schule gewinnen wollte. Sie war entschlossen, sich von niemandem einschüchtern zu lassen: Ihr Akzent würde verschwinden, und irgendwann wäre sie bereit, es mit der ganzen Welt aufzunehmen, sogar mit den Deutschen, falls die es wagen sollten, hier einzumarschieren. Mit der Zeit würden die Spuren der Vergangenheit aus ihrer Erinnerung getilgt sein.

Von diesem Tag an waren Rémi und die Mädchen unzertrennlich. Oft spielten sie zusammen Fußball und kämpften darum, den alten Ball unter Kontrolle zu bringen. Dieser Ball war Rémis Ein und Alles, er nahm ihn sogar mit ins Bett. Er hatte ihn Combi getauft, nach dem legendären Juventus-Spieler.

13

Die Welt befand sich im Krieg. Mit gesenktem Blick teilte die Lehrerin ihren Schülern die Neuigkeit mit, die jedoch niemanden wirklich überraschte. Lina und Danielle machten sich keine allzu großen Sorgen. Sie lebten in einem kleinen Dorf mitten auf dem Land. Es schien unmöglich, dass die deutsche Armee Wiesen, Berge und Flüsse überqueren würde, nur um zu einem so unbedeutenden Flecken zu gelangen, an dem es nur zwei, drei Geschäfte und eine schmucklose Kirche gab.

Dennoch veränderte sich die Stimmung im Dorf. Während der freitäglichen Abendessen mit Pater Marcel traten in ihren ehemals angeregten Gesprächen lange Schweigepausen ein. Lina und Danielle verließen frühmorgens das Haus, kamen zum Mittagessen wieder und kehrten zum Nachmittagsunterricht in die Schule zurück. Nach der Schule spielten sie mit Rémi in einem verwilderten Obstgarten hinter der Kirche.

An manchen Tagen leistete Pater Marcel ihnen Gesellschaft und kickte den zunehmend ramponierten Ball. Freitags gingen sie alle gemeinsam zum Abendessen zu Claire, denn inzwischen war auch Rémi ein regelmäßiger Gast geworden. Pater Marcel wunderte sich, wie Rémi es geschafft hatte, auch Lina und Danielle zu Anhängern der italienischen Fußballmannschaft zu machen, die im Vorjahr in Frankreich zum zweiten Mal die Weltmeisterschaft gewonnen hatte.

Dank Rémi und dem Beginn des neuen Schuljahrs war das Leben im Dorf für Lina einfacher geworden. Sie verbrachte mehr Zeit außerhalb des Hauses und wollte gern glauben, dass nun das Schlimmste vorüber sei und sie in Frieden in einer Familie aufwachsen könne, auch wenn ihre Lehrer gelegentlich von einer Besetzung durch die Nazis redeten, was ihr Angst einjagte. Aber sie hatte Danielle und Rémi, und die beiden gaben ihr das Gefühl, das glücklichste Mädchen der Welt zu sein. Nur abends, wenn sie zu Bett ging, vermisste sie Viera. Doch was konnte sie mehr verlangen? Sie waren in ein fremdes Land gekommen, sie hatte zwei neue Freunde gefunden und fühlte sich sicher. Wenn sie mit Danielle und Rémi zusammen war, hatte sie das Gefühl, selbst dem mächtigsten Feind die Stirn bieten zu können.

An einem Freitag nach dem Fußballspiel mit Pater Marcel sahen sie den dicken wortkargen Briefträger aus Madame Beauchênes Café kommen, offenbar war er auf dem Weg zu Claires Haus.

»Ein Brief!«, rief Danielle Lina zu. »Nachrichten von Viera!«

Lina runzelte die Stirn, blieb stehen und trödelte dann hinter den anderen beiden her. Sie ahnte, dass dieser Brief keine guten Nachrichten bringen würde und ihre Mutter einmal mehr entmutigt wäre. Das Leben sei wie die Ausschläge eines Elektrokardiogramms, hatte ihr Vater ihnen einmal erklärt, eine endlose Aneinanderreihung von Höhen und Tiefen. Zum ersten Mal seit ihrer Ankunft in Frankreich musste Lina nun wieder ihre viel zu schnellen Herzschläge zählen und sich auf die Phasen der Stille zwischen ihnen konzentrieren: *Eins, zwei, drei …*

Amanda stand neben dem Briefkasten. Jeden Abend wartete sie wie ein Wachposten auf ein Zeichen von der fernen Insel und schrieb nichtssagende Sätze auf die Seiten aus dem botanischen Album. Es kam ihr vor wie ihre ganz persönliche Bestrafung, dass Vieras Gesichtszüge in ihrer Erinnerung verschwammen. Bereits sechs Monate nach der Trennung hatte sie ihre Tochter nicht mehr genau vor Augen, konnte sich weder an den Farbton ihrer Augen erinnern noch daran, welche Kleider Viera beim Abschied getragen hatte. *Wir entfernen uns viel zu schnell von der Vergangenheit*, dachte sie.

Der Postbote schnaufte. Er öffnete seine riesige Tasche, die allerdings nur einen kleinen gelblichen Umschlag enthielt, der mit roten und schwarzen Briefmarken beklebt war. Amanda nahm ihn schweigend entgegen. Der Postbote starrte verlegen zu Boden, doch sie blickte zum wolkenbedeckten Himmel empor.

»Es wird jetzt immer früher dunkel. Ich muss ein paar Kerzen anzünden«, sagte sie und eilte zum Haus zurück.

Vielleicht sollte sie versuchen, die christliche Vorstellung von Schuld und Vergebung besser zu verstehen. Vielleicht sollte sie alle ihre Sünden beichten und Buße tun. Vielleicht sollte sie vergessen, wer sie war, und sich ganz in die Hände eines barmherzigen Gottes begeben und das Kreuz anbeten. Aber das konnte sie nicht, sie durfte es nicht. Sie musste ihr eigenes Seelenheil bewahren und das ihrer toten Familie – auch um ihrer Töchter willen.

Amanda suchte im Kleiderschrank nach einem ordentlich gebügelten Kleid und zog es an, wobei sie es vermied, sich im Spiegel zu betrachten. Sie steckte sich das Haar hoch und befestigte ihre Perlenohrringe. Dann schaltete sie die Lampe in ihrem Zimmer aus und zündete zwei kleine Kerzen an. Sie rieb sich die eiskalten Hände über der Flamme, um sie zu wärmen. Leise weinend betrachtete sie den Umschlag im schwachen Licht der Kerzen. Man hatte den Brief wieder an den Absender zurückgeschickt, nachdem er seinen Weg durch Frankreich, über den Atlantik und durch die Straßen von Havanna genommen hatte, ohne ihre Tochter zu finden.

Sie legte den Umschlag in den Ebenholzkasten. Auf die Fensterbank gestützt, betrachtete sie den Sonnenuntergang und betete um Linderung ihrer Qualen. Als sie hörte, wie Lina das Zimmer betrat, wandte sie sich ihr mit einem Lächeln zu. Sie segnete sie mit einem Kuss auf die Stirn und forderte sie auf, sich vor dem Abendessen die Hände zu waschen.

Amanda betete um Stärke für den Weg, den sie noch vor sich hatte, und beschloss, einen neuen Brief zu beginnen, sobald sie am Samstagabend die ersten drei Sterne aufgehen sah. Sie durfte nicht aufgeben. Sie war sich sicher, dass es ihrer Tochter gut ging, und deshalb würde sie bei Tagesanbruch leise nur für sie singen, in jenem besonderen Moment, in dem sie Verbindung miteinander aufnehmen konnten, auch wenn die Briefe ihr Ziel nie erreichten.

14

In der Schule hatten sie mit Luftschutzübungen begonnen. Frankreich hatte Deutschland den Krieg erklärt, und Lina befürchtete, dass sie nun schon wieder als feindliches Element gelten würde. Schon in Berlin waren sie als Feind betrachtet worden – und nun würde man sie womöglich mit den Angreifern gleichsetzen. Das Einzige, was sie tröstete, war die Tatsache, dass sie diesmal zur Mehrheit gehörte. Sie schloss die Augen und flehte alle Götter des Universums an, sie doch in Ruhe zu lassen, damit sie einfach ein kleines französisches Schulmädchen sein konnte.

Die Lehrerin erklärte den Kindern, dass sie auf die erste Bombe vorbereitet sein müssten. Obwohl sie die Schülerinnen nicht unnötig beunruhigen wollte, schaffte sie es nicht ganz, ihre Besorgnis zu verbergen. Sobald die Mädchen die Sirene hörten, sollten sie sich unter ihren Tischen verstecken, bis man ihnen erlaubte, wieder ins Freie zu gehen. Sie müssten unbedingt rasch und ohne zu zögern den Anweisungen Folge leisten.

Für die Mädchen war der Feind nach wie vor unsichtbar. Lina vermutete, die Deutschen würden irgendwo am Himmel auftauchen, hinter den Wolken hervorstoßen und sie alle vernichten. Diesmal gäbe es keine Auserwählten, keine Unterschiede nach Religionszugehörigkeit. Alle würden in die Fänge derselben Macht geraten, ganz gleich, welchem Gott sie anhingen – und niemand auf der ganzen Welt würde einen solchen Angriff überstehen.

»Wir befinden uns im *drôle de guerre*, im Sitzkrieg«, sagte Pater Marcel zu Claire, als sie nach dem Abendessen vor der Haustür standen. Amanda sah zu, wie die beiden Mädchen ein Grab für einen jungen Vogel aushoben, der aus dem Nest gefallen war.

»Ich wette, der ist von einem deutschen Flugzeug abgeschossen worden«, flüsterte Lina.

»Das erste Opfer dieses Scheinkrieges«, stimmte Danielle ihr zu.

»Wenn wir so weitermachen, werden die Deutschen uns totschlagen wie die Fliegen«, fuhr der Priester fort. »Ein Greis kommandiert unsere Streitkräfte, und auch die Briten werden bestimmt nicht den Kanal überqueren, um uns beizustehen. Wieso sollten sie auch?«

»Die Deutschen werden es nicht wagen, hier einzumarschieren. Es wird nicht so einfach für sie werden, Paris einzunehmen«, wiederholte Claire mit einer Überzeugung, die sie nicht empfand, um die unterdrückte Wut ihres Freundes zu beruhigen. In Wahrheit war sie sich ihrer Sache keineswegs so sicher, und häufig hielt eine unbestimmte Angst sie nachts wach.

Für Amanda war die Zukunft hinter einem Schleier verborgen. Da ihre Gedanken ganz auf ein Wiedersehen mit Viera gerichtet waren, konnte sie nicht länger sehen, was vor ihr lag. An einem Samstagmorgen in der Dämmerung nahm sie ein weiteres Blatt aus dem botanischen Album und begann zu schreiben. Der Krieg, den sie in Berlin hinter sich gelassen hatte, war ihr genauso unverständlich wie jener, der sie nun sogar bis in die Felder des Haute-Vienne verfolgte. Doch sie wusste auch, dass man sie eines Tages finden würde, wie gut sie sich auch versteckte. Man würde sie finden, erniedrigen und schließlich vernichten. Für Amanda war dieser Krieg, der einzige Krieg, auf den es ankam, in keiner Weise Schein.

Herbst 1939. Meine kleine Viera … Die Tage hier werden immer grauer. Jeden Morgen kämpft die Sonne ums Aufgehen. Manchmal gelingt es ihr, an anderen Tagen aber bleibt sie hinter den Wolken verborgen. Ich bin sicher, dass auf Deiner Insel die Sonne immer scheint und jeden Morgen in helles Licht taucht …

Mit dem Novemberregen entlud sich der ganze Himmel auf die Straßen. Der Fluss Vienne schien sich in alle Richtungen auszubreiten. Auf Steinen, Baumstämmen, Häuserfassaden und selbst Fenstern wuchs Moos. Lina verbrachte Stunden damit, fasziniert diesen grünen Teppich zu betrachten, der sich an jede Oberfläche hängte und sich von Tag zu Tag weiter ausbreitete. *Eines Tages wird gar kein Licht mehr ins Haus fallen*, dachte sie und versuchte erfolglos, den dunklen, nassen Samt von den Wänden zu kratzen.

Eines Morgens kam Claire nicht aus ihrem Schlafzimmer. Durch den ständigen Regen und die endlose Dämmerung im Haus fühlten sie sich alle ein wenig jenseits von Zeit und Raum. Amanda klopfte leise an Claires Tür. Es kam keine Antwort, doch sie konnte Claire im Dunkeln schwer atmen hören. Als sie die Vorhänge zurückzog, fiel das Tageslicht zögerlich herein, und Amanda sah, dass Claire schweißgebadet, mit aufgesprungenen Lippen und halb geschlossenen Augen im Bett lag. Sie fröstelte und hatte hohes Fieber.

Amanda befahl den Mädchen, ein paar Handtücher mit kaltem Wasser zu tränken, dann presste sie die Tücher vorsichtig in Claires Nacken und auf ihre Stirn.

»Alles wird gut«, flüsterte sie. »Bei diesem Wetter muss man ja krank werden. Ist es hier im Herbst und Winter immer so?«

Lina und Danielle blieben an der Tür stehen und trauten sich nicht ins Zimmer.

»Wir müssen sie ausruhen lassen«, meinte Amanda und ging in die Küche, um einen Kräutertee zu kochen.

Sobald Pater Marcel von den Mädchen erfuhr, dass Claire krank im Bett lag, eilte er mit ihnen zum Haus. Als er zum ersten Mal im Leben das Schlafzimmer seiner guten Freundin betrat, schlug ihm der überwältigende Geruch von Eukalyptus und dem Kräutertee aus Ringelblume, Malve und Scharbockskraut entgegen.

»Dieser Regen macht uns allen zu schaffen«, sagte er und setzte sich an ihr Bett.

Er nahm Claires Hände und küsste sie schüchtern. Sie lächelte und schlief wieder ein; zu allem anderen fehlte ihr die Kraft. Pater Marcel ließ den Blick durch das dämmerige Zimmer schweifen. Auf einem verblichenen Foto erkannte er Claire ganz in Weiß zusammen mit einem Mann, der Jackett und Strohhut trug. Beide blickten mit großen Augen in die Kamera. Der Priester nahm seinen hölzernen Rosenkranz und versuchte, seine Aufmerksamkeit auf das Gebet zu lenken.

Am nächsten Morgen ging es Claire noch schlechter. Das Fieber war nicht gesunken, und sie atmete sehr unregelmäßig. Amanda schlug vor, einen Arzt zu holen.

»Nein«, protestierte Claire. »Morgen geht es mir bestimmt besser.«

Sechs Abende verbrachte Pater Marcel betend an ihrem Bett. Um Mitternacht verließ er im strömenden Regen das Haus und kam bei Einbruch der Dunkelheit am nächsten Tag wieder. Er hatte sich rasch daran gewöhnt, die Zeit mit Claire allein zu verbringen, und erzählte ihr während dieser Besuche seine Lebensgeschichte: von seiner Kindheit bei den Nonnen, vom Priesterseminar; wie er schon früh seine Berufung erkannt hatte, als ihm klar wurde, dass er niemals herausfinden würde, wer seine Eltern waren. Vermutlich zwei verängstigte Jugendliche, die ihn auf der Schwelle des Klosters abgelegt hatten. »Zu melodramatisch, um wahr zu sein«, scherzte er. »Ich habe mich ziemlich lange hilflos und verlassen gefühlt«, fuhr er fort. »Ich habe mich immer gefragt, wie man einfach so ein Kind aussetzen kann. Aber mit der Zeit habe ich es verstanden und habe vergeben und vergessen. Wer weiß, was meiner Mutter dabei durch den Kopf gegangen ist. Und nun habe ich doch eine sehr große Familie, oder?«

Eines Morgens war die Farbe in Claires bleiches, vom Fieber gezeichnetes Gesicht zurückgekehrt. Pater Marcel hatte ein schlechtes Gewissen, weil ihn diese frohe Neuigkeit keineswegs mit Freude erfüllte. Sobald Claire wieder gesund war, wären seine Begegnungen mit ihr wieder beschränkt auf das Abendessen am Freitag und gelegentliche Gespräche nach der Messe oder wenn sie mit den Mädchen das Kloster besuchte. Ihm war klar, dass es nun keinen guten Grund mehr für seine täglichen Besuche in ihrem Haus gab – und schon gar nicht wäre es schicklich, mit ihr allein zu bleiben.

Sie schien seine zwiespältigen Gefühle zu erahnen. »Betrachten Sie dieses Haus als Ihr Zuhause, Pater. Sie sind hier jederzeit willkommen«, sagte sie dankbar, doch ohne ihm direkt in die Augen zu schauen, und errötete dabei leicht.

An diesem Abend verabschiedeten sie sich nicht bei einem Kräutertee voneinander, sondern tranken frisch gemahlenen Kaffee. Sie saßen gemeinsam im Esszimmer und blickten hinaus in den Sturm, der sie so glücklich miteinander eingesperrt hatte.

15

Der zweite Brief kam bei Wintereinbruch zurück. Sie wussten schon Bescheid, als sie den Postboten mit gesenktem Kopf ankommen sahen. Amanda nahm den Umschlag und steckte ihn in das Ebenholzkästchen. Sie war überzeugt, dass ihre Tochter eines Tages alle Briefe lesen und dann erkennen würde, dass sie in Gedanken immer an ihrer Seite gewesen war. Das war das Wichtigste. Sie würde nun bis zum neuen Jahr warten, ehe sie den nächsten Brief abschickte. Es hatte keinen Zweck, um diese Zeit einen weiteren Brief abzusenden. Er würde doch nur zwischen all den Weihnachtskarten und Päckchen verloren gehen. Sie hoffte, dass Anfang Januar die Post einen schnelleren Weg nehmen würde. Vielleicht hätte dann endlich irgendein Postbote auf der fernen Insel Mitleid mit ihr, weil sie so beharrlich blieb, und würde die Adresse ihrer Tochter herausfinden, die inzwischen bestimmt schon genauso fließend Spanisch sprach wie eine Einheimische. Oder vielleicht wäre es auch besser, erst im Frühjahr wieder zu schreiben, wenn es überall blühte. Amanda konnte das Verstreichen der Zeit akzeptieren – doch das Vergessen nicht.

Zu Beginn des neuen Jahrzehnts erschien der Krieg noch wie eine leise, ferne Drohung. Es hatte bisher weder Gefechte noch Explosionen, weder Angriffe noch Verteidigungsmanöver gegeben. Nur die Kriegsschiffe standen einander mitten auf dem Atlantik gegenüber, weit entfernt vom Festland. In der Stadt fielen gelegentlich Flugblätter vom Himmel und trudelten auf Dächer und Plätze wie Schneeflocken. Pater Marcel beklagte, dass dies offenbar die einzige Reaktion eines Landes war, das nur allzu bereit schien, vor dem Feind auf die Knie zu sinken. Claire dagegen war überzeugt, dass der Angriff der Deutschen unmittelbar bevorstand und die friedlichen Tage bald vorbei wären. Und Amanda ahnte, dass es bald auch mit ihrem Zufluchtsort vorbei wäre.

Mitten im Frühjahr, als die Tulpen in voller Blüte standen, fielen die Niederlande in sich zusammen wie ein Kartenhaus. Einen Monat später überquerten die Deutschen die Grenze an der schwächsten Stelle und marschierten in Frankreich ein. Am 14. Juni 1940 kapitulierte *la grande dame*, Paris.

»Niemand kann sich gegen die Deutschen wehren«, sagte Amanda. »Das ist die schreckliche Wahrheit. Bald werden sie die Welt regieren.«

»Ich glaube nicht, dass wir in unserer Gegend irgendwelche Nazis sehen werden. In unserem Dorf werden sie ihre Hakenkreuzfahnen bestimmt nicht aufhängen«, entgegnete Claire, obwohl sie selbst nicht ganz davon überzeugt war.

Amanda schauderte. Falls sie Claires Haus verließ und Richtung Süden über die Pyrenäen floh, würde Viera sie niemals finden. Sie musste noch ein bisschen abwarten, ehe sie eine Entscheidung traf.

Niedergeschlagen hörten sie sich die Rede des französischen Generals Charles de Gaulle an, der aus seinem Londoner Exil sprach: »Was auch immer geschehen mag, die Flamme des französischen Widerstands darf nicht erlöschen und wird auch nicht erlöschen.«

Amanda brauchte ein Jahr, um ihren nächsten Brief zu beenden. Sie war sich bewusst, dass er sein Ziel nie erreichen würde, jedenfalls nicht zu ihren Lebzeiten. Dennoch musste sie schreiben.

> *Winter 1940. Meine kleine Viera … Dunkelheit ist über uns hereingebrochen. Siehst Du jetzt, wie recht ich hatte, dass ich Dich habe gehen lassen, obwohl mein Herz täglich aufs Neue darunter leidet? Nur Gott weiß, welche Stärke ich aufbringen musste, um Dich gehen zu lassen. Er allein hat mir die Entschlusskraft verliehen, Deine Schwester an der Hand zu nehmen und von Dir fortzugehen.*

Zum ersten Mal schrieb Amanda darüber, dass sie ihre Tochter verlassen hatte, und sie tat es mit großer Entschiedenheit. Dies war auch der Moment, in dem sie ehrlich gegenüber sich selbst sein und sich eingestehen musste, dass sie womöglich einen Fehler begangen hatte. Nun musste sie noch mehr Stärke zeigen, um Lina ebenfalls zu retten. Im Stillen brütete sie über einem Plan und betrachtete die verschiedenen Möglichkeiten, die ihr zur Verfügung standen. Sie hatte eine Mission zu erfüllen und durfte sich nicht daran hindern lassen.

Claire bemerkte die offensichtliche Veränderung an Amanda und konnte nicht verstehen, weshalb diese auf einmal so gelassen, ja, beinahe fröhlich wirkte. Amandas Gesicht schien von innen heraus zu leuchten. Sie ging zärtlicher mit den Mädchen um. Hatte sie früher am Abendbrottisch meist geschwiegen, so nahm sie nun angeregt am Gespräch teil.

Sie fing an, ihre Freundin »*Maman* Claire« zu nennen.

»Komm, Lina, hilf *Maman* Claire.«

»Lauf mal zu *Maman* Claire, sie braucht dich.«

»Geh mit *Maman* Claire zum Markt.«

Auf diese Weise leitete sie eine Art Übergabe ein. Von nun an war Claire für Lina *Maman* Claire. Wenn Lina ihre Mutter fragte, ob sie mit Danielle oder Rémi zum Fluss gehen oder nach der Schule noch im Dorf spielen dürfe, erwiderte Amanda, sie solle *Maman* Claire fragen. Bald übernahm sogar Pater Marcel diesen Namen.

Im folgenden Jahr, 1941, hieß es, die Nazis hätten das zwanzig Kilometer entfernte Limoges besetzt, obwohl noch niemand sie in der Nähe des Dorfes gesehen hatte. In den Zeitungen wurden die neuen Regelungen für die Juden abgedruckt, die die französische Regierung in Vichy unterschrieben hatte. Die neuen Gesetze erlaubten die »Arisierung« jüdischer Betriebe und verboten Juden die Arbeit bei Zeitungen, im Theater oder Radio. Für Amanda wiederholte sich die Geschichte. Diesmal stand sie den Entwicklungen jedoch gleichgültig gegenüber. Sie konnte nichts daran ändern.

Claire hatte es übernommen, den Mädchen abends vorzulesen, und erzählte ihnen fantastische Geschichten, um sie von dem unsichtbaren Krieg abzulenken.

Wenn Lina eingeschlafen war, fragte Danielle Claire über ihren Vater aus.

»Du warst sein Ein und Alles«, erwiderte Claire dann wehmütig und blickte seufzend zu ihrem Hochzeitsfoto hinüber. »Gott sei Dank ist dein Vater nicht mehr bei uns. Er hätte nicht ertragen, was aus Frankreich geworden ist. Schließlich hatte er sein ganzes Leben diesem Land gewidmet …«

16

An einem Morgen im Sommer 1942 klopfte der Postbote an Claires Tür. Diesmal wurde er von einem Gendarmen und einem Angestellten der Stadtverwaltung von Limoges begleitet.

Claire wurde bange. Sie begrüßte die Männer argwöhnisch, während Amanda neben ihr stand. Zusammen mit den Männern schien ein eisiger Lufthauch ins Haus zu wehen, und die Mädchen liefen weg und versteckten sich auf dem Dachboden. Der Postbote deutete mit zitternder Hand auf die beiden Frauen. Aus seinen Gesten sprach die Angst, doch seine Augen leuchteten vor Erleichterung darüber, dass er jemanden denunzieren konnte.

»Diese da ist Amanda Sternberg«, sagte er.

»Ihre Papiere«, verlangte der uniformierte Gendarm. So war es Gesetz, und Gesetzen musste man Folge leisten, selbst wenn sie vom Feind kamen. Obwohl letzten Endes niemand so recht wusste, wer hier eigentlich der Feind war.

Amanda holte die Papiere aus ihrem Schlafzimmer und überreichte dem Gendarmen ihren Ausweis und den ihrer Tochter.

Der Mann notierte sich umständlich ihre Namen und Geburtsdaten. An den Rand schrieb er das Datum, 16. Juli 1942, und das Wort JUDEN in Großbuchstaben. Stolz über seine ordentliche Handschrift, prüfte er noch einmal, was er in sein Notizbuch übertragen hatte, und hielt es dann dem Postboten hin, damit dieser es ebenfalls bewundern konnte.

»Es ist bloß eine Formalität«, fügte der städtische Angestellte hinzu und schien sich etwas unbehaglich zu fühlen. »Wir müssen eine aktuelle Aufstellung aller Juden in der Gegend vorhalten. So verlangt es das Gesetz.«

Als sie die abweisenden Blicke der beiden Frauen sahen, wandten sich die drei Männer rasch um und gingen ohne einen Abschiedsgruß.

Von diesem Augenblick an genossen Amanda und ihre Tochter keinen Schutz mehr. Sie waren dem Gutdünken der französischen Polizei ausgeliefert, die laut Pater Marcel von Tag zu Tag feiger und unterwürfiger wurde.

Die Briefe. Die Briefe haben uns verraten, hämmerte es in Amandas Kopf. Ihre Entschlossenheit, Viera zu finden, hatte Lina in Gefahr gebracht. Schweigend saßen Claire und sie bei einer Tasse Tee und versuchten, irgendeinen tröstlichen Gedanken zu finden, ein paar Worte, die ihnen neue Hoffnung geben konnten. Claires Augen funkelten vor Wut und Angst. Amandas und Linas Leben war nun abhängig von einem Gesetz, das die Franzosen unterschrieben hatten, um sich bei den Deutschen anzubiedern – eine Verordnung, die den Franzosen erlaubte, weiterzumachen wie bisher, wenn sie im Gegenzug die unerwünschten Elemente denunzierten.

Es gibt keinen Ausweg. Niemand kann sein Schicksal neu schreiben, dachte Amanda. Sie stand unter dem Schutz eines Dorfgeistlichen und einer Frau, die das Leben ihrer eigenen Tochter in Gefahr gebracht hatte, als sie Amanda und Lina bei sich aufnahm.

Kurz darauf erschien Pater Marcel bei ihnen. Er war zutiefst besorgt, denn man hatte soeben die wenigen im Dorf ansässigen Spanier, die Gaullisten und die »Unerwünschten« zusammengetrieben und in ein Arbeitslager gebracht.

»Ich kann eine Taufbescheinigung für Lina ausstellen und Lina in das Kloster schicken, in dem ich aufgewachsen bin«, sagte er, während sich seine Worte überschlugen. »Keiner von euch ist hier sicher, aber wir können wenigstens dafür sorgen, dass sie Lina nicht mitnehmen. Es gibt Gerüchte, dass es in Paris Massenverhaftungen gegeben hat. Mit Hilfe der Vichy-Regierung haben die Deutschen überall in Frankreich Lager für Zwangsarbeiter aufgebaut.«

Amanda hörte ihm mit halb geschlossenen Augen zu und zeigte keinerlei Gefühlsregung. Draußen vor der Tür spielten die Mädchen ausgelassen mit Rémis Ball.

»Das Beste wäre, mit Pater Auguste im Kloster zu sprechen. Dort werden sie uns bestimmt helfen. Hier ist es nicht mehr sicher für euch«, beharrte der Priester.

»Nirgendwo ist es mehr sicher. Wir können nicht unser Leben lang weglaufen.«

»Amanda, mit Hilfe des Abtes könnten wir Lina retten«, sagte Claire. »Er ist schon ein alter Mann, aber ich bin sicher, dass er nicht Nein sagen wird, wenn Pater Marcel ihn bittet. Mit der Taufbescheinigung …«

»Ich werde meine Tochter nicht verlassen«, unterbrach Amanda sie ernst. »Das habe ich schon einmal getan, und ich werde es bestimmt nicht wieder tun. Sie ist erst sieben.«

Sie nippten an ihren Weingläsern, während sie am Tisch saßen. Claire fasste Amandas Hände. Ihre Freundin ließ den Trost zu, während Pater Marcel schweigend trank. Dann klopfte er plötzlich zweimal mit der Faust auf den Tisch und erhob sich seufzend. »Wir werden eine Lösung finden. Fürs Erste halte ich es jedoch für besser, wenn Lina nicht mehr in die Schule geht.«

17

Im Schutz des Kerzenlichts versteckten sich die Mädchen auf dem kleinen Dachboden hinter einigen Holzfässern. Dort hatten sie sich eine Höhle aus rostigen Metallteilen und alten Wolldecken gebaut.

»Hier finden sie uns nicht«, meinte Danielle. »Von jetzt an bist du Élise. So wird jeder dich für eine Französin halten, genau wie wir es sind. Vielleicht kann *Maman* dich adoptieren, dann wären wir ganz offiziell Schwestern. Wer würde daran zweifeln? Du siehst ihr viel ähnlicher als ich.«

Lina schwieg und starrte in das flackernde Licht der Kerze. Als sie verlosch, schliefen die beiden Mädchen Arm in Arm ein.

Amanda hatte zwar Schwierigkeiten, Lina zu überzeugen, kam aber trotzdem zu dem Entschluss, dass es besser war, Danielle und Claire an diesem Sonntag nicht in die Messe zu begleiten. Zu Beginn seiner Predigt sprach Pater Marcel über Prinzen, Philister, ausgestoßene Töchter und Verrat. Keiner aus der Gemeinde verstand recht, was er mit diesen biblischen Verweisen sagen wollte. Weder erwähnte er den Krieg, noch dass Paris sich den Deutschen ergeben hatte. Die ganze Predigt drehte sich um Schuld, Verrat, Schande und Menschenpflicht. Schließlich blickte er die Gläubigen streng an und zitierte aus einem Psalm: »›Denn nicht mein Feind schmäht mich, das würde ich ertragen; keiner, der mich hasst, tut groß wider mich, vor ihm könnte ich mich verbergen; sondern du bist es, mein Gefährte, mein Freund und mein Vertrauter …‹«

Besorgtes Gemurmel erfüllte die Kirche. Einigen Gemeindemitgliedern liefen Tränen über die Wangen. Claire kniete nieder und betete, während Danielle und Rémi losliefen, um nach Lina zu suchen.

Der Priester schloss sich in der Sakristei ein. Lange Zeit ging er auf und ab, die Arme hinter dem Rücken verschränkt, und grübelte. Als er wieder herauskam, wäre er beinahe mit dem Postboten zusammengestoßen, der offenbar auf ihn gewartet hatte. Der Priester ging einfach an ihm vorbei, er wollte nicht stehen bleiben. Er konnte aus dem Stand keine weitere Moralpredigt halten und hatte auch nicht das Bedürfnis, diesen Kerl zu bestrafen, der von seiner eigenen Feigheit zerfressen wurde. Er musste sich auf Wichtigeres konzentrieren: eine neue Zuflucht für Amanda und Lina zu finden.

»Ich hab nur die Anweisungen befolgt«, platzte der Postbote heraus und lief ihm hinterher. »Ich konnte mich doch nicht darüber hinwegsetzen!«

»Was wollen Sie von mir hören? Dass Sie zehn Vaterunser beten sollen? Dann tun Sie das, wenn Sie meinen, dass das Ihr Gewissen beruhigt.«

»Es gab Anweisung von der Stadtverwaltung, dass die Meldelisten aktualisiert werden sollten! Ich hab doch bloß gesagt, dass da eine Fremde lebt. Ich hatte doch keine Ahnung, dass sie Jüdin ist! Wir waren angewiesen, alle *étrangers indésirables* aufzuspüren.«

»Glauben Sie, das macht einen Unterschied?«

»Pater, Sie wissen doch, dass wir keine Juden verstecken dürfen! Die handeln gegen unsere Interessen.«

»Tatsächlich?« Pater Marcel wollte noch etwas hinzufügen, aber es hatte keinen Zweck. »Ich glaube, Sie gehen jetzt besser. Ich habe wichtige Dinge zu erledigen.«

»Die Sache ist doch die, Pater: Wenn wir die nicht loswerden, wenn wir nicht mit den Deutschen zusammenarbeiten, dann werden die Deutschen ihre ganze Wut gegen uns richten. Ich habe Familie ...«

»Sie haben ihre Wut längst gegen uns gerichtet! Wir sind doch schon am Boden«, seufzte Pater Marcel. »Na ja ... Jeder muss für sich selbst eine Entscheidung treffen!« Er machte auf dem Absatz kehrt und schritt über den Dorfplatz in Richtung Kloster davon.

Der Postbote rührte sich nicht. Er überlegte, vor den Altar zurückzukehren, niederzuknien und um Vergebung zu bitten, doch dann beruhigte er sich lieber mit dem Gedanken, dass er das Richtige getan hatte. »Wir müssen die Gesetze achten«, murmelte er vor sich hin und schaute hinauf zu dem gekreuzigten Jesus. »Das ist das Einzige, was wir tun können. Und das weißt du noch besser als wir. Du wurdest auch verraten, und was hast du getan? Nichts!« Er tauchte den Finger ins Taufbecken und bekreuzigte sich schulterzuckend. »Mir braucht kein Priester zu erzählen, was richtig und was falsch ist! Weder er noch sonst irgendjemand steht über dem Gesetz!«

Während Pater Marcel den Dorfplatz überquerte, ging ihm das Verhalten des Postboten nicht aus dem Kopf. *Der Geruch der Angst ist ansteckend. Jeder, der mit ihr in Kontakt kommt, wird anfällig. Und wer sich einmal auf diesen Irrweg begeben hat, kann ihn nicht mehr verlassen. Der Gestank des Unrechts ist noch widerlicher. Niemand denkt mehr nach, niemand reagiert. Und Gott schaut einfach nur zu*, sinnierte der Priester und dachte darüber nach, weshalb er selbst versäumt hatte, mit dem Denunzianten zu diskutieren.

Doch dieser Vorfall steigerte seine Wachsamkeit. Aufmerksam verfolgte er jede Aktivität im Dorf. Er war sich bewusst, dass jeder Einzelne dem Vorbild des Postboten folgen könnte. Alle, die von ihm die Kommunion empfangen hatten, waren potenzielle Informanten. Die Zeit war gekommen, in der man seinen Nachbarn verriet, um die eigene Haut zu retten. Der Pater betrat das Hotel Beaubreuil, um eine Zeitung zu kaufen. Er las die Schlagzeilen und versuchte, sich zu informieren, hatte aber nur Zugang zu Nachrichten, denen er nicht traute.

Er zweifelte nicht daran, dass bald alle »Unerwünschten« zusammengetrieben und verhaftet würden. Er verbrachte schlaflose Nächte damit, Entschuldigungen für seine Gemeinde zu suchen, und ließ winzige Akte der Menschlichkeit Revue passieren. Es ging so weit, dass er seine Berufung hinterfragte, und diese Zweifel verursachten ihm körperliche Schmerzen. *Es wäre sinnvoller, sich der Widerstandsbewegung anzuschließen*, dachte er, *wenn ich in den Untergrund ginge.* Aber er war nur ein Priester, der im Namen Gottes die Stimme erheben und vergeben konnte.

»Erst werden sie die Unerwünschten holen. Und wenn in Frankreich keiner mehr übrig ist, dann sind auch wir an der Reihe«, murmelte er.

18

Die Anwesenheit der Deutschen in Limoges führte dazu, dass die umliegenden Städte und Dörfer sich bedroht fühlten. Es war an der Zeit, den Exodus zu beginnen. Wie klein ihre Höfe und Dorfplätze auch immer sein mochten, wie weit sie von den Großstädten entfernt waren – die Besetzung Frankreichs durch die Nationalsozialisten war eine Tatsache, und jeder fürchtete sich vor den Folgen.

Diejenigen, die aus dem Norden oder aus Paris hierhergekommen waren, machten sich auf der Suche nach einem sicheren Ort auf den Weg noch weiter Richtung Süden. Die Dörfer leerten sich, die Straßen waren voller Menschen.

Für Claire fing der Krieg jetzt erst richtig an. Für Amanda war er bereits zu Ende, denn es war unmöglich, einen Kampf länger als drei Jahre aufrechtzuerhalten. Sie hoffte, dass die Zeit ihr helfen würde – die Zeit, die alle Wunden heilte. Aber wie lange würde sie warten müssen?

Lina kamen die Tage endlos lang vor, seit sie nicht mehr zur Schule gehen durfte. Danielle und Rémi erzählten ihr, dass nun jeden Augenblick eine Bombe herunterfallen könnte und dass die Schutzmaßnahmen, die die Lehrer ihnen vorführten, bloß ein Affentheater wären, bei dem die Kinder fröhlich mitmachen würden, als handele es sich um ein Spiel.

Tagsüber lauerte überall Gefahr. Lina hatte nur das Ziel, die Zeit bis zur Abenddämmerung sicher zu überstehen. Sie glaubte nicht, dass die französischen oder deutschen Soldaten sie nachts »verschleppen« würden. Verschleppen – das war das Wort, das ihre Mutter gebrauchte, wenn Claire oder Pater Marcel von den Verhaftungen in den benachbarten Dörfern sprachen.

»Was, wenn sie uns doch nachts verschleppen?«, fragte Amanda eines Nachmittags Claire, als Lina und Danielle aufgewühlt und mit schlammbedeckten Schuhen hereingestürmt kamen.

»Wir haben sie gesehen!«, schrie Lina atemlos.

»Sie haben die Brücke in Richtung Limoges überquert«, flüsterte Danielle.

»Na, da sind sie doch stationiert. Da haben sie Wichtigeres zu tun als hier bei uns«, erwiderte Claire und versuchte, die Beobachtung der Mädchen herunterzuspielen. Sie ging in die Küche und blieb dort mit gesenktem Kopf stehen. Amanda folgte ihr und starrte sie lange an. Der Augenblick rückte näher.

Bei Sonnenuntergang zündete Amanda ihre Sabbatkerzen an. Sie war überzeugt, dass Pater Marcel schlechte Nachrichten an den Abendbrottisch mitbringen würde, und hatte einen Entschluss gefasst. Sie ging in ihr Zimmer, packte einen Koffer für Lina und sich und rief dann Claire zu sich.

Ein paar Minuten lang saßen die beiden Frauen schweigend auf der Bettkante. Ein Lichtstreifen, der durchs Fenster ins Zimmer fiel, überraschte sie. Claire betrachtete angespannt den Ebenholzkasten auf Amandas Schoß. Im Halbdunkel hatte das Gesicht ihrer Freundin alle weichen Konturen verloren und wirkte streng und einschüchternd.

»Das Einzige, was mich mit meiner Tochter Viera verbindet, ist hier drin, Claire. Kannst du dir vorstellen, dass etwas so Großes in ein so kleines Behältnis passen kann?«

Auf eine solche Frage gab es keine Antwort. Claires Herz schlug schneller.

»Ich weiß, dass sie früher oder später kommen werden«,

sagte Amanda. »Sie werden uns abholen und wer weiß wohin bringen. Dieses Kästchen enthält das, was mir am Kostbarsten ist. Eines Tages wird meine Tochter von uns hören. Eines Tages wird sie verstehen, dass ich sie nicht verlassen habe.«

Ihre Stimme brach, und die letzten Worte klangen wie ein Stöhnen. Ein trockenes Aufstöhnen ohne Tränen.

»Alles hat ein Ende, und ich weiß, dass dieser Krieg eines Tages aufhört und das Leben weitergehen wird. Aber nicht für mich. Für mich ist es zu spät.«

Claire fühlte sich unwillkürlich schuldig, verletzt und verzweifelt. Stumm betete sie zu Gott, er möge ihr einen Weg zeigen, um ihre Freundin zu retten.

»Versprich mir, dass diese Briefe irgendwie zu Viera gelangen. Versprich mir das, Claire. Mehr verlange ich nicht.«

Claire versuchte, sie zu umarmen, spürte aber, wie starr Amandas Körper blieb und dass er jedes Mitgefühl ablehnte. Sie wichen auseinander, und Amanda trat ans Fenster. Sie zündete eine weitere Kerze an und nahm eines der losen Blätter aus dem botanischen Album. Sie las laut den Namen der Blume vor, die auf dem verblichenen Papier abgebildet war – *Matthiola incana* –, und bewunderte das zarte Violett der Blütenblätter.

Plötzlich fehlte ihr die Luft zum Atmen, als hätte die Blume allen Sauerstoff im Zimmer verbraucht. Sie ließ das Blatt sinken und atmete tief ein. Ein Brief würde gar nichts ändern, sie musste dieses sinnlose Unterfangen einstellen.

Dennoch begann sie zu schreiben, und die Worte strömten heftig und unaufhaltsam aus ihr hervor. Als die Kerze heruntergebrannt war, löschte sie sie mit den Fingern und schrieb im Dunkeln weiter. Das schwache Licht, das vom Fenster hereinfiel, glitzerte auf den Perlmuttintarsien des Holzkästchens, das Claire immer noch in der Hand hielt.

Plötzlich hielt Amanda inne. Sie nahm das Blatt, zerknüllte

es und warf es in eine Zimmerecke. Dann stand sie auf und ging, ohne Claire anzusehen, steif wie eine Marionette ins Esszimmer hinüber.

Beunruhigt hob Claire das zerknüllte Papier auf. Sie strich es glatt, dann legte sie es in das Holzkästchen zu den anderen Briefen, die zurückgesendet worden waren.

»Wir müssen los. Wir haben nicht mehr viel Zeit«, drängte Pater Marcel sie, als er ins Zimmer kam.

Zum ersten Mal schloss er sich selbst mit ein. Er erwähnte weder die Taufbescheinigung für Lina, noch sprach er davon, sie in ein Kloster zu schicken. Er schlug auch nicht mehr vor, dass Amanda die spanische Grenze überqueren solle oder Claire und Danielle so weit wie möglich nach Süden reisen sollten. Dieses Mal würde er ihre Flucht anführen. Das war das Einzige, was Claire ein sicheres Gefühl gab. In Begleitung des Paters würde sie das Risiko einer Flucht eingehen.

Amanda beteiligte sich nicht an diesen neuen Fluchtplänen. Sie war sicher, dass sie für ihre Schuld büßen müsse: Sie hatte ihren Mann verraten, als sie Lina nicht mit Viera zusammen nach Kuba geschickt hatte. Hätte sie sich an seine Anweisungen gehalten, wären beide Mädchen jetzt in Sicherheit. Doch es war zu spät. Es gab kein Zurück.

In dieser Nacht schlief Lina mit ihr in dem schmalen Bett. Es gab keine Gutenachtgeschichten, kein Vorlesen über exotische Pflanzen, keine lateinischen Namen. Amanda dachte an Hilde und ging im Geiste die verschiedenen Wege durch, die sie hätte einschlagen können: Was wäre geschehen, wenn sie beide Mädchen nach Kuba geschickt hätte? Was, wenn sie alle drei nach Paris gegangen wären? Es gab zu viele Möglichkeiten.

Mit geschlossenen Augen versuchte Amanda, sich Hilde ins Gedächtnis zu rufen.

Meine liebe Freundin,

die Nationalsozialisten haben nun auch die schönste Stadt der Welt erreicht, die Stadt, in der Du Dir vorgestellt hast, mit den Mädchen zu leben. Paris. Kannst Du Dir das vorstellen? Wir wären glücklich gewesen … doch am Ende ist Glück nur ein flüchtiger Augenblick, eine Fata Morgana. Viera ist auf einer weit entfernten Insel, Lina und ich sind hilflos … und Du, wo bist du? Berlin, Paris, oder hast Du Dich vielleicht entschlossen, Zuflucht bei Deinen Eltern in Süddeutschland zu suchen? Wir gehören nirgendwohin. Wir haben keine Wurzeln und werden auch nie welche haben. In diesem Moment fehlt mir Deine Hand – mir fehlt die Stärke, eine Entscheidung zu treffen. Eine Entscheidung, die ich bestimmt noch bereuen werde. Das ist meine Strafe: dass ich ewig bereuen muss.

Während sie in sich hineinhörte, überlegte sie einen Moment, einen Brief an ihre Freundin zu schrieben. Doch der Brief wurde nie geschrieben, stattdessen schlief sie ein.

19

Jeden Morgen stand Amanda auf, als sei es ihr letzter Tag. Sie nahm ein heißes Bad, wusch sich, steckte sich das Haar hoch. Sie ließ den gepackten Koffer hinter der Schlafzimmertür stehen und vergewisserte sich, dass Füllfederhalter, Tinte, eine Kerze und eine Seite aus dem verstümmelten Buch an ihrem Platz auf dem Tisch lagen, damit sie im Ernstfall ihren letzten Brief an Viera schreiben konnte. Sie hatte schon das Datum geschrieben: *Sommer 1942*. Sie hielt einen Moment über der Zeichnung inne und las den lateinischen Text, der die Blume mit den fünf blauen Kronblättern um eine violette Mitte beschrieb: *Anagallis caerulea*, sprach sie wie ein Gebet vor sich hin, während sie auf der Treppe saß und wartete, dass sie kamen, um sie zu holen. Niemand im Haus brachte es über sich, Amanda in ihrer stillen Routine zu stören. Vielleicht würde sie jenen Brief niemals schreiben können, vielleicht musste die Seite mit der Blume als Abschied reichen.

Als die ersten Sonnenstrahlen ins Zimmer fielen, hörte Lina, wie etwas gegen ihre Scheibe schlug. Als sie herausschaute, sah sie Rémi unten stehen. Danielle kam in eine Decke gehüllt ebenfalls ans Fenster gelaufen. Sie wussten zwar, dass Rémi nicht viel schlief, aber ein derart früher Besuch verhieß nichts Gutes.

Sie machten das Fenster auf und warteten, dass er sein Auftauchen erklärte. Unter dem Mantel trug er seine besten Sachen: das Juventus-Trikot und den weißen Gürtel mit der Goldschnalle.

»Heute ist mein letzter Tag hier«, sagte Rémi zu ihnen. Dann presste er die Lippen aufeinander, und Tränen traten ihm in die Augen.

Ihn so traurig zu sehen erschütterte die Mädchen, aber sie wussten nicht, wie sie ihn trösten sollten. Hektisch zogen sie sich an und trafen ihn hinter dem Haus. Dann machten sich die drei auf den Weg zum Fluss.

Wir hätten damit rechnen müssen, dachte Danielle. Sie hatte gewusst, dass Rémi mit seinen Eltern verschwinden würde, wenn sie am wenigsten damit rechneten. Sie wollten die Pyrenäen mit Hilfe eines spanischen Republikaners überqueren, der womöglich auch Juventus-Anhänger war. Rémi hatte seinen Eltern versprechen müssen, auf keinen Fall zu erzählen, dass sie die Flucht an diesem Samstag bei Einbruch der Dunkelheit planten. »Faschismus ist eine Plage, er ist ansteckend«, sagte sein Vater immer wieder und boxte gegen die Wände. Noch ein Tag bei den Nazis, und er würde verrückt – falls er das nicht schon längst war.

Auf dem Weg zum Fluss fand Rémi nicht die richtigen Worte, um ihnen Lebewohl zu sagen. Er blieb an jeder Biegung stehen, hob einen Stein auf und schleuderte ihn so weit weg, wie er konnte. Er riss ein Blatt ab, betrachtete es und roch daran, als verabschiede er sich nicht nur von den Mädchen und dem Dorf, sondern von seiner ganzen Kindheit.

»Wisst ihr, was ich jetzt gern tun würde?«, sagte er, als sie am Fluss angekommen waren. »Ich würde gern so laut schreien, wie ich kann. So laut schreien, dass es die ganze Welt hört. Auch Gott, wenn der überhaupt hören kann – wenn der uns überhaupt zuhört.«

»Dann schrei doch, wenn es dir hilft«, meinte Danielle.

»Ich hasse die Nazis!«, stieß Rémi mit zusammengebissenen Zähnen hervor.

Die Mädchen lachten.

»Ich hasse die Nazis«, sagte nun Lina, noch ein bisschen lauter.

»Ich hasse die Nazis«, brüllte Danielle mit kräftiger Stimme.

Gerade wiederholten sie alle drei gemeinsam den Satz, als ein Fuhrwerk vorbeikam, das beladen war mit Kisten, Koffern und zwei blökenden Schafen. Der Mann auf dem Kutschbock fiel in ihren Protest ein.

»Ich hasse die Nazis!«

Diese Solidarität machte ihnen wieder gute Laune. Als sie einen Aal entdeckten, der den Fluss hinunterschwamm, rannten sie ein ganzes Stück nebenher den Fluss entlang. Sie hielten erst an, als sie ein Jaulen hörten. *Das ist ein Hund*, dachte Lina.

»Er ertrinkt!«, schrie sie.

Rémi hockte sich hin. Die vordere Hälfte des Hundes ragte aus dem Wasser. Er war mit Schlamm verklebt. Die Hinterbeine waren voller Blut. Sie hingen unter Wasser, und kleine Fische knabberten daran. Lina starrte das arme Tier an. Der Hund reagierte nicht auf ihre Anwesenheit. Er schnappte nach Luft, und seine Schnauze war mit einem gelblichen Schaum bedeckt.

»Er muss von der Wiese hier runtergerollt sein. Er ist noch zu klein, um zu schwimmen, und das Wasser ist sehr kalt.« Rémi sprach leise und versuchte, das sterbende Tier zu beruhigen. Er streckte die Hand aus und wollte ihm helfen, doch als er versuchte, die Vorderbeine zu packen, um ihn aus dem Wasser zu ziehen, knurrte der Hund und fletschte die Zähne. »Weiß der Himmel, wie lange der hier schon so liegt.«

Lina streichelte den Kopf des Hundes, und er entspannte sich. Dann knurrte er noch einmal, aber sehr viel schwächer, und es gelang Rémi, ihn aus dem Wasser zu ziehen und auf die Grasböschung zu legen. Der Hund schloss die Augen und atmete unter Schmerzen. Seine Pfoten waren zerquetscht.

»Er wird sich erholen«, sagte Rémi, aber er wirkte nicht überzeugt.

Die drei saßen um den Hund herum, streichelten ihn und warteten darauf, ob er Anzeichen erkennen ließ, dass es ihm besser ging oder er sterben würde. Sie konnten das arme Tier nicht allein lassen. Sie sprachen nicht und sahen zu, wie sein Atem immer schwächer wurde und sein Körper im Todeskampf zuckte.

Es war das erste Mal, dass sie dem Tod so unmittelbar begegnet waren. Sie starrten die Brust des Hundes an, die sich auf und ab bewegte, während er nach Luft rang. Die Abstände wurden länger und länger, bis der Hund sich schließlich nicht mehr rührte.

»Das war sein Schicksal«, sagte Rémi mit Tränen in den Augen. Danielle zog Lina an sich, um sie zu trösten, und strich ihr über das Haar.

»Alles wird gut«, flüsterte Lina, ohne zu wissen, warum. Wie kam sie dazu, den anderen zu versichern, dass sie nicht genau so enden würden wie der Hund, dass sie nicht unter Schmerzen an einem Flussufer sterben würden?

Als Rémi sah, wie aufgewühlt Lina war, legte er ihr eine Hand auf die Schulter.

»Ach, komm, *Élise!* Heute ist noch nicht das Ende der Welt. Hör mal, ich schenk dir Combi – aber du musst gut auf ihn aufpassen!«

Das brachte Lina wieder zum Lächeln. Wenn ihr Freund sie *Élise* nannte, dann würde schon wieder alles in Ordnung kommen, auch wenn Danielle protestierte.

»Was sagst du denn da, Rémi? Combi gehört dir. Und ohne dich werden wir sowieso keinen Fußball mehr spielen …«

Doch Lina hielt den Ball fest an sich gepresst und kniff die Augen zusammen.

»Ich brauche ihn nicht mehr. Ich werde mir einen neuen

kaufen. Passt gut auf ihn auf. Er gehört hierher, zu dir und Danielle …«

Sie kletterten die Böschung hinauf zum Weg. Von oben blickten sie auf den leblosen Körper des Hundes hinab, dann umarmten sie einander fest. Rémi schaute hoch zum Himmel.

»Die Wolken hängen sehr tief. Wenn es regnet, können wir nicht los – und ich kann vielleicht doch noch einen Tag bei euch bleiben!«

Der Wind blies ihnen ins Gesicht, als sie nach Hause liefen. In dieser Nacht gab es keinen Regen.

20

Das Wetter blieb feucht und neblig. Der Tag näherte sich dem Ende, und wieder einmal saß Amanda mit dem unbeschriebenen Blatt Papier vor sich da. Danielle war in ihrem Zimmer, während Lina Claire in der Küche half. Es klopfte an der Tür.

»Das muss Rémi sein«, sagte Lina. Sie wollte die Tür öffnen, doch Claire hielt sie zurück und ging selbst zur Tür. Lina folgte ihr. Ehe sie sehen konnte, wer dort war, beugte sich Claire zu ihr und sagte: »Dieser Albtraum wird eines Tages zu Ende sein, und wir werden ihn vergessen.« Dann umarmte sie Lina, die nicht verstand, was sie meinte. »Hilf deiner Mutter. Sei stark.«

Ein weiteres lautes Klopfen zwang Claire dazu, sich zusammenzureißen und die Tür zu öffnen. Aus Amandas Ahnung war Wirklichkeit geworden: Auf der Schwelle wartete ein deutscher Offizier in schwarzer Uniform in Begleitung zweier französischer Gendarmen. Ein Stück weiter standen ein Auto sowie ein Lastwagen mit Hakenkreuzen auf den Seiten. Die Scheinwerfer waren ausgeschaltet.

»Guten Abend, Madame Duval«, grüßte der Offizier sie auf Französisch.

Er musterte sie aus seinen grünen Augen. Dann lächelte er freundlich, doch auf eine Art und Weise, die Claire schaudern ließ.

Lina drückte ihre Hand.

»*Maman*«, sagte sie.

Der Offizier bückte sich und betrachtete das Gesicht des Mädchens.

»Du bist ja genauso hübsch wie deine Mutter!« Er richtete sich auf und wandte sich wieder an Claire. »Frau Sternberg und ihre Tochter müssen mit uns kommen.«

Amanda kam mit dem Koffer ins Wohnzimmer, gefolgt von Danielle.

»Wo wollen Sie sie denn um diese nachtschlafende Zeit hinbringen?«, fragte Claire.

»Machen Sie sich keine Sorgen, Madame Duval«, sagte der französische Gendarm und trat zur Seite, um Amanda vorbeizulassen. »Sie kommen dahin, wo sie hingehören.«

»Folgen Sie mir«, befahl der deutsche Offizier Amanda auf Deutsch.

Amanda umarmte Danielle, die in Tränen ausbrach und sie nicht gehen lassen wollte.

»Lina!«, rief Danielle. Der Offizier blickte sie überrascht an.

»Wir haben keine Zeit mehr. Los, alle beide in den Lkw«, fügte er auf Deutsch hinzu.

Amanda nahm lächelnd Claires Hände. Danielle stand da wie gelähmt und starrte Lina an.

»Ich bin schon seit einiger Zeit darauf vorbereitet«, sagte Amanda. »Weine nicht«, befahl sie Claire, trat näher zu ihr und flüsterte ihr etwas ins Ohr, sodass die anderen es nicht hören konnten. Der Offizier wurde noch ungeduldiger. Amanda nahm Lina an der Hand, und die beiden gingen zur Tür hinaus. Der Soldat wirkte verwirrt, ihm war aufgegangen, dass er einen Fehler gemacht hatte. Er blickte Danielle wütend an, als sei diese daran schuld gewesen.

Lina begleitete ihre Mutter, ohne Fragen zu stellen. Sie verabschiedete sich weder, noch schaute sie sich um. Das Herz hämmerte ihr in der Brust und machte es ihr beinahe unmöglich zu atmen. Doch sie hatte keine Zeit, ihre Herzschläge zu zählen; womöglich würde sie sie durcheinanderbringen. Außerdem musste sie sich konzentrieren und gut aufpassen: Vielleicht hatte ihre Mutter ja schon einen Fluchtplan ausgeheckt. Vielleicht würde Claire zu ihnen rennen und verhindern, dass die Männer sie mitnahmen. Sie wartete auf einen Zuruf von Danielle, damit sie beide loslaufen und sich in ihrem perfekten Versteck verkriechen könnten, wo niemand sie finden würde, weder der deutsche Offizier noch die französischen Gendarmen, noch der Briefträger oder irgendjemand sonst.

Gott ist eine Schattengestalt. Gott schläft. Gott kann uns nicht sehen. Gott hat uns verlassen. Gott liebt uns nicht, wiederholte sie im Stillen in einer sinnlosen Litanei.

Das Aufheulen des Lkw-Motors durchbrach die Stille. Sie wurde von Scheinwerferlicht geblendet. An der Hand ihrer Mutter taumelte sie blind voran, ohne zu wissen, wo sie ihre Füße hinsetzen sollte, obwohl sie doch eigentlich jeden Stein auf dem Pfad kannte. Ihre Kehle war wie zugeschnürt.

Ach, Rémi, warum bin ich nicht mit dir gegangen, warum hast du mich nicht über die Pyrenäen mitgenommen? Ach, Mama, alles wäre anders gekommen, wenn ich mit Viera auf das Schiff gegangen wäre! Ach, Mama, warum sind wir nicht mit Hilde nach Paris gegangen?

Sie begann vor Angst zu zittern. Es war, als pumpe ihr Herz zu viel Blut durch ihren Körper. Ihr war nicht mehr kalt, im Gegenteil, sie war umgeben von einem Polster aus heißer Luft. *Papa!*, rief sie stumm.

Wenn sie nun betete? Vielleicht würde der andere Gott, der Erlösung versprach, sie ja erhören. *Vater unser im Himmel, geheiligt werde dein Name … Siehst du? Niemand hört uns. Es gibt keinen Gott. Es hat ihn nie gegeben. Jedenfalls nicht für uns. Und wo ist Pater Marcel? Im Kloster! Wir müssen zum Kloster rennen!*

Der Himmel hing so tief über ihnen, dass es schien, als könne er sie jeden Moment zerquetschen. Die Blätter am

Wegesrand wurden von einem plötzlichen Windstoß aufgewirbelt, dann hörte Lina das Heulen des Windes.

Das ist ein Zeichen, wir müssen fliehen. Niemand wird uns finden. Lass uns loslaufen, Mama. Dieser Sturm ist ein Signal für uns!

»Frau Sternberg, zeigen Sie mir bitte Ihre Papiere und die Ihrer Tochter.«

Siehst du, Mama? Er wird uns erlauben hierzubleiben. Sie waren gar nicht hinter uns her. Es war ein Versehen. Was haben wir denn falsch gemacht? Warum müssen wir von überall fliehen?

Der Offizier war sich immer noch nicht sicher über die Identität des Mädchens. Wie hatte er einen solchen Fehler machen können? Misstrauisch blätterte er die Papiere durch. Lina senkte den Kopf. Sie wollte nicht, dass er sie weinen sah. Sie hatte das Gefühl, in der Luft zu schweben, während die anderen alle irgendwo weit unten waren. Als sie die Augen fest zusammenkniff, sah sie neben sich ihre Eltern, Hilde und Viera und sogar Rémi mit seinem geliebten Ball.

»Ich werde dir nichts tun. Lass mich dir helfen«, sagte der Offizier, aber das kleine Mädchen befand sich offenbar immer noch in seiner eigenen Welt.

Papa, wir sind bald bei dir. Geh nicht, warte auf uns. Mama braucht dich und ich auch! Jetzt sind wir wirklich allein.

Der Wind blies eine Staubwolke gegen die Scheinwerfer des Lkw. Der Fahrer drückte aufs Gaspedal, um den Motor am Laufen zu halten. Der Offizier ging neben dem Mädchen her in der Hoffnung, dass sie irgendetwas sagen würde, was ihm bestätigte, dass sie eine deutsche Jüdin war. Doch Lina reagierte noch immer nicht. Sie ging ziellos vorwärts, bis sie gegen einen Stein stieß und hinfiel. Sie rollte sich auf dem nassen Gras zusammen wie ein Neugeborenes und wartete darauf, dass jemand Starkes und Mutiges auftauchte und sie beschützte.

Im Dunkeln umgeben von einer Staubwolke, spürte Lina,

wie ein Riese mit warmen, muskulösen Armen sie so hoch hob, dass sie meinte, die Wolken zu berühren. *Ich bin in Sicherheit.* Sie umklammerte mit einer Hand den Riesen und presste sich an seine Brust, während sie mit der anderen nach seinem Herzschlag tastete. Sie erkannte das Eau de Cologne ihres Vaters wieder und lächelte zufrieden. *Meine Lina*, hörte sie jemanden sagen und schöpfte neue Hoffnung.

»Ich wusste, dass du mich nicht verlassen würdest«, flüsterte sie auf Deutsch und schmiegte sich an ihn.

Der Offizier grinste zufrieden: Er hatte sein Ziel erreicht. Er hob sie auf die Ladefläche.

»Mama!«, rief sie und hörte das Geschrei eines Babys. Sie hatte keine Ahnung, woher der Lärm kam. Sie hätte auch nicht sagen können, wie viele Menschen hinten auf dem Lkw unter der Plane saßen.

Amanda hob den Koffer auf die Ladefläche. Der Offizier half ihr hinaufzuklettern und leuchtete ihr mit einer Taschenlampe, damit sie einen Platz zum Hinsetzen fand. »Gehen Sie nach vorne durch, Sie können neben der Alten sitzen!«, sagte er und ließ die Plane wieder herunter.

Amanda und Lina fanden eine Stelle zum Sitzen, und der Lkw fuhr los. Plötzlich hörten sie aus der Ferne einen Schrei.

»Élise!« Es war Danielles Stimme.

21

Allmählich gewöhnten sie sich an die Dunkelheit auf der Ladefläche, und einzelne Gesichter wurden erkennbar. Lina nahm einen Geruch wahr, der dem Gestank des sterbenden Hundes ähnelte, und ihr kam in den Sinn, dass alle diese Menschen auf dem Lkw auch darauf warteten, dass sie jemand davor rettete, von den Nazis verschlungen zu werden. *Besser allein sterben, als von den Fischen gefressen zu werden.*

Amanda fing an zu weinen. Die Frau neben ihr nahm ihre Hand, um sie zu trösten, und flüsterte ihr ins Ohr: »Es ist Ihnen gelungen, Ihre Tochter zu retten.«

Amanda wunderte sich über so viel bittere Ironie. *Wie kann sie zu mir sagen, dass ich meine Tochter gerettet hätte, wo ich sie doch zum Tod verurteilt habe?*

»Ihre Tochter war eine von denen, die an Land gehen durften«, fuhr die Frau fort. Sie stank nach Urin.

Als Amanda in der Dunkelheit ihren Fuß verschob, trat sie in eine Urinpfütze am Boden der Ladefläche. Anscheinend saß die alte Frau dort schon seit Stunden. Amanda verstand immer noch nicht, wovon sie redete. Sie schloss die Augen und hörte zu, wie die Frau über das Geschrei des Babys hinweg weitersprach.

»Ihre Tochter ist in Havanna vom Schiff gegangen. Sie haben Sie gerettet.«

War das die Stimme eines Engels? Träumte sie?

Amanda schwieg einen Moment, bevor sie reagierte. »Frau Meyer?«

Die Frau nickte, offenbar beschämt über den unwürdigen Zustand, in dem sie sich befand. »Als wir den Hafen von Havanna erreicht hatten, wollten sie uns nicht vom Schiff lassen. Wir haben länger als eine Woche dort in der Bucht gelegen. Man hat uns alle betrogen. Als wir in Hamburg abgelegt haben, wussten sie schon, dass unsere Visa nicht für die Einreise in Kuba gültig waren.«

Es war schon eigenartig. Gerade als Amanda angefangen hatte, Vieras Gesicht zu vergessen, war ein deutscher Offizier aufgetaucht und verschleppte sie – und auf diese Weise erfuhr sie, was mit ihrer Tochter geschehen war. Drei Jahre ohne neue Informationen und drei Briefe, die ins Leere gingen, waren ihre Strafe gewesen. Doch vielleicht waren ihre vergeblichen Briefe auf den Seiten des botanischen Albums eine Voraussetzung dafür gewesen, dass sie Frau Meyer begegnete. Hätte der Postbote ihr nur die Briefe zurückgebracht und sie nicht an die Deutschen verraten, hätten sie einander nicht noch einmal gesehen. Nun, da sie wusste, dass ihre verlorene Tochter Viera sich tatsächlich in Sicherheit auf einer fernen Insel befand, weit weg von den brutalen Horden, dem Hass und dem Todesgestank, war sie entschlossener als je zuvor, ihr einziges noch verbliebenes Ziel zu verfolgen und Lina ebenfalls zu retten. Erst wenn sie wusste, dass ihre beiden Mädchen in Sicherheit waren, konnte sie in Frieden sterben.

»Bitte vergeben Sie mir, dass ich damals so falsch über Sie geurteilt habe«, sagte Frau Meyer.

Amanda umarmte sie herzlich. Einen flüchtigen Moment lang war ihr, als sei sie wieder an jenem Abend im Mai in Hamburg, unten an der Gangway des Schiffes. In ihrer Erinnerung sah sie den riesigen Ozeandampfer vor sich – und ihre Tochter, wie sie an der Hand einer Fremden in der Menge der Auswanderer verschwand, die auf dem Weg ins Gelobte Land waren.

»Ich habe drei Jahre mit der Schuld gelebt, dass ich meine

Tochter verlassen habe. Und nun sind Sie hier – und können meine Ängste beruhigen. Vielen Dank, dass Sie sich um sie gekümmert haben.«

»Viera ist ein sehr starkes Mädchen.«

Als Amanda hörte, dass von ihrer Tochter in der Gegenwartsform gesprochen wurde, lächelte sie mit einer so heiteren Gelassenheit, wie sie sie schon lange nicht mehr empfunden hatte. Und als Lina ihre Mutter lächeln sah, wurde sie ebenfalls zuversichtlicher. Alles würde gut werden.

»Ihr Onkel durfte an Deck kommen, dann sind sie mit einem kleinen Boot zum Hafen übergesetzt«, fuhr Frau Meyer fort. »Wir anderen durften gar nicht in die Nähe der Küste.«

»Glücklicherweise mussten Sie nicht nach Deutschland zurück.«

»Mein Mann und ich wurden hierher nach Frankreich geschickt, aber als der Krieg ausbrach und die Nazis Frankreich besetzten, war das zu viel für ihn. Er konnte nicht noch mehr ertragen. Wohin hätten wir fliehen sollen, wenn uns doch niemand wollte? Jetzt bin ich hier, ganz allein. Und ich frage mich, warum wir uns nicht für Großbritannien entschieden haben, als wir nach Europa zurückgeschickt wurden. Für die Nazis wäre es viel schwerer, dorthin zu gelangen, aber wer weiß …«

Mit dem Gefühl, dass ihr Schicksal bereits vorherbestimmt war, dass sie von einer höheren Macht geleitet wurde, vielleicht einem Engel, der über sie wachte, betrachtete Amanda die Gesichter der Verurteilten, die mit ihr in dem Lkw saßen. Zum ersten Mal, seit sie Berlin verlassen hatte, fühlte sie sich vom Schicksal begünstigt. Selbst Frau Meyers Unglück machte sie dankbar, denn eine unerklärliche Kette von Ereignissen hatte schließlich dazu geführt, dass sie Nachricht von Viera erhalten hatte. Ihre Tochter hatte das Schiff verlassen dürfen.

Lina verstand das seltsame Verhalten ihrer Mutter nicht.

Sie konnte sich nicht mehr an Frau Meyer erinnern und vermutete sogar, dass sie eine Betrügerin sein könnte.

Ein alter Mann sackte auf der Ladefläche in sich zusammen, stürzte auf den unebenen Bretterboden und schlug dabei mit dem Kopf gegen einen dicken Eisenriegel. Niemand reagierte, niemand versuchte, ihm zu helfen. Der dumpfe Aufschlag hatte das Baby geweckt, das nun wieder zu schreien anfing.

»Er ist tot, genau wie der Hund«, stellte Lina fest.

Blut lief aus der Wunde an der Stirn des Mannes und vermischte sich mit der Urinpfütze unter Frau Meyers Platz. Lina hob die Füße, damit sie nicht nass wurden. Schockiert starrte sie den alten Mann an und sah, wie eine Ader an seinem faltigen, schmutzigen Hals pulsierte.

Amanda schlief friedlich. Sie hatte Viera wiedergefunden.

Winter 1940

Meine kleine Viera,

Dunkelheit ist über uns hereingebrochen. Siehst Du jetzt, wie recht ich hatte, dass ich Dich habe gehen lassen, obwohl mein Herz täglich aufs Neue darunter leidet? Nur Gott weiß, welche Stärke ich aufbringen musste, um Dich gehen zu lassen. Er allein hat mir die Entschlusskraft verliehen, Deine Schwester an die Hand zu nehmen und von Dir fortzugehen.
Ich würde alles geben, um Dich hören zu können und Deine Worte zu lesen. Ich bin sicher, dass diese Briefe, die schon einmal über den Atlantik hin- und wieder zurückgereist sind, Dich eines Tages erreichen werden. Niemand weiß, wann oder ob ich an diesem Tag noch da sein werde, aber ich bin fest davon überzeugt, dass Du sie eines Tages in Deinen Händen halten wirst, denn sie werden das Einzige sein, was ich Dir hinterlassen kann. Ich habe jedes Wort im Rhythmus unserer Herzen geschrieben – und wenn Du diese Sätze liest, wirst Du Dich an uns erinnern, an mich, an Lina und an Deinen Vater, den Mann, der uns Engel auf die Erde geschickt hat. Wenn Du diese Briefe liest, wirst Du verstehen, dass ich Dich niemals verlassen habe und wir Dich nie vergessen haben, meine süße Viera.
Die Welt wird von Tag zu Tag dunkler, aber ich weiß, dass dort, wo Du lebst, die Sonne immer für Dich scheinen und in Deinem Leben immer Sommer herrschen wird.
Jetzt muss ich noch Lina vor dem Dunkel schützen. Obwohl Du inzwischen bestimmt perfekt Spa-

nisch sprichst, schreibe ich Dir weiterhin auf Deutsch, denn so wirst Du Dich an meine Stimme und meine Schlaflieder erinnern können.
Immer wieder lese ich diese wenigen Seiten aus dem botanischen Album, weil ich weiß, dass Du sie vor dem Einschlafen ebenfalls lesen wirst. Auf den Seiten wirst Du die Blumen und tropischen Pflanzen sehen, die Dich umgeben. Hol tief Luft, wachse, werde stark, und denke an uns. Egal, wie weit wir voneinander entfernt sind – wir werden immer da sein, um auf Dich aufzupassen.
Und solltest Du uns eines Tages vergessen, ist das auch nicht schlimm. Ich würde es verstehen. Ich bitte Dich nur darum, dass Du niemals Deinen Namen vergisst. Du bist eine Sternberg. Viera Sternberg. Nur so werde ich in Frieden schlafen können, solange die Dunkelheit es erlaubt.

In Liebe
Mama

VIERTER TEIL

Die Rückkehr

Haute-Vienne, August 1942

22

Ein Schrei weckte Amanda aus ihrem Traum.

Der blutüberströmte Körper des alten Mannes rollte hinten von der Ladefläche des Lkw und schlug dumpf auf dem steinigen, laubbedeckten Boden auf.

»Er lebt noch!«, sagte Lina bestürzt zu ihrer Mutter.

Der Tag war noch nicht angebrochen, und es kam Amanda vor, als sei es immer noch mitten in einer Frühlingsnacht. Doch die Jahreszeiten hatten ohnehin jegliche Bedeutung für sie verloren. Es kümmerte sie nicht mehr, ob es heiß oder kalt war, Tag oder Nacht. Sie bereute nur, dass sie nicht wach geblieben war, denn dann hätte sie vielleicht mitbekommen, in welche Richtung man sie gebracht hatte, ob sie nach Norden oder Süden gefahren waren und ob sie eine Grenze überquert hatten oder sich nach wie vor im besetzten Frankreich befanden. Sie hätte auch gern gewusst, welcher Wochentag war. Die Zeit hatte eine neue Bedeutung bekommen, in der jede Sekunde zählte.

Den Koffer so fest umklammert, als sei er Bestandteil ihres Körpers, sprang Amanda vom Lastwagen herunter und half dann Lina und Frau Meyer.

Frau Meyer sah verhärmt aus, ihre Lippen waren rissig, die Beine geschwollen. Beim Herabklettern versuchte sie, die Urinflecken auf ihrem Mantel zu verdecken, dabei stolperte sie und vertrat sich den Knöchel. Amanda holte tief Luft und versuchte, den schrecklichen Gestank loszuwerden, der sich an ihrer Haut und ihrem perfekt gebügelten Kleid festgesetzt zu haben schien. Sie blickte sich um und versuchte, sich zu orientieren – ringsum eine öde, kahle Fläche, umgeben von Stacheldrahtzäunen. Hier wollte man sie anscheinend festhalten.

Die Männer wurden an das eine Ende des umzäunten Geländes getrieben, Frauen und Kinder scheuchte man in eine Baracke unweit der Zufahrt zum Lager. Jenseits des Stacheldrahtzauns konnte Amanda in der Ferne die Umrisse eines Waldes erkennen – und noch weiter weg ein paar Ziegeldächer mit Schornsteinen und einen Kirchturm. Offenbar waren sie immer noch in Haute-Vienne, und es tröstete Amanda zu wissen, dass Claire in der Nähe war.

Anscheinend gab es nur eine einzige Baracke für Frauen und Kinder. Im übrigen Bereich des Internierungslagers, das von vier Wachtürmen flankiert wurde, waren ausschließlich Männer in den Hütten untergebracht. Amanda hörte, wie sich einige von ihnen auf Spanisch stritten. Es klang ähnlich wie das Bellen von Hunden, die ihr Territorium markieren wollten – ganz so, als lebten sie noch in Freiheit. Die Männer trugen Alltagskleidung, schienen über einen unerschöpflichen Zigarettenvorrat zu verfügen und reichten einander zerfledderte Seiten aus Zeitungen weiter, die ihre einzige Informationsquelle aus der Außenwelt waren. Die französischen Aufseher ignorierten die Häftlinge und versuchten, sich so weit wie möglich von ihnen fernzuhalten – oder zumindest in sicherer Entfernung zu bleiben.

Amanda schätzte, dass etwa zehn Aufseher im Lager patrouillierten. Die Wachtposten, die sie auf dem Lkw-Transport begleitet hatten, waren ebenfalls darunter. Sie erkannte das Gesicht des Gendarmen wieder, der ihr die Hand entgegengestreckt hatte, um ihr zu helfen. Im Dunkeln hatte sein Gesicht streng ausgesehen, und sie hatte ihn für höchstens zwanzig gehalten. Als die Sonne herauskam, sah sie, dass er ein ganz normaler Soldat war und etwa in ihrem Alter. Er hatte dichte Augenbrauen, einen dunklen Teint und widerspenstige Haare, die er mit Brillantine geglättet hatte. Er war groß und schlank, hatte dunkle Ringe unter den Augen und ging langsam und steif, als leide er unter Kurzatmigkeit. Als sie ihn mit den anderen Gendarmen reden hörte, vermutete sie, dass er auch der Offizier war, der Claire mitgeteilt hatte, wohin sie gebracht wurden.

Lina hatte schnell entdeckt, dass sie nicht das einzige Kind im Lager war. Sie sah eine Gruppe von Kindern neben der Baracke stehen und gesellte sich zu ihnen. Sofort scharten sie sich um sie und fragten sie neugierig aus: War sie allein da oder mit ihren Eltern? War sie aus dem Norden oder Süden? Hatte man sie gefoltert? Hatte sie schon mal einen Toten gesehen? Hatte sie schon mal einen deutschen Soldaten erschossen? Lina reagierte auf alle Fragen mit einem Lachen – die beste Methode, sie nicht beantworten zu müssen.

»Woher kommst du?«, fragte der größte Junge, der der Anführer zu sein schien.

»Ich bin vom Himmel gefallen«, erwiderte Lina, ohne nachzudenken. Ihre großen Augen und ihr offenes Lachen nahmen die Kinder für sie ein.

Amanda wusste, dass ihr Vorhaben, Lina zu retten, genaue Planung und schnelle Ausführung verlangte. Jede Sekunde zählte, das Leben ihrer Tochter hing davon ab. Ein einziger Fehler konnte die einzige Chance zur Flucht verderben, die ihr eingefallen war. Sie würden nur die nächsten Tage irgendwie überstehen müssen: Frisches Trinkwasser, heißes Essen oder eine Decke zum Schlafen konnten sie entbehren. Lina könnte sich mit ihren neuen Freunden die Zeit vertreiben – offenbar durften die Kinder überall im Lager umherstreifen.

Amanda bemerkte, dass die Baracke der Frauen glücklicherweise erst zur Hälfte gefüllt war, was vermutlich bedeutete, dass bald noch mehr Menschen kommen würden. Sie suchte nach einem Schlafplatz, an dem sie für sich bleiben konnte, möglichst weit weg von den Fenstern, denn die kommenden Nächte würden kälter werden.

»An deiner Stelle würde ich auch hier auf diese Seite kommen, wo wir alle sind«, rief eine Frau ihr zu. »Wenn du da drüben bleibst, wo du jetzt bist, können sie weiß Gott wen neben dich stecken. Wir haben gehört, dass sie das Lager mit Juden und Zigeunern füllen wollen – und wie die sind, weiß man ja!«

Amanda ließ die Frau reden und schob derweil die fleckige Matratze auf ein wackeliges Bettgitter. Sie warf der Frau ein zurückhaltendes Lächeln zu und sah, dass sie einen roten, rauen Hals hatte. Während sie versuchte, die sperrige Matratze zu wenden, kam die Frau ihr zu Hilfe.

»Wir müssen uns hier drin gegenseitig helfen. Mehr können wir nicht tun.« Amanda nickte ihr dankbar zu, und die Frau fuhr fort: »Ist dein Mann auch Kommunist? Ich dachte, bloß ich wäre so blöd gewesen, einen Rebellen zu heiraten. Jetzt müssen wir alle dafür büßen, dass wir an nutzlose Ehemänner geraten sind. Einen Gefangenen als Mann zu haben ist doch auch nicht besser, als Witwe zu sein!«

Amanda schwieg höflich. Sie war entschlossen, sich durch nichts und niemanden von ihrem Plan abbringen zu lassen. Sie hatte kein Interesse daran, sich mit den anderen Frauen in der Baracke anzufreunden, doch sie wollte auch keinen Argwohn wecken, der ihr womöglich Probleme bereiten konnte.

Schließlich wandte sich die Frau wieder ab und kehrte auf ihre Seite der Baracke zurück.

»Die Neue denkt anscheinend, sie wär was Besseres!«, sagte sie absichtlich so laut, dass Amanda sie hören konnte.

»Amanda. Ich heiße Amanda!«, rief sie der Frau hinterher. »Ich bin allein mit meiner Tochter gekommen. Meinen Mann haben sie umgebracht, aber ich mag nicht gern darüber sprechen. Daran lässt sich jetzt sowieso nichts mehr ändern …«

»Diese Scheiß-*boches* und die französischen Aufseher werden noch dafür büßen müssen!«, sagte die Frau. »Ich bin Bérénice. Bist du aus dem Norden? Ich wette, du kommst aus dem Elsass, mit den blauen Augen und diesen Haaren …«

Amanda wurde klar, dass ihr Akzent sie immer noch verriet. Sie neigte den Kopf und hoffte, dass Bérénice dies als ein Zeichen der Zustimmung deuten würde.

»Hier drin kannst du keinem trauen. Egal, wie französisch die Aufseher wirken – die haben uns alle an die Deutschen verraten. Die sind bloß hinter dem Geld her, denen ist egal, ob sie ihr Geld von den Deutschen oder von Pétain kriegen. Das sind alles Feiglinge – unseren Männern gehen die aus dem Weg. Sie wissen ganz genau, dass die mit ihnen abrechnen werden, wenn sie eines Tages freikommen.« Sie schwieg einen Moment und fügte dann hinzu: »Und dann werden die einen hohen Preis zahlen müssen, das sag ich dir!«

Ohne dass es ihr bewusst war, hatte Bérénice Amanda mit wertvollen Informationen versorgt. Amanda wurde klar, dass sie die Angst der Aufseher für ihre eigenen Zwecke nutzen konnte. Eine freundliche Geste würde vielleicht reichen – auch die Aufseher wussten sicherlich, dass dieser scheinbar endlose Krieg eines Tages vorüber sein würde.

Obwohl Bérénice so kämpferisch und herausfordernd auftrat, ahnte Amanda, dass diese kleine drahtige Frau durchaus freundlich sein konnte. Während Bérénice ihr neugierig zusah, öffnete Amanda ihren Koffer und legte den Mantel hinein. Als sie den Koffer unter ihr Bett schieben wollte, sah sie Frau Meyer verstört in einer Ecke des Raumes sitzen. Sie ging zu ihr und half ihr auf die Beine. Völlig verwirrt irrte Frau Meyer in der Baracke herum, stützte sich an die Wände und schlug mehrfach mit dem Kopf dagegen. Sie taumelte von einer Ecke in die andere, als suche sie nach einem geheimen Ausgang.

»Eine stinkende Jüdin! Wegen ihr müssen wir Franzosen leiden!«, sagte Bérénice. Amanda starrte sie zornig an.

»Schon gut, reg dich nicht auf. Mag ja sein, dass sie eine anständige Frau ist. Aber stinken tut sie doch wirklich – das kannst du nicht leugnen!«

Amanda führte Frau Meyer zu einem der Fenster. Draußen konnte sie Lina in einer Traube von Kindern hinter einem mageren Hund herrennen sehen. Amanda versuchte, Frau Meyer den Mantel auszuziehen, doch die alte Frau hielt die Arme um den Leib geschlungen und flehte Amanda mit Blicken an, den Mantel nicht zu berühren – er war alles, was ihr noch geblieben war.

In dieser Nacht schlief Amanda mit Lina in den Armen ein. Sie schlief so fest, dass sie die Ankunft Dutzender neuer Frauen und Kinder gar nicht bemerkte. Als sie am nächsten Morgen aufwachte, wusste sie kaum, welche Tageszeit es war. Es gab keinen Unterschied mehr zwischen Tag und Nacht, alle Geräusche waren zu einem undeutlichen Murmeln geworden. Stimmen waren nur noch ferner Lärm, der Gestank in der Baracke ein vager, unbestimmter Geruch, und alle Farben waren verschwommen. Nichts war mehr Schwarz oder Weiß. Braun und Grau waren zu einer nichtssagenden Farblosigkeit verblichen. Es gab keinen Platz mehr für das Rot, Blau oder Orange eines Sonnenuntergangs. Sie lebten nun in einer Art immerwährender Nacht, in der weder Kontraste noch Schatten existierten. Rasch hatten sie gelernt, gerade eben so viel Luft einzuatmen, dass ihre Lungen sich füllten, doch gleichzeitig alle penetranten Gerüche draußen zu halten. Das war die einzige Möglichkeit zu überleben. Vor allem aber musste sie lernen, die Stille wiederzufinden. Ständig erinnerte ein Stöhnen, ein Schrei oder irgendein anderes Geräusch sie daran, dass sie nicht allein war.

Der Morgen begann mit dem immer wieder neu anhebenden Geschrei eines Babys, das an der ausgetrockneten Brust seiner Mutter hing. Die Mutter quetschte in wilder Verzweiflung an ihren welken Brüsten herum, als gehörten diese nicht zu ihrem Körper. Offenbar beruhigte sich das Baby kurzzeitig, wenn sie auf ihre versiegenden Milchkanäle drückte, doch gleich darauf brach es wieder in zitterndes Schluchzen aus.

Völlig erschöpft kroch die Mutter schließlich in eine Ecke ihres Bettes und ließ das zitternde Baby auf die nackte Matratze fallen. Es verstummte, womöglich fassungslos über diese plötzliche Vernachlässigung.

Eine alte Frau kletterte aus dem oberen Stockbett herunter und setzte sich auf die Bettkante der jungen Mutter. Sie zog sich ein paar schmutzige Socken über und ignorierte dabei völlig das Baby, das mit weit geöffneten Augen dalag – vielleicht einfach, weil es nicht genügend Kraft hatte, sie zu schließen.

Er wird keinen Tag überleben, dachte Amanda mit einer Gefühlskälte, die sie selbst erschreckte. Einen Moment lang kam ihr der Gedanke zu helfen, doch ihr wurde sofort klar, dass das keinen Zweck hätte. Die Mutter hatte bereits aufgegeben.

»Mein Mann hat die Malaria überstanden, eine Kugel in der Brust überlebt – er ist in eine Schlucht gefallen und sogar von einem Pferdefuhrwerk überfahren worden«, sagte die Mutter zu Amanda und starrte dabei ins Leere – irgendwohin, nur nicht auf das Baby, das hinter ihr auf dem Bett lag. »Aber hier, im Lager eingeschlossen, hier stirbt er jeden Tag ein Stück. Jede Nacht schrumpft er ein bisschen mehr – und eines Morgens wird er nicht mehr aus seiner Baracke kommen. Mich berührt das nicht mehr, mich kann nichts umbringen. Wieso sollen wir uns grämen – wir werden sowieso nie frei sein. Weder hier drinnen noch draußen.«

Sie rieb sich die Augen, und aus der Tiefe ihrer Iris schimmerte die Angst. Sie versuchte, sie hinter einem Lächeln zu verbergen, dann hob sie ihr Baby hoch, als hätte es sie bereits verlassen, und hielt es Amanda entgegen.

Lina sah, wie ihre Mutter das Baby an sich drückte und hin und her wiegte. Sie hörte, wie sie es mit einem Schlaflied beruhigte, das mehr wie ein tonloses Summen klang. Amanda nahm ein Stück Schokolade aus der Tasche und biss hinein. Das übrig gebliebene Stück drückte sie in der Hand, um es schmelzen zu lassen, dann rieb sie es auf die Lippen des Babys. Das Kind probierte die Schokolade in einer Mischung aus Missfallen und Freude und zappelte hin und her, ehe es sich auf Amandas Schoß kuschelte.

Amanda betrachtete das Baby. Sie war sicher, dass es den Einbruch der Nacht nicht mehr erleben würde. Die winzige Süßigkeit würde es nur ein paar Stunden am Leben halten. Doch wenigstens war es fürs Erste wieder zu Kräften gekommen, und die anderen Frauen nahmen jetzt wieder Notiz von ihm und kümmerten sich um es. Sogar Frau Meyer kam herüber, nahm das Baby auf den Arm und wiegte es hin und her, während sie zwischen den Betten auf und ab ging und dabei Staub vom Boden aufwirbelte. Bérénice ging zu Frau Meyer und übernahm das Baby. Selbst die Frau aus dem oberen Stockbett, die das Kind zuvor ignoriert hatte, schenkte ihm ein zahnloses Lächeln und herzte es. Umgeben von so viel unerwarteter mütterlicher Zuwendung blieb das Baby still und weinte nicht mehr.

Amanda schickte Lina wieder nach draußen, sie solle mit ihren Freunden spielen. Dann kehrte sie zu ihrem eigenen Bett zurück, steckte sich das Haar hoch, strich ihr Kleid glatt und malte sich die spröden, rissigen Lippen mit einem Lippenstift an. Während Amanda zur Tür ging, verfolgte Bérénice, die immer noch das Baby auf dem Arm hielt, jede ihrer Bewegungen ganz genau.

»Die da hat was vor. In ein paar Tagen hat sie sich genauso schmutzig gemacht wie wir anderen.«

Bérénice gab das Baby seiner Mutter zurück und verließ die Baracke, um nachzuschauen, wohin Amanda gegangen war, konnte sie aber nicht entdecken. Da sie Amanda in der Männerbaracke vermutete, warf sie einen Blick hinein, doch auch dort war sie nicht. Daraufhin ging Bérénice zu den Kindern und packte Lina am Arm. »Wo zum Teufel ist deine Mutter hingegangen?«, knurrte sie.

Lina entwand sich geschickt ihrem Griff, zuckte mit den Schultern und wandte ihr den Rücken zu. Bérénice wollte jedoch nicht so schnell aufgeben und setzte ihre Suche bei den Latrinen und in der Küche fort. Doch erst auf dem Rückweg zur Frauenbaracke, als sie die Suche eigentlich schon eingestellt hatte, sah sie plötzlich Amandas fliederfarbenes Kleid hinter der Baracke aufblitzen. Bérénice lief an mehreren Aufsehern vorbei, die gerade eine Gruppe Neuankömmlinge brachten, aber dann nahm ihr eine Staubwolke die Sicht. Als sie Amanda wiederentdeckte, stand diese in einer Ecke hinter der Baracke, gleich neben dem Schuppen, in dem Kohle und Holz gelagert wurden. Amanda war nicht allein, doch Bérénice konnte nicht erkennen, wer ihre Hand hielt. Sie schlich sich näher, konnte aber nur Gemurmel hören, ein paar zusammenhanglose Wortfetzen, die keinen Sinn ergaben: *meine Tochter, eine Freundin, Samstagnacht*. Beim Näherkommen erkannte sie im Schatten der Überdachung das Profil des Mannes, der bei Amanda stand.

Sie umarmten einander, und Bérénice beobachtete, wie die Hand des Mannes an Amandas Hüfte herabglitt. Amanda erlaubte ihm, sie eng an sich zu ziehen – offenbar ungerührt davon, ob man sie sehen konnte. Erst beim Geräusch herannahender Schritte reagierte sie, machte sich aus den Armen des Gendarmen los und lief zur Baracke zurück.

Amandas Wangen waren vor Scham rot angelaufen, doch wenigstens war es ihr gelungen, dem Aufseher den Brief an Claire und Pater Marcel zuzustecken. *Wenigstens das* … Doch ein dicker Klecks Spucke brachte sie wieder in die Wirklichkeit zurück. Betroffen schloss sie die Augen und wischte sich das Gesicht ab. Vor ihr stand Bérénice mit verschränkten Armen und drohender Miene.

»Du glaubst wohl, dass es dir hier drin nützen wird, wenn du dich von Bertrand befummeln lässt? Willst du uns alle verraten? Du widerst mich an!«

Amanda versuchte, sich an ihr vorbei in die Baracke zu schieben, doch Bérénice hielt sie fest.

»Auch wenn er Franzose ist, ist Bertrand genauso widerlich wie die *boches* – und ebenso schuldig. Begreifst du das nicht?«

Amanda stand mit gesenktem Kopf da. Innerlich triumphierte sie, denn der erste Teil ihres Planes war aufgegangen. Selbst wenn sie angespuckt wurde, würde sie das nicht von der weiteren Umsetzung abhalten.

»Jetzt hast du vielleicht noch einen Rest von deinem Rosenparfum an dir, dein Haar glänzt, und dein Gesicht sieht jung und hübsch aus. Aber wart's ab: In ein paar Tagen stinkst du genauso wie wir anderen. Mal sehen, ob er dich dann immer noch …«

»Es ist nicht so, wie du denkst«, unterbrach Amanda sie, ohne jedoch weitere Erklärungen abzugeben. Schweigend fixierten die beiden Frauen einander. Bérénice funkelte sie zornig an, redete aber nicht weiter. Endlich sagte Amanda: »Ich werde alles tun, um meine Tochter zu retten!«

Als sie die Baracke betraten, sahen sie die Mutter. Ihr Baby war nicht mehr da. Sie lächelte irr und hatte einen seltsamen Glanz in den Augen. Immer wieder strich sie sich mechanisch das Haar hinter die Ohren, ging dann zu ihrem Bett und drehte die Matratze um. Einen Moment verharrte sie so, dann begann sie von Neuem.

Dieser trostlose Anblick versetzte Amanda einen Stich: Plötzlich sah sie sich selbst ohne Lina, in einer Baracke umgeben von Frauen, die keine Zukunft hatten. Eine von vielen, die genau wie alle anderen nur darauf wartete, in einer Grube verscharrt zu werden.

Verbittert wandte sie sich zu Bérénice um und sagte: »Für meine Tochter würde ich alles tun. Wir haben nicht mehr viel Zeit – hier ist kein Platz für weitere Gefangene. Bald werden sie uns von hier wegbringen – Gott weiß, wohin! Du weißt nicht, was es heißt, ein Kind zu haben! Nur damit das ein für alle Mal klar ist: Mir ist egal, ob es ein Franzose ist, ein Deutscher – oder sonst wer ....«

»Ich habe es geschafft, meine Tochter zu retten«, unterbrach Bérénice sie im Flüsterton, ohne sie anzuschauen. Sie nahm ihr langes dunkles Haar zusammen und fuhr fort. »Ich habe sie zusammen mit meiner Schwester nach Spanien geschickt, als ich gesehen habe, dass sie uns holen kamen.«

»Dann musst du mich doch wohl verstehen! Es steht uns nicht zu, hier über irgendwen zu urteilen!«

Bérénice trat einen Schritt auf sie zu und öffnete die Arme in einer Geste der Versöhnung, doch Amanda wich zurück. Sie suchte weder Mitleid, noch brauchte sie Komplizen. Dies war ihr ureigenster Kampf, und dabei musste sie jeden Schritt zunächst so sorgfältig prüfen, als ginge es um die Reparatur eines komplizierten alten Uhrwerks.

»Du hast nicht mehr viel Zeit«, drängte Bérénice. »Wir sind jetzt seit zwei Wochen hier. Sobald die Baracken voll sind, werden sie uns verlegen. Es heißt, dass wir innerhalb eines Monats nach Drancy gebracht werden sollen. Und von dort – wer weiß ... Angeblich nach Polen.«

23

Amanda hatte Bertrand genau beobachtet: wie er sich im Lager bewegte, seinen Umgang mit den anderen Wärtern, wie er sich geschickt aus jedem Tumult heraushielt und es anderen überließ einzugreifen. Sie sah, wie er mit verlorenem Blick, einen Kaffee in der Hand, an der Küchenwand lehnte, als frage er sich, was er, ein Berufssoldat, Zögling einer militärisch geprägten Familie, eigentlich bei der Bewachung Gefangener verloren hatte.

Schon als er sie in Claires Haus abgeholt hatte, war Amanda aufgefallen, wie distanziert er wirkte. Sie konnte in gewisser Weise seinen militärischen Stolz nachvollziehen und verstand, dass er sich schämte, einer so unangenehmen Pflicht nachkommen zu müssen.

»Diese spanischen Schweine müssen vor allem mal richtig gebadet werden – und dann ordentlich verdroschen, damit sie lernen, wo der Nagel hängt!«, hatte einer der anderen Wärter bemerkt.

»Lass sie doch in Ruhe, sie machen uns keinen Ärger«, hatte Bertrand erwidert. »Einige von ihnen wissen nicht mal, weshalb sie überhaupt hier sind.«

»Unsinn – das sind doch alles Kommunistenschweine!«

Immer wenn er Amanda begegnete, senkte er verwirrt den Blick. In diesen Momenten meinte sie, ihm vertrauen zu können, und lächelte, während sie sich das Haar glattstrich.

Sie war zufrieden mit ihren bisherigen Fortschritten. Bertrand hatte sie nicht abgewiesen und sich sogar bereit erklärt, den Brief weiterzuleiten. Amanda war erleichtert, dass sie Bérénice in ihren Plan eingeweiht hatte. Schließlich war sie ebenfalls Mutter und hatte zum Schutz ihres Kindes eine schwere Entscheidung treffen müssen.

Die Tage wurden kürzer, und weil sie nicht schlafen konnte, kam es ihr so vor, als dehnten die Nächte sich endlos aus. Heute war Samstag, und obwohl Amanda noch nicht mit einer Antwort von Claire oder Pater Marcel rechnete, hoffte sie wider alle Vernunft, dass die beiden am kommenden Samstag in der Nacht auftauchen würden.

Ihre Tage waren ein wenig erträglicher geworden, seit Bertrand sie zum Küchendienst eingeteilt hatte. Zunächst hatte sie dies als Bestrafung betrachtet, bis Bérénice sie überzeugt hatte, dass es sich beim Küchendienst um ein großes Privileg handele, für das sie dankbar sein solle. Wenigstens hatte sie jetzt etwas zu tun und bekam ab und zu die Gelegenheit, sich zu waschen. Dann hielt sie die Hände so lange unter den kochend heißen Wasserstrahl, bis ihre Haut sich zu schälen drohte. Es war die einzige Möglichkeit, sich von all dem ekelhaften Dreck zu befreien. Ein weiterer Vorteil des Küchendienstes war die Möglichkeit, etwas Kaffee zu trinken, ehe er für die anderen Lagerinsassen verdünnt wurde – für »die Ausgestoßenen«, wie sie ihre Mitgefangenen, die wie sie gegen ihren Willen im Nirgendwo festgehalten wurden, insgeheim nannte.

Der Küchendienst ermöglichte es ihr auch, Lina, der armen Frau Meyer und Bérénice ein wenig hartes Schwarzbrot mitzubringen. Bérénice war allmählich zu einer Art Freundin und Vertrauten geworden, die ihr dabei half, die Abläufe im Lager besser zu verstehen. Sie hatte sich davon überzeugen lassen, dass Amanda keineswegs auf der Seite des Feindes stand und auch nicht vorhatte, etwaige Widerstands- oder Fluchtpläne der anderen Insassen zu vereiteln. Dass Amanda ihnen, im Gegenteil, durch ihre Beziehung zu Bertrand sehr nützlich sein könne, teilte Bérénice ihrem Mann mit, der der Anführer einer Widerstandsgruppe innerhalb des Lagers war.

Manchmal wartete Bertrand bei Einbruch der Dunkelheit in einer Ecke des Lagerschuppens auf Amanda. Er brauchte vorher nur in die Küche zu kommen – vorgeblich, um zu kontrollieren, wie die Arbeit dort voranging –, dann wusste Amanda, dass er sie treffen wollte. Wenn die anderen Frauen mitbekamen, wie Bertrand die Küche betrat, stellten sie sofort die Gespräche ein und senkten den Blick. Dann lächelte Amanda innerlich, auch wenn sich ihr Magen gleichzeitig zusammenkrampfte, weil sie sich für ihr kurzes, flüchtiges Glücksgefühl schämte.

Wie konnte sie sich auch nur eine Sekunde lang in der Anwesenheit dieses Fremden wohlfühlen, wenn Julius der einzige Mann war, den sie je geliebt hatte? Doch Julius war inzwischen nur noch ein ferner Schatten. Er konnte ihr hier nicht helfen. Am meisten befremdete sie, dass sie in Bertrands Nähe ein Gefühl der Sicherheit empfand. Ihre Begegnungen lösten nicht etwa Ekel in ihr aus, sondern vermittelten ihr ein Gefühl von Ruhe und Zufriedenheit, wie sie es schon lange nicht mehr empfunden hatte. Wenn er – meist drei oder vier Tage nach ihrer letzten Begegnung – in der Küche aufgetaucht war, um ihr zu signalisieren, dass sie sich treffen sollten, schloss sie kurz die Augen und presste die Hände vors Gesicht, um diese Gefühle zu vertreiben, denn sie bedeuteten ein Risiko und drohten sie von ihrem Ziel abzubringen.

Wenn die Zeit für ein Stelldichein gekommen war, bemühte sie sich, die Küche als Letzte zu verlassen, und spritzte sich noch rasch heißes Wasser auf Wangen und Lippen. Die

Hitze belebte sie, und obwohl ihre Haut brannte, hatte sie das Gefühl, dass ihre frühere Schönheit wiederkehrte. Dann fiel ihr auch das Lächeln nicht mehr schwer.

Als Amanda in dieser Nacht zu ihrem Treffpunkt schlich, schaute sie hinauf und suchte den Mond. Plötzlich ragte ein Schatten vor ihr auf und streckte ihr eine kräftige Hand entgegen. Sie ließ sich von dieser heißen Hand leiten und mitziehen. Bertrand zog sie an sich und umarmte sie – den Feind. Er hatte mehr zu verlieren als sie. Er riskierte seinen Dienstgrad, seine Sicherheit und seine Ehre. Beide führten sie einen Kampf gegen die Tyrannei der Begierde, doch die Dunkelheit ließ alle Grenzen verschwimmen.

»Alles wird gut«, flüsterte er ihr ins Ohr, als sei es eine Liebkosung, obwohl er doch wissen musste, dass die einzigen Liebkosungen, die ihr etwas bedeuteten, jene waren, die sie ihrer Tochter schenkte. »Wie behandeln sie dich in der Küche?«

Sie lächelte, schließlich war sie ihm ausgeliefert.

»Du wirst sehen, deine Tochter kommt hier schon raus!«

Ja, ihre Tochter würde entkommen, sie selbst aber nicht. Sie war verloren, sie hatte aufgehört zu existieren. Sie schmiegte sich an Bertrands Brust und gab sich seinem Willen hin, der einzigen Macht, die in dieser nachtschwarzen Ecke existierte.

Sie schloss die Augen und ließ sich über unbekannte, dunkle Pfade leiten, die ins Nichts führten. Wie ein Zauberer hatte er sie seiner Macht unterworfen und kontrollierte sie, wie es ihm beliebte. *Wenigstens habe ich jemanden, der mich beschützt*, dachte sie, während er rasch und grob sein Verlangen befriedigte.

Er sei französischer Offizier und nach der Niederlage von den Invasoren zu dieser Tätigkeit gezwungen. Als Offizier, als guter Soldat, müsse er Befehle befolgen, ohne zu hinterfragen, ob sich diese womöglich gegen sein eigenes Volk richteten. Das erklärte er ihr bei jedem Treffen von Neuem, während er sie mit Zärtlichkeiten und süßen Worten zu bezwingen versuchte.

»Du musst das verstehen. Ich befolge nur Befehle«, sagte er ihr, egal, ob sie es hören wollte oder nicht. Dann machte er sich die Hose zu, strich seine Uniform glatt und wischte sich den Schweiß von der Stirn.

Diesmal war von Liebkosungen nicht mehr viel zu hören, nachdem er fertig war. Stattdessen fragte er barsch: »Bist du sicher, dass sie den Schmuck auch mitbringen?«

Sie hatte ihm ein Diamantarmband und ihren Ehering versprochen, ein prachtvolles Schmuckstück mit einem ganz besonders strahlenden Stein. Sie versicherte ihm, dass er mit dieser Trophäe endlich frei wäre, dass er der Schmach und Unehre entfliehen könne, als Offizier einer besiegten Armee zu dienen. Er könne sich irgendwo auf einen kleinen Bauernhof in ein abgelegenes Tal zurückziehen, wo die Deutschen niemals hinkämen.

»Ich verspreche, der Schmuck wird dir gehören«, sagte sie zum Abschied.

Sie trieb dahin, als hätte ihr Körper alle Energie verloren. Vor dem Eingang zur Baracke saß Bérénice auf einem Stein und wartete offenbar auf sie. Amanda setzte sich neben sie und ließ den Kopf an Bérénices Schulter sinken.

»Ach, Bérénice, wie weit ist es bloß mit uns gekommen …«, sagte sie. »Ich habe den Eindruck, dass für Reue und Schamgefühl gar kein Platz mehr ist.«

»In zwei Wochen werden sie uns von hier wegbringen. Das steht wohl jetzt fest. Du darfst nicht noch länger warten.«

»Alles wird gut«, wiederholte Amanda Bertrands Worte mit einem Lächeln. »Alles wird gut, das hat er mir versprochen.«

»Du vertraust ihm viel zu sehr.«

Die beiden Frauen sprachen von Bertrand immer nur als »er«. Es war sicherer, seinen Namen nicht zu nennen, um keinen Verdacht zu erregen.

»Habe ich denn eine andere Wahl?«

»Ich würde ja gern glauben, dass er ein gutherziger Franzose ist …«

»Er geht das Risiko für mich und meine Tochter ein.«

»Aber warum? Hast du ihn mal gefragt, warum er das tut?«

»Er wird seine Belohnung bekommen!«

»Ich nehme an, die Belohnung ist mehr, als du ihm jetzt gerade gibst?«

»Ach, Bérénice, weißt du, was das Schlimmste ist? Dass ich mich in seiner Gegenwart sicher fühle. Ja, wenn ich mit ihm zusammen bin … Mein Körper hat schon vor langer Zeit aufgehört zu existieren, und deshalb ist es mir auch egal, was er mit dieser leblosen Masse anstellt … wie er seine Lust an mir befriedigt … Aber wenn er mich in den Armen hält …«

Bérénice wollte sich das nicht länger anhören. Sie sprang auf und zog Amanda mit sich. Dann legte sie ihr die Hände auf die Schultern und sah sie eindringlich an. »Denk immer dran, du dummes Mädchen: Dieser Mann tut das nicht, um dir zu helfen. Er tut es nur, weil er einen Vorteil aus dir ziehen kann!«

Amanda umarmte Bérénice, und sie schwiegen eine Weile.

»Ich werde meine Tochter retten …«

24

Die Frauenbaracke war mit den vielen Neuankömmlingen dicht gefüllt. Sie schliefen zu dritt oder sogar zu viert in einem Stockbett. Nachts ließen die Gefangenen die Tür offen stehen, damit von draußen wenigstens etwas frische Luft hereinkam, denn drinnen war es stickig und schal vom Atem so vieler Menschen. Es schien kaum ausreichend Sauerstoff im Raum zu zirkulieren. Amanda hatte begonnen, die Tage zu zählen – noch sieben Tage, bis sie den Plan zur Rettung ihrer Tochter in die Tat umsetzen konnte. In dieser entscheidenden Woche musste sie jede Sekunde präzise vorausplanen.

An jenem Sonntagabend, der den Beginn der Woche markierte, in der sie ihre Tochter retten würde, war alles ruhig. Doch kurz vor Tagesanbruch rüttelte Bérénice Amanda aus dem Schlaf wach und zog sie aus dem Bett. Schlaftrunken und ohne Energie, sich Bérénice zu widersetzen, taumelte Amanda hinter ihr her aus der Baracke zum Latrinenhaus. Ein schwacher Lichtschein am anderen Ende der massiven Mauern war das Einzige, was ihnen den Weg wies.

Das Latrinenhaus war wie eine Festung. Weder die Küche noch die Unterkünfte der Aufseher waren ähnlich stabil gebaut, vielleicht, weil die massiven Mauern die beste Möglichkeit waren, den Gestank einzudämmen und der Verbreitung ansteckender Krankheiten vorzubeugen. In der Mitte des Latrinenhauses befand sich eine Zementmauer mit Löchern, über die Holzbretter gelegt waren. Dort konnten die Ausgestoßenen ihre Notdurft verrichten.

Amanda bemerkte den Gestank kaum mehr, Bérénice dagegen zuckte immer noch angewidert zusammen, obwohl sie schon viel länger im Lager war. Das Latrinenhaus war der einzige Ort, den die Aufseher nicht zu betreten wagten, aus Furcht, sie könnten sich allein durch das Einatmen der verpesteten Luft mit irgendetwas anstecken.

Bérénice musterte mit Argusaugen die Dunkelheit, um sich zu vergewissern, dass sie auch wirklich allein waren. In einer Ecke des Raumes entdeckte sie eine Frau, die zusammengekrümmt in der Finsternis kniete. »Die wird hier keinen weiteren Tag überleben«, stellte sie leise fest.

Amanda wartete geduldig ab, welches Geheimnis Bérénice ihr mitteilen wollte. Beim Blick auf die zusammengekauerte Gestalt in der Ecke wusste sie plötzlich instinktiv, dass sie selbst ebenso enden würde wie diese Frau, wenn sie auch nur einen weiteren Monat innerhalb des umzäunten Lagers verbringen müsste.

»Am kommenden Wochenende hat die Hälfte der Wärter Heimaturlaub. Ich habe gehört, dass sie zwei Wochen frei bekommen, um zu ihren Familien zu fahren.« Bérénice legte Amanda eine Hand auf die Schulter, denn sie wollte, dass die Freundin ihr aufmerksam zuhörte und sich nicht durch die sterbende Frau ablenken ließ. »Du bist die Einzige, die uns helfen kann.«

Amanda hatte keine Ahnung, wie sie das bewerkstelligen sollte. Sie arbeitete in der Küche und traf sich manchmal nachts mit Bertrand im Lagerschuppen, aber er nahm sie niemals mit in die Schlafbaracke der Aufseher oder in einen der Wachtürme.

»Bertrand weiß bestimmt, wer Urlaub hat und ob sie Verstärkung angefordert haben.«

»Die Putzfrauen könnten das viel einfacher herausfinden als ich. Wie soll ich denn an diese Informationen kommen?«

»Am wichtigsten ist, dass wir erfahren, ob Verstärkung kommt oder nicht. Das kann doch nicht so schwer sein. Das wirst du ihn bestimmt unauffällig fragen können.«

»Denkst du denn wirklich, dass Bertrand mir das verraten wird? Er wird sich doch bestimmt wundern, weshalb mich das interessiert.«

»Du wirst schon einen Weg finden, es aus ihm herauszubekommen.«

»Aber Bérénice, wenn er Verdacht schöpft …«

»Er wird keinen Verdacht schöpfen, wenn du es geschickt anstellst. Schließlich hängt das Leben deiner Tochter davon ab. Und das Leben vieler anderer Menschen – der Männer, die uns helfen werden, den *boches* zu entkommen!«

Amanda starrte sie desillusioniert an. *Die Deutschen haben alles besetzt, sie haben Landesgrenzen verschwinden lassen und alles und jeden zermalmt, der sich ihnen in den Weg gestellt hat. Wir werden ihnen niemals entkommen können*, hätte sie ihrer Freundin am liebsten erwidert, aber sie sagte nichts.

Womöglich verstand Bérénice sie – auch sie schwieg.

»Ich schaue, was ich tun kann«, sagte Amanda schließlich. »Aber versprechen kann ich nichts.«

Zurück in der Baracke dachte Amanda an die Frau, die im Latrinenhaus dahinvegetierte. Sie musste zu ihr zurückgehen und ihr helfen. Doch als sie wieder hinausgehen wollte, hielt Bérénice sie zurück: »Lass sie. Wenn du ihr zu nahe kommst, wirst du bloß selbst krank. Denk dran, dass das Leben vieler Menschen von dir abhängt, nicht nur das deiner Tochter. Und du willst doch nicht Linas Rettung aufs Spiel setzen?«

Es blieben nur noch sechs Tage, bis ihre Tochter endlich frei sein würde. Amanda zählte die Stunden und betete, dass nicht noch ein Sturm, ein Aufstand der Gefangenen oder die Ankunft der Deutschen ihren Plan vereiteln würde. Jede Nacht ging sie im Geiste alle Eventualitäten durch, die noch schiefgehen konnten. Der Abtransport der Gefangenen nach Drancy könnte plötzlich doch früher durchgeführt werden, sie könnten die Frauen von den Kindern trennen, Bertrand könnte versetzt werden – oder aber Bérénices Mann könnte einen Aufstand oder eine Massenflucht organisieren …

Sie betete, dass keine dieser Möglichkeiten eintreten würde. *Nichts davon darf vor Samstag passieren. Nichts.*

Als Amanda am Montagabend erschöpft von ihrem Treffen mit Bertrand zurückkam, wurde sie von Lina erwartet, die noch wach und voller Unruhe in ihrem Bett lag. Sie wich dem Blick ihrer Tochter aus, als könne das Mädchen wahrnehmen, wie sehr sie sich schämte.

»Gilberte ist sicher, dass sie uns alle umbringen werden.«

»Gib nichts drauf, was sie sagt. Was weiß sie schon!«, erwiderte Amanda und setzte sich neben Lina auf die Bettkante, doch weit genug weg, dass ihre Tochter die Spuren ihrer Erniedrigung nicht bemerkte – Bertrands Geruch, der immer noch an ihrer Haut haftete.

»Ihre Mutter arbeitet auch in der Küche.«

Es kam Amanda so vor, als wolle ihre Tochter ihr Vorwürfe machen. *Du solltest doch eigentlich viel besser Bescheid wissen, schließlich arbeitest du in der Küche. Aber statt herauszufinden, was im Lager vor sich geht oder was mit uns passieren wird, verschwendest du deine Zeit in den Armen dieses dreckigen Aufsehers.* Amanda war, als hörte sie die anklagenden Stimmen von Lina, Hilde und Claire.

»Lina, glaub mir. Sie werden niemanden töten.«

Ihre Tochter erwartete eine Erklärung, sie erwartete mehr

als ein leeres Versprechen. Sie wollte nicht wahrhaben, dass ihre Mutter seit der Flucht aus Berlin kaum mehr getan hatte, als über Vieras Abwesenheit zu klagen und Briefe auf verblichene Buchseiten zu schreiben.

»Gilberte sagt –«

»Genug von Gilberte«, fuhr Amanda sie mit mühsam kontrollierter Wut an. Gerade laut genug, dass nur sie beide es hören konnten, doch immerhin so laut, dass Lina zusammenfuhr, schockiert über die Reaktion ihrer Mutter. Zum ersten Mal hatte Lina einen Funken Wut in dieser sonst so zurückhaltenden Frau gespürt, die immer unter den Fittichen ihres Mannes gestanden hatte. Eines gütigen Mannes, der sein Leben damit verbracht hatte, sich die schwachen, unregelmäßigen Herzschläge anderer Menschen anzuhören.

»Es heißt, sie werden uns nachts zu einem Bahnhof treiben. Dort verfrachten sie uns in Viehwaggons, und dann werden wir tagelang reisen müssen, bis wir zu einem Konzentrationslager kommen. Da werden sie uns trennen. Dort wird es nicht so sein wie hier, Mama. Das Lager wird von den Deutschen geführt – und die werden genau wissen, wer wir sind. Gilberte hat das in allen Einzelheiten beschrieben ...«

Amanda schloss einen Moment lang die Augen. Wie sollte sie ihre Tochter davon überzeugen, dass sie bald in Sicherheit sein würde? Dass sie weit fort von hier aufwachsen würde, genau wie Viera. Zwar nicht auf einer Insel, aber bei wohlwollenden Menschen, die ihr mehr Liebe und Schutz geben konnten, als sie selbst es vermochte. Sie spürte ein Brennen tief unten in der Kehle, als wanderte ein Dornenzweig langsam durch ihre Speiseröhre. Ihr kamen die Tränen, und ihre Lippen begannen zu zittern.

»Täglich schafft es irgendjemand zu fliehen!«, flüsterte Lina aufgeregt weiter. »Sie klettern über den Zaun, und den französischen Aufsehern ist es völlig egal. Gilberte sagt ...«

»Es wird uns nichts nützen zu fliehen, Lina«, sagte Amanda bestimmt. »Sie werden uns immer jagen. Wir müssen mehr tun, als zu fliehen.«

»Aber was denn mehr, Mama? Was heißt ›mehr‹? Müssen wir ganz verschwinden?«

Niedergeschlagen stand Lina auf und trat zum Fenster. Die Wolken hingen noch tiefer als sonst. Es war unmöglich, den Mond oder die Sterne zu sehen. Auch dort keine Chance zu fliehen.

Lina ging langsam zurück zu ihrem Bett. Ihre Mutter umarmte sie zärtlich. Frau Meyer sah aus ihrem Etagenbett mit leerem Gesichtsausdruck zu ihnen herüber.

»Mama, weißt du, was das Schlimmste ist?« Nun glänzten auch in Linas Augen Tränen.

»Was denn, mein Schatz?« Amanda versuchte, sich zusammenzureißen, um sie zu trösten. Lina war noch so jung und sprach schon von so viel Leid, von Zügen auf dem Weg ins Nichts, von Trennung und Tod.

»Ich kann mich nicht mehr an Papa erinnern.«

Lina schmiegte sich zaghaft an ihre Mutter, als wolle sie um Erlaubnis bitten, diese noch einmal zu umarmen.

»Dein Vater hat uns nicht im Stich gelassen«, sagte Amanda. Sie zog den Koffer unter dem Bett hervor, öffnete ihn leise und suchte ein Foto heraus.

»Aber ich habe sein Gesicht vergessen, seine Augen … Ich kann mich nicht mehr an seine Stimme erinnern.«

»Papa ist hier«, sagte Amanda und hielt ihrer Tochter das Familienfoto hin. »Und er ist auch da draußen«, flüsterte sie und zeigte auf das Fenster. Sie küsste Lina auf die Stirn. »Er wacht von einem dieser Sterne über –«

»Da sind keine Sterne, Mama«, unterbrach Lina sie mit dem Foto in der Hand. »Hier gibt es keine Sterne.«

25

Der Weg von der Baracke zur Küche fiel ihr jeden Tag aufs Neue schwer – fort aus Linas Umarmung, weg von Bérénices aufmerksamem Blick und Frau Meyers Schlaflosigkeit, vorbei am leeren Blick der Wachtposten durch den ungewöhnlich kalten Morgen. Bis zur Küchentür mit den rostigen Riegeln, die sie immer mit Gewalt aufschieben musste, wobei sich ihr Holzsplitter unter die Fingernägel bohrten. Dann saß sie fröstelnd in einer Ecke, den Blick auf das Fenster und den Stacheldrahtzaun gerichtet, hinter dem das Unbekannte lag. Jenseits des Zaunes, am Horizont, erstreckte sich ein Wald, der ihr von ihrem Platz aus schier endlos erschien. Sie stellte sich vor, wie sie mit Lina durch diesen Wald ging, während über ihnen Sternschnuppen herabfielen. Erst wenn jemand anderes die Küche betrat und einen Topf mit schmutzigem Wasser auf die Anrichte knallte, fuhr Amanda aus ihren Tagträumen hoch.

Am Dienstagmorgen lag Gilbertes Mutter schluchzend zwischen Abfällen auf dem Küchenboden. Ein Aufseher kam herein und schlug die Tür hinter sich zu. Er packte Gilbertes Mutter an den Haaren und zerrte sie hoch wie ein totes Tier. Ohne sich zu beklagen, sprang sie auf und stolperte hinter ihm her, so schnell sie konnte. Dabei strich sie sich unbeholfen das feuchte, verblichene Kleid glatt, und Amanda sah, wie sie sich eine zitternde Hand auf den Bauch legte.

Von ihrem sicheren Eckplatz aus wurde Amanda plötzlich klar, dass tatsächlich alle Frauen, die in der Küche arbeiteten, von einem oder manchmal auch zwei Aufsehern »auserwählt« worden waren. Alle Küchenkräfte waren relativ jung, manche von ihnen noch hübsch dazu. Immerhin hatte Bertrand sie noch nie grausam behandelt. Sie zog es vor, ihn als ihren Beschützer und Retter zu betrachten. *Ich habe Glück gehabt*, dachte sie. *Ich sollte dankbar sein.* Sie verzog die Mundwinkel zu einem widerwilligen Lächeln.

Jede Neuigkeit, die von draußen ins Lager drang, war lückenhaft und möglicherweise längst überholt. Man konnte diese Informationen nicht immer für bare Münze nehmen, weil sie von Mund zu Mund weitergegeben und dabei unweigerlich verzerrt wurden, bis sie nahezu mythische Ausprägungen annahmen. Einem Gerücht zufolge waren die Deutschen bereits auf dem Rückzug, laut einem anderen, noch fantastischeren, hatte die Résistance Paris eingenommen. Die Gerüchte nahmen von Tag zu Tag neue Auswüchse an, und je nach Bereich des Lagers wurden unterschiedliche Versionen weitererzählt. In einer Baracke hieß es, die Briten hätten den Kanal überquert und wären im Département Pas-de-Calais gelandet. In einer anderen erzählte man sich, dass Frankreich sich all seiner Juden entledigt und diese nach Polen deportiert habe und dass sich die Deutschen nun endlich, drei Jahre nach Kriegsbeginn, zurückziehen würden, da sie ihren Plan der rassischen Säuberung verwirklicht hätten.

Bérénice strich mit ihrem unergründlichen Lächeln durch das Lager und behielt alles genau im Blick. Amanda war fasziniert davon, wie es Bérénice gelang, die Aufseher zu umgehen. Täglich stahl sie Lebensmittel aus der Küche, und sie hatte das Mädchen, das die Offiziersunterkunft reinigte, dazu gebracht, alle möglichen Zeitungen von dort herauszuschmuggeln. Die Aufseher sahen Bérénice häufig genug aus der Küche kommen, die Taschen vollgestopft mit Brot, aber sie wandten sich ab und schauten in eine andere Richtung. Sie wollten nicht in Schwierigkeiten geraten, indem sie es sich mit der Frau eines revolutionären Anführers verscherzten, denn sie fürchteten, dass dieser nach Kriegsende – oder womöglich schon in wenigen Tagen – mit ihnen abrechnen könnte. Mancher Aufseher hatte sich schon entsprechende Drohungen anhören müssen. Da war es besser, kein Risiko einzugehen.

Die Aufseher waren überzeugt, dass es töricht wäre, sich mit Bérénice und ihrem Mann anzulegen. Sie ließen ihnen zwar nicht offensichtlich eine bessere Behandlung zukommen, gewährten ihnen jedoch diskret Zugang zu Orten, die den anderen Häftlingen versagt waren. In der Region gab es ein starkes Netzwerk der Résistance. Womöglich war es sogar über ganz Frankreich verteilt, und die Aufseher hatten Angst, man könne sie denunzieren oder ihre Familien angreifen. Wenn sie einen der Gefangenen schlecht behandelten, hatten sie schon mehrfach den alttestamentarischen Ausspruch gehört, der ihnen einen Schauer über den Rücken jagte: »Auge um Auge, Zahn um Zahn.«

Die Freiheiten, die Bérénice genoss und die es ihr erlaubten, von Baracke zu Baracke zu gehen, wie es ihr gefiel, irritierten die anderen Frauen. Bérénice war die Einzige, die sich den männlichen Gefangenen nähern durfte. Sie versorgte sie mit Lebensmitteln und – was noch wichtiger war – mit Informationen aus zweiter Hand. Sie war es auch, die Nachrichten zwischen den Männerbaracken und der Frauenbaracke übermittelte: wer gestorben und wer erkrankt war oder wer Geburtstag hatte. Sie beschrieb die Details so anschaulich und ausführlich, dass Amanda manchmal der Verdacht kam, Bérénice habe sich all diese Geschichten nur ausgedacht, um die anderen Frauen aufzumuntern und vor der Verzweiflung zu bewahren.

Amanda schätzte sich glücklich, weil sie unter dem Schutz der mächtigsten Frau im Lager stand und in ihr sogar eine Komplizin gefunden hatte. Durch diese Nähe zu Bérénice nahm sie auch deutlich eine neue Unruhe wahr, die im Lager entstanden war. *Irgendwas liegt in der Luft, das spüre ich. Irgendeine ganz große Sache.* Bei Bérénice blieb nichts dem Zufall überlassen. Jede Bewegung war genau geplant, jede Annäherung verfolgte einen Zweck. Bérénice erlaubte sich nicht den kleinsten falschen Schritt. Amanda vertraute ihr zwar, machte sich aber dennoch Sorgen: Obwohl sie beinahe sicher war, dass Bérénices Pläne den ihren nicht im Wege stehen würden, lebte sie in ständiger Anspannung, dass doch noch etwas passieren könne.

Als einmal mitten in der Nacht eine der Frauen zu schreien anfing, sich die Kleider vom Leib riss und sich nackt auf dem gestampften Lehmboden herumwälzte, war es Bérénice, die einen leichten Schlaf hatte, die als Erste reagierte. Sie sprang aus dem Bett, eilte zu der Frau und ohrfeigte sie ein paarmal kräftig, bis diese sich wieder beruhigt hatte. Die anderen Frauen sahen verblüfft zu, wie kühl und entschlossen Bérénice handelte, während sie nicht einmal die Energie aufbrachten, sich in ihren Betten aufzusetzen.

»Wenn du nicht augenblicklich still bist, erwürge ich dich!«, brüllte sie der Frau ins Ohr und umklammerte ihre Kehle. »Meinst du, wir wollen, dass die französischen Aufseher kommen und uns wegen deinem Benehmen bestrafen? Zieh dir deine Lumpen über, reg dich ab, und leg dich wieder ins Bett. Sofort!«

Die Frau tat, wie ihr befohlen, obwohl sie noch immer am ganzen Körper zitterte. Staubbedeckt und mit gesenktem Blick legte sie sich beschämt in ihr Bett und drehte sich mit dem Gesicht zur Wand. Bérénice klopfte sich den Staub vom Hemd und ließ einen raschen Kontrollblick durch die Baracke schweifen. Die Frauen, die gerade noch sensationslüstern zugeschaut hatten, wichen nun ihrem Blick aus. Innerhalb weniger Momente war wieder Ruhe eingekehrt.

Wie mutig diese Frau ist! Wenn ich doch nur so stark wie sie wäre, dachte Amanda. Zum ersten Mal bemerkte sie die Adern, die auf dem Handrücken ihrer Freundin hervortraten. Sie hielt Bérénice im Grunde für einen guten Menschen mit unversehrter Seele. Eine Kämpfernatur, deren einziges Bestreben es war, sich und diejenigen, die ihr lieb waren, zu verteidigen. Doch mittlerweile waren die unwahrscheinlichsten Geschichten über sie im Umlauf: Sie habe einen deutschen Soldaten getötet; sie habe ihre Tochter in einem spanischen Waisenhaus zurückgelassen; sie habe sich an mehr als nur einem Kollaborateur gerächt. Einige Frauen behaupteten sogar, sie habe irgendwo eine Pistole versteckt und warte nur darauf, entsprechende Munition in die Finger zu bekommen. Die erste Kugel würde sie auf jenen Aufseher feuern, der es wagte, in die Baracke der Frauen einzudringen, hatte sie einmal gedroht. Für die Aufseher war die Frauenbaracke Sperrgebiet – und Bérénice hatte mehr als deutlich gemacht, dass das auch so bleiben sollte. Die Frauen hatten weniger Angst vor ihr als vielmehr Respekt. Für die Wärter war sie unantastbar.

Bérénice hatte sich entschieden, Amandas Pläne nicht ihrem Mann mitzuteilen. Amanda verfolgte eine wohldurchdachte Idee, und Bérénice war entschlossen, sie nach Kräften zu unterstützen. Auf diese Weise würde sie auch die Kontrolle über die möglichen Folgen behalten. Es würde schon alles gut gehen. Ein kleines Mädchen mehr oder weniger würde die Abläufe im Lager kaum durcheinanderbringen.

Was immer Bérénice im Schilde führt, betete Amanda, *bitte lass es erst nach Samstag geschehen.*

26

Am Dienstag wurden sie von Lärm vor der Baracke geweckt. Sie liefen auf den Haupthof hinaus, wo sich eine Gruppe Frauen schreiend an den Zaun klammerte. Manche weinten, andere beschimpften die französischen Aufseher.

Lina drückte die Hand ihrer Mutter. *Vielleicht*, dachte sie, *ist endlich der Moment zur Flucht gekommen.* Sie könnten davonrennen und sich in der nächsten Kirche verstecken. Sie würde vor dem Altar niederknien und beten, wie Pater Marcel es ihr beigebracht hatte. »Gott wird uns nicht verlassen«, murmelte sie, und Amanda hörte sie. Ohne weitere Worte schlichen sie an die Stelle, wo die Männerbaracke an die Frauenbaracke grenzte. Es waren keine Aufseher in Sicht. »Jetzt ist der richtige Augenblick!«, sagte Lina. »Hier sind weder Aufseher noch Deutsche. Wir sind frei, Mama!«

Lina kniff die Augen zusammen und begann leise zu beten. Sie ließ sich von ihrer Mutter weiterziehen, während diese sich durch die aufgebrachte Menge schob. *Ich verspreche dir, lieber Gott, dass ich von nun an jeden Abend zwei Vaterunser und vier Ave Maria bete*, flehte Lina im Stillen.

Plötzlich blieb Amanda stehen, zog ihre Tochter an sich und versuchte, ihr die Augen zuzuhalten. Mitten auf dem Hof lag der blutüberströmte Körper eines männlichen Häftlings.

»Es hat keinen Zweck zu fliehen. Wozu? Nur, um so zu enden wie er?«

Das Gesicht des Mannes war eine einzige Landschaft aus

Prellungen und getrocknetem Blut. Die Oberlippe war weggerissen. Er war barfuß, und an seinen Fußsohlen sah man das rohe Fleisch. Zwei Männer traten zu ihm, hoben ihn an und trugen ihn zu einer der Männerbaracken. Seine Arme baumelten herab, sein Kopf schleifte über den Boden.

Lina befreite sich von ihrer Mutter und betrachtete das Geschehen, ohne auch nur zu blinzeln.

»Er ist tot«, sagte sie.

»Nein, Lina, er lebt, und er wird sich wieder erholen. Hier drinnen müssen wir alle lernen, wie wir am besten überleben können.«

Etwas abseits der Menge entdeckte Amanda Bérénice, die nach ihr Ausschau gehalten hatte und sie nun zu sich herüberwinkte. Amanda schickte Lina zurück in die Baracke und ging mit ihrer Freundin in Richtung Küche. Bérénice flüsterte ihr zu: »Die Aufseher werden ausgetauscht. In letzter Zeit konnten viele Leute fliehen, und sie wollen keinen Ärger mit den Deutschen. Sie haben das Lager nicht mehr unter Kontrolle und wollen uns dafür bestrafen. Du musst dich beeilen!«

»Es ist schon spät. Ich muss dringend in die Küche«, erwiderte Amanda. Sie war Bérénice dankbar für die Warnung, aber sie würde auf keinen Fall ihren Plan ändern. In drei Tagen war Samstag, und man würde die Aufseher sicher erst in der nächsten Woche austauschen. Bis dahin würde nichts passieren. Es *durfte* nichts passieren. Sie warf ihrer Freundin einen nervösen Blick zu und ging schnell davon.

»Amanda!«, rief Bérénice ihr hinterher. Amanda hielt inne, und einen Moment lang standen die beiden Frauen nah voreinander. Bérénices Lippen formten leise die Worte: »Tut mir leid«, dann wandte sie sich zurück zum Hof.

Das ist nicht nötig. Du brauchst kein Mitleid mit mir zu haben. Es wird nichts geschehen, hätte Amanda am liebsten erwidert. Sie eilte weiter zur Küche. *Bérénice ist es, für die es keinen Ausweg gibt*, dachte sie. Sie würden alle deportiert werden, vielleicht sogar noch, bevor die Aufseher ausgewechselt wurden, falls das überhaupt passierte. Bérénice hatte so traurig geklungen, als sie ihr Bedauern bekundet hatte. Sie spürte, dass ihre einzige Vertraute ehrliches Mitleid für sie empfand. Diese Frau, die von ihren Erlebnissen so hart geworden war, hatte sich zu einer wahren Freundin entwickelt. Doch Amanda durfte sich weder durch Mitgefühl anderer noch durch Selbstmitleid von ihrem Plan abbringen lassen. Und übereilen durfte sie auch nichts.

»Alles wird gut gehen«, murmelte sie vor sich hin. Als sie in die Küche trat, zwang sie der Dampf, kurz die Augen zu schließen.

Sie fing an, Kartoffeln zu schälen, war aber so in ihren Gedanken versunken, dass sie sich mit dem rostigen Messer in die linke Handfläche schnitt. Verwundert betrachtete sie, wie das Blut aus ihrer Hand strömte – den Schmerz nahm sie zunächst gar nicht recht wahr. Sie lächelte. Immerhin war das Blut ein Zeichen dafür, dass sie noch lebte. Sie ließ die kümmerliche Metallklinge mit dem Holzgriff in die Tasche ihrer Schürze gleiten und trat ans Spülbecken. Eine der anderen Frauen, die das Blut gesehen hatte, kam herbei, nahm ihre Hand und hielt sie unter den Wasserhahn.

»Das fehlt uns noch, dass du jetzt krank wirst!«, brummelte sie. »Zwei haben sich schon in der Küche Tetanus geholt. Der Tag fängt wirklich schlecht an, wirklich kein guter Tag heute!«

Amanda starrte die offene Wunde unter dem fließenden kalten Wasser an und sah, wie das Blut erst hellrot und dann dunkler wurde. Das Messer war so tief eingedrungen, dass es einen Muskel getroffen hatte, vielleicht sogar einen Nerv. Sie hatte jegliches Gefühl in der Hand verloren und war froh darüber. Das war ein gutes Zeichen: Offenbar war sie immun gegenüber dem Schmerz geworden. Niemand konnte ihr mehr wehtun – schon gar kein schwaches, rostiges Messer. Dann schoss ihr ein Brennen den Arm hoch, und sie wäre beinahe ohnmächtig geworden.

»Ich glaube, du solltest dir die Hand besser mit heißem Wasser auswaschen, wenn du nicht an einer Infektion sterben willst.«

Sie verstand nicht, warum sie ihr halfen und sie in der Küche herumschoben wie eine Puppe. Fasziniert ließ sie es mit sich geschehen. Ihr Geist war abwesend, aber gleichzeitig war sie zufrieden, weil es ihr bestätigte, dass ihr Körper nicht mehr war als einfache Materie und dem, was ihr Wesen ausmachte, fremd.

Die anderen Frauen versammelten sich um sie, rieben ihr Salz in die Wunde und verbanden ihr anschließend die Hand mit einem fettigen Lappen.

»Keine Sorge, das wird schon wieder!«, versicherte ihr die Frau, die sich so spontan als Krankenschwester bereitgefunden hatte, als sie Amandas leeren Blick sah. Amanda lächelte sie stumm an. Wie hätte sie ihr auch erklären sollen, dass sie auf alle Schicksalsschläge vorbereitet war, dass sie keinen Schmerz mehr empfand und nichts sie hätte glücklicher stimmen können?

Während sie die Wunde im Rhythmus ihres Herzschlags pulsieren spürte, verließ sie die Küche auf der Suche nach Bertrand. Sie entdeckte ihn an der Tür eines der Wachhäuschen. Als er sie erblickte, warf er ihr einen warnenden Blick zu, doch Amanda ignorierte das und näherte sich dem Wachhäuschen von der Seite.

»Ich muss dich heute Abend treffen«, sagte sie gelassen, als sie nur noch ein paar Schritte von ihm entfernt war.

Sie hatte es gewagt, feindliches Territorium zu betreten. Sie fürchtete sich nicht mehr. Es war, als befände sie sich auf einer höheren Ebene, von der aus sie Bertrand, Bérénice und jeden anderen kontrollieren konnte, der sich ihr in den Weg stellte. Sie hatte nichts zu verlieren.

Bertrand verschränkte ungläubig die Arme. Sein Blick schien zu sagen: *Wie kannst du es wagen?* Er murmelte etwas Unverständliches in ihre Richtung – vermutlich eine Beschimpfung –, was Amanda als ein Zeichen von Schwäche interpretierte. Ihr wurde klar, dass sie ihn aus der Fassung bringen konnte. Sie konnte sich ihm nähern, obwohl er es ihr verboten hatte. Ja, sie konnte ihm sogar Befehle erteilen. Wenn sie wollte, könnte sie ihn degradieren lassen und bewirken, dass man ihm niedere Tätigkeiten zuteilte. Aber was, schoss es ihr plötzlich durch den Kopf, konnte schlimmer sein, als das zu tun, wozu er gerade verdammt war? *Wer will schon die Feinde anderer bewachen?*, hätte sie am liebsten zu ihm gesagt. Sie empfand Mitleid mit diesem Mann, der ihr Hilfe versprochen hatte.

Sie hob die verletzte Hand auf Höhe der Brust, um das Pochen zu lindern, dann ging sie zurück in die Küche, in der zufriedenen Gewissheit, dass sie den unersättlichen Bertrand im Griff hatte.

Als sie sich Mittwochabend auf den Weg zum Schuppen machte, wurde sie von einem kalten Regenschauer überrascht. Sie wollte sichergehen, dass Bertrand zumindest noch einige Tage im Lager bleiben würde und dass es keinen Austausch von Aufsehern geben würde, der ihren Plan gefährden könnte. Sie erwartete zwar keine Garantien, wollte sich aber zumindest vergewissern, ob es neue Entwicklungen gab. Inzwischen hätte sie ohnehin keine Alternative gehabt.

Sie suchte Schutz in der Ecke, in die sie sich immer zurückzogen, schloss die Augen und wartete zitternd vor Kälte auf Bertrand. Dabei ließ sie ihre letzten Begegnungen Revue passieren – jede Zärtlichkeit, jedes Versprechen. Plötzlich strich eine warme Hand über ihre nasse Stirn und riss sie aus ihren Träumen.

»Wenn du noch länger hierbleibst, holst du dir noch eine Lungenentzündung. Was ist mit deiner Hand passiert?«, fragte Bérénice, ohne eine Antwort abzuwarten. »Ich glaube kaum, dass er bei diesem Regen kommt. Es ist schon spät. Lina hat Fieber, du musst zurück in die Baracke.«

Amanda reagierte nicht sofort. Sie hatte sich wegen Bertrands Abwesenheit Sorgen gemacht, war sich aber nun sicher, dass der Regen ihn abgehalten hatte. Schließlich war sie immer noch attraktiv für ihn, auch wenn ihr Rosenwasser längst aufgebraucht war und ihr Haar nicht mehr so glänzte wie bei ihrer Ankunft im Lager. Außerdem war da noch der Schmuck, den sie ihm versprochen hatte. Schmuck, der auch für ihn die Rettung bedeutete.

Sie eilte hinter Bérénice her in die Baracke und lief zum Bett ihrer Tochter. Linas hohle Wangen glühten, und Amanda legte ihr die kalten Hände in den Nacken, um das unwillkommene Fieber zu senken. Als gute Arztgattin tastete sie auch den Bauch ihrer Tochter ab, der sich weich anfühlte, und legte das Ohr an ihre Brust. Keine Anzeichen für eine Verengung der Atemwege oder eine Lungenentzündung.

»Das ist wahrscheinlich bloß eine Erkältung. Das Fieber wird wieder runtergehen«, sagte sie zu Bérénice, die immer noch neben ihr stand. Amanda nahm die Hand ihrer Freundin. »Danke, dass du mir Bescheid gesagt hast.«

»Ich habe gemerkt, dass irgendwas nicht in Ordnung war, deshalb habe ich nach ihr geschaut. Sie schien in einer Art Fieberwahn zu sein. Sie hat die ganze Zeit von einer *Maman* Claire geredet«, erklärte Bérénice.

»Sie wird bestimmt bald wieder gesund. Jetzt geh, und leg dich hin«, sagte Amanda und ließ sich neben Lina nieder.

27

Am Donnerstagmorgen eilte Amanda zur Küche, in der Hoffnung, Bertrand über den Weg zu laufen. Nun waren es nur noch zwei Tage, bis sich alles zusammenfügen sollte. Frau Meyer hatte angeboten, auf Lina aufzupassen, wie sie früher schon auf Viera aufgepasst hatte. Falls das Fieber stieg, würde sie Amanda Bescheid sagen. Sie hatten einander traurig angelächelt und dabei wohl beide an das Versprechen gedacht, das Frau Meyer ihr damals in Hamburg gegeben hatte. Amanda wollte den Zufall ihres erneuten Zusammentreffens gern als gutes Zeichen für die Zukunft betrachten.

Sie wollte gerade die Küche betreten, als jemand sie am Handgelenk packte. Bertrand war das Risiko eingegangen, sie zu berühren, doch es war keine Liebkosung.

»Es hat einfach nicht aufgehört zu regnen«, entschuldigte er sein Nichterscheinen am Vorabend knapp. Sie musste sich ein Lächeln verbeißen und schaute ihn nicht an. »Wir treffen uns wie verabredet am Samstagabend. Sorg dafür, dass deine Freunde auch mitbringen, was du mir versprochen hast.« Den letzten Satz murmelte er ihr schon halb im Gehen über die Schulter zu.

Amanda verharrte einen Moment in der Küchentür, doch er schaute sich nicht noch einmal nach ihr um, sondern eilte davon, als sei er nur zufällig vorbeigekommen und habe noch Dringendes zu erledigen.

Noch knapp achtundvierzig Stunden, bis ihre Tochter frei

sein würde – und diesmal für immer. Es war Zeit, sich zu verabschieden.

Weder sie noch Lina – vor allem nicht Lina – gehörten an diesen Ort. Man hatte sie infolge einer falschen Entscheidung hierhergebracht, die Amanda bitter bereute. Julius hatte alles organisiert, um seine Töchter zu retten, und sie war ihm in den Rücken gefallen. Zwar in bester Absicht und in der Überzeugung, das Richtige zu tun, aber dennoch hatte sie sein Vertrauen enttäuscht. Es war ihre Pflicht, diesen Fehler wieder zu korrigieren.

Bei Einbruch der Dunkelheit suchte sie die verbliebenen zwei Seiten aus dem botanischen Album, um einen letzten Brief an Viera zu schreiben. Sie war sich sicher, dass ihre Tochter ihn eines Tages lesen würde. Vielleicht in einem Jahr, vielleicht erst in zehn Jahren – es kam nicht darauf an, wann. Der Brief würde sein Ziel erreichen, zusammen mit den anderen, die sie bei Claire zurückgelassen hatte. Ihre Tochter würde erfahren, dass sie sie immer geliebt hatte und nur diese Liebe der Grund dafür war, dass ihre Mutter sie hatte fortschicken müssen. Dann würde Viera sich auf den Weg machen und Lina suchen, denn in diesem letzten Brief wollte Amanda ihr alle Informationen schicken, die sie brauchte, um ihre Schwester eines Tages wiederzufinden.

Auf eines der beiden Blätter hatte sie schon eine Überschrift geschrieben. In Claires Haus hatte sie gerade noch genug Energie aufgebracht, um das Datum zu notieren – ein Zeitpunkt, der ihr nun endlos weit in der Vergangenheit zu liegen schien. Neben der Zeichnung einer Blume erkannte sie ihre eigene Handschrift. *Sommer 1942*, stand da. Sie beschloss, dieses Blatt für ihren endgültigen Abschiedsbrief beiseitezulegen, und nahm stattdessen das andere Blatt zur Hand.

Es war ihr Glückstag. Sie lächelte zufrieden, als sie die *Impatiens balsamina* sah, die Garten-Balsamine mit den winzigen

Blütenblättern, lanzettförmigen Blättern und biegsamen, aber dennoch widerstandsfähigen Stängeln. *Den Boden gut feucht halten. Nicht überwässern. Sehr niedrige Temperaturen vermeiden.* Sie las die Hinweise ganz genau und prägte sich jeden Satz ein. Sie versuchte, sich alle Blumen der früheren Briefe ins Gedächtnis zu rufen.

»Wo zum Teufel hast du das Messer versteckt?«

Die barsche Stimme ließ sie so zusammenfahren, dass ihr das Blatt auf den Boden fiel. Sie kniete sich neben das Bett und tastete im Dunkeln nach dem Papier. Auch Lina war aus dem Schlaf geschreckt.

Endlich hatte Amanda das Papier wiedergefunden. Sie wandte sich der Frau aus der Küche zu, die sie beschimpfte.

»Wir haben überall nach diesem beschissenen Messer gesucht! Seit heute Morgen haben wir in jedes Regal und jede Ecke geschaut. Hältst du uns für blöd? Wir haben genug von deinen Allüren! Du hast dich absichtlich geschnitten, damit du das Messer verschwinden lassen konntest!«

Schweigen.

Beleidigungen und Geschrei machten Amanda nichts aus. Die Frau senkte die Stimme und betonte jedes Wort: »Leugnen ist zwecklos! Gib mir das Messer zurück. Sofort.« Sie packte Amandas verbundene Hand und musterte sie prüfend. »Na ja – nach allem, was ich hier sehen kann, wirst du genauso enden wie die andern beiden!«

»Ach, *das* Messer! Das wird schon irgendwo in der Küche sein«, erwiderte Amanda, als habe sie den Vorfall in der Küche völlig vergessen. »Ich glaube, der Griff ist abgefallen, als ich mich geschnitten habe. Mir ist dann ganz schwarz vor Augen geworden – wahrscheinlich hat irgendjemand das Messer aufgehoben.«

»Wir wollen nicht deinetwegen den ganzen Ärger ausbaden müssen, hörst du! Sorg dafür, dass die Reste von dem Messer wieder auftauchen«, knurrte die Frau und stürmte aus der Baracke.

Bérénice trat zu Amanda. »Das Messer ist verloren gegangen – und damit basta. Versteck es gut. Irgendwann demnächst werden wir es brauchen können«, flüsterte sie ihr ins Ohr, ehe sie in ihr eigenes Bett zurückkehrte.

Linas trockenes Husten hallte wieder durch die Baracke. Amanda richtete ihrer Tochter das Bett, half ihr, bequemer zu liegen, und setzte sich neben sie.

»Sie wollte den ganzen Tag nichts essen«, erzählte Frau Meyer ihr. »Falls die Sonne morgen scheint, wird es ihr bestimmt guttun, ein bisschen nach draußen zu gehen.«

Im Dunkeln kehrte Amanda zu ihrem Brief zurück. Sie brauchte kein Licht, um Viera das zu schreiben, was sie sich längst zurechtgelegt hatte. Ihre Hand zitterte nicht, sie hatte weder Zeit für Tränen noch für Wehmut. Sie konnte sich nicht lange mit Liebesbekundungen oder ausführlichen Abschiedsworten aufhalten.

Dieser Brief würde kein Datum tragen und auch nicht wie die anderen mit *Meine kleine Viera* beginnen. Amanda wollte nur, dass die beiden Schwestern einander eines Tages wiederfanden. *Wenn der Krieg vorbei ist, musst du nach Frankreich reisen, nach Haute-Vienne, und nach der Familie Duval suchen …*

»Sie sind eine sehr mutige Frau«, sagte Frau Meyer, die immer noch neben dem Bett stand.

Amanda lächelte schief und tätschelte die Schulter der Frau, die ihre beiden Töchter beschützt hatte. »Was bleibt uns auch anderes übrig? Wir haben unser Schicksal nicht mehr in der Hand.«

»Aber Sie werden Lina retten. Das weiß ich. Sie wird das Fieber überstehen und wieder nach draußen zum Spielen gehen.«

»Es ist nicht das Fieber, vor dem ich sie retten muss, Frau Meyer. Das Fieber macht gar nichts.«

»Ich weiß, meine liebe Amanda, ich weiß …«, erwiderte Frau Meyer, strich ihr sanft über die Stirn und küsste sie auf die Wange. »Ihre Augen sind schön und immer noch voller Leben, Amanda. In Ihrer Tochter aber liegt alle Hoffnung.«

Sie standen dicht nebeneinander am Fenster und blickten schweigend in die Nacht hinaus. In diesem kurzen Moment, der ihnen wie eine Ewigkeit erschien, fühlten sie sich frei.

28

Am Freitagabend eilte Amanda in die Baracke zurück. Nachdem sie den abgenutzten Koffer unter dem Bett hervorgezogen hatte, holte sie zwei kleine Kerzen heraus und hielt sie sich an die Brust. Mit geschlossenen Augen betete sie stumm. Frau Meyer folgte ihr. Es war Sabbat.

Sie traten beide ans Fenster und warteten auf den Sonnenuntergang. Ehe sich die Dunkelheit über das Lager senkte, stellten sie die beiden Kerzen nebeneinander in die Mitte der Fensterbank und nahmen einander an der Hand, gemeinsam auf den Augenblick konzentriert. Sie zündeten die Kerzen mit einem Streichholz an. Das bernsteinfarbene Flackern der Flammen brachte ein bisschen Farbe in ihre Gesichter und erleuchtete ihr zaghaftes Lächeln. Nach und nach sammelte sich eine Gruppe von Frauen um sie. Auch Lina kroch aus dem Bett und ging zu ihrer Mutter. Die beiden Kerzenflammen tauchten das Grau der Baracke in einen goldenen Schein. Amanda konnte das rötliche Haar einer der Frauen erkennen, sie sah die dunkelblaue Farbe von Linas Augen und die Altersflecken auf Frau Meyers runzligen Wangen. Bald darauf führten Frau Meyer und sie die Hände in einer kreisförmigen Bewegung vor das Gesicht.

Amanda legte die Hand auf Linas Kopf und sprach auf Hebräisch den Kiddusch, den Segen, der den Sabbat einleitete: »Gedenke des Sabbattages, dass du ihn heiligst.« Eine empörte Frauenstimme erhob sich. Amanda schwieg, ließ die Augen geschlossen und hörte die Frau schimpfen.

»Solche wie ihr sind daran schuld, dass wir in Frankreich leiden müssen! Wir haben euch die Türen geöffnet. Und nun lassen uns die Deutschen dafür büßen!«

Bérénice schaute sich danach um, wer da gesprochen hatte, und brachte die Frau mit einem zornigen Funkeln zum Schweigen. Dann ließ sie einen strengen Blick über die übrigen Frauen schweifen, die sie anstarrten, und wandte sich schließlich wieder ihrer Freundin zu, die auf ihr Gebet konzentriert war.

Amanda hob den Blick und lächelte Bérénice zu, dann bewegte sie sich von den anderen Frauen weg, immer noch auf ihren Ritus konzentriert. Ihr Gesicht strahlte hell im flackernden Licht der Kerzen und der Leuchtkraft ihrer Gebete. Sie schritt durch den Raum und betete für sich und ihre Freundin.

»Es tut mir leid … Ich hatte keine Ahnung, dass du …« Sogar der sonst so furchtlosen Bérénice fehlten die Worte.

»Ich bin nicht aus dem Elsass … Du brauchst dich nicht zu entschuldigen. Für was auch?«, sagte Amanda und ergriff Bérénices Hände.

»Jetzt verstehe ich erst, was ihr erleiden müsst, du und deine Tochter. Wohin könnt ihr fliehen? Gibt es überhaupt noch einen Ort, wo sie euch nicht verfolgen?«

»Wir sind doch alle in der gleichen Lage, Bérénice. Sieh nur, was sie aus uns gemacht haben! Ich glaube nicht, dass ich das auch nur einen Tag länger aushalten kann.« Sie näherte sich mit den Lippen dem Gesicht ihrer Freundin und flüsterte ihr zu: »Lina wird gerettet.«

In dieser Nacht fiel Amanda das Einschlafen schwer. Sie behielt das Fieber ihrer Tochter im Auge, legte ihr eine kühle Hand in den Nacken und summte ihr Wiegenlieder vor, wie sie es in jenen längst vergangenen Tagen getan hatte, als sie noch eine Familie waren. Sie empfand keine Wehmut bei diesen Erinnerungen. Sie sah sich selbst mit Julius und den Mädchen am Tisch sitzen, doch dieses Bild war inzwischen so weit weg, dass sie sich selbst kaum wiedererkannte.

Als sie die Augen aufschlug, war der siebte Tag der Woche angebrochen. Sie war aus einem tiefen Schlaf hochgeschreckt und drehte sich zu Lina um. Ihre Tochter hatte ein geisterhaft bleiches Gesicht, und ihre dünnen Arme baumelten über die Bettkante herab.

»Komm, Lina, wir müssen aufstehen. Lass uns ein bisschen in die Sonne gehen«, sagte sie und strich ihr übers Haar.

Lina war schweißgebadet. Amanda versuchte, sie im Bett aufzurichten. Sie hob ihren Kopf an und zog sie an den Haaren. Lina reagierte kaum. Die Matratze war uringetränkt.

»Lina!«

Frau Meyer kam an ihr Bett, nahm Lina auf den Arm und trug sie zum Fenster hinüber, damit sie frische Luft bekam.

»Lina!« Diesmal drang Amandas Schrei durch die ganze Baracke. Die Frauen sahen neugierig zu, was geschah, aber sie hielten sich fern. Amanda sank auf die Knie und begann zu beten. Sie warf den Kopf hin und her und wartete auf eine Reaktion von Frau Meyer, auf ein paar ermutigende Worte, aber dann ging ihr auf, dass die intensive Nähe zwischen ihnen in der letzten Nacht bereits ein Abschied gewesen war. Sie hatte keine Gebete mehr, keine flehenden Gesten, kein hoffnungsfrohes Lächeln. Am siebten Tag der Woche hatte Lina kapituliert.

Nur ein paar Stunden, gib mir nur noch ein paar Stunden!, flehte sie und ließ die Stirn auf die feuchte Matratze sinken.

»Ich verspreche, dass ich dich hier rausschaffen werde. Gib mir bloß noch ein paar Stunden, kleine Lina!«

Seufzend blieb Amanda auf den Knien und floh in einen

Tagtraum. Als sie die Augen schloss, konnte sie ihren Herzschlag spüren und sah plötzlich Julius vor sich, wie er die Hand nach ihr ausstreckte. Er trug ein weißes Hemd mit hochgerollten Ärmeln, das bis zum Hals zugeknöpft war, und sie erkannte den braunen Ledergürtel, den er von seinem Vater geerbt hatte. Was war mit seinem Geruch, mit Julius' Geruch? Sie atmete tief durch die Nase ein, um seinen Geruch wahrzunehmen, doch ihre Sinne ließen sie im Stich. Alles um sie herum hatte nun auch seine Farbe verloren und war zu einem einheitlichen Grau geworden. »Es ist Zeit, deine Herzschläge zu zählen. Los: Eins … zwei …« Sie konnte Julius' Stimme wie ein fernes Echo hören. Wieder und wieder, die Worte stürzten übereinander, eines über das nächste. »Julius! Julius!«, rief sie ihm zu, und ihre Stimme verschmolz mit seiner. Ein paar Sekunden waren sie miteinander verbunden, jenseits aller Zeit.

»Lina! Lina!«

Die beiden Kerzen auf der Fensterbank waren heruntergebrannt. Im Licht, das durchs Fenster hereinfiel, sah sie ihre Tochter mit einer dampfenden Tasse in der Hand stehen. Sie trank und lächelte.

»Vorsichtig. Trink langsam, langsam – du hast lange nichts gegessen«, sagte Frau Meyer laut und gab Amanda Zeit, sich von dem Schrecken zu erholen. »Ihre Tochter ist stärker als wir alle zusammen, Amanda.«

Lina ließ den Becher auf der Fensterbank stehen und umarmte ihre Mutter. »Ich glaub, ich habe ins Bett gemacht, Mama«, flüsterte sie ihr ins Ohr.

In diesem Bett wirst du sowieso nicht mehr schlafen, mein Kind, dachte Amanda, aber wagte es nicht, es laut auszusprechen.

»Du hast mir Angst eingejagt, Lina …« Sie schloss ihre Tochter sanft, aber fest in die Arme. »Dieser Albtraum ist bald zu Ende.«

Linas Gesicht verzog sich, und ihre Augen füllten sich mit

Tränen. Sie drückte sich ängstlich an ihre Mutter. »Verlass mich nicht, Mama! Verlass mich nicht. Denk dran, was mit Viera passiert ist. Wir haben nichts mehr von ihr gehört.«

»Ich werde dich niemals im Stich lassen, meine geliebte Lina. Und ob du es glaubst oder nicht: Viera geht es besser als uns. Deinem Papa und mir ist es gelungen, sie zu retten. Und nun muss ich dich retten.«

»Mama!«, rief Lina, warf sich ihr um den Hals und umklammerte sie fest.

»Vertrau mir, mein Kind«, sagte Amanda. »Bitte vertrau mir.«

29

Am Samstagabend zog eine feuchte Warmfront über das Lager. Bei Sonnenuntergang betrachtete Amanda die dichten Wolken, die über den Himmel trieben, und wartete ungeduldig darauf, dass die drei Sterne aufgingen – ihr Zeichen, um sich mit Bertrand zu treffen.

Wie immer drangen Lärm und laute Stimmen aus den Männerbaracken. Drinnen reichten die Häftlinge einander hektisch Zeitungen weiter, warfen die Seiten nach der Lektüre schimpfend auf den Boden, woraufhin der Nächste sie aufhob, las und lautstark fluchte. Die Aufseher hielten Abstand und ignorierten die Beleidigungen, die ihnen einige der Männer auf Spanisch zuriefen. Auch wenn sie nicht verstanden, was die Gefangenen sagten, war ihnen die Bedeutung doch klar: Einmal würde der Tag kommen, an dem man die Aufseher für ihr Tun zur Rechenschaft ziehen würde.

»Nicht nur die Deutschen werden auf der Anklagebank sitzen!«, rief einer der Gefangenen. »Auch ihr werdet büßen müssen!«

Amanda und Bérénice hörten zu.

»In Drancy ist gar kein Platz mehr«, sagte Bérénice kopfschüttelnd.

Lina saß in einem sauberen Kleid, den Mantel bis obenhin zugeknöpft, abseits von den anderen Kindern im Eingang zur Baracke.

»Sie ist immer noch nicht ganz gesund«, sagte Amanda mit

einem Blick auf ihre Tochter und dachte an das Erlebnis vom Morgen zurück. »Heute Abend kommen Fieber und Husten bestimmt wieder … Und jetzt sieht es auch noch so aus, als ob es regnen wird. Das hat uns gerade noch gefehlt.«

»Wir brauchen das Wasser. Vielleicht kann es ja die Bitterkeit von diesem Ort abwaschen«, sagte Bérénice und rieb sich die Arme.

Amanda setzte sich neben Lina und behielt jede ihrer Bewegungen im Auge. Sie hatte alles Kommen und Gehen von der Küche aus genauestens beobachtet und eingeplant: den Wachwechsel der Aufseher in den Wachhäuschen, die Tatsache, wer am häufigsten zur Latrine ging. Samstags waren die Aufseher weniger umsichtig und kümmerten sich nicht darum, was in den Baracken vor sich ging. Diese mangelnde Aufmerksamkeit käme ihr zugute. Samstags leerten die Aufseher auch ganze Weinkrüge direkt vor den Augen der durstigen Gefangenen, und nicht selten führte diese dreiste Vorstellung irgendwann zu Gewaltausbrüchen. Manchmal fingen die Aufseher auch an zu singen, und der eine oder andere stimmte unweigerlich lautstark grölend die *Marseillaise* an. Die Männer in den Baracken antworteten dann mit der gleichen Hymne und brüllten den Aufsehern zu, sie sollten sich lieber an die deutsche halten.

Abends um sechs schloss Bertrand üblicherweise den Lagerschuppen für die Nacht ab, denn er hatte die Aufgabe, diesen täglich auf- und zuzuschließen. Doch nicht an diesem Abend.

Es nieselte unablässig. Als Amanda im Schuppen eintraf, lehnte Bertrand an der Wand gegenüber der Tür im Dunkeln. Am Boden lagen etliche leere Flaschen, Holzscheite und nasse Kohleklumpen. Sie hatten vereinbart, dass er in der Ecke dicht beim Stacheldrahtzaun auf sie warten sollte.

Amanda hatte Lina im Eingang zur Frauenbaracke zurückgelassen, wo sie keinen Schutz vor dem Regen hatte und bald frieren würde. Als Amanda sich zum Schuppen aufmachte, war sie noch überzeugt gewesen, dass das heutige Geschäft schnell zum Abschluss kommen würde. Es gab keinen Grund für langes Reden, verführerische Gesten oder plumpe Zärtlichkeiten. Die Verhandlungen waren abgeschlossen – zu erledigen war nur noch der Austausch: die Übergabe und die Belohnung. Bertrand hob eine halb leere Weinflasche an den Mund, und Amanda bemerkte, dass seine Augen rot gerändert waren. Das war noch kein Grund zur Beunruhigung. Er brauchte sie. Sie war seine Zukunft.

»Bertrand«, flüsterte sie schmeichelnd wie zu einem Liebhaber. »Du solltest heute Abend lieber nichts mehr trinken.«

Er lächelte und nahm einen weiteren kräftigen Schluck, dann schleuderte er die leere Flasche so weit weg, wie er konnte. Ungeschickt knöpfte er seine Uniform auf und breitete die Arme aus, um sie zu empfangen.

Sie trat zögerlich näher und versuchte, die Umarmung hinauszuschieben.

»Meine Tochter wartet draußen im Regen«, sagte sie.

»Die ist da gut aufgehoben. Komm her.«

»Sie hat Fieber. Schon seit Tagen. Es wäre besser, wenn wir die Übergabe vorziehen – gleich jetzt. Danach kann ich wieder zu dir zurückkommen«, sagte sie und trat einen Schritt zurück.

Er lachte und musterte sie mit hungrigem Blick.

»Komm her«, wiederholte er mit ausgebreiteten Armen und betrunkenem Grinsen. Als sie nicht reagierte, zog er sie grob an sich.

»Bertrand …« Amanda senkte den Kopf. Sie versuchte, sich zu befreien, doch er fasste sie nur noch fester. Amanda stieß ihn weg, aber er zerrte an ihrem Kleid und öffnete gewaltsam ihren Büstenhalter. Etwas fiel zu Boden. Zu seinen Füßen glitzerte der versprochene Schatz: das Diamantarmband und der Ring mit seinem leuchtenden türkisblauen Glanz.

Bertrand packte sie mit einer Hand, die andere lag an ihrer Kehle, und drückte sie an die Wand des Schuppens. Sie war gefangen, unfähig, sich zu rühren oder zu atmen.

»Deine Freunde wollten dir also das Armband bringen, ja? Hast du gedacht, ich lass dich mit deiner Tochter und dem Schmuck abhauen? Die vornehme Arztwitwe hat mich wohl für einen Volltrottel gehalten! Aber hier drinnen bleibt nichts geheim!«

Seine Worte schlugen ihr entgegen wie eisige Windböen, ohne dass sie sie richtig verstand. Sie wagte es nicht, etwas zu erwidern.

Eine von Bertrands Händen lag weiter um ihre Kehle, die andere schob er zwischen ihre Beine, und es kam Amanda so vor, als schnitte ihr der rostige Stacheldrahtzaun, den sie zu überqueren gehofft hatte, ins Fleisch. Sie stöhnte leise auf, während er sich rhythmisch in ihr zu bewegen begann.

»Du bist doch daran gewöhnt«, keuchte er und leckte ihr das Ohr. »Erzähl mir nicht, dass es dich auf einmal stört.«

Amanda rang nach Luft und tat so, als verliere sie kurzzeitig das Bewusstsein, während sie ihn gewähren ließ.

»Meine Tochter wartet auf mich«, sagte sie wieder.

Bertrand schien jedoch entschlossen, sich so viel Vergnügen wie möglich zu verschaffen. Er wollte seinen Samstagabend nicht vergeuden, sondern sich Erleichterung verschaffen, damit er später befriedigt einschlafen konnte. Von Zeit zu Zeit hielt er in der Bewegung inne, suchte ihren Blick und lächelte sie mit einem irren, betrunkenen Lächeln an.

Langsam ließ Amanda die Hand in ihre Manteltasche gleiten und tastete nach dem Griff des rostigen Messers. So behutsam wie möglich schloss sie die Finger darum, dann kniff sie die Augen zusammen und stieß blindlings, wie besessen von einem unkontrollierbaren Impuls, nach der Halsschlagader des Mannes, der sich an sie drückte. Sie stieß noch ein zweites Mal zu und spürte, wie die abgenutzte Klinge langsam durch seine Nackenmuskeln schnitt. Noch immer in ihr, bewegte Bertrand sich plötzlich nicht mehr. Wieder und wieder stieß Amanda mit dem Messer zu. Mit all ihrer Kraft und angestauten Wut.

»Und am siebten Tage vollendete Gott seine Werke und ruhte«, flüsterte sie auf Hebräisch an Bertrands Hals, als wolle sie ihn küssen. Dann küsste sie ihn tatsächlich. Sie konnte spüren, wie sein Blut über ihre Lippen rann, dann über ihre Hand, doch sie reagierte erst, als die warme, klebrige Flüssigkeit durch ihren Mantel sickerte und drohte, ihr Kleid zu beschmutzen. Sie zog das Messer vorsichtig heraus und ließ es fallen. Kaltblütig schob sie die Finger in die Wunde und tastete nach etwaigen Lebenszeichen, dem letzten Herzschlag. Bertrand hatte immer noch einen Puls, als entziehe er ihr die Lebenskraft. Doch als ihre Finger zurückzuckten, tat Bertrand seinen letzten Atemzug.

Amanda rührte sich nicht. Eine tiefe Ruhe erfüllte sie. Nun hatte sie nichts mehr zu verlieren. Ihre Tochter würde frei sein. Sie würde das Armband und den Diamantring behalten. Bertrands Tod gab ihr nicht nur ein eigenartiges Gefühl von Frieden, sondern auch die Gewissheit, ihr Leben erfüllt zu haben. Lina war gerettet.

Bertrands Körper stand immer noch aufrecht, zwischen sie und die Mauer geklemmt. Seine Augen blickten ins Leere, die Lippen waren zu einer starren Grimasse verzogen. Sie trat zurück, und der leblose Körper sank langsam auf den lehmigen Boden des Schuppens.

Der Regen ließ nach, und der Mond kam hinter den Wolken hervor. Ein silberner Schein erhellte das Gesicht des Mannes mit der durchgeschnittenen Kehle. Benommen setzte sich Amanda neben die Leiche, so wie sie in den Nächten neben ihm gesessen hatte, wenn sie ihm als Teil der Abmachung ihren Körper dargeboten hatte. Es bestand keine Eile – nach außen hin erschien alles wie das übliche nächtliche Treffen zwischen einem geilen Offizier und einer Gefangenen aus der Frauenbaracke. Vor Tagesanbruch würde niemand sich wundern, wo er geblieben war.

Amanda strich sich Kleid und Mantel glatt, dann ging sie langsam zurück zur Frauenbaracke. Lina lehnte schlafend im Eingang. Sie zitterte. Das Fieber war zurückgekehrt, und ihr leises Husten klang mehr wie ein Stöhnen. Amanda versteckte das Armband und den Ring in der Innentasche von Linas Mantel. In die andere schob sie den Brief mit den Anweisungen für Viera. Ohne irgendeinen Gruß oder ein Abschiedswort.

Sie hatte noch immer den Brief aus dem Sommer bei sich, jenen letzten Brief, den sie nie beendet hatte. Sie betrachtete das Blatt aus dem botanischen Album. *Nein, es ist nicht genug Zeit für lange Abschiedsworte.* Zitternd schrieb sie den ersten Buchstaben, dann eine ganze Silbe. Doch, wenigstens ein einziges Wort musste sie noch schreiben, aber es kostete sie einige Minuten.

Unten auf die leere Seite schrieb sie zunächst *Mama.* Dieser Brief war ihr Abschied – was konnte sie Viera noch schreiben? Sie war sicher, dass ihre Tochter jeden Abend vor dem Zubettgehen ihr Gutenachtlied hörte. Amanda freute sich an dem Weiß des Papiers und der verblichenen Abbildung der *Anagallis caerulea.* Dann schrieb sie, erfüllt von Glück, das einmalige, das wahre Wort, das sie alle vor dem Unheil retten und vor dem Nichts bewahren konnte. Dieses eine Wort würde ausreichen.

Sie faltete das Blatt und steckte es ebenfalls in die Manteltasche ihrer Tochter.

»Lina, es ist Zeit für uns zu gehen.«

Sie rüttelte ihre Tochter zärtlich wach und wollte sie hochheben, doch ihr fehlte die Kraft. Lina wachte auf, und ohne zu fragen, was sie taten oder wo sie hingingen, ergriff sie die blutverschmierte Hand ihrer Mutter.

30

Vorsichtig schoben Amanda und Lina den Stacheldrahtzaun auseinander. Der Wald in der Ferne schien zu zittern, als Amanda in die Dunkelheit starrte. Ihr Blick war von einem Hass verschleiert, der ihr ganz neu war. In der kühlen Nachtluft war das Blut des Toten auf ihrer Haut zu Kristallen getrocknet.

Sie wandte sich um und blickte zu dem Lager zurück, das in der Dunkelheit lag. Ihre Tochter ließ eine Vergangenheit hinter sich, die sie niemals hätte erleben dürfen. Sie würde die Beleidigungen vergessen, ebenso Fieber, Flucht, Apathie und Ablehnung. Sie würde in Claires Armen erwachen und ihren Namen vergessen. Sie würde ihn vergessen müssen – nur so konnte sie sich retten.

Noch vor den ersten Sonnenstrahlen würde Amanda allein in die Baracke zurückkehren. Sie würde in der Küche das Blut mit kochend heißem Wasser abwaschen. Keine Spur würde von dem niederträchtigen Mann bleiben, der sie verraten hatte und sie zur Mörderin hatte werden lassen. Sie würde ein frisches Kleid aus dem Koffer holen, und wenn sie sauber und frei von Schuld wäre, würde sie sich von Bérénice und Frau Meyer verabschieden. Bei der Umarmung würde sie ihnen erzählen: »Ich hab es getan. Meine Tochter ist in Sicherheit. Nun ist es Zeit zu vergessen.«

Dann würde sie in den Schuppen zurückkehren und Bertrand die Augen schließen. Danach würde sie einen der Aufseher suchen und ihn an den Schauplatz des Verbrechens führen. Bei Sonnenaufgang würde ein ohrenbetäubender Tumult entstehen, und die französischen Aufseher hätten einen Grund mehr, sich zu fürchten. Sie würde ihre Schuld gestehen und einmal mehr verurteilt werden. Ein paar Tage später würde sie in einem Zug deportiert, zusammen mit zahllosen anderen zum Tode verdammten Seelen. Und dann würde sie so enden, wie sie es Jahre zuvor selbst vorhergesehen hatte: in einem Ofen. Sie fürchtete sich nicht mehr vor dem Feuer. Vielleicht würde sie aber auch von einer Kugel in den Kopf getroffen, wenn sie ins Lager zurückkehrte. Kurz und schmerzlos.

Der Wald war ein riesiger Schatten, der das Lager vom nächsten Dorf trennte. Amanda und ihre Tochter tauchten blindlings hinein, bis sie in weiter Ferne zwei Umrisse ausmachten. In der Dunkelheit konnten sie Schritte im Laub knistern hören. Sie hielten inne. Amanda wusste, dass sie sich nicht zu weit vom Lager entfernen durfte. Spätestens in ein paar Stunden musste sie wieder zurück sein. Sie spürte, wie Lina ihre Hand drückte, und beugte sich zu ihr herab, damit ihre Tochter sie besser hören konnte.

»Du musst nach oben in die Baumwipfel schauen und nach den Sternen suchen. Ich bitte dich nur um eines: Was auch passiert, blicke nicht zurück. Ich werde hier sein oder irgendwo anders und auf dich und Viera aufpassen.«

Lina klammerte sich an sie.

»Und eines musst du mir versprechen: Du bist dabei, ein neues Leben anzufangen, und du musst mir verzeihen, dass ich dich so habe leiden lassen.«

»Mama, verlass mich nicht …«

»Wie kannst du denn glauben, dass ich dich verlasse, meine kleine Lina? Schau mal, wer da drüben auf dich wartet.«

Tief im Schatten der Bäume sah Lina einen Mann, groß wie eine Silberbirke, der ihr die Hand entgegenstreckte.

»Du hast den Brief, den du Viera schicken sollst, den letzten, den ich ihr geschrieben habe. Wenn die Zeit gekommen ist, wird sie nach dir suchen, und du wirst deinen Namen wiederbekommen. Unseren Namen.«

In diesem Moment entdeckte Lina Claires Gesicht zwischen den Bäumen. Sie versteifte sich, als wolle sie fragen: »Warum willst du mich von meiner Mama wegholen?« Sie zitterte unkontrolliert. Gleich neben Claire erkannte sie Pater Marcel.

Ihr wurde ganz schwach zumute, ihr Herz raste, und alles verschwamm ihr vor den Augen. Sie kniff die Augen zusammen und zählte ihren Herzschlag: *Eins, zwei, drei, vier, fünf, sechs …*

Dann schlug sie die Augen wieder auf, schrie so laut sie konnte: »Mama, verlass mich nicht!«, und brach auf dem Boden zusammen. Pater Marcel hob sie auf, und Claire befühlte ihre Stirn. Sie hatte hohes Fieber.

Als Claire wieder aufblickte, war Amanda verschwunden. Sie beugte sich zu dem Mädchen hinab und küsste sein Gesicht. »Von nun an bist du Élise. Lass uns nach Hause gehen, meine süße Élise.«

Frühjahr 1942

Meine kleine Viera,

ich kann mich noch gut an die Angst im Blick meiner Mutter erinnern, als sie sich von mir verabschiedete und wusste, dass sie bald sterben würde. Ich kann mich an den angespannten Gesichtsausdruck meines Vaters erinnern, als er mich zum Altar führte.
Ich erinnere mich an die Sommerabende am See, als wir vorgaben, glücklich zu sein. Ich kann mich an die warme Umarmung Deines Vaters in den Winternächten erinnern, wenn ich zitterte – nicht vor Kälte oder Angst, sondern weil das Schweigen zwischen uns mich beunruhigte. Ich kann mich Wort für Wort an den letzten Brief Deines Vaters erinnern. Ich kann mich an den Geruch der alten Bücher im »Büchergarten« erinnern – und daran, wie er sich mit dem Geruch des Scheiterhaufens auf dem Platz vermischt hat. Und an das Knirschen der Glasscherben, die überall auf dem Boden lagen. Ich kann mich an die langen, friedlichen Nachmittage erinnern, als wir mit Hilde Tee getrunken haben und noch nicht wussten, was die Zukunft uns bringen würde. Ich kann mich an den Tag erinnern, an dem Du geboren wurdest, und daran, wie ich zum ersten Mal die Vorahnung hatte, dass ich Dich nicht würde aufwachsen sehen. Ich kann mich an den Tag erinnern, als ich feststellte, dass ich mit Deiner Schwester schwanger war, und wieder vor Angst zu zittern begann. Ich erinnere mich an Frau Meyers strengen Blick, als ich Dich am Fuß der Gangway verließ.
Dennoch fällt es mir schwer, mich an Deine Augen

und Dein Lächeln zu erinnern. Ich weiß, dass ich Dich einmal in meinen Armen gehalten habe, aber ich kann mich nicht mehr erinnern, wann Du Deine ersten Schritte gemacht hast und wann Du zum ersten Mal gesprochen hast.

Nun ringe ich jede Nacht mit meiner schlechten, unvollständigen Erinnerung. Ich habe nicht die Kraft, gegen das Vergessen zu kämpfen.

Wie konnte ich Dich nur verlassen, meine kleine Viera? Und wie konnte ich Dich dann aus Selbstschutz immer mehr vergessen? Es war nicht die Schuld der Nazis, nicht Krieg oder Hass waren schuld daran. Allein meine Angst war daran schuld. Die Angst hat mich dazu gebracht zu vergessen.

Dies ist vielleicht der letzte Brief, den ich Dir schreiben kann. Ich bitte Dich darum, dass Deine Schwester und Du immer die Ketten mit Euren Namen tragt. Sie sind Euer kostbarster Besitz. So werdet Ihr niemals vergessen, wer Ihr seid.

Wenn dieses Inferno eines Tages vorüber ist, dann mach Dich auf den Weg und suche Deine Schwester. Beschützt einander, und entdeckt Euren Namen wieder. Sie muss jetzt erst einmal vergessen, wer sie ist, um sich zu retten. Doch Du musst es nicht.

Mama

FÜNFTER TEIL

Verlassen

Haute-Vienne, 1942–1947

31

Sechs Tage und sechs Nächte lag der angeschlagene Körper des kleinen Mädchens unter feuchten Laken in einem Zimmer, in das nicht einmal der kleinste Lichtstrahl dringen durfte. Nur der Widerschein des Mondes fiel herein und brachte einen schwachen Lebensglanz in das reglose Gesicht.

Das Fieber hatte allmählich nachgelassen, doch sie atmete noch immer unter Schwierigkeiten, als hätte sie den Kampf bereits aufgegeben. Sie hatte die Augen geschlossen, bewegte die Lippen kaum, und ihr Körper begann jedes Mal unkontrolliert zu zittern, wenn Claire ihr kleine Eisstücke auf die Lippen rieb, um ihr ein wenig Flüssigkeit zuzuführen. Sie aß weder, noch trank sie, sie lächelte nicht und weinte nicht.

Auf zärtliche Berührungen reagierte sie allerdings – jedenfalls wollte Claire, die ihr die ganze Zeit über nicht von der Seite wich, das gern glauben. Auf Pater Marcels Gebete reagierte sie mit gelegentlichem Seufzen, woraufhin die beiden Erwachsenen zaghaft lächelten, in der Hoffnung, dass sie endlich über den Berg sei. Nachts sang Danielle ihr Lieder vor und suchte nach einem Hinweis darauf, dass die Seele ihrer Freundin nicht im dunklen Wald verloren gegangen war.

Nachdem das Mädchen über eine Woche nicht zu Bewusstsein gekommen war, beschloss Pater Marcel, dass sie sie nach Limoges ins Krankenhaus bringen mussten. Sie konnten sie unmöglich noch einen weiteren Tag ohne Nahrung oder Wasser lassen. Er hob sie aus dem Bett, ehe Claire widersprechen konnte. Die Arme hingen an Élise herab wie gebrochene Äste, ihr Kopf lag leblos an seiner Schulter.

»Sie ist erst sieben – und wir sind alles, was sie noch hat«, protestierte Claire. In diesem Moment spürte Pater Marcel, wie sich das Mädchen an seine Brust schmiegte.

Claire kniete immer noch am Fußende des Bettes und betete für ein Wunder. Der Priester nahm ein Stückchen Eis und ließ ein paar Tropfen Wasser auf die Stirn des Mädchens rinnen, dann betupfte er ihr Gesicht und die rissigen Lippen.

»Claire«, sagte er leise, »sie wird wieder gesund.«

Als Claire sah, dass Élise die Augen geöffnet hatte und den Priester matt anlächelte, trat sie näher und berührte Pater Marcel am Arm. In diesem Moment waren sie einander wieder so nah wie zu der Zeit, als er eine Woche bei ihr am Krankenbett gewacht hatte – vielleicht sogar näher. Die Krankheit des Mädchens hatte sie wieder zusammengebracht.

Élise bewegte sich. Claire nahm sie in die Arme und ergriff schluchzend Pater Marcels Hand. Einen Augenblick lang wünschte der Priester, die Umarmung möge ihn ebenfalls einschließen, bat Gott jedoch sofort um Vergebung für diesen Gedanken. Er wollte nicht, dass irgendetwas diesen Glücksmoment zerstörte. Das Mädchen war gerettet, und Claire war an seiner Seite. Er versuchte, seine Gedanken ganz auf Élise zu richten, und betete mit aller Kraft, dass sie gesund werden und gedeihen möge, für Claire und für ihn.

Bei Tagesanbruch saßen sie beide am Bett des abgezehrten Mädchens, das schon bald alles gierig verschlang, was sie ihm anboten. Zum ersten Mal, seit sie sie im Wald gefunden hatten, wagten sie es, die Fenster zu öffnen, und sie hofften, dass der gnädige Engel, der ihnen Élise zurückgegeben hatte, ihnen auch weiterhin beistehen würde, während sie sie auf dem Bauernhof versteckt hielten.

»Mein Kind, mein Mädchen«, sagte Claire mit zitternder

Stimme. »Von jetzt an bin ich deine Mutter«, wiederholte sie, wie bei einem Wiegenlied. »Meine kleine Élise ...«

Von der Tür aus beobachtete Danielle das Geschehen mit bangem Gefühl. Sie konnte sich nicht erinnern, dass sie schon einmal krank gewesen war – oder dass ihre Mutter sich Tag und Nacht so um sie gekümmert hatte, wie sie es nun bei Élise tat. Sich selbst und ihren Gedanken überlassen, streifte sie ruhelos durch das Haus und seufzte.

Élise musste lernen, tagsüber in ihrem Versteck zu bleiben. Sie verbrachte die Zeit damit, die verworrenen Geschichten in der abgegriffenen französischen Bibel zu lesen, verstand diese jedoch nur schlecht. Sie erfuhr von verbotenen Früchten und Schlangen, Küssen und Verrat, von Engeln, Jungfrauen, Aposteln und Heiligen, von Kronen und Kreuzen. Sie konnte ganze Absätze aus dem Gedächtnis wiedergeben, obwohl sie kaum verstand, was diese bedeuteten. Doch der Rhythmus der Sprache und die altertümlichen Formulierungen faszinierten sie.

Für Élise endete die Vergangenheit in jenem Moment, in dem sie in Pater Marcels Armen wieder aufgewacht war. Alles, was davor stattgefunden hatte, war nur eine dumpfe, verschwommene Erinnerung: Herzklopfen und der verwirrende Geschmack von Angst.

Sie befolgte die Anweisung, sich vor der Sonne zu verbergen, als leide sie an einer Krankheit und das Sonnenlicht könne ihre Haut verbrennen und sie zerstören. Sie lernte, tagsüber auf dem Dachboden zu bleiben wie eine Fledermaus, die man an die dunkelste Stelle des Hauses verbannt hatte.

Erst nach Einbruch der Dunkelheit spielte sie draußen mit Danielle, die mit mütterlicher Hingabe auf sie aufpasste, während Claire die beiden Mädchen im Auge behielt.

In jenem ersten Herbst und Winter fühlte Élise sich sicher, weil die anderen sich ebenfalls drinnen vor dem warmen Herd aufhielten. Doch im folgenden Sommer überfielen sie düstere Vorahnungen. Beinahe ein Jahr war vergangen, seit sie im Wald ausgesetzt worden war – und immer noch musste sie ihre Ängste beruhigen und sich wieder und wieder ihren Namen ins Gedächtnis rufen: »Élise, Élise, Élise … Ich heiße Élise.«

Am liebsten waren ihr die Stunden, die sie mit Danielle verbringen konnte. Tagsüber war sie die einsame Wächterin des Dachbodens und versuchte, sich die Zeit zu vertreiben, indem sie sich Geschichten über weit entfernte Länder ausdachte, in die sie nie jemand bringen würde. Sie hatte Albträume, in denen sie auf einem vergessenen Kontinent leben musste, wo die Sonne schwächer und schwächer wurde, bis sie irgendwann ganz verschwand und ewiger dunkler Winter herrschte.

Es war schwer zu ertragen, ständig auf diesem fensterlosen Dachboden eingesperrt zu sein. Sie träumte von einem Freund, um den sie sich kümmern könnte, egal, ob es ein verwundeter Soldat, ein herrenloser Hund, ein abgewetzter Ball, ein Insekt oder auch nur ein Wurm wäre – irgendetwas, dem sie einen Namen geben konnte und mit dem sie sprechen konnte, damit ihre Worte nicht ständig ungehört von den rauen Wänden abprallten.

Was zu Anfang noch eine Art Spiel gewesen war, wurde nun zur Folter. Mutterseelenallein an ihr Versteck auf dem Dachboden gebunden, verbrachte sie Stunden in stillem Gebet, während Danielle zu Pater Marcel in den Gottesdienst ging. Sie fing an, die stickige Hitze auf dem Dachboden zu hassen. Sie war vor Kurzem acht Jahre alt geworden und hatte das Gefühl, dass ihr die Zeit davonlief. Sie wurde älter und wuchs, doch der düstere Dachboden blieb immer gleich und kam ihr mehr und mehr wie ein enges Gefängnis vor.

Eines Nachts wachte sie schweißgebadet auf. Sie hatte eine schreckliche Vorahnung gehabt und musste sich die Ohren zuhalten und laut vor sich hinsingen, um das Bild aus dem Kopf zu vertreiben, das sie noch im Wachen verfolgte: Eines Tages würde man sie hier oben auf dem Dachboden vergessen, während eine Feuersbrunst Häuser, Bauernhöfe und sogar Pater Marcels Kirche zerstörte.

Das Leben in ständiger Nacht hatte die Farben verschwinden lassen und die Welt um sie her in einen eintönigen silbernen Glanz getaucht. Sie wartete verzweifelt darauf, dass endlich die Blätter fielen, die Rosen verwelkten und die Lavendelfelder den trockenen, eisigen Winterwinden wichen.

Eines Morgens entdeckte sie neben sich eine reglose Larve, die neben einer Art Kugel aus festem Dung erstarrt war. Sie fragte sich, ob die Fantasie ihr in ihrer Einsamkeit einen Streich spielte, doch als sie sich über das winzige, durchsichtige Wesen beugte, konnte sie erkennen, dass sich innen ein dunkler kleiner Fleck bewegte. Es war lebendig.

»Wer bist du denn?«, fragte sie ganz leise, aus Angst, dass der kleinste Atemhauch das winzige Wesen zerstören könne, das da vor ihren Augen entstand.

Ihre Gebete waren erhört worden – sie war nicht mehr allein. Sie suchte ein paar Brotkrümel, ein Zuckerkörnchen, einen Tropfen Wasser, um diesen klitzekleinen Wurm zu füttern. Sie malte sich aus, was aus dieser vereinzelten Larve wohl alles werden könne, und hoffte, dass sie sich in ein flügelloses Insekt verwandelte. Dann könnte es nicht davonfliegen und musste wie sie am Boden bleiben.

Innerhalb weniger Tage wurde ein dunkler Panzer sichtbar. Zwei riesige Augen bildeten sich auf seinem Kopf und vier Beine mit winzigen Häkchen daran. Sie beobachtete die Fortschritte ganz genau.

»Ein Käfer, ein Käfer ist daraus geboren worden«, sagte sie, erstaunt über ihre Schöpfung. »Jepri, so werde ich dich nennen – und du wirst mein Freund!«

Irgendwo, weit aus den Tiefen einer Vergangenheit, die sie längst vergessen glaubte, tauchte plötzlich ein Satz auf, den ihr Vater immer gesagt hatte: *Jeder dumme Junge kann einen Käfer zertreten. Aber alle Professoren der Welt können keinen herstellen.*

Durch Jepris Ankunft wurden die Tage kürzer und die Nächte lang. Élise legte sich flach neben ihn auf den Boden und betrachtete ihn aus so großer Nähe, dass das Insekt aussah wie ein Riese, der gekommen war, um sie zu retten. Sie beobachtete Jepri dabei, wie er fraß und wie er in die Dunkelheit davontippelte. Sie studierte sein Verhalten, versuchte, es zu verändern, und probierte aus, inwieweit man ein Insekt dressieren und zu einem richtigen Haustier machen konnte.

Ihr war klar, dass sein Leben nur von kurzer Dauer sein würde, aber dass er wie alle Käfer wiederauferstehen konnte, indem er in neuer Form entstand. Sie wollte ihn nicht sterben sehen und hätte es lieber gehabt, dass er sie gemeinsam in das Land der Schatten führen würde.

»Du wirst immer in meinem Herzen leben, Jepri, mein Liebster«, sagte sie eines Abends, hob den Käfer an ihre Brust und wartete auf den tödlichen Biss.

Aber Käfer beißen doch gar nicht, sagte sie sich dann.

Als sie am Morgen aufwachte, entdeckte sie den leblosen Körper ihres Freundes neben sich. Der Käfer Jepri war seinem Instinkt nicht gefolgt und lieber gestorben, als sie anzugreifen. Er hatte ihr Leben gerettet.

Von schmerzlichen Gefühlen überwältigt, hoffte sie verzweifelt, dass Jepri sich wieder neu erschaffen würde. Jetzt, wo ihr einziger Freund tot war, kam sie zu dem Schluss, dass sie zusammen mit ihm auch all die verschwommenen Erinnerungen an eine Vergangenheit beerdigen müsse, die nur noch in ihren Träumen auftauchten: ein gesichtsloser Vater, eine Schwester, die auf dem Deck eines Schiffes verschwand, eine Mutter, die sie im Wald zurückgelassen hatte.

Jepris Tod markierte das Ende ihrer Kindheit. Von nun an würde sie nur noch Élise sein.

32

Am Morgen des 10. Juni 1944 brannte die Sonne auf die nahe gelegenen Scheunen. Élise hoffte, dass ein bisschen Licht ihr über die Trauer über den Tod ihres Freundes hinweghelfen würde, und schaute aus dem Wohnzimmerfenster. Es war ihr egal, ob man sie dort entdeckte oder nicht. In der Ferne sah sie ihre Nachbarn wie aufgescheuchte Hühner vorbeirennen.

Danielle zog sie vom Fenster weg und lief dann nach draußen, um herauszufinden, wovor die Bauern so große Angst hatten. Auch ohne sich dem Dorf zu nähern, erfuhr sie, dass eine erschreckend große Anzahl Deutscher den Ort besetzt hatte. Man erzählte ihr, dass an jeder Zufahrt eine Abordnung von Soldaten postiert war. Sie hatten die Brücke abgeriegelt und sogar die Bahnstrecke gesperrt. Ihre Uniformen waren unübersehbar. Danielle kam nahe genug heran, um die gefürchteten Initialen der SS zu erkennen. Außer Atem rannte sie nach Hause zurück.

»Die SS?«, wunderte Claire sich. »Ich weiß nicht, was die hier verloren haben. Warum sind sie nicht in Limoges geblieben?«

Sie band ihre Schütze ab und starrte gedankenverloren in das Spülwasser, während sie sich die Hände wusch. Sie lebten in einem unbedeutenden Dorf, dessen Bewohner die deutsche Besatzung mit stoischem Gleichmut hingenommen hatten. Abgesehen von den Lebensmittelrationierungen hatte der Krieg ihr tägliches Leben nicht großartig verändert, und die

Résistance war eine Legende, über die man zwar gelegentlich sprach, die die Männer aus dem Dorf aber lieber ignorierten, wenn sie ihren Kaffee auf der Rue Emile Desourteaux tranken. Claire konnte sich die unverhältnismäßig große militärische Präsenz nicht erklären. Geschichten von beherzten Männern, die Gleisanlagen sprengten oder deutsche Offiziere verschleppten, ereigneten sich anderswo, an Orten wie Saint-Junien oder Saint-Léonard-de-Noblat, die gut 60 Kilometer von Limoges entfernt waren. In ihrem Dorf passierte nie etwas. Sie lebten in Frieden, auch wenn dieser Frieden nur eine Illusion war. Keiner der Dorfbewohner verspürte den Drang, sich mit der Besatzungsmacht anzulegen. Das einzig ernst zu nehmende Vergehen war vermutlich, dass man Flüchtlinge aus Moselle oder Charly aufgenommen hatte, die von der SS aus ihrer Heimat vertrieben worden waren. Auch einige deutsche Juden hatte es gegeben, denen Kuba einige Jahre zuvor die Einreise verweigert hatte, doch sie waren bereits kurz darauf nach einer groß angelegten Razzia deportiert worden.

Wonach suchen sie jetzt? Doch nicht nach einem wehrlosen kleinen Mädchen, das sich auf einem Dachboden versteckt hält?, fragte Claire sich besorgt.

Sie kommen, um mich zu holen, dachte Élise voller Angst. *Aber Jepris Geist wird mich retten. Er ist unsterblich.*

Claire ging zur Straße und hielt eine der Nachbarinnen an.

»Ich mache mir wirklich Sorgen«, jammerte die Frau. »Da ist was im Busch. Wir sollen uns alle auf dem Dorfplatz versammeln, das haben die Deutschen befohlen.«

Claire eilte ins Haus zurück. Ohne weitere Erklärung machte sie sich daran, einen Koffer zu packen. »Wir essen noch etwas, und dann gehen wir ins Dorf«, sagte sie ruhig zu den Mädchen. »Macht euch keine Sorgen, es wird nichts passieren.«

Danielle setzte sich an den Tisch, Élise daneben. Claire

wich den neugierigen Blicken der beiden aus und ging ins Schlafzimmer, doch Élise folgte ihr heimlich und spähte durch die halb offen stehende Tür. Sie sah, dass Claire Briefe in einer kleinen Holztruhe sortierte und dann noch ein rotes Kästchen dazupackte. Dann schloss sie den Koffer und trat ans Fenster, sie brauchte wohl frische Luft.

»Egal, was passiert – ihr beiden werdet immer zusammenbleiben, habt ihr verstanden?«, ermahnte *Maman* Claire die Mädchen wenig später. In schwierigen Augenblicken wie diesen klang ihre Stimme immer warmherzig und beruhigend. Danielle und Élise nickten stumm.

Claire umarmte die beiden und legte ihr Kinn auf Élises Kopf. Ein letztes Mal betrachtete sie die wenigen Familienfotografien im Zimmer: eine, die ihren Mann in den Kolonien zeigte, dann Danielle als Baby auf ihrem Arm und schließlich eine von ihr selbst, wie sie eingehüllt in einen dicken Regenmantel vor dem Eiffelturm stand – die einzige Erinnerung an ihre Reise nach Paris vor ihrer Hochzeit. Mit einem leisen Seufzen trat sie vor den Spiegel, bürstete sich das Haar und lächelte. Nun waren sie bereit zum Aufbruch.

»Combi! Wir müssen Combi mitnehmen!«, rief Élise und lief noch einmal los, um den alten, schlecht aufgepumpten Fußball unter dem Bett hervorzuholen.

»Den brauchen wir nicht, Élise«, versuchte Danielle sie zu überzeugen. »Wir sind doch bald wieder zurück.«

Doch Élise umklammerte den Ball – er war ihr einziges Gepäckstück.

Beim Verlassen des Hauses hielt Claire auf der Schwelle inne und warf einen letzten Blick auf die Lavendelfelder, die bald blühen würden.

Sie schlossen sich den kleinen Gruppen der Nachbarn an, die dem Befehl der Besatzer folgend in Richtung Dorf eilten.

Élise befürchtete, dass einige von ihnen – zumindest die

Mädchen aus der alten Schule – sie wiedererkennen würden, auch wenn sie dem Aussehen nach Claires leibliche Tochter hätte sein können. Danielle hielt sie fest an der Hand, während Élise tief Luft holte und versuchte, sich zu beruhigen: *Ich bin bloß eine von vielen. In der Menschenmenge wird niemand mich bemerken.* Als sie die erste Straße des Dorfes erreicht hatten, verbarg sie ihr Gesicht in Claires Rockschößen.

Maman Claire blieb stehen und strich ihr über die Stirn. »Alles wird gut, meine Kleine«, sagte sie noch einmal. »Aber egal, was passiert, du darfst nicht von Danielles Seite weichen. Sie ist deine Schwester. Folge ihr immer!«

Claires Anweisungen hallten in Élises Kopf wider. Doch statt sie zu beruhigen, kam ihr Claires Ermahnung eher vor wie die Warnung vor einer bevorstehenden Veränderung, die sie nicht ganz verstand.

Danielle wiederum hatte einmal mehr das Gefühl, dass ihre Mutter sich mehr Sorgen um Élise machte als um sie selbst. Sie war erst zwölf Jahre alt, aber sollte schon die Verantwortung für einen anderen Menschen tragen. *Ich bin doch nur drei Jahre älter als Élise, Maman. Und ich bin deine richtige Tochter*, hätte sie am liebsten gesagt, aber brachte es nicht heraus.

Während sie durch das Dorf gingen, lächelten sie allen zu, denen sie begegneten. Sie passierten den Bahnhof, wo am Morgen der Zug nach Limoges abgefahren war. Es war ein ganz normaler Samstag. Die Türen und Fenster der leeren Häuser standen offen und ließen die Sommerluft hinein. Sie erreichten die Hauptstraße, wo im Café an der Ecke einige Männer immer noch erregt diskutierten.

»Das sind keine normalen deutschen Soldaten, die sind von der zweiten SS-Panzer-Division ›Das Reich‹«, sagte einer der Männer und wischte sich den Mund am Ärmel ab, stolz über seine genauen Kenntnisse. »Das sind die Härtesten!«

Die drei gingen zum Dorfplatz weiter. Die deutschen Soldaten hatten sich in einem Kreis rund um den Platz aufgestellt. Die Kirchentüren standen offen, und die Frauen und Kinder gingen hinein, um sich vor der Hitze zu schützen.

»Wo ist Pater Marcel?«, fragte Claire und hoffte, dass ihr jemand eine Antwort geben konnte. »Habt ihr Pater Marcel gesehen?«

Die Männer wurden zusammengetrieben und zu einem Hof im Süden des Dorfes geführt. Niemand verabschiedete sich – wieso hätten sie das auch tun sollen? Das hier war schließlich nur eine Routinemaßnahme, einer jener absurden Anwesenheitsappelle, an die sie sich im Laufe des Krieges gewöhnt hatten.

Die Soldaten sprachen Deutsch miteinander, und Danielle und Élise musterten ihre Uniformen und versuchten, Unterschiede auszumachen. Élise erkannte auf der Brust eines Soldaten ein Abzeichen, das wie eine Wolfsangel geformt war. Er lächelte ihr die ganze Zeit zu. Eine Frau aus dem Dorf unterbrach das Gespräch und erklärte einem der Offiziere, dass sie einen Kuchen im Ofen habe, den sie dringend herausholen müsse. Sie konnte seine Antwort nicht mehr hören, denn sie wurde bereits von der Menge weitergeschoben, die von den Soldaten in die Kirche getrieben wurde.

Maman Claire ist die Einzige, die einen Koffer mitgebracht hat, wurde Élise plötzlich klar. Genau in diesem Moment wurde sie von einer gewaltigen Explosion auf das Kopfsteinpflaster geschleudert. Claire warf sich über sie. Danielle, die ein Stück weitergeschleudert worden war, konnte im ersten Moment weder Élise noch ihre Mutter sehen. Flammen schlugen aus der Kirche, überall war Rauch. Am Boden lagen Menschen, teilweise übereinander, und überall waren Schuhe verstreut.

Die erste Detonation hatte Élise taub gemacht. Die nächste peitschte gegen ihre Fußsohlen. Ihr Körper bestand nur noch aus Angst. Angst riss ihr an Haut und Haaren, Angst schien ihr die Zähne aus dem Mund zu schlagen. Sie schloss die Augen und spürte das Kopfsteinpflaster unter sich. Über ihr lag *Maman* Claires Körper, der sie schützte. Aus der Ferne hörte sie ein Wiegenlied. *Ist das Deutsch?* Geräuschfetzen, abgehackte Worte. *Maman?* Der Schrei eines Kindes hallte durch die Stille, bis er von einer Gewehrsalve unterbrochen wurde.

Noch immer fielen Trümmer auf sie herab – oder besser gesagt auf *Maman* Claire, die feucht und schwer auf ihr lag. Der graue Staub löste sich auf in Tränen, die nicht trocknen wollten. Der Staub wurde zu Stein.

»*Maman*«, flüsterte Élise kaum hörbar. Es war wenig mehr als ein Hauchen, doch als sie keine Antwort bekam, rief sie noch einmal lauter: »*Maman* Claire!«

Das Heulen einer Sirene drang ihr ins Ohr. Sie erinnerte sich wieder, wo sie war: auf dem Dorfplatz, gegenüber vom Haus des Bürgermeisters, nicht weit von Madame Beauchênes Café, vor Pater Marcels Kirche, die in Flammen stand. Die Kirchenglocken läuteten wie irre, bis sie von Lautsprecherdurchsagen übertönt wurden. Sie konnte weder die Konditorei noch den Friedhof sehen – nur die Mauern des Hotel Beaubreuil, die allmählich aus den Rauchschwaden auftauchten.

Sie versuchte, den Mund zu öffnen, doch ihre ausgedörrten Lippen klebten vom zähen Staub aneinander.

»*Maman!*«, sagte sie noch einmal ängstlich, mehr Worte bekam sie nicht heraus.

Die dritte Detonation schien sich direkt in ihrem Kopf zu lösen. Die Druckwelle befreite sie von ihrer Last. Sie konnte das Gewicht des Körpers nicht länger über sich spüren. Sie hatte *Maman* Claire verloren. Sie hatte ihr Schutzschild verloren.

33

Langsam schlug sie die Augen auf. *Maman* Claire lag mit dem Gesicht nach unten im Staub. Sie trug nur noch einen Schuh, und ihre Seidenstrümpfe waren zerrissen. *Wo kann der andere Schuh bloß sein?* Ohne sich von der Stelle zu rühren, blickte Élise sich um. Sie musste den Schuh finden, aber sie konnte sich nicht bewegen, konnte nur den Kopf drehen.

Der dralle kleine Engel stand immer noch in dem alten Steinbrunnen. Wasser rann aus seinem Mund in das Becken und schickte orangefarbene und blaue Lichtreflexe durch den Rauch.

Als Élise genügend Mut gesammelt hatte, um sich zu bewegen, spürte sie einen stechenden Schmerz in der rechten Schulter. Der Dorfplatz war verschwunden, nur Staub war noch übrig – und ein nackter Engel, der über dem dunklen Wasser schwebte.

Der Anblick dieses Infernos nahm ihr den Atem. Sie versuchte, Luft zu holen, doch ihre Kehle war wie zugeschnürt. Sie stieß einen Schrei aus und konnte gleich darauf wieder einatmen. Sie lebte – einmal mehr hatte sie überlebt.

»Élise, steh auf.« Das war Danielles Stimme, die sie von irgendwoher rief, ohne dass Élise sie sehen konnte. Sie spähte suchend durch die Rauchwolken, über die Körper der Toten hinweg. Sie war wie erstarrt. Danielle schaffte es, zu ihr zu kommen, und packte sie an der Hand. »Warte.«

Der Koffer stand direkt neben Claire, bedeckt von einer dicken Schicht aus Staub und Geröll. Danielle kletterte über die Trümmer und zog den Koffer hervor, ehe sie wieder zu Élise zurückkam.

»Lass uns verschwinden«, sagte sie.

»*Maman* Claire …«, flüsterte Élise.

»*Maman* ist tot«, erwiderte Danielle barsch.

Sie hatten keine Zeit zu verlieren. Bald würden die Soldaten zurückkehren und nach Überlebenden Ausschau halten. Sie warteten nur darauf, dass die Flammen erloschen. Die beiden Mädchen waren nun eine Gefahr für sie, denn sie gehörten zu den wenigen Überlebenden dieses Dorfs, das unter einer dichten schwarzen Wolke lag.

Sie zögerten einen Moment und versuchten, sich in der Leere zu orientieren, um eine Richtung zu finden, in die sie fliehen konnten. Hinter den Rauchschwaden, die aus der Kirche aufstiegen, konnten sie den Friedhof erkennen. Sie konnten entweder den Friedhof überqueren oder in entgegengesetzter Richtung am Flussufer in Richtung Kloster laufen. Allerdings wäre das ein großes Risiko. *Wir würden mehrere Stunden für den Weg brauchen*, dachte Danielle voller Zweifel. Sie wusste auch nicht, vor wem sie eigentlich flohen – wer genau der Feind war und wo er wartete.

Sie hatten jedes Zeitgefühl verloren. Sie hätten nicht sagen können, wie lange es noch hell sein oder ob bald die Nacht hereinbrechen würde. Sie klammerten einander an den Händen und zitterten vor Angst.

»Am besten verstecken wir uns hier irgendwo«, sagte Danielle. »Wir müssen warten, bis es dunkel wird.«

Verstecken? Élise wusste nicht, wo sie sich verstecken sollten. Es gab keine Bäume in der Nähe, keine Straßenecken und auch keine Häuser mehr, in denen sie hätten Schutz finden können. Doch Danielle legte sich einfach neben den Koffer auf den Boden und schloss die Augen.

Élise brannten die Füße. Ihre Augen waren voller Sand, ihre Kehle war wie ausgetrocknet. Sie wagte nicht, Danielle zu sagen, dass sie Durst hatte und dringend Wasser finden musste, ehe sie sich auf den Weg zum Kloster machten, denn ihr war klar, dass es viel zu gefährlich wäre, sich von ihrem Versteck fortzubewegen. Womöglich waren die Deutschen auch schon am Kloster gewesen, hatten Frauen und Kinder im Gebäude eingeschlossen und es dann in die Luft gesprengt? Aber Danielle schlief oder stellte sich zumindest schlafend. Sie hatte keine Antworten auf Élises Fragen.

Zum ersten Mal vergoss Élise stille Tränen, bemüht, Danielle nicht aufzuwecken. Sie kehrte ihr den Rücken zu und schluchzte leise, während sie daran dachte, wie *Maman* Claire sie gerettet hatte. Sie mussten zum Kloster gehen, um Hilfe zu suchen oder wenigstens zu organisieren, dass all diese Toten ein anständiges Begräbnis bekamen.

Vielleicht wäre es ja das Beste, gar nicht mehr zu denken. Einfach die Augen schließen, schlafen und vergessen. Da spürte sie die ersten Regentropfen. Sie schlug die Augen wieder auf und sah, wie tief und schwer die Wolken herabhingen. Feiner Nieselregen ließ den Staub zu Boden sinken. Ein unangenehmer Geruch erfüllte die Luft.

Élise wurde von dröhnenden Motoren geweckt: Eine Lkw-Kolonne fuhr über den Platz. Die Fahrzeuge trugen Hakenkreuze auf den Türen, auf den Ladeflächen drängten sich Soldaten. Die Lkw fuhren nicht in Richtung des Klosters, sondern waren in entgegengesetzter Richtung unterwegs. Die beiden Mädchen sahen einander hoffnungsvoll an, ehe sie ein kalter Schreck durchfuhr: Waren die Deutschen bereits auf dem Rückweg vom Kloster, nachdem sie dort alle ausgelöscht hatten – auch Pater Marcel, den einzigen Menschen, der ihnen hätte helfen können?

Élise stand auf und ging ein Stück weiter. Das Licht des roten Heckscheinwerfers des letzten Lkw im Konvoi fiel ein paar Sekunden lang auf ihr Gesicht. Einer der Soldaten entdeckte sie, setzte sich rasch den Helm auf und starrte zu ihr hinüber. Doch Élise hatte keine Angst. Sie blickte den jungen Mann unverwandt an, während sein Fahrzeug im Regen die Straße hinunterfuhr und in der Ferne immer kleiner wurde.

Die Soldaten fliehen, sie schämen sich für ihr Verbrechen, wagte Élise zu hoffen.

Sie war sicher, dass sie nicht allein ihretwegen umdrehen und zurückkommen würden. Der deutsche Soldat musste sie für einen Geist gehalten haben. Vielleicht hatte er sie auch gar nicht gesehen, weil sie gar nicht mehr existierte. Sie war bereits vor einigen Stunden gestorben, genau wie all ihre Nachbarn aus dem Dorf. In der Kirche, auf dem Dorfplatz, in den Scheunen und Ställen.

Vor zwei Jahren war sie schon einmal gestorben, in jener Nacht im Wald, bevor sie mit hohem Fieber in *Maman* Claires Armen erwacht war. Nun erlebte sie einen weiteren Tod. Gott allein wusste, wie vielen Toden sie noch entkommen musste.

Selbst die schlimmsten Mörder können einen Funken Mitleid haben, dachte sie. In den Augen des Soldaten, der sie nicht verraten hatte, hatte Élise so etwas wie Mitgefühl gesehen. Dennoch wäre es ihr lieber gewesen, sie hätten sie zum nächsten Dorf mitgenommen. Dort hätte sie Wasser bekommen, vielleicht sogar ein Stück Brot. *Nein, dieser Soldat hat uns nicht gerettet*, entschied sie schließlich. Er hatte sie ihrem Schicksal überlassen – dem Tod.

»Wir müssen uns von der Hauptstraße fernhalten«, warnte Danielle sie, stand auf und ging los, ohne Élise anzuschauen.

Élise folgte ihr stumm.

»Ich glaube, ohne Wasser kann ich nicht viel weiter laufen«, sagte sie irgendwann.

Der Regen hatte bald wieder aufgehört und ihr gerade einmal die Lippen ein wenig befeuchtet. Danielle marschierte weiter, ohne ihr zu antworten. Zum Fluss konnten sie jetzt nicht gehen, das wäre zu gefährlich. Dies war nicht der Augenblick, um Wasser zu suchen, geschweige denn, um etwas zu essen.

»Wenn wir beim Kloster ankommen, sagen wir am besten so wenig wie möglich«, sagte Danielle. »Wir bleiben die ganze Zeit zusammen. Wir wissen nicht, ob die Deutschen womöglich auch dort sind, das müssen wir erst rausfinden. Es ist nicht mehr so weit, wir sind bald da. Schaffst du das?«

Élise trottete schweigend hinter Danielle her, so gut sie konnte, und versuchte, die rechte Ferse beim Gehen nicht zu belasten. Es war schwierig, jenseits der befestigten Straße voranzukommen. Vom Waldboden stieg ein feuchtwarmer Dunst auf, der sie irritierte. Als sie zu einer Lichtung kamen, entschlossen sie sich, eine Pause einzulegen. Dicht nebeneinander zusammengerollt fielen sie in einen unruhigen Schlaf.

Es war schon spät am Vormittag, als sie wieder aufbrachen. Je näher sie dem Kloster kamen, desto langsamer ging Danielle. In der einen Hand schleppte sie den Koffer, mit der anderen stützte sie die humpelnde Élise. Das Bild ihrer Mutter, die inmitten der Trümmer auf dem Platz lag, ging ihr nicht aus dem Kopf. Nur das Versprechen, das sie ihr gegeben hatte, trieb sie noch voran.

»Kümmere dich um Élise wie um eine Schwester«, hatte ihre Mutter ihr aufgetragen, während sie erst eine Bibel in den Koffer packte, dann einen Satz Wechselkleidung für beide und drei dicke Mäntel. *Warum macht sie das?*, hatte Danielle gedacht. *Mitten im Hochsommer …*

Der Koffer war eine schwere, lästige Bürde, aber sie musste

ihn mit sich tragen. Sie versuchte zu verstehen, weshalb ihre Mutter als Einzige mit einem Koffer ins Dorf gegangen war, was tatsächlich passiert war und weshalb sie überlebt hatten. Was hatte ihre Mutter gewusst? Was hatte sie vorhergesehen? Der Koffer war eine Mahnung, eine Sammlung von Erinnerungen. *Dieser Koffer ist Maman*, sagte sie sich, während sie Fuß vor Fuß setzte.

Obwohl die Mädchen immer weitergingen, waren sie im Grunde ihres Herzens überzeugt, dass sie gemeinsam mit *Maman* Claire auf dem Platz gestorben waren. Der Pfad zum Kloster war eine Illusion. Eigentlich lagen sie immer noch neben Claires Leiche und warteten darauf, in einem Massengrab verscharrt zu werden.

Als endlich am Horizont die Mauern des Klosters auftauchten, verspürten sie wieder eine stechende Angst. Es waren keine Deutschen zu sehen. Die beiden Mädchen näherten sich argwöhnisch dem Kloster, das wuchtig im Glanz des Sonnenuntergangs aufragte. Danielle drückte Élises Hand. Sie schauten sich einen Moment lang an, dann waren sie bereit, durch die schwere, eisenbeschlagene Eichentür zu treten.

Vielleicht waren sie nun sicher – fürs Erste jedenfalls.

34

Das Mittelschiff des Klosters war voller Kinder – sie rannten umher, stolperten übereinander und fielen hin, weinten oder lachten. Es roch nach Mist, Butter, Schweiß und ranzigem Käse, defekten Rohrleitungen und abgestandenem Wasser. Das schwache Licht tauchte die bleichen, erschöpften Gesichter der Kinder mit den eingefallenen Wangen in einen Ockerton und ließ sie aussehen wie bizarre Bettlergestalten auf den Bildern alter flämischer Meister.

Pater Marcel stand in einer Ecke zwischen verwitterten Steinsäulen, sein Kopf war klitschnass von der drückenden Hitze. Die Mädchen erkannten ihn kaum wieder, obwohl sie ihn erst vor zwei Wochen bei einem der freitäglichen Abendessen gesehen hatten. Er hatte sich seit Tagen nicht rasiert, und das schwarze Haar klebte ihm strähnig am Kopf. Seine Soutane war lehmbeschmiert und hatte helle Flecken auf der Brust und unter den Armen.

Zu seiner Rechten saß Pater Auguste mit dem schweren Taufregister des Klosters auf dem Schoß und trug die Namen der ankommenden Kinder ein. Mit gichtgekrümmten, zitternden Händen notierte der Abt die Angaben zu den Neuankömmlingen auf separaten Blättern: wer sie ins Kloster gebracht hatte, aus welchem Dorf sie stammten, auf welche Schule sie gegangen waren, die Berufe ihrer Eltern. Er fragte, ob sie Geschwister hätten, und fügte auch Namen und Geburtsdaten der Geschwister dem Eintrag hinzu. Ein kleines Mädchen, das vor ihm stand, antwortete so leise, dass es ihn zur Verzweiflung brachte und er ihr schließlich ungeduldig bedeutete, sich wieder zu den anderen Kindern zu setzen. Er wollte gerade das Taufregister zuklappen, als Pater Marcel ihn aufhielt.

»Ich habe eben erfahren, dass zwei weitere Mädchen angekommen sind. Ich hoffe, das sind die Letzten für heute.«

Der Priester nahm einen kleinen, etwa zweijährigen Jungen auf den Arm, der seit Stunden weinte. Er holte ein Taschentuch aus seiner Soutane und putzte dem Jungen die laufende Nase. Der Kleine legte ihm die Arme um den Hals, schmiegte sich an seine Brust und beruhigte sich. Es schien, als sei dies der erste Körperkontakt, den er seit längerer Zeit genossen hatte.

»Da sind die Mädchen«, sagte Pater Auguste, als er sie das Kirchenschiff betreten sah.

Pater Marcel setzte den kleinen Jungen auf eine Bank, um die Neuankömmlinge zu begrüßen. Als er sah, um wen es sich handelte, eilte er auf die beiden zu und umarmte sie. Alle drei schwiegen. Es brauchten keine Fragen gestellt zu werden – es gab nichts zu erklären. Sie waren in Sicherheit. Pater Marcel schloss die Augen und dankte Gott dafür, dass seine Gebete erhört worden waren.

»Das sind Danielle und Élise Duval«, rief er Pater Auguste zu. »Sie sind Schwestern. Ich habe sie beide getauft.«

Danielle umklammerte Élises Hand, so fest sie konnte. Élise atmete schwer.

Pater Marcel strich ihnen über den Kopf und führte sie aus dem Kirchenschiff in die Küche. »Habt Vertrauen, alles wird wieder in Ordnung kommen«, sagte er. »Jetzt müsst ihr erst mal etwas essen.« Da die Mädchen immer noch Angst zu haben schienen und ganz verloren wirkten, fuhr er beruhigend fort: »Die Zeit der Heimlichkeiten ist vorbei. Nun können wir versuchen, Claires Bruder zu finden.«

An einem der Abende, als er an ihrem Krankenbett wachte, hatte Claire ihm von ihrem Bruder Roger erzählt, der vor ein paar Jahren nach Amerika ausgewandert war. »Dein Onkel wird sich um euch kümmern«, wandte er sich an Danielle. »Dieser verfluchte Krieg wird bald zu Ende sein.«

Beruhigt durch seine Worte holten sich die Mädchen ein Glas Wasser, während Pater Marcel zu Abt Auguste zurückkehrte, um die Angaben der Mädchen zu vervollständigen. Es war wichtig, dass die Kinder im Taufregister auftauchten. Die Einträge legalisierten ihre Herkunft den Deutschen gegenüber und würden nach dem Krieg hilfreich sein, wenn Verwandte nach ihnen suchten. Pater Marcel wollte, dass alles, was Élise und Danielle betraf, genau dokumentiert wurde – vor allem, da sie bisher die einzigen Überlebenden ihres Dorfes zu sein schienen. Ihm kam der Gedanke, ihren Geburtsort zu ändern. Seine einzige Mission bestand nun darin, diese Waisenkinder zu beschützen. Und um sie zu schützen, würde er alles tun, selbst lügen. Gott würde ihm vergeben. Seine Augen waren blutunterlaufen. Erschöpfung, permanente Unruhe und die Frustration darüber, dass er kaum mehr tun konnte, als laufende Nasen zu putzen und den Kopf im Gebet zu senken, raubten ihm den Schlaf.

Er ahnte, dass das Verbrechen, das man gegen seine Gemeinde verübt hatte, eine letzte Verzweiflungstat gewesen war. Die Deutschen standen kurz davor, den Krieg zu verlieren, das Ende rückte näher. Auch der französische Widerstand hatte ihnen deutlich militärische Niederlagen beigebracht.

Für Pater Marcel war die Tatsache, dass er überlebt hatte, eine Bestrafung: Er hätte gemeinsam mit all den anderen auf dem Dorfplatz sein sollen. Er war überzeugt, dass seine Anwesenheit die Brutalität der rachsüchtigen Soldaten zumindest hätte eindämmen können.

Was haben sie zu finden gehofft, etwa Waffen? Im Dorf waren nur wehrlose, gefügige Menschen, und trotzdem haben die Soldaten ihre ganze Wut auf sie gerichtet. Sie werden schon bald dafür büßen müssen, sagte sich Pater Marcel. In Augenblicken wie diesen zweifelte er an den Geboten der Bibel. Er konnte nicht anders, als ebenfalls Hass zu empfinden, und bat Gott, ihm wenigstens das Fluchen zu gestatten, damit seine Wunden heilen konnten. Er war überzeugt, dass er selbst und alle anderen Schuld auf sich geladen hatten, weil sie die deutsche Besatzung wie eine lästige Zumutung hingenommen hatten.

Er war versucht, in seine Gemeindekirche zurückzukehren und inmitten der abgebrannten Ruinen Gott abzuschwören – dem Schöpfer, der die Augen vor den Verbrechen seiner Geschöpfe verschloss.

Als er an diesem Abend vor dem Altar kniete, betete er mit aller Kraft für die Waisen, die in seiner Obhut waren. Dabei hatte er plötzlich ein verschwommenes Bild von Claire vor Augen, wie sie an einem Sommerabend vor einigen Jahren vor ihm gestanden hatte. Im Wissen, dass dies seine Rettung sein konnte, versuchte er sich auf dieses Bild zu konzentrieren, doch er konnte sich weder das Blau ihrer Augen noch den Tonfall ihrer Stimme oder ihre blasse sommersprossige Haut wirklich ins Gedächtnis rufen. Das Einzige, was er vor sich sah, waren ihre zarten Hände in den seinen, als sie ihn um Verständnis bat und ihm erklärte, dass sie ihre Familie nur einem Risiko aussetzte, weil sie es als ihre Christenpflicht betrachtete zu helfen. Nun war es seine Pflicht, die Mädchen zu beschützen.

In dieser Nacht lag Pater Marcel wieder etliche Stunden wach. Er schlief erst ein, als er irgendwann Claires melodische Stimme wieder im Ohr hatte.

Bei Tagesanbruch begab er sich zum Schlafsaal. Das Kirchenschiff, das früher einmal Pilgern Schutz gewährt hatte, bot nun mehr als zwanzig Kindern ein Obdach. Er schaute nach, ob Danielle und Élise auch dort waren, und fand sie eng umschlungen in einem Bett – vielleicht teilten sie einen gemeinsamen Albtraum. Er wagte kaum, sich auszumalen, was sie durchgemacht hatten.

Claire konnte nicht mehr für sie da sein – aber er konnte es.

35

Élise erwachte als Erste aus einem tiefen, traumlosen Schlaf. Sie hatte sich die ganze Nacht dicht an Danielle gekuschelt. Danielle schlief immer noch fest, obwohl ein kleiner Junge in ihrer Nähe laut zu weinen begonnen hatte, kaum dass er gesehen hatte, wie Élise die Augen aufschlug. Vielleicht wollte er, dass sie ihn auf den Arm nahm, ihm etwas zu essen gab oder ihn in den Waschraum begleitete. Ihm war offensichtlich nicht klar, dass sie selbst auch nur ein verlassenes Kind war.

Élise dachte sich, dass sie vermutlich so friedlich geschlafen hatte, weil sie sich in dieser Festung sicher fühlte. Hier war sie beschützt von den starken Armen Pater Marcels, der wie ein edler Ritter das Hoheitsgebiet des Klosters verteidigte. Niemand, nicht einmal die Deutschen, konnten sie hier angreifen. Niemand würde es wagen, gewaltsam in die jahrhundertealten dicken Mauern des Klosters einzudringen. Pater Marcel war wie ein Held für sie.

Der kleine Junge krabbelte aus seinem Bett und stapfte zu ihr herüber, als hätte er erst kürzlich laufen gelernt. Er setzte sich neben sie und berührte ihr Haar, das verfilzt von Staub und Schweiß war. Dann deutete er auf Élises Augen.

»Blau«, sagte er, als spiele er »Ich sehe was, was du nicht siehst« an diesem düsteren Ort, wo es sonst nur dunkle Mauern und schwarze, feuchte Holzbalken zu sehen gab.

Vielleicht erinnerte sie ihn an seine Mutter, auch wenn sie noch ein Mädchen war. Élise befürchtete, unangenehm zu riechen, da sie sich nur Gesicht und Hände hatte waschen können. Der Rest ihres Körpers war immer noch staubig, verschwitzt und mit dem Blut fremder Menschen beschmiert. Sie hatte keine Ahnung, was sie mit dem Jungen anfangen sollte, deshalb hoffte sie, dass Danielle bald aufwachen und ihnen sagen würde, ob sie nach draußen in den Hof oder in die Küche gehen sollten – oder zur Messe, falls denn eine stattfand.

»Was macht denn *die* hier?«, hörte sie jemanden an der Zimmertür rufen. Dort stand ein Jugendlicher aus dem Dorf, der sie offenbar erkannt hatte, und deutete verächtlich mit dem Finger auf sie.

Élise starrte ihn an, dann senkte sie den Blick. Der kleine Junge, der immer noch neben ihr saß, ergriff ihre Hand.

»Das Gleiche wie du.« Pater Marcel war neben dem Jungen an der Tür aufgetaucht. »Los, ab jetzt in die Kirche«, befahl er dem Teenager.

Der Junge verschwand ohne Murren, warf Élise allerdings noch einen wütenden Blick zu. Inzwischen war sie daran gewöhnt, dass man sie ablehnte, als andersartig betrachtete und in ihr einen Feind sah. Letztendlich war sie immer »die andere«. Die, die nicht dazugehörte, die irgendjemandem den Platz wegnahm und dazu bestimmt war, im Dunkeln zu leben. Hier im Kloster wiederholte sich die alte Geschichte.

Sie brachte den kleinen Jungen zu seinem Schlafplatz zurück und versuchte, ihn wieder hinzulegen. Als sie ihn zudecken wollte, strampelte er die Decke weg und lachte, als wollte er spielen. Seine Augen flehten sie an, ihn nicht alleinzulassen und ihn nicht zu vergessen.

»Vielleicht gehen wir besser nach draußen an die frische Luft«, sagte sie. Er lächelte. »Draußen scheint die Sonne.«

Der Junge streckte ihr die Arme entgegen. Élise hob ihn aus dem Bett und ging mit ihm einen düsteren Gang entlang. Am anderen Ende fiel Licht durch die Buntglasfenster hinein, die zum Klostergarten führten, wo einmal Gemüse angebaut worden war. Zum ersten Mal seit zwei Jahren fühlte Élise sich frei. Sie musste nicht länger im Dunkeln leben und sich vor neugierigen Blicken verbergen. Sie hatte einen neuen Freund gefunden. Sie hatte gut geschlafen.

»Wie heißt du?«, fragte sie den Jungen, doch der gab bloß ein fröhliches Glucksen von sich. »Ich bin Élise.«

Auf dem Weg zum Innenhof des Klosters kamen sie an einem schmalen Durchgang vorbei, der zur Küche im hinteren Teil des Gebäudes führte. Die Tür stand halb offen, und dahinter hörte man Nachrichten aus einem Rundfunkempfänger, unterbrochen von diskutierenden Stimmen. Élise konnte nicht verstehen, was gesagt wurde, dafür waren die Stimmen zu undeutlich. Der kleine Junge ließ ihre Hand los und drückte sich an der halb offenen Tür vorbei, denn er hatte dahinter Pater Marcel entdeckt, der vor dem Empfänger saß und versuchte, einen anderen Sender einzustellen. Élise wollte ihm folgen, blieb dann aber auf der Schwelle stehen.

»Mehr als sechshundert Tote«, hörte sie eine schroffe Stimme sagen. »Diese Scheißkerle haben das gesamte Dorf ausgelöscht. Sie haben keinen Stein auf dem anderen gelassen. Währenddessen sitzen wir hier untätig herum, hören Nachrichten und warten einfach nur darauf, dass sie uns mit vorgehaltenen Gewehren im Hof antanzen lassen!«

Élise kannte die barsche Stimme nicht und bedeutete dem Jungen, leise zu sein. Nun drang aus dem Radio eine Rede, aber diese war sogar noch schlechter zu verstehen. Sie konnte nur Geschrei hören, gefolgt von Applaus und jubelnden Stimmen.

»Die Alliierten sind schon auf französischem Boden«, sagte eine andere Stimme. »Die Bombardierung hat begonnen. Bald sind wir die *boches* los!«

»Wir können keine weiteren Kinder aufnehmen. Es ist zu gefährlich«, sagte Pater Marcel, stand auf und drehte das Radio ab. »Wenn eines von ihnen krank wird oder stirbt, haben wir noch viel mehr Probleme.«

Dann entdeckte er Élise und den kleinen Jungen an der Tür. Er lächelte, bat sie herein und breitete die Arme auseinander, worauf der kleine Junge gleich auf ihn zu stürmte.

Bei Pater Marcel befanden sich zwei weitere Männer. Der Pater hatte sein Gesicht gewaschen, war frisch rasiert und trug eine saubere Soutane, die auch weniger abgetragen war als die vom Vortag. In der rechten Hand hielt er ein paar Flugblätter, die er rasch in seinen Taschen verbergen wollte. Dabei fiel eines der Blätter zu Boden. Élise konnte die druckfrische Tinte riechen, als sie sich bückte, um es aufzuheben. Doch einer der beiden anderen Männer, ein untersetzter, stämmiger Kerl, kam ihr zuvor und steckte das Blatt in seine Jackentasche. Élise bemerkte eine tiefe, noch recht frische Verletzung an seinem linken Unterarm.

Der ältere der beiden Männer, der ein sauberes, aber zerknittertes weißes Hemd trug, trat ans Fenster und zündete sich eine Zigarette an, während er Élise argwöhnisch betrachtete. Die dunklen Ringe um seine Augen bildeten ebenso wie die schwarzen Bartstoppeln einen starken Kontrast zu seinen weißen Haaren und dem weißen Hemd. Élise schaute sich verwundert im Raum um – er passte überhaupt nicht zum übrigen Kloster. Weder gab es religiöse Darstellungen noch Bänke und auch keine Bibeln. In einer Ecke entdeckte sie ein weißes Kaninchen in einem Metallkäfig, einen schwarzen Zylinder und einen Stab mit einer goldenen Spitze. Auf einem schmalen hohen Holztisch lag eine zusammengerollte Landkarte. Daneben stand ein leeres Fischglas. Élise ging zu dem Metallkäfig, aber das weiße Kaninchen rührte sich nicht. Man hätte es für ausgestopft halten können, hätte nicht seine Nase ganz leicht gezittert. Élise musterte die Männer und fragte sich, wem wohl das Kaninchen und die anderen Zauberrequisiten gehörten.

Der kleine Junge beachtete das Kaninchen nicht, wahrscheinlich hatte er es noch gar nicht bemerkt. Seine Aufmerksamkeit war ganz auf Pater Marcel gerichtet, der ihn auf den Arm nahm, kitzelte und seinen Namen nannte.

»Wusstet ihr schon, dass Jacques unsichtbar ist?«, sagte er. Dann stellte er ihn wieder auf den Boden und tat so, als könne er ihn nicht finden. Er irrte im Zimmer umher und täuschte vor, den kleinen Jungen nicht zu bemerken, der bewegungslos mitten im Raum stand und Mühe hatte, nicht laut herauszuplatzen.

Élise lächelte, als sie den Namen des lebhaften Jungen erfuhr. Nun endlich hatte Jacques den Kaninchenkäfig entdeckt, lief hin und rüttelte an den Gitterstäben, doch das Tier reagierte nicht. Vermutlich wartete es auf einen Befehl oder ein Pfeifen, um aktiv zu werden. Es gab weder Gras noch Karotten, und da konnte der Junge am Käfig rütteln und dem Kaninchen ins Gesicht pusten, so viel er wollte – es rührte sich einfach nicht. Wahrscheinlich ahnte es, dass es hier kein richtiges Publikum gab.

Auf dem Tisch standen Reste von Brot und Käse. Pater Marcel forderte Jacques und Élise auf, sich zu bedienen. Gierig verschlang der kleine Junge die Brotkanten und Überbleibsel des Käses, bis auf ein winziges Stück Käse, das er dem Kaninchen hinhielt. Das Tier schnüffelte jedoch nur verächtlich daran. Als Élise das sah, musste sie lachen – zum ersten Mal seit langer Zeit.

36

Draußen im Hof trotzte Danielle zwei Jungen, die aggressiv einen Ball vor ihr auf den Boden prellten. »Wagt es nicht noch einmal, meine Schwester zu beleidigen!«, knurrte sie und betonte das Wort »Schwester«, während sie die beiden drohend anstarrte.

»Sie hat kein Recht, hier zu sein. Sie ist eine *boche*!«, entgegnete der Größere der beiden Jungen. Er trug eine kurze Hose, die seine aufgeschürften Knie sehen ließ. »Sie ist an allem schuld, was uns passiert ist!«

»Pater Marcel hat euch schon gesagt, dass sie meine Schwester ist. Sie hat das gleiche Recht, hier zu sein, wie ich«, sagte Danielle und richtete sich drohend vor dem Jungen auf, als wolle sie ihm gleich einen Schlag versetzen. »Wenn du Schiss hast, dann verschwinde doch! Der Hof ist für uns alle da!«

»Die hätten euch besser beide umgebracht!«, erwiderte der Junge und spuckte vor ihr auf den Boden.

Empört funkelte Danielle ihn an. Sie trat einen Schritt auf ihn zu, die Hände in die Hüften gestemmt, und blies ihm ins Gesicht.

»Versuch's doch!«, sagte sie, ohne mit der Wimper zu zucken. Dem Jungen hatte es die Sprache verschlagen, so perplex war er über ihr Auftreten. »Du bist ein Feigling. Warum gehst du nicht selbst raus und kämpfst gegen die Deutschen? Denen solltest du zeigen, wie mutig du bist, nicht uns. Der Krieg findet draußen statt – nicht hier!«

Als die beiden Jungen bemerkten, dass Pater Marcel mit Élise und Jacques auf sie zukam, schlichen sie sich ans andere Ende des Hofes davon und ließen Danielle in Ruhe. Sie runzelte die Stirn, verschränkte die Arme und biss sich auf die Unterlippe, wie sie es immer tat, wenn sie sich provoziert fühlte.

»Es sind schwere Zeiten«, sagte Pater Marcel in einem Versuch, die Spannung zu lockern. »Wir befinden uns im Krieg und haben es gerade erst so richtig gemerkt. Jetzt spielt er sich direkt vor unseren Augen ab, und wir spüren ihn selbst …«

»Hier wollen sie uns nicht haben«, unterbrach Danielle ihn. »Sie wollen uns nirgendwo.«

»Der Krieg bringt das Schlechteste in uns zum Vorschein«, fuhr Pater Marcel ruhig fort. »Es ist einfach nur ein Weg, um zu überleben. Aber wir sollten geduldig sein und versuchen, unsere Mitmenschen zu verstehen. Niemand will sterben, und die Angst kann uns in schrecklicher Weise verändern.«

Pater Marcel war klar, dass er Danielle kaum vorschlagen konnte, vor dem Altar niederzuknien und für diese aggressiven Jungen zu beten. Beten war keine vorrangige Angelegenheit für diese Kinder, die jeden Morgen mit dem einzigen Gedanken aufwachten, wie sie den nächsten Tag überleben sollten.

»Ich habe hier etwas für dich«, sagte er stattdessen und hielt Danielle ein kleines Buch ohne Einband hin. »Wann hast du zum letzten Mal gelesen?«

Danielles Gesicht leuchtete auf, und Pater Marcel meinte sogar, ein kurzes Lächeln zu sehen. Die letzte Lektüre, an die Danielle sich erinnern konnte, waren die losen Seiten aus Madame Sternbergs botanischem Album gewesen, doch darüber wollte sie lieber nicht sprechen. Sie nahm das Büchlein und dankte ihm mit einem stummen Lächeln, aus Angst, dass man ihr ihren Zorn immer noch anmerken könne, wenn sie den Mund aufmachte.

Gleich darauf kam der Mann mit den dunklen Augenringen schwer atmend zu ihnen gelaufen, eine Zigarette im Mundwinkel. Er flüsterte Pater Marcel etwas ins Ohr, und die beiden Männer eilten davon.

Danielle schenkte dem keine große Aufmerksamkeit, doch Élise blickte sie verschwörerisch an und weihte sie in ihren Verdacht ein: »Pater Marcel gehört zur Résistance.«

Danielle schwieg einen Moment, dann brach sie in Gelächter aus. Élises Verdacht kam ihr vollkommen absurd vor, ein Auswuchs ihrer kindlichen Fantasien. Sie erinnerte sich zwar noch, wie der Priester freitags beim Abendessen immer bewundernd von den Leuten gesprochen hatte, die ihr Leben im Kampf gegen die Deutschen riskierten, konnte sich jedoch beim besten Willen nicht vorstellen, dass er einer von ihnen sein sollte. Aber neuerdings hieß es ja von jedem Mann, der das Dorf verließ, er habe sich dem *maquis* angeschlossen.

»Die Männer planen etwas, da bin ich ganz sicher!«, beharrte Élise und wartete auf Danielles Reaktion. »Einer von ihnen wird sich als Zauberer verkleiden, um die Deutschen zu täuschen. Ich habe Beweise gesehen!«, fügte sie hinzu. »Sie haben auch Flugblätter versteckt.«

»Falls sie zur Résistance gehören sollten, ist es besser, wenn wir gar nichts davon wissen. Was du da erzählst, ist sehr gefährlich!« Danielle war klar, dass sie besser gar nichts hätte sagen sollen, um Élises ausschweifende Fantasie nicht noch weiter zu befeuern. Doch gleichzeitig musste sie sich eingestehen, dass ihre Schwester auch bei ihr leise Zweifel gesät hatte.

Jacques war beschäftigt und spielte zufrieden mit anderen Kindern seines Alters in der Mitte des Hofes, wo sie Steinchen in den trockenen Brunnen warfen. Also nahm Élise Danielle an der Hand und führte sie zu dem Raum, der den Verschwörern mutmaßlich als Treffpunkt diente. Vor der geschlossenen Tür blieben sie stehen. Élise blickte sich um, ob ihnen auch niemand gefolgt war, während Danielle verstohlen den Türknauf drehte. Die Tür öffnete sich ein Stück weit, genug, um sehen zu können, dass der Raum leer war.

Danielle trat ein. »Siehst du? Hier ist überhaupt niemand. Keine Verschwörer, keine Deutschen und auch keine Zauberer«, machte sie sich über Élise lustig, doch ganz wohl war ihr dabei trotzdem nicht, denn ihr war der Gedanke gekommen, dass sie im Kloster vielleicht doch nicht so sicher waren wie gedacht. Zwar machte sie sich Sorgen, dass sie hier womöglich unter Menschen waren, die eine Verschwörung planten, sie verspürte aber zugleich ein wohliges Schaudern bei der Vorstellung, dass jemand aus ihrer unmittelbaren Nähe bereit war, der gefürchteten Besatzungsmacht eine Lektion zu erteilen.

Élise suchte jede Ecke des Zimmers nach Hinweisen ab, die Danielle überzeugen könnten, dass sie keineswegs ein dummes kleines Mädchen war, mit dem die Fantasie durchgegangen war. Sie wusste doch genau, was sie gesehen und gehört hatte. Nachdenklich blieb sie am Fenster stehen und sah hinaus zu dem etwas entfernt liegenden aufgegebenen Friedhof, auf dem seit undenklichen Zeiten die Gebeine der Ordensbrüder und Äbte gelegen hatten.

Kaninchen und Käfig waren verschwunden, ebenso Zylinder und Zauberstab. Der Geruch von Tabak und die Zigarettenasche auf dem Boden waren alles, was zurückgeblieben war.

37

Immer wenn Danielle sich in eine Ecke zurückzog, um ein Buch zu lesen, das sie ausfindig gemacht hatte, streifte Élise gemeinsam mit Jacques durch die Klosteranlage. Jacques war ihr ständiger Begleiter geworden. Sie kümmerte sich um ihn, brachte ihn ins Bett und half ihm morgens beim Anziehen, fütterte ihn und ging mit ihm draußen in der Sonne spielen. Sie sprach mit ihm wie eine Mutter, und der Junge ging begeistert darauf ein.

Abends legte sie sich neben ihn und erfand Geschichten über furchterregende Drachen und aufregende Schlachten. Wenn sie gegen Jacques' Albträume kämpfte, konnte sie auch ihre eigenen fernhalten. Seit sie sich um ihn kümmerte, wurde sie nicht länger von nächtlichen Ängsten gepeinigt oder von der Sorge darüber geweckt, was der nächste Tag wohl Schreckliches bringen würde. Ihre Zukunftsgedanken waren nun allein darauf gerichtet, welche Spiele sie nach dem Aufstehen mit Jacques spielen könnte.

Wenn er eingeschlafen war, kehrte sie in das Bett zurück, das sie sich mit Danielle teilte, und malte sich aus, wie ihre Zukunft aussehen könnte, bis sie selbst einnickte. Sie war sich sicher, dass nach dem Krieg niemand kommen würde, um sie zu holen. Es würde weder Onkel noch verschollene Eltern geben – und auch keine Cousins oder Cousinen auf der anderen Seite der Erdkugel. Sie hatte ihre Familie vergessen.

Morgens gab es ihr immer ein gutes Gefühl, Jacques so

fröhlich und zufrieden zu sehen. Der Junge verschlang Butterstücke, als handele es sich um Käse, und trank seine Suppe wie Wasser. Seine größte Angst war, dass eines Tages ein Verwandter aus dem Elsass kommen und ihn von Élise wegholen könnte. Dort, so hieß es, fühle sich niemand als Franzose, weil die deutsche Grenze so nah sei, dass Bürgersteige, Häuser und selbst die Flüsse ganz durcheinander waren und von einer Seite zur anderen wechselten, ohne um Erlaubnis zu fragen.

Die Sommertage wurden länger. Élise verbrachte die meiste Zeit in der Küche des Klosters, wo das Tageslicht durch die hohen Fenster hereinfiel. Schon morgens saß sie mit Jacques im Halbdunkel und wartete auf die Ankunft der Köchin Marie-Louise, die immer schon vor Sonnenaufgang kam. Da Élise nicht viel schlief und sie und Jacques meist früh aufwachten, schlichen sie sich leise in die Küche, um im Halbdunkel ihre neue Freundin zu erwarten. Élise half ihr, Kartoffeln oder Zwiebeln zu schälen. Das tat sie zwar nicht gern, aber es war immer noch besser, als sich in der Nähe des kochenden Wassers oder der überall brennenden, unberechenbaren Herdflammen aufzuhalten. Sie mochte kein Feuer, doch ihre Besuche in der Küche ermöglichten ihr, alles herauszufinden, was im und um das Kloster herum gerade vor sich ging: wer krank war, ob ein neues Kind angekommen war, ob die Deutschen sich zurückzogen oder die Alliierten die nahe gelegenen Dörfer einnahmen, ob der Bischof ein Kollaborateur war oder nicht – vor allem aber, ob genug Lebensmittel da waren, um die nächste Woche gut zu überstehen.

Marie-Louise fühlte sich wohl, wenn Élise in der Küche war, denn das Mädchen sprach wenig, sie dagegen sehr viel. Sofern Jacques etwas zu essen bekam, war er ebenfalls still, obwohl das gefährlich sein konnte, weil er gierig alles verschlang, was er auf dem Küchenboden fand.

»Im Krieg verlieren die Leute die Fähigkeit zuzuhören«,

sinnierte die Köchin beispielsweise, während sie emsig Kartoffeln schälte und diese in einen riesigen rußschwarzen und verbeulten Topf warf.

Obwohl sie gern und viel redete, mochte sie auch lange Phasen, in denen nicht gesprochen wurde, und Élise hatte gelernt, diese Stille nicht zu unterbrechen. Sie saß dann schweigend neben Marie-Louise, bis irgendwann ein neuer Wortfluss aus dem Mund der freundlichen, lebensklugen Frau strömte.

»Jeder hat seine Meinung. Jeder meint, er hätte recht – aber wohin führt das? Nirgendwohin! Niemand tut irgendwas«, sagte sie und versuchte, sich mit dem Unterarm die laufende Nase abzuwischen. »Ich koche wenigstens Kartoffeln und mache viele Menschen satt!«

Obwohl Marie-Louise nicht so wirkte, war sie ein Stadtmensch. An ihre »goldene Zeit« erinnerten jedoch nur noch ihre stolze Kopfhaltung und das glänzende Haar. Ihre Brüste waren so groß und schwer, dass Marie-Louise immer leicht nach hinten geneigt dastand, um das Gleichgewicht zu halten. Sie erzählte den Kindern, ihre Augen seien früher richtig grün gewesen und hätten erst durch all das Leid während des Krieges diesen traurigen gelblichen Grauton angenommen. Ihre Haut war immer noch weiß und fest, wurde jedoch gelegentlich um die Nase herum rot.

Wenn Élise die Lebensgeschichten anderer Menschen hörte, half ihr dies, das eigene Leid zu vergessen oder es zumindest irgendwohin zu verdrängen, wo es ihr nicht mehr wehtat. Eines Morgens begann Marie-Louise ihr von ihrer Vergangenheit zu erzählen. Sie hatte einmal ein kleines Café im Marais geführt, in der Nähe der Place des Vosges, das ihr Mann von einem russischen Onkel väterlicherseits geerbt hatte. Vor dem Einmarsch der Deutschen waren »die Ungläubigen« ihre Kunden gewesen. So hatte man die Menschen genannt, die mehrheitlich in dem Viertel lebten.

»Ich war noch ganz jung. Ich war gerade erst nach Paris gekommen und bin meinem Mann in dem Café begegnet, kurz nachdem er es geerbt hatte. Damals war sein Haar noch pechschwarz. Nie hätte ich mir träumen lassen, dass es einmal ganz weiß werden würde! Als ich dann erfuhr, dass er ein Ungläubiger war …« Hier merkte Marie-Louise, dass Élise nicht verstand, was sie meinte. »Ich meine, er war Jude«, fügte sie flüsternd hinzu, während Élise schwer schluckte. »Wir haben dann entschieden, dass wir kein Kind in die Welt setzen wollten. Da hätte es nur leiden müssen!«

Nach einer Pause fügte sie hinzu: »Eine Krise bringt immer die schlechtesten Eigenschaften in den Parisern zum Vorschein.«

Es folgte ein längeres Schweigen. Élise wartete geduldig darauf, dass die Köchin mit ihrer Tirade gegen die Hauptstädter fortfuhr.

Ihr Mann war an einem Sommertag festgenommen worden. Das Café wurde zerstört, und so hatte Marie-Louise sich entschlossen, in ihr Heimatdorf zurückzukehren, in das Haus, das ihre Mutter ihr hinterlassen hatte und das sie zwischenzeitlich an eine Familie aus Paris vermietet hatte, die die Hauptstadt am Tag der Besetzung verlassen hatte.

»Nachdem mein Mann abgeholt worden war, haben mir alle die Tür vor der Nase zugeschlagen. Niemand hat mir geholfen. Viele unserer ehemaligen Kunden, auch die, denen wir manchmal nicht mal etwas berechnet hatten, haben mir den Rücken gekehrt. Abschaum – das sind diese Menschen. Abschaum!«

Marie-Louise hatte ihren Mann nicht mehr wiedergesehen. Gemeinsam mit den anderen Juden des Viertels war er ins Vélodrome d'Hiver gebracht worden und von dort aus zu einem unbekannten Ort.

»Ich werde nie diese Nacht vergessen, es war der 16. Juli 1942«, sagte sie. »Plötzlich stand ich ganz allein da. Und stell dir vor, was diese Leute gemacht haben, die das Haus so lange gemietet hatten! Sie haben alle Möbel verkauft. Ja, alle Möbel meiner Mutter! Und wieso? Weil sie Hunger hatten, haben sie mir erzählt.«

Nun musste sie auf einer Matratze auf dem Boden schlafen, doch sie erklärte, dass das alles sei, was sie brauche.

»Ihr seid jetzt meine Familie, du, Pater Marcel und Pater Auguste. Und der Abschaum soll bleiben, wo er hingehört!« Sätze wie diesen sagte sie mehrmals täglich, und sie fügte gern noch weitere Kritik hinzu: »Wir Franzosen haben unsere Würde verloren. Die brennen ein Dorf nieder und ermorden auf bestialische Weise sechshundert Menschen – und was machen wir? Weglaufen!«

Kaum hatte Marie-Louise das ausgesprochen, bemerkte sie, dass Élise die Tränen in den Augen standen.

»Oh, verzeih mir, mein Kind, verzeih mir!«, rief sie daraufhin betroffen. »Ich kann mir kaum ausmalen, was ihr habt durchmachen müssen, du und deine Schwester. Aber jetzt bin ich für euch da!«

Die Köchin schloss sie in die Arme, und Élise wurde in die Falten ihrer schmutzigen Schürze gedrückt. Es roch nach Zwiebeln und Schweiß, aber das hielt Élise nicht davon ab, eine ungeheure Zuneigung zu dieser Frau zu empfinden, die sich um sie kümmerte und sie als Teil ihrer neuen Familie betrachtete. Sie kuschelte sich an Marie-Louises ausladenden Busen wie ein Welpe an seine Mutter und vergaß einen Moment lang ihre Angst, die Deutschen und den älteren Jungen, der sie seit ihrer Ankunft bei jeder Gelegenheit drangsalierte.

Pater Marcel unterbrach die Umarmung, als er mit einem großen Stück Butter in Wachspapier die Küche betrat. »Bitte schön – fast vier Pfund Butter!«, sagte er und legte den Klumpen auf den Tisch. »Ich glaube nicht, dass wir so schnell wieder welche bekommen. Mein Kontaktmann ist verschwunden.«

»Der Altar wird bald ganz nackt und bloß sein«, meinte die Köchin. »Ein Rubin für ein Stück Butter! Was sind das bloß für Zeiten!«

Élise stellte sich die Heiligen und Jungfrauen nackt, ohne ihre prächtigen Gewänder vor, den Kelch ohne Rubine. Keine silbernen Messkännchen oder Kerzenständer mehr. Bald würde die Messe auf das Kreuzzeichen reduziert sein.

»Für heute Abend hat man mir etwas Fleisch versprochen«, fügte der Priester hinzu.

»Heute Abend werden wir also ein ordentliches Essen haben, aber wie sieht es morgen aus?«, überlegte Marie-Louise laut. Es bereitete ihr Sorge, dass Pater Marcel es für notwendig hielt, den Altarschmuck zu opfern, die einzigen Reichtümer, die das Kloster noch besaß.

»Lieber tausche ich die Sachen gegen Lebensmittel ein, als dass die Deutschen kommen und alles plündern«, sagte Pater Marcel gelassen.

»Sie bräuchten bloß eine dunkle Brille und einen Schirm, Pater. Dann sähen Sie genauso aus wie einer der jungen Männer aus der Stadt – wie einer von denen, die gegen die Besetzung protestieren. Würden Sie keine Soutane tragen, könnte man Sie für einen *zazou* halten, einen Provokateur, der um die Place du Trocadéro flaniert«, meinte die Köchin. Dann flüsterte sie Élise ins Ohr: »Bald wird man ihn dabei sehen, wie er auf Knien seine Vaterunser betet. Er denkt, er muss Abbitte leisten für all seine Sünden. Und warum? Der Krieg hat einen anständigen, gutherzigen Mann wie ihn dazu gebracht, die eigene Kirche zu bestehlen. Denn – egal, wie man es auch sieht – was er da tut, muss man wohl als Diebstahl bezeichnen.«

Élise bewunderte Marie-Louise von Tag zu Tag mehr und hielt sie für eine Heilige. Bestimmt würde sie eines Tages seliggesprochen – wie die Figuren in den weißen Gewändern mit dem himmelwärts gewandten Blick, die sie von den Bildchen kannte, die *Maman* Claire in ihrer Kommodenschublade aufbewahrt hatte. Die Köchin war genauso warmherzig und teilnahmsvoll wie Pater Marcel, und es gab Élise ein gutes Gefühl zu wissen, dass beide sie beschützten. Und dass sie auch Danielle und den kleinen Jacques beschützten.

»Seit der Krieg angefangen hat, welkt der Gemüsegarten vor sich hin«, klagte Marie-Louise. »Nichts gedeiht mehr richtig im Kloster!«

Eines Morgens wunderte Élise sich, dass Jacques sie nicht geweckt hatte. Beunruhigt fragte sie Danielle, ob diese ihn gesehen hatte, doch ihre Schwester schlief noch und murmelte nur eine unverständliche Antwort. Élise lief in die Küche, wo Marie-Louise bereits mit ihren frühmorgendlichen Tätigkeiten beschäftigt war. Die Köchin erfasste mit einem Blick, was los war, sie brauchte Élise gar nicht zu fragen. Sie blieb am Küchentisch stehen und sah Élise mitleidig an. Für ein so junges Mädchen hatte sie schon viel zu viel verlieren müssen.

»Du weißt, dass wir hier alle nur vorübergehend sind, oder? Hier ist nicht unser Zuhause.« Sie wog vorsichtig jedes Wort ab, doch Élise begriff nicht, was sie meinte. »Hier sind zu viele Münder, um alle satt zu kriegen – und ich habe keine Ahnung, wie viele Kerzenständer noch übrig sind, die Pater Marcel gegen Lebensmittel eintauschen kann. Ich weiß nicht, wie wir in ein paar Monaten überleben sollen. Wie lange werden wir noch so vielen kleinen Kindern im Kloster Schutz bieten können?«

Als ihre Ausführungen immer noch keine Wirkung auf Élise zu haben schienen, beschloss sie, ihr die Neuigkeiten unverblümt mitzuteilen. »Heute Morgen in aller Frühe hat Pater Marcel Jacques mitgenommen«, sagte sie und wandte Élise dabei rasch den Rücken zu. Sie fürchtete sich vor Élises wütendem Gesicht und wusste nicht, ob sie mit ihren Tränen umgehen könnte. Auch Marie-Louise war an diesem Morgen völlig erschöpft aufgewacht.

Sie sagte nichts weiter, und Élise wollte ihr Schweigen nicht unterbrechen; das gehörte zu den ungeschriebenen Regeln, die zwischen ihnen herrschten. Sie war sich bewusst, dass Marie-Louise ihre Geschichten in ihrem eigenen Tempo erzählte – und diese Geschichte musste Élise unbedingt hören. Sie musste erfahren, was mit Jacques geschehen war. Bis jetzt hatte niemand außer ihr das geringste Interesse an dem Jungen gezeigt, und deshalb hatte sie das Gefühl gehabt, Jacques gehöre zu ihr. Sie hatte sich um ihn gekümmert, ihn gefüttert und ihm alles Mögliche beigebracht. Was konnte man mehr von ihr erwarten? Ihr war klar, dass er zu jung war und dass die Kinder, die im Kloster untergekommen waren, lernen mussten, für sich selbst zu sorgen. Doch sie war da gewesen, um ihm zu helfen, und bis jetzt hatte sich niemand beschwert.

»Pater Marcel hat einen Cousin von Jacques gefunden. Einen Mann aus Bordeaux. Kannst du dir das vorstellen? Jacques zieht nach Bordeaux«, sagte die Köchin mit übertriebener Begeisterung und lachte, um die Spannung zu lösen. »Sie sind mit einem Auto zum Bahnhof gefahren. Dort erwartet ihn jemand.«

Élise verzog das Gesicht, als sie das Wort »jemand« hörte. Also war nicht einmal Jacques' Cousin selbst gekommen. Sie hatten einen Fremden geschickt, um den Jungen abzuholen. *Und wenn schon*, dachte sie dann, *auch der Cousin ist schließlich ein Fremder für ihn.*

»Er wird dort ein besseres Leben haben, Élise. Ganz bestimmt«, beteuerte Marie-Louise. »Ich finde, du solltest dich für ihn freuen.«

Élise wunderte sich selbst, dass ihr keine Tränen in die Augen traten, dass sie nicht das Bedürfnis hatte zu weinen. Es war eher ein Gefühl von Leere: Jacques' Weggang hatte ein Loch hinterlassen, aber dennoch fühlte sie sich irgendwie leichter. Sie würde sich nicht mehr so viele Sorgen um ihn machen müssen, ihn nicht mehr unterhalten und sich um ihn kümmern müssen. Wahrscheinlich war es so das Beste. Wenn der Krieg erst einmal vorbei wäre und es ihr und Danielle gelingen würde, nach Paris zu reisen, dann könnten sie sich nicht noch um ein weiteres hungriges Maul kümmern. Marie-Louise hatte recht. Als sie an all die Vorteile dachte, die es hatte, sich nicht mehr um Jacques kümmern zu müssen, war sie beinahe erleichtert. Noch jemand, der in das Land der Schatten gegangen war.

»Wenigstens haben sie ihn nicht ins Elsass gebracht, und ab morgen werde ich endlich wieder ausschlafen können«, sagte sie und wollte ironisch klingen. Doch kaum hatte sie den Satz ausgesprochen, brach sie in Tränen aus. Ach, sie hätte besser den Mund gehalten – sie wollte doch nicht, dass irgendjemand Mitleid mit ihr hatte!

Marie-Louise hob kopfschüttelnd den Blick zur Decke und lächelte. »Dieses Wochenende wirst du bei mir zu Hause schlafen. Pater Marcel weiß schon Bescheid. Ich kann am Sonntagmorgen gut deine Hilfe gebrauchen.«

Ihre Worte wirkten Wunder. Élise beruhigte sich rasch, ihr Gesicht hellte sich auf, und sie lief schnell zu Danielle, die wie immer in ihre zerlesenen Bücher vertieft war, um ihr von dem Plan zu erzählen. Marie-Louise konnte wieder ihrer Arbeit nachgehen, schließlich hatte sie kaum Zeit, um ein kleines Mädchen zu trösten, das gerade seinen Freund verloren hatte.

38

Auf halbem Weg, noch vor den ersten Häusern des Dorfes, in dem die Köchin wohnte, stellte Élise fest, dass Marie-Louise außer Atem war und stark schwitzte. Obwohl die Sonne nicht mehr am Himmel stand, hatte man nicht den Eindruck, es sei kühler geworden. Das Kopfsteinpflaster war heiß, und die Steinmauern der Häuser strahlten eine unangenehme Hitze ab. Straßen, Fenster, Läden und Cafés waren wie ausgestorben. Es schien, als sei die Mehrzahl der Dorfbewohner Richtung Süden geflohen, und die wenigen, die geblieben waren, hätten sich in ihren Häusern vor der Hitze verkrochen. Ein Dorf, das schon vor der Sperrstunde menschenleer war.

Als sie Marie-Louises zweistöckiges Haus erreichten, bemerkte Élise, dass alle Häuser der Straße unterschiedlich waren, obwohl sie in einer etwas windschiefen Reihe standen, so als bräuchte jedes Haus seinen Nachbarn, um aufrecht stehen zu bleiben. Im Licht der Straßenlaterne versuchte Marie-Louise gerade, den Schlüssel in das Schloss der Vordertür zu stecken, als sie von den Scheinwerfern eines langsam heranfahrenden Autos geblendet wurde.

Élise und sie sahen dem staubbedeckten schwarzen Auto nach, das schließlich zwei Häuser weiter anhielt. Die Autotür wurde geöffnet, und Élise erhaschte einen flüchtigen Blick auf ein Frauenbein in Seidenstrümpfen und hochhackigen Schuhen. Sofort ging im Haus gegenüber Licht an, und eine Frau trat an die Tür.

»Das ist die Bäckersfrau«, sagte Marie-Louise. »Sie lässt sich nichts entgehen, was in der Nachbarschaft passiert.«

Der Motor des Autos lief noch. Es war offensichtlich, dass der Fahrer nicht die Absicht hatte, die Nacht in diesem abgelegenen Dorf zu verbringen.

Die junge Frau in den Seidenstrümpfen ließ sich mit der Verabschiedung Zeit. Als sie schließlich aus dem Fahrzeug stieg, lächelte sie der Nachbarin auf der anderen Straßenseite freundlich zu, die jedoch zur Antwort verächtlich auf den Bürgersteig spuckte. Verlegen senkte die junge Frau den Blick und wühlte in ihrer Handtasche nach dem Hausschlüssel. Das Auto war bereits weitergefahren, und sie fühlte sich offenbar schutzlos. Marie-Louise verschränkte die Arme und starrte die Frau des Bäckers herausfordernd an, dann lächelte sie der jungen Frau zu.

»Diese dreckige Schlampe Viviane!«, beklagte sich die Bäckersfrau so laut, dass Marie-Louise es hören konnte. »Die größte Schlampe im Dorf. Wer kann sich heutzutage schon Seidenstrümpfe ohne Löcher leisten? Nur sie! Und sie besitzt sogar die Frechheit, sich aus dem Fenster zu lehnen und vor aller Augen einen Riegel Schokolade zu essen. Wer kann sich heutzutage schon Schokolade leisten! Nur sie!«

Élise betrachtete die perfekten Nähte auf den schimmernden Seidenstrümpfen, die im trüben Schein der Straßenlaterne schimmerten. Dann verschwand die junge Frau im Haus und schlug die Tür hinter sich zu.

Die Köchin holte tief Luft. Sie war erschöpft von dem Fußweg. »Morgen ist Lebensmittelausgabe. Mal sehen, was wir mit unserem Bezugsscheinheft bekommen!«

Nachdem sie das Haus betreten hatten, folgte Élise Marie-Louise eine ausgetretene Treppe hinauf, vorbei an Wänden, von denen der Putz abblätterte. Grüne Feuchtigkeitsflecken tauchten unter der ursprünglichen blassrosa Farbe auf, während in einigen Ecken der bloße Stein und robuste Holzbalken sichtbar wurden.

»Nach dem Tod meiner Mutter haben wir das Ladenlokal im Erdgeschoss nicht mehr vermieten können. Niemand will mehr Stoff kaufen oder Möbel aufpolstern lassen«, erklärte Marie-Louise, während sie die Treppe hinaufstiegen.

Élise hätte gerne noch mehr über die junge Dame im Auto erfahren und war auch neugierig, wie das Zuhause der Frau aussah, die täglich im Kloster für sie kochte, doch Marie-Louise schaltete kein Licht an, sondern holte nur ein paar Kerzen hervor.

»Freitagsabends zünde ich immer eine Kerze in Erinnerung an meinen Mann an. Mehr kann ich nicht für ihn tun«, sagte sie. »Morgen früh wirst du sehen, wie hell das Haus bei Tageslicht ist.«

Élise folgte mit mulmigem Gefühl der Köchin, die in jeder Hand eine brennende Kerze hielt, durch die Zimmer im Obergeschoss. Im spärlichen Licht fiel ihr auf, dass es nur sehr wenige Möbel gab, ein paar Fotos und Dekorationsgegenstände.

»Es stimmt schon, dass Viviane uns Französinnen nicht gut aussehen lässt. Ich frage mich, warum sie ins Dorf zurückgekommen ist ...« Marie-Louise war nicht gut im Hin und Her eines lebendigen Gesprächs – ihr lagen Monologe besser. »Aber ich will mir weiß Gott nicht anmaßen, über diese Frau zu richten, die von anderen angespuckt wird.«

Sie stellte eine der Kerzen auf den Nachttisch und schüttelte die Kissen für Élise auf. Élise kuschelte sich in die weiße, frisch duftende Bettwäsche und fühlte sich wie im Paradies.

»Letzten Endes tut mir Viviane leid. Sie ist auch nur ein Opfer«, fuhr Marie-Louise mit schwacher Stimme fort. »Als ich allein ins Dorf zurückgekehrt bin und sie erfahren hat, dass mein Mann ein Ungläubiger ist und verhaftet wurde, war sie die Einzige, die Mitleid mit mir hatte. Alle anderen Nachbarn haben auf mich herabgeschaut.«

Marie-Louise erwartete keine Antwort, und Élise war plötzlich so müde, dass sie am liebsten nur noch die Augen geschlossen hätte. Sie wollte nicht länger über die schändliche junge Frau nachdenken.

»Wir sind alle Opfer des Krieges«, sagte Marie-Louise. »Die Zeit ist gegen uns. Eines Morgens werden Viviane und die Bäckersfrau aufwachen – und dann wird die eine keinen Chauffeur mehr haben, der sie nach Hause kutschiert. Sie wird den Zug nehmen müssen, und von unseren Fenstern aus werden wir sehen, wie sie sich dahinschleppt, ohne Seidenstrümpfe und ohne Schokolade. Und die andere wird ihren Sohn nicht mehr haben, diesen boshaften *milicien*, der sich mit den Deutschen verbündet hat und ihr im Moment das Gefühl gibt, groß und mächtig zu sein. Doch dann wird es zu spät sein, um Vergebung zu bitten.« Sie drückte die Flamme der Kerze auf dem Nachttisch zwischen den Fingern aus. »Man wird mit keiner von beiden Erbarmen haben – und auch sonst mit niemandem!«

Marie-Louise hielt im Türrahmen inne und betrachtete Élise, die schon eingeschlafen war. *Und du, von wo bist du hierhergekommen?*, fragte sie sich im Stillen.

Dann füllte sie ihre Badewanne mit heißem Wasser und schüttete das restliche Badesalz aus dem violetten Glas hinein. Ein blumiger Duft hing über der Wasseroberfläche. Marie-Louise ließ sich vorsichtig hineingleiten, damit kein Wasser auf die makellosen schwarz-weißen Bodenfliesen spritzte.

39

Wie üblich wachte Élise als Erste auf. Sie ging ins Wohnzimmer und öffnete alle Fensterläden. Licht flutete ins Haus. Sie war von Büchern umgeben. Ein schwerer, grün gepolsterter Lehnstuhl und eine Stehlampe waren die einzigen Einrichtungsgegenstände, die der Heißhunger der ehemaligen Mieter übrig gelassen hatte.

Die Bücher stapelten sich in unterschiedlicher Größe und Farbe und Dicke in den Regalen an der Wand. Manche hatten rote oder goldene Ledereinbände, andere Papierumschläge. Manche waren schon sehr zerlesen. Als Élise die überwältigende Menge von Büchern sah, überlief sie ein Schauder. Fasziniert las sie die Namen der Autoren in den Regalen: Racine, Balzac, Flaubert, Dumas. Diese Seite von Marie-Louise war ganz neu für sie, obwohl Élise bis auf die traurigen Erlebnisse der Köchin in Paris natürlich nicht wirklich wusste, wer diese Frau war, die auf alles eine Antwort hatte.

»Meine Bücher sind das Einzige, was ich aus Paris mitgebracht habe«, hörte Élise eine Stimme hinter sich sagen. »Aber heutzutage hat es keinen Sinn zu lesen. Lesen gehört der Vergangenheit an. Außerdem hätte ich auch gar nicht die Zeit. Mein Mann und ich haben damals Stunde um Stunde in dem Buchladen auf der Rue de l'Odéon verbracht …«

Élise folgte ihr in die Küche. Im Flur entdeckte sie eine Reihe von Familienfotos. Ein Baby in einem spitzenbesetzten Kleidchen mit Bändern, ein Mann mit Melone. Eine Frau ganz in Schwarz hinter einer Ladentheke, auf der sich Stoffballen türmten – vermutlich Marie-Louises Mutter. Die Frau schien sie mit strengem Blick zu mustern. Marie-Louise erzählte ihr, dass dieses Porträt sie schon ihr Leben lang begleitet habe und seine unsichtbaren Fäden nach ihr ausstrecke. Die Mutter war überzeugt gewesen, dass ihre Tochter einen unpassenden Mann gewählt hatte, und wurde nicht müde, ihr zu prophezeien, dass ihre Ehe ein schlimmes Ende nehmen würde.

Der Duft von heißer Schokolade versetzte Élise zurück in die glückliche Zeit, die sie bei *Maman* Claire verbracht hatte. Sie lächelte über das tröstliche Gefühl, das ihr diese Erinnerung schenkte. Und jetzt wurde sie noch weiter verwöhnt: mit einem Omelett, Käse und einer Scheibe Brot mit Butter. Was wollte sie mehr? Sie war mit der Köchin befreundet und fühlte sich wie im siebten Himmel.

»Eines Tages will ich auch in Paris leben«, sagte sie zufrieden. »Und dann werde ich auch in den Buchladen in der Rue de l'Odéon gehen. Wenn keine Soldaten mehr in der Stadt sind«, fügte sie hinzu und ließ sich den Kakao schmecken.

Marie-Louise betrachtete das verträumte Mädchen und konnte den Gedanken nicht verdrängen, dass es für Élise weder in Paris noch irgendwo sonst in Frankreich eine Zukunft geben würde, doch sie sagte nichts. Es wäre nicht richtig gewesen, ihre Illusionen zu zerstören. Pater Marcel verbrachte Abend für Abend damit, Briefe zu verfassen, um nahe oder entferntere Verwandte der Kinder zu finden. Er hatte auch Hoffnung, dass fremde Menschen Mitleid mit den Waisen hätten und vielleicht einige der Älteren adoptieren würden, die ihnen bei der Feldarbeit oder im Haushalt helfen konnten. Erst vor ein paar Tagen hatte er an die Erzdiözese New York geschrieben und dort um Hilfe bei der Suche nach Danielles und Élises Onkel, Roger Duval, gebeten, der Frankreich vor einigen Jahren verlassen hatte. Doch Marie-Louise wollte das Mädchen mit diesen Informationen lieber nicht beunruhigen. Schließlich war es völlig ungewiss, ob sich irgendein gelangweilter Priester in New York überhaupt die Mühe machen würde, nach einem Franzosen zu suchen, der womöglich gar nicht gefunden werden wollte. Und selbst wenn man Duval ausfindig machte, könnte ihm niemand verübeln, wenn er es ablehnte, die Verantwortung für zwei junge Mädchen zu übernehmen. Allerdings hatte Pater Marcel Roger Duval als jungen Mann gekannt und versicherte ihr, dass dieser ein gutherziger Mensch und gläubiger Christ sei, der sich bestimmt sofort melden würde, wenn er erfuhr, dass seine Schwester Kinder hinterlassen hatte.

Aber Paris? Nein, sie konnte sich Élise beim besten Willen nicht in Paris vorstellen.

»Paris ist nicht mehr das, was es einmal war – und wird es auch nie mehr sein«, erläuterte sie dem Mädchen und biss ein Stück Brot ab. »An dem Tag, als die Hakenkreuzfahne über der Place de la Concorde gehisst wurde und die Franzosen sich für die Selbsterhaltung entschieden, ist der Geist der Stadt verschwunden – und es war aus und vorbei mit dem Zauber von Paris!«, sagte sie mit ihrem typischen sarkastischen Lachen. »Die Leute dachten, dass die Nazis sie in Ruhe lassen würden, wenn sie ihnen erlaubten, ihre Fahne zu hissen oder vor der Oper ihre deutschen Lieder zu singen. Statt sich zu wehren, wollten sie lieber weiter in Ruhe die Zeitung lesen und ihre Madeleines in die Kaffeetasse tunken. Élise, Paris ist bloß noch eine Illusion – das, was mal war, gibt es nicht mehr.«

Marie-Louise bat sie, die Küche aufzuräumen, weil sie noch einen Botengang für Pater Marcel erledigen müsse. Während Élise das Frühstücksgeschirr spülte, ließ sie ihrer Fantasie freien Lauf. Inzwischen war sie sich sicher, dass Marie-Louise, die alle für eine einfache Köchin hielten, in Wahrheit eine weltkluge, raffinierte Frau war. Eine Intellektuelle, die mutig in der Résistance mitkämpfte und von Pater Marcel und den beiden geheimnisumwitterten Zauberern angeführt wurde.

Élise sah, wie Marie-Louise mit mehreren großen Stoffballen unter dem Arm das Haus verließ. Vom Fenster aus konnte sie beobachten, wie die Köchin, ohne anzuklopfen, in dem Haus verschwand, in dem die junge Frau mit den Seidenstrümpfen wohnte. Und das am helllichten Tag! Doch Marie-Louise kannte offenbar keine Furcht.

Nachdem sie schon ihren Mann und ihr geliebtes Café verloren hat, wird es ihr kaum schlaflose Nächte bereiten, dass man sich im Dorf den Mund über sie zerreißt und sie ablehnt, dachte Élise. In ihrer Fantasie war Viviane nun nicht mehr die Schlampe, für die alle sie hielten, sondern hatte sich diese Fassade nur zugelegt, um zu verheimlichen, dass sie in Wahrheit Botschaften der Widerstandsbewegung aus Paris an die Gruppe von Männern überbrachte, die sich hinter den Mauern des baufälligen Klosters versteckten. Es war auch gut möglich, dass Viviane den Auftrag hatte, ihren Liebhaber zu vergiften, einen gefährlichen deutschen Offizier, der für den Tod mehrerer mutiger Widerstandskämpfer verantwortlich war.

Einige Stunden später kehrte Marie-Louise außer Atem zurück, beladen mit drei schweren Taschen. Sie stellte sie ohne weitere Erklärung auf dem Tisch ab und zog sich zurück, um ein Schläfchen zu halten.

Am Sonntagmorgen machten sich Marie-Louise und Élise kurz vor Sonnenaufgang auf den Rückweg zum Kloster. Élise sollte eine riesige Tasche tragen, wagte aber nicht, sich zu beklagen. Ehe sie das Haus verließen, nahm die Köchin ein Stück in Folie gewickelte Schokolade aus ihrer Tasche, brach es durch und gab Élise eine Hälfte.

»Wir haben alle mal Anspruch auf eine solche Delikatesse!«, sagte sie, und das blieb das Einzige, womit sie auf ihren Besuch bei Viviane anspielte. Élise steckte sich begeistert diese dunkle Hostie in den Mund und ließ sie auf der Zunge zergehen.

»Fehlt dir Paris denn gar nicht?«

»Natürlich vermisse ich es. Aber weißt du, was mir am meisten fehlt? Die Pappeln am Ufer der Seine.«

40

Élise hatte sich bei Marie-Louise wieder ein bisschen erholt und freute sich schon darauf, Danielle von ihren Erlebnissen im Dorf zu erzählen. Sie würde ihr berichten, dass die harmlos wirkende Köchin in Wahrheit eine mutige Widerstandskämpferin war, die, statt sich im Wald zu verbergen, das Kloster zu ihrer geheimen Kommandozentrale gemacht hatte, von der aus sie die Deutschen nicht nur aus Frankreich, sondern vom gesamten Kontinent vertreiben würde.

Noch ehe sie den Schlafsaal erreicht hatte, hörte sie Lärm. Ein paar Kinder brüllten so laut, dass die Mauern zu beben schienen. Sie konnte Pater Marcel aus der Ferne herbeieilen sehen und betrat argwöhnisch den abgedunkelten Schlafsaal. Danielle saß breitbeinig auf dem Jungen, der Élise andauernd geärgert und beleidigt hatte, würgte ihn mit beiden Händen und beschimpfte ihn wütend mit Worten, die man nicht genau verstehen konnte. Der Junge rang nach Luft, und seine Augen schienen aus den Höhlen zu treten, als Pater Marcel den Schlafsaal betrat und Danielle von ihm wegzog. Auf dem Bett, das die beiden Mädchen sich teilten, lag *Maman* Claires Koffer aufgeklappt da. Die Kleidung war über den Fußboden verteilt, das Ebenholzkästchen war achtlos beiseitegeworfen worden, überall lagen Briefe herum, und ein goldenes Kettchen hing am Bettpfosten.

Élise brach in Tränen aus und machte sich daran, ihre Besitztümer wieder einzusammeln – die Erbstücke, die *Maman* Claire unter so großen Mühen aufbewahrt hatte.

Ein großer schlaksiger Junge kam ihr zu Hilfe und warf dem immer noch ängstlich schluchzenden Übeltäter einen herausfordernden Blick zu. »Wag es bloß nicht, die beiden noch mal zu ärgern! Sonst bekommst du es mit mir zu tun«, sagte er drohend.

»*Boche*«, flüsterte der Angreifer Élise hinterhältig zu, so leise, dass es niemand sonst hören konnte. Dann verkroch er sich in eine Ecke, anscheinend immer noch unter Schmerzen, und wich den Blicken der anderen Kinder aus.

»Ich bin Henri«, stellte sich der edle Ritter den Mädchen vor. Er wischte Élise mit dem Handrücken die Tränen aus dem Gesicht und half ihr, die Mäntel, ein Foto und die Briefe wieder zurück in den Koffer zu packen. »Glaub mir, der Stänkerer wird euch jetzt nicht mehr ärgern!«

»Wir sollten den Koffer vielleicht besser in mein Zimmer stellen«, schlug Pater Marcel vor, der die Szene beobachtet hatte, ohne einzugreifen. Er legte Danielle die Hand auf die Schulter, während Élise den Koffer zuklappte. Dann ging er zu dem boshaften Jungen hinüber, der immer noch schniefend an der Wand hockte, und zog ihn am Ohr empor. »Ab in die Sakristei! Sofort!«

Als Danielle den Koffer nehmen wollte, sah sie, dass das kleine violette Kästchen immer noch unter dem Bett lag. Henri sah es ebenfalls, kniete sich hin und gab es ihr zurück. Mit zitternden Händen nahm Danielle es an sich und dankte ihm mit ihrem Blick. Ihre Brust bebte immer noch vor Wut. Sie hätte diesen Kerl umbringen sollen – dann wären sie ihn ein für alle Mal losgewesen. Sie hätte mit Élise noch viel weiter weg fliehen sollen, in ein anderes Dorf, wo niemand sie kannte oder wiedererkennen würde. Sie verstand nicht, weshalb sie sich immer noch solche Beleidigungen gefallen lassen mussten. *Pater Marcels Zelle reicht nicht. Warum schließen sie ihn nicht irgendwo im Kloster ein, wo nur die Mönche hindürfen? Die Deutschen wür-*

den es niemals wagen, einen Ort zu betreten, wo Menschen sich dem Gebet hingeben, dachte sie.

Mit dem Koffer in der Hand verließ sie den Schlafsaal, gefolgt von Élise und dem schlaksigen Jungen, der den Namen eines Helden der Widerstandsbewegung trug. Für Élise war Henri ein weiterer Krieger, der zu ihrer Verteidigung gekommen war, ein tapferer Kämpfer des *maquis*, der zu allem bereit war. Er kam ihr viel größer vor, als er tatsächlich war. Sie sah ihn mit muskelbepackten Armen und in der schmuddeligen Uniform eines Partisanen aus den Bergen. In Wahrheit war Henri bloß ein magerer Jüngling von nicht mal fünfzehn Jahren, der khakifarbene Shorts, löcherige Socken und ein Hemd trug, an dem drei Knöpfe fehlten und die Brusttasche abzureißen drohte.

Am Eingang zu Pater Marcels Zelle hielt Henri sie an. »Wir werden gewinnen. Wir sind schon auf dem besten Weg«, sagte er feierlich. Dann schwieg er effektheischend. »Wir werden nicht mehr lange hier sein.«

Danielle und Élise erwiderten nichts und sahen einander nur an. Es gab niemanden sonst, dem sie hätten trauen können.

Von da an wurde Henri zum engen Verbündeten der Mädchen. Sein sanfter Gesichtsausdruck bildete einen Kontrast zu der schlecht verheilten Wunde auf seiner Stirn, der zerlumpten Kleidung und den durchlöcherten Schuhen. Er hinkte leicht, versuchte das jedoch zu verbergen.

Ein paar Tage später saßen die drei untätig im Hof herum.

»Wir sollten zu den Bergen an der spanischen Grenze gehen«, durchbrach Henri die Stille. Seine Stimme klang immer mehr wie die eines Erwachsenen. »Wir müssen Tag und Nacht durchmarschieren, Brücken überqueren und durch Flüsse schwimmen – aber irgendwann werden wir ankommen. Wir können hier keinen Tag länger bleiben. Die Deutschen sind verzweifelt, weil sie wissen, dass sie den Krieg verlieren werden, und das Erste, was sie tun werden, wenn sie glauben, dass sie besiegt sind, ist, uns zu erledigen.«

»Ich bin dabei«, verkündete Danielle ehrlich überzeugt. Sie war entschlossen, ein für alle Mal die Opferrolle abzulegen, in die die Nazis sie gedrängt hatten. Eine Waise, die Familie und Zuhause verloren hatte und nun darauf warten musste, dass ein Onkel aus Übersee als Retter kam. Allerdings wäre es vermutlich sicherer, den Koffer bei Pater Marcel zu lassen. Sie würde ihn holen, wenn sie eines Tages frei wären.

»Wir müssen nur weit genug nach Süden kommen. Dann werden wir kilometerweit keine dreckigen *boches* mehr treffen«, fuhr Henri wild entschlossen fort. »Die Milizen könnten uns gefährlich werden – diese verfluchten französischen Verräter, die mit den Deutschen zusammenarbeiten. Ein *milicien* ist noch tausend Mal schlimmer als ein *boche*. Aber keine Sorge, die Bauern werden uns helfen. Wir werden in den Dörfern Unterschlupf finden, bis wir unser Ziel erreicht haben.«

»Aber was ist unser Ziel?«, fragte Élise zaghaft, da sie weder ihrer Schwester noch dem neuen Freund den Wind aus den Segeln nehmen wollte.

»Uns denen anzuschließen, die Tag und Nacht gegen die Deutschen kämpfen! Das ist unser Ziel«, sagte Henri großspurig, als würde er eine Ansprache vor einer inbrünstig lauschenden Menge halten. »Schon bald wird die Bombardierung von Paris beginnen. Die Engländer, Amerikaner und Russen sind entschlossen, die Nazis auszulöschen. Keiner wird überleben.« Er schwieg einen Moment, ehe er ernst hinzufügte: »Vielleicht werden wir auch hier bald die ersten Bomben sehen. Das Kloster wird zerbombt – und über uns wird niemand mehr sprechen. Wer weiß …«

Die drei schwiegen und betrachteten die Klostermauern, die ihnen plötzlich so wenig stabil vorkamen wie die Strohhütten, die sich die Saisonarbeiter auf den nahe gelegenen Höfen errichteten. Doch kaum waren ein paar Sekunden verstrichen, da sprang Élise auf.

»Los, kommt mit!«, befahl sie. Sie hatte eine höchst verschwörerische Miene aufgesetzt. Danielle und Henri zögerten.

»Kommt mit. Es ist wichtig«, beharrte Élise und ging Richtung Küche. Neugierig, wenn auch widerstrebend, folgten ihr die beiden anderen.

Élise führte sie bis zu dem geheimnisvollen Raum, wo sie kürzlich das Kaninchen, den Zylinder und den Zauberstab gesehen hatte. Den Raum, in dem sie die verräterischen Flugblätter entdeckt hatte, die Pater Marcel schnell versucht hatte zu verstecken.

»Nicht schon wieder deine Geschichte mit dem Zauberer!«, spottete Danielle.

Henri dagegen war gespannt, was sie ihm zeigen wollte. Zum ersten Mal bot sich ihm eine Fluchtmöglichkeit aus dem langweiligen Alltag im Kloster. Er wusste, dass Pater Marcel Kontakt zu seinem älteren Bruder aufgenommen hatte, dem Sohn aus der ersten Ehe seines Vaters, der im Elsass lebte. Dieser Bruder hatte eine Französin geheiratet, die sich selbst als Deutsche betrachtete. Die beiden Männer organisierten vermutlich schon seine Abreise aus dem Kloster. Deshalb wollte er so schnell wie möglich seine Fluchtpläne in die Tat umsetzen: auf verborgenen Wegen in Richtung Süden verschwinden. Lieber wollte er verhungern und verdursten, als bei einem Bruder zu leben, den er als Kollaborateur betrachtete. Auf keinen Fall wollte er in eines dieser Grenzdörfer geschickt werden, wo die Leute Französisch mit einem schrecklichen deutschen Akzent sprachen, der ihn in den Wahnsinn trieb.

Henri betrat den Raum und musterte jede Ecke wie ein

kriminaltechnischer Experte auf Spurensuche. Es war der Anfang eines spannenden Spiels. Obwohl Danielle zunächst skeptisch gewesen war, wollte auch sie nicht zurückstehen und ließ sich von Élises Neugier und Henris Begeisterung anstecken.

Nachdem Élise sich vergewissert hatte, dass niemand ihnen gefolgt war, schob sie den Eichentisch, der mitten im Zimmer stand, zur Seite. Henri und Danielle warfen einander einen Blick zu und fragten sich, was wohl als Nächstes kommen würde. Der Tisch hatte auf einem großen dunklen, zerfransten Teppich gestanden. Élise versuchte, ihn wegzuschieben, und Henri half ihr. Unter dem schweren Teppich verbarg sich eine geheime Falltür. Élise strahlte die beiden triumphierend an.

»Schließ die Tür zu«, befahl sie Danielle, die der Aufforderung gleich nachkam. Nun war Élise die Anführerin – und mächtig stolz über die Wirkung, die ihre Entdeckung auf Henri hatte. Gemeinsam machten sie sich daran, die Falltür zu öffnen.

»Woher hast du gewusst, dass da ein Geheimgang ist?«, fragte Danielle fast ehrfürchtig.

»Ganz einfach«, entgegnete Élise, als sei die Antwort auf die Frage ihrer Schwester offensichtlich. »Was sollte sonst der Grund dafür sein, dass der Eichentisch an der Wand steht, wenn Pater Marcel sich zu geheimen Gesprächen mit seinen Freunden trifft, und dann plötzlich wieder mitten im Zimmer, wenn keiner mehr im Raum ist?«, sagte sie mit kindlichem Stolz über ihre scharfsinnige Schlussfolgerung.

Endlich war es ihnen gelungen, die Falltür zu öffnen. Henri wagte sich als Erster in das Versteck hinunter, gefolgt von Élise. Danielle, die deutlich vorsichtiger war, kam als Letzte. Das einzige Licht, das in das stinkende Loch fiel, kam von den Fenstern im darüberliegenden Raum, aber immerhin konnten sie erkennen, dass die Stufen nach unten auf einem gestampften Lehmboden endeten.

Henri hielt sich die Nase zu. Élise wurde übel bei dem Gestank nach Kot und Urin, der ihr entgegenschlug. Das Erste, was Élise sah, nachdem sich ihre Augen an die Dunkelheit gewöhnt hatten, war der Zylinder. Gleich daneben lehnte der Zauberstab an der Wand. Und das abgemagerte Kaninchen starrte ihnen aus seinem Käfig entgegen, lebendig, aber nach wie vor regungslos.

»Glaubst du mir jetzt endlich?«, fragte Élise ihre Schwester, ohne sich umzudrehen.

»*Combat!* Da liegen Exemplare von *Combat*!«, rief Henri und steckte sich eines der Blätter in die Tasche. Dann tastete er sich weiter den Kellerraum entlang und versuchte festzustellen, wie weit er noch reichte.

Weder Élise noch Danielle konnten seine Begeisterung für diese Flugblätter begreifen, da man überall stapelweise alte Pamphlete finden konnte.

»Das ist die Zeitung der Résistance«, sagte Henri stolz. »Wenn die jemand bei uns findet, könnten wir alle im Gefängnis landen!«

Über ihnen hatte die Sommerhitze den Klostergarten verdorren lassen, doch hier unten im Keller war die Luft eiskalt. Die drei drängten sich aneinander und fassten sich an den Händen. Dann gingen sie ein paar Schritte weiter, um zu sehen, wo das Geheimversteck endete, als sie plötzlich etwas über den Boden huschen hörten.

»Hier unten müssen Hunderte von Ratten sein. Dieses Loch führt nirgendwohin. Es wäre allerdings ein sicheres Versteck, falls man uns bombardiert. Ja, natürlich!«, rief Danielle. »Das ist es! Es ist der Luftschutzkeller!«

Henri und Élise zischten ihr zu, still zu sein. Sie meinten, ein Stückchen weiter einen Schatten auf dem Lehmboden gesehen zu haben. Daneben stand ein Eimer, der von Unrat überquoll. Da war ein etwas hellerer Fleck, der sich bewegte. Plötzlich blieben sie wie angewurzelt stehen. Sie hatten ein leises Stöhnen gehört.

»Wasser ... Wasser ...«, flüsterte eine Stimme auf Deutsch, dass es von den Grundmauern des Klosters widerzuhallen schien. »Wasser ...«, hörten sie noch einmal. Dann verschwand der helle Fleck.

Sie standen zitternd da. Henri reagierte als Erster und näherte sich vorsichtig der Stelle, von der das Stöhnen gekommen war.

»Da ist ein *boche*, ein *boche* ...«, stammelte er fassungslos.

»Was macht denn ein Deutscher hier im Keller?«, rief Danielle, die immer noch wie angewurzelt dastand. Sie blickte ängstlich in Richtung Treppe.

»Wasser«, hörten sie zum dritten Mal.

Ohne es zu merken, waren sie dicht genug herangekommen, um die Augen und das graugrüne Gesicht des Mannes zu erkennen. Er saß in der hintersten Ecke des Kellerraums an die Wand gelehnt. Seine Augen hatten einen irren Blick, seine Lippen waren blutig, und die Haut in seinem Gesicht schälte sich. Auch auf seinem Kopf war getrockneter Schorf.

»Wir müssen ihm Wasser bringen«, sagte Élise, während sie sich dem sterbenden Mann näherte und versuchte, sich nicht von dem ekelerregenden Geruch überwältigen zu lassen.

»Halt! Seht ihr denn nicht?«, befahl Henri mit überraschend ruhiger Stimme. »Schaut doch mal richtig hin.«

Die beiden Mädchen gingen so dicht zu dem Mann hin, dass sie beinahe die schwachen Atemzüge spürten, die aus seinem rissigen Mund kamen. Sie musterten seinen verletzten Körper. Danielle drückte Élises Hand und stöhnte. Das war nicht irgendein *boche*. Selbst im Dunkeln konnten sie seine Abzeichen erkennen – es war ein deutscher Offizier!

»Los, weg hier. Das ist kein Spaß mehr«, meinte Danielle und versuchte, die starre Élise mitzuziehen. »Élise. Das ist ein Befehl!«

Henri blickte sie genauso unbewegt an wie vorher und verschränkte herausfordernd die Arme. »Wovor hast du Angst, Danielle? Siehst du denn nicht, dass dieses deutsche Schwein schon in den letzten Zügen liegt?«

Der Offizier flehte noch einmal um Wasser. Seine Stimme war kaum mehr ein Gemurmel. Er konnte weder Kopf noch Körper richtig bewegen. Es sah aus, als habe er schon mehrere Tage so verbracht, umgeben von Exkrementen, verwesten Lebensmitteln und getrocknetem Blut. Vielleicht sogar Wochen. Aus einer Wunde neben seinem Ohr krochen Maden.

Danielles Gesicht war schreckverzerrt. Sie zitterte am ganzen Körper und wusste nicht, wohin mit sich. Sie war plötzlich überzeugt, dass die Deutschen – oder schlimmer noch: die *miliciens* – sie draußen erwarten würden. Bestimmt hatten sie Pater Marcel und Pater Auguste bereits verhaftet und die beiden unbekannten Männer erschossen, die sich als Zauberer eines Wanderzirkus ausgegeben hatten. Wenn sie gleich zu dritt wieder nach oben kämen, hätte man bestimmt schon alle Kinder in der Sakristei aufmarschieren lassen. Und dann würden die Deutschen eine Handgranate werfen oder Feuer legen, um sie alle zu vernichten. *Ein Unheil kommt selten allein.* Sie war überzeugt, dass die Anwesenheit des Deutschen nicht nur sie drei zum Tode verdammte, sondern auch alle anderen, die Unterschlupf im Kloster suchten, das ganze Dorf, womöglich sogar ganz Frankreich.

»Der Deutsche ist tot«, schluchzte Danielle.

»Wenn einer tot ist, fantasiert er nicht mehr vor sich hin – und der hier bettelt noch um einen Schluck Wasser. Hörst du das nicht?«, wandte Henri ungeduldig ein. »Lass uns von hier verschwinden.«

Er setzte sich wieder an die Spitze des Trios, und hastig eilten sie zur Treppe zurück, abgestoßen von dem furchtbaren Bild, das sich ihnen hier geboten hatte. Den deutschen Offizier ließen sie röchelnd zurück – womöglich tat er bald seine letzten Atemzüge. Doch noch während sie die Stufen hinaufstiegen, wich ihre Angst dem schlechten Gewissen.

Genau wie Danielle fand auch Élise, dass sie dem Offizier hätten helfen müssen. Sie hätten ihm Wasser und etwas zu essen geben sollen und seine Wunden versorgen müssen. Wenn nicht bald jemand käme, um ihm zu helfen, würden die Würmer ihn verspeisen. Sie waren in eine Grabkammer hinabgestiegen, eine verlassene Folterkammer, die direkt unter dem Gotteshaus lag.

»Weshalb sollten wir Mitleid mit einem Mörder haben?«, fragte Henri in dem Versuch, die Mädchen zu beruhigen und seine eigenen Schuldgefühle zu beschwichtigen.

Nachdem sie wieder sicher in dem Zimmer über der Kammer angekommen waren, schoben sie den Teppich und den Tisch so hin, wie sie es vorgefunden hatten. Élise vergewisserte sich noch einmal, dass der Tisch genauso zu den Fenstern ausgerichtet war wie vorher.

Auf dem Rückweg zum Schlafsaal machten sie einen Bogen um die Kapelle, aus der das monotone Gemurmel von Rosenkranzgebeten erklang. Die drei wollten ihr Erlebnis in der Kammer nicht wahrhaben. Vielleicht würde sich am nächsten Morgen herausstellen, dass alles bloß ein schrecklicher Albtraum gewesen war. Doch plötzlich fiel Henri ein, dass er einen Beweis für das Verbrechen im Kellerraum bei sich trug: Das Exemplar von *Combat* ragte noch aus seiner Tasche, und er hatte keine Ahnung, wie er es wieder loswerden sollte. Selbst wenn er es in kleine Stücke zerriss oder verbrannte, würden immer noch Reste der Zeitschrift übrig bleiben, die ihn verraten konnten.

Sie schlichen zu ihren Betten, ohne sich gute Nacht zu sagen. Henri war so erschöpft, dass er augenblicklich in sein Bett plumpste. Er war überzeugt, dass er in dieser Nacht von Albträumen heimgesucht würde. Vielleicht wäre es doch besser, die Nachricht seines Bruders, des Kollaborateurs, abzuwarten. Gewissensbisse plagten ihn.

Danielle wiederum tat jeder Muskel weh. Sie fühlte sich so erschlagen wie nach dem Massaker, als sie den schweren Koffer vom Marktplatz bis zum Kloster geschleppt hatte. Sie ahnte, dass ihr Abstecher in die Kammer Unheil bringen würde. Sie war Zeugin eines Verbrechens geworden, und das machte sie genauso schuldig wie diejenigen, die dieses Verbrechen begangen hatten, oder sogar noch mehr, weil sie nichts gesagt hatte. Kaum war Élise neben ihr ins Bett geschlüpft, schloss Danielle die Augen und ließ sich in eine schöne Fantasie gleiten, mit der sie die schreckliche Szene verdrängte, die sie gerade erlebt hatte.

Sie befand sich am Bug eines Ozeandampfers und konnte in der Ferne die Wolkenkratzer von New York sehen. Die glänzende Freiheitsstatue hatten sie schon hinter sich gelassen, nun fuhren sie auf den Hafen zu. Unten am Kai stand ihr Onkel Roger und winkte ihr zu. Sie lächelte und winkte zurück. Sie ging als Erste von Bord, und als ihr Onkel sie sah, nahm er sie in die Arme und küsste sie auf die Wange.

»Du siehst genau aus wie deine Mutter«, begrüßte er sie herzlich. »Du hast zwar vielleicht nicht ihre blauen Augen – die kamen von deiner Großmutter –, aber du hast das gleiche Gesicht und das gleiche Lächeln!«

Danielle war überglücklich und fuhr mit ihrem Onkel in einem Auto davon, in dem es nach Jasmin duftete. Sie brausten durch eine Stadt voller Autos. Rechts und links der Straßen spazierten elegante Damen mit Hut am Arm von Männern in schicken Anzügen. Weit und breit gab es keine Soldaten, keinen Hinweis auf die Anwesenheit von Militär. Man hörte keine Sirenen, sondern nur die fröhliche Musik, die aus den vorbeifahrenden Autos drang, und das Gelächter von Kindern, die ohne Angst auf den Bürgersteigen spielten.

Sie fuhren zu einem Haus, in dessen Garten ein Meer von Veilchen blühte. Jemand brachte Danielle in ihr Zimmer, und von ihrem Fenster aus konnte sie in einen Park mit Bäumen und bunten Tulpen blicken.

Beruhigt von diesen friedlichen Bildern ihrer Fantasie schlief sie endlich ein.

Am nächsten Morgen fuhr sie aus dem Schlaf hoch: In diesem Traum war ihre Schwester nicht vorgekommen.

41

Statt die Hitze zu mildern, schien der Regen sie noch verstärkt zu haben. Élise suchte Danielle und fand sie schließlich allein in der Kirche. Sie kniete vor der Heiligen Jungfrau, die, umhüllt von ihrem blau-weißen Gewand, himmelwärts blickte, als sei sie taub gegenüber menschlichen Gebeten. Élise kniete sich neben ihre Schwester. Sie musterte Danielles gefaltete Hände, ihre geschlossenen Augen und die Lippen, die sich im Gebet bewegten. Sie schien mit sich im Reinen zu sein und lächelte. Doch womöglich rang sie innerlich genauso mit sich wie Élise, weil sie sich geweigert hatten, Wasser und Nahrung für einen Menschen zu beschaffen, der ebenso wie sie das Recht auf Erlösung hatte.

»Sie haben uns schon einmal getötet, Danielle«, sagte Élise und zuckte resigniert mit den Schultern. »Sie können uns kein zweites Mal töten.«

Danielle blickte auf, überrascht, wie gelassen Élise klang. Sie sprach mit ihr genauso abgeklärt, wie *Maman* Claire es vermutlich getan hätte. Danielle lächelte ihr zu, um die Tränen aufzuhalten, die ihr in die Augen stiegen und ihr bald über die Wangen rollen würden.

»Ich muss hier noch ein bisschen allein bleiben, Élise. Geh spielen, aber bleib vom Keller weg. Und Henri muss das Flugblatt vernichten.«

»Glaubst du, Gott erhört dich?«, fragte Élise.

»Gott vielleicht nicht – aber *Maman* auf jeden Fall«, erwiderte Danielle, obwohl sie nicht glaubte, dass dieses kluge Mädchen, das sie als ihre Schwester bezeichnete, sie wirklich verstehen würde. Sie schloss die Augen wieder, ließ das Kinn in die Hände sinken und fuhr mit ihrem Gebet fort. Doch die Gedanken, die ihr durch den Kopf wirbelten, hinderten sie daran, sich richtig aufs Beten zu konzentrieren, und Élises Anwesenheit machte alles nur noch schlimmer.

Die kniende Élise hob ebenfalls den Blick zur Heiligen Jungfrau. Sie betete, dass man die Deutschen möglichst weit weg vom Dorf treiben würde, dass der Krieg bald enden möge und dass der deutsche Offizier überlebte.

Noch immer betend stand sie auf und verließ rückwärts die Kapelle, ohne den Blick von der Jungfrau zu wenden, während sie um Erbarmen flehte. Kurz vor dem Ausgang hielt sie inne.

Du musst wissen, was du tust, richtete sie ihre stummen Worte an die Jungfrau. *Ich bitte dich nur darum, dass du Danielle Stärke verleihst.*

Sie betrachtete ihre Schwester, die immer noch kniete und sich auf eine Fürbitte konzentrierte, die Élise sinnlos erschien. Sie wartete auf Danielle, und ein paar Minuten später verließen beide Mädchen mit gesenktem Blick die Kapelle und gingen zur Küche. Genau wie am Tag zuvor überließ Danielle ihrer Schwester die Führung. Henri wartete vor der Küche auf sie, und durch die halb geöffnete Tür konnten sie Marie-Louise sehen, die einen Kräutertee für Pater Auguste zubereitete. Der Tee duftete so intensiv, dass man meinen konnte, die Bergwiesen selbst hätten sich in diese Küche begeben.

Henri begrüßte Pater Auguste.

»Ich glaube, mir bleibt nicht mehr viel Zeit«, sagte der ausgemergelte alte Mann und ließ sich mit zitternden Händen unsicher auf einen der Holzstühle sinken. Henri betrachtete ihn besorgt.

»An diesem Sonntag wird Pater Marcel die Messe lesen. Ich

habe Probleme mit der Stimme«, erklärte der Priester ihnen mit einem traurigen Lächeln.

»Na los, macht euch ein bisschen nützlich«, forderte die schwitzende Köchin sie auf, als sie die Kinder verlegen und tatenlos herumstehen sah. Sie zerrte einen schweren Kartoffelsack zum Tisch hinüber. Henri eilte ihr zu Hilfe, und sie lächelte erleichtert.

Auf dem Tisch lagen eine mit Fliegen übersäte Lammkeule, ein paar Zwiebeln und der Rest des Butterstücks, das in der Hitze vor sich hinschmolz.

»Heute gibt's ein Festmahl«, erklärte Pater Auguste mit Nachdruck, was ihm gleich darauf einen Hustenanfall bescherte. Er hielt sich ein weißes Taschentuch vor den Mund, das sich bald darauf hellrot verfärbte. Ohne sich zu verabschieden, schlurfte er mit dem dampfenden Teebecher in der Hand hinaus.

Während Marie-Louise ihrer Arbeit in der Küche nachging, beobachtete sie die Kinder aus dem Augenwinkel und fragte sich, wie sie ihnen helfen könnte.

Sie hatte lange allein gelebt und kam nun täglich ins Kloster, um ihrem Leben einen Sinn zu geben. Sie erwartete von niemandem etwas. Für sie war der Krieg bereits verloren. Sie hatte gelernt zu überleben und fürchtete sich nicht mehr davor, dass die Deutschen das Dorf besetzen und ihr Haus und das Kloster in Brand stecken könnten. Der Schmerz und die Niederlage der Vernunft, wie sie die deutsche Besatzung nannte, hatten sie gegen alles Tragische immun gemacht. Was könnte sie denn noch erleiden?

Aus diesem Grund wollte sie sich nicht allzu stark auf diese Kinder einlassen, die noch eine Zukunft vor sich hatten. Ihr war klar, dass sie eines Tages wieder verschwinden würden – genauso schnell, wie sie in ihr Leben getreten waren. Doch für den Augenblick hatte sie wenigstens jemanden, mit dem sie reden konnte. Seit die Kinder da waren, hallten ihre Worte nicht länger ungehört von den Küchenwänden wider.

»Ihr kommt heute alle drei mit zu mir nach Hause«, sagte sie schließlich. »Ich kann eure Unterstützung gebrauchen. Henri – du kannst mir bei so einigem helfen –, ich brauche einen starken Mann.«

Die Kinder standen in verlegenem Schweigen da, ohne allzu große Begeisterung für Marie-Louises Vorschlag zu zeigen. Die Last ihres Geheimnisses machte sie angespannt und verkrampft.

Vielleicht müssen sie tatsächlich mal vom Kloster wegkommen, um ein bisschen Dampf abzulassen, dachte Marie-Louise. »Die Deutschen ziehen bald aus Frankreich ab. Der Krieg wird zu Ende sein, und die Bombenangriffe auf Paris werden aufhören. Trotzdem ist der Schaden angerichtet, und die Narben werden viel Zeit brauchen, um zu heilen – wenn sie es denn jemals tun«, sagte sie. »Erwartet euch keine große Offenbarung. Das Leben in diesem Dorf und vor allem in diesem Kloster wird so weitergehen wie vorher.«

Élise war bereit für das nächste Abenteuer. Henri sah sich verstohlen um, als wolle er sich vergewissern, dass niemand sie beobachtete. Danielles Blick blieb leer.

»Wenn wir am Sonntag wiederkommen, haben sie den Deutschen … ich meine, seine Überreste, bestimmt weggeschafft«, flüsterte Henri Danielle zu, um sie zu beruhigen.

Doch seine Bemerkung hatte nicht die gewünschte Wirkung. Danielle war noch immer der Meinung, dass jemand »melden« müsse – obwohl sie das Wort hasste –, dass unten im Keller ein deutscher Offizier im Sterben lag. Sie war sicher, dass er sterben würde, wenn er auch nur einen Tag länger dort unten blieb.

Immer wieder warfen die Kinder einander Blicke zu, während sie mit Marie-Louise in Richtung Dorf gingen. Im

Gleichschritt marschierten sie hinter ihr den Weg entlang, passten sich ihren kurzen Schritten an und beobachteten aufmerksam alles, was ihnen unterwegs begegnete.

Während die Köchin die kleine Prozession durch das Dorf führte, beachtete sie die Nachbarn nicht, die neugierig ihre Köpfe aus den Fenstern reckten. Es war ihr gleich, dass man sie beobachtete, und sie hatte nicht vor, stehen zu bleiben und höfliche Konversation zu machen. Élise folgte ihr stumm und vermied ängstlich, sie zu überholen. Keiner sprach. Marie-Louise spürte, dass irgendetwas nicht stimmte und eine gewisse Spannung unter den Kindern herrschte, vermutete aber, dass sie irgendeinen albernen Streit gehabt hätten.

Élise erkannte das Haus der verrufenen jungen Frau wieder und bewunderte die Blumenkästen, die von winzigen weißen Blüten überquollen und den langweiligen Fassaden des Dorfes einen Tupfer Leben hinzufügten. Immer noch schweigend betraten die Kinder Marie-Louises Haus.

Henri befürchtete, dass er platzen würde, wenn nicht bald irgendjemand etwas sagte. Sein unruhiger Blick verriet seine innere Anspannung. Wie immer zündete Marie-Louise ihre Kerzen an. Die Mädchen gingen in ihr Schlafzimmer, und für Henri richtete Marie-Louise eine Matratze in dem Zimmer mit den vielen Büchern her.

Henri starrte an die Deckenbalken und wälzte im Kopf die Frage hin und her, die ihn schon seit Wochen quälte: Er musste sich endlich der Résistance anschließen und durfte keinen Tag länger warten. Diese schwerwiegende Entscheidung zu fällen machte ihn so müde, dass er schließlich einschlief.

Derweil lag Danielle an ihre Schwester gekuschelt in der frisch aufgezogenen weißen Bettwäsche und entspannte sich etwas.

»Bestimmt wird Pater Marcel den Offizier nicht sterben lassen«, flüsterte sie Élise zu, deren Augenlider bereits schwer wurden. »Pater Marcel ist ein guter Mensch. Er weiß doch, dass der Deutsche auch ein Mensch ist – selbst wenn er ein Nazi ist. Meinst du nicht auch?«

Doch Élise war schon eingeschlafen, und Danielle beschloss, ihren ruhigen, gleichmäßigen Atem für eine positive Antwort zu halten.

Am nächsten Morgen wurden sie vom Duft heißer Schokolade mit Zimt geweckt. Die Mädchen gingen in die Küche, wo sich Henri bereits herumdrückte und verlegen schaute, weil sein Magen laut knurrte. Als Élise das Geräusch hörte, musste sie lachen und steckte Danielle mit ihrem Gelächter an.

Sie trauten ihren Augen kaum, und Henri war begeistert, als er das kleine Festmahl entdeckte, das sie erwartete: dicke Brotscheiben, mit Rahm bestrichen und mit Zimt bestreut. Dazu gab es Käse, Butter und heißen Kakao.

»Guten Morgen, meine Lieben«, begrüßte die Köchin sie mit einem Lächeln. »Nur weil wir Krieg haben, heißt das noch lange nicht, dass wir auch darben müssen wie Bettler!«

Nachdem ihr Hunger gestillt war, dachten die Kinder zumindest ein paar Stunden lang nicht mehr an den sterbenden deutschen Soldaten. Nach dem Frühstück gingen sie mit Marie-Louise in den Laden hinunter, um ihr mit den Stoffballen zu helfen. Hinter der staubbedeckten Ladentheke zeigte die Köchin ihnen eine Falltür, die zum Keller hinabführte, und sofort bekamen alle drei wieder ein schlechtes Gewissen.

Da unten werden wir bestimmt keinem Verwundeten begegnen, sagte sich Danielle, während Henri und Marie-Louise Staub und Spinnweben beiseitekehrten und dann in die dunkle Höhle hinunterstiegen, wo es abgestanden roch.

Ein paar Minuten später sahen die beiden Mädchen, wie

die Köchin mit einem schweren Stoffballen auf der Schulter wieder emporstieg, gefolgt von dem schlaksigen, schon wieder hungrig wirkenden Henri, der einen etwas kleineren Ballen schleppte. Sein Gesicht war hochrot vor Anstrengung. Élise strahlte, als sie den feinen Brokat in filigranem Silbermuster und schimmerndem Violett sah. So einen schönen Stoff hatte sie noch nie gesehen. Er war einer Prinzessin würdig, einer Prinzessin in einem fernen Land, beschützt von einer Armee tapferer Soldaten, gegen die sich die Deutschen nicht im Traum stellen würden.

Marie-Louise gab ihr typisches gackerndes Gelächter von sich, als sie Élises staunenden Blick sah, bevor das Mädchen langsam in die Realität zurückkehrte, in den staubigen, etwas verwahrlosten Raum, in dem sich zweifellos früher einmal ein florierendes Geschäft befunden hatte.

Mehr als zehn Ballen verschiedener Stoffe wurden nach oben ans Tageslicht befördert, nachdem sie wer weiß wie lange im Keller gelagert hatten. Schließlich ließ Henri sich erschöpft in eine Ecke fallen, doch seine Augen glänzten immer noch lebhaft.

Élise vermutete, dass diese Stoffballen sich von Zauberhand in Butter, Lammkeulen, Brot, Eier und Käse verwandeln würden. Sie dankte Gott dafür, dass sie eine so nette, großzügige Frau gefunden hatten, die sie beschützte. Warum sollten sie die Köchin enttäuschen und sie mit ihrer verworrenen Geschichte über Widerstandskämpfer, Zauberer und Kaninchen, einen sterbenden deutschen Offizier und ein mögliches Komplott von Priestern beunruhigen?

Die Köchin wählte nach reiflicher Überlegung einen kleineren Ballen gelber Seide aus und ging damit die Straße hinunter zu Viviane. Die Kinder liefen in den ersten Stock, um sie vom Fenster aus zu beobachten, und ließen ihrer Fantasie freien Lauf.

Sie sahen die Bäckersfrau aus ihrem Laden treten, vermutlich, um mit irgendjemandem über diese Nachbarin zu tratschen, die einmal den Fehler begangen hatte, einen Ungläubigen zu heiraten. Just in diesem Moment kam Marie-Louise wieder aus Vivianes Haus, diesmal mit leeren Händen. Sie baute sich vor der Bäckersfrau auf, sagte jedoch kein Wort und starrte diese nur herausfordernd an, bis die Frau mit gesenktem Blick in ihrem Laden verschwand. Die Kinder beobachteten die Szene mit offenem Mund und waren stolz darauf, wie die mutige Köchin, die sie in ihr Haus aufgenommen und ihnen heißen Kakao serviert hatte, dem Dorfklatsch trotzte.

Marie-Louise kehrte noch nicht gleich in ihr Haus zurück. Zunächst musste sie noch prüfen, was sie mit ihrem Bezugsscheinheft bekommen konnte: In dieser Woche gab es nur Tabak und Kaffee. Im Hinterzimmer des Ladens sah sie den Sohn der Bäckersfrau sitzen. Er hatte seine blaue Uniformjacke aufgeknöpft, sodass das hellbraune Hemd sichtbar war; das Barett lag auf seinen Knien. Er war in ein Exemplar von *Je suis partout* vertieft, jene schreckliche Zeitung, die seine Gesinnung verriet. Seiner Mutter, dieser dürren, übellaunigen Person, fiel es zunehmend schwer, die Tatsache zu verbergen, dass ihr Sohn ein Kollaborateur war, eine Schande für das ganze französische Volk.

»Er ist ein *milicien*«, sagte Marie-Louise, als sie schließlich atemlos nach Hause zurückkam. »Er ist ein verdammter *milicien*! Wie kann diese Giftschlange es bloß wagen, auf Viviane herabzusehen? Und sie der *collaboration horizontale* beschuldigen? In Kriegszeiten kann man leicht auf Abwege geraten – und manche tauchen von dort nicht mehr auf und müssen den Rest des Lebens verbringen wie eine schwache Kerzenflamme – immer kurz davor zu verlöschen.« Sie schwieg einen Moment und sagte schließlich: »Denn das Ende ist nah!«

Sie warf den Kindern einen pathetischen Blick zu und ließ sich in den Lehnstuhl fallen, nahe bei ihren geliebten Büchern. Élise holte ihr ein Glas Wasser aus der Küche, wobei sie auf dem Wege durchs Zimmer etwas verschüttete.

»Danke, meine Liebe«, sagte Marie-Louise und fächelte sich mit der Hand Luft zu. »Unsere Nation bricht auseinander. Es wird schwer zu überleben, wenn all das erst mal vorbei ist. Was soll bloß aus den Franzosen werden?«

Sie hörte, wie Danielle und Henri miteinander flüsterten, und spähte neugierig zu ihnen hinüber. »Was führen die beiden denn jetzt schon wieder im Schilde?«

Élise bemerkte, dass Henri Danielle anerkennend anschaute und ihr aufmerksam zuhörte. Sie wünschte sich, dass er sie einmal so ansehen würde – und nicht nur wie ein kleines Mädchen.

Sie setzten sich zu dritt auf den Boden um Marie-Louise herum, als wollten sie sich einen weiteren ihrer Monologe anhören. Doch Henri konnte nicht länger an sich halten.

»Die brauchen uns, Marie-Louise.« Seine Gedanken mochten die eines Erwachsenen sein, aber die jugendliche Stimme verriet sein wahres Alter.

Die anderen warteten darauf, dass Henri ihnen erklärte, was er meinte. Als er merkte, dass sie ihn nicht verstanden hatten, verfiel er wie ein frustrierter Widerstandskämpfer in eine seiner kämpferischen Tiraden.

»Also … ich weiß nicht, was wir tun sollen … Auf der einen Seite die Nazis, auf der anderen die Kommunisten …«, unterbrach Marie-Louise ihn.

»Marie-Louise, wir müssen doch die *boches* aus unserem Land vertreiben«, beharrte Henri verdrossen.

Seine Überzeugungen machten Élise ganz nervös, aber Marie-Louises Augen bekamen einen zärtlichen Glanz. Wenn sie diesem Jungen zuhörte, verflüchtigten sich ihr Pessimismus und ihre Enttäuschung über die Franzosen und den Rest der Menschheit. *Es gibt noch Hoffnung, solange es solche jungen Menschen gibt*, dachte sie. Unvermittelt wandte sie sich dem nächsten Regal zu und zog ein paar Bücher heraus.

»Du würdest also dein Leben für diese miesen Franzosen riskieren wollen, was?«, sagte sie und kniff Henri liebevoll in die Wange. Dann wechselte sie plötzlich den Tonfall und befahl den Kindern, die Fensterläden zu schließen. Nachdem das geschehen war, sahen sie, dass dort, wo Marie-Louise die Bücher aus dem Regal gezogen hatte, ein altes schwarzes Rundfunkgerät mit zwei Drehknöpfen und einem goldenen Gitter in der Mitte stand.

Sie erzählte den Kindern, dass man ihr und ihrer Familie verboten hatte, Radio zu hören oder Zeitungen zu kaufen, nachdem sie einen Ungläubigen geheiratet hatte. Es war ihnen verwehrt, sich Informationen zu beschaffen. Doch inzwischen kümmerte sie dieses Verbot nicht mehr – so weit, wie der Krieg mittlerweile fortgeschritten und nach allem, was mit ihrem Mann geschehen war. Lehnstuhl und Lampe hatte sie keineswegs so platziert, um besser lesen zu können, sondern sie waren das Bühnenbild für ihre Täuschung. Tatsächlich hielt sich Marie-Louise in dieser Ecke des Zimmers auf dem Laufenden über die Geschehnisse in ihrem Land – dank der BBC-Berichte.

Als das Radio eingeschaltet war, war es nicht mehr nötig, am Senderegler zu drehen. General de Gaulle sprach aus dem Londoner Exil zu seinen Landsleuten und drängte sie, auf die Straße zu gehen.

»Seht ihr! Unsere Zeit ist gekommen!«, schrie Henri, doch die drei anderen sagten, er solle still sein.

Nach allem zu urteilen, was der General sagte, hatte Deutschland den Krieg bereits verloren. Die Alliierten rückten vor, und die französische Armee stand kurz davor, Paris einzunehmen und die französische Flagge auf der Place de la Concorde zu hissen. Der Krieg, der ihnen lange Zeit nicht real vorgekommen war und den viele Pariser zunächst als Scheinkrieg bezeichnet hatten, war nun mehr als wirklich geworden.

»Welche französische Armee?«, warf die Köchin sarkastisch ein.

Élise hörte aufmerksam zu, war jedoch verwirrt von den schnellfeuerartigen Botschaften, die sie nicht ganz begriff: »Die Stunde der Hoffnung«, »die Résistance«, »grauenhaftes Spektakel«, »zahllose Flottillen«, »Dieses Jahr sind die Felder grüner denn je«, »Eure Kinder gratulieren euch zum Jahrestag«, »Nichts ist für Frankreich verloren«.

Als Élise einen der Sprecher verkünden hörte, dass die deutschen Panzer aus Paris abzogen, wich das Blut aus ihren Lippen und Wangen, und ein kalter Schauer lief ihr über den Rücken. Sie vergrub das Gesicht in den Händen und brach in Tränen aus.

»Aber die Deutschen haben noch nicht kapituliert. Sie haben noch nicht gemeldet, dass die Deutschen kapituliert haben«, sagte Marie-Louise halblaut.

»Auf nach Paris!«, rief Henri. Er sprang auf und schwenkte die Arme über dem Kopf. »Was machen wir hier noch? Unsere Brüder brauchen uns! Lasst uns gehen und die Straßen von den Nazi-Horden befreien!«

Henri hatte den Kampfgeist eines Rebellen und Märtyrers, er war ein Soldat ohne Armee, ein Retter der Entrechteten. Noch immer unter Tränen wartete Élise nur auf den Befehl, aufzustehen und loszugehen.

Marie-Louise konnte kaum glauben, was sie da im Radio gehört hatte. Der Albtraum neigte sich dem Ende zu.

In jener Nacht konnte keiner von ihnen schlafen. Marie-Louise versuchte, einen kühlen Kopf zu bewahren und zu analysieren, welche Auswirkungen das lang ersehnte Ende der Kriegshandlungen für sie hatte: Sie könnte in ihre Wohnung im Marais zurückkehren, ihr Café wiedereröffnen und nach dem Verbleib ihres Mannes forschen, wenn dieser durch Gottes Gnade noch lebte und sich in einem dieser fernen deutschen Konzentrationslager befand. Dann könnten sie in den verbleibenden Jahren ihres Lebens zwischen der Hauptstadt und dem Dorf pendeln und versuchen zu vergessen – ohne Gram und Reue. Doch Marie-Louise war noch nicht ganz überzeugt von diesem Szenario. Sie verstand nicht, wie Henri sich so sicher sein konnte, dass sein Platz auf den Straßen von Paris war, bei seinen Kameraden der Résistance, auf Brücken und Dächern, wo sie die französische Fahne schwenkten.

Danielle und Élise hatten sich aneinandergekuschelt. Sie teilten einen Traum, in dem sie Hand in Hand im Sonnenuntergang am Ufer der Seine entlangspazierten und gemeinsam am Fuße des Eiffelturms innehielten, genau wie *Maman* Claire auf jenem Foto, das vor ihrer Hochzeit aufgenommen worden war. Hand in Hand, für immer zusammen – mit diesem Gedanken schliefen sie ein, getröstet durch einen trügerischen Frieden.

42

Am nächsten Morgen bei Sonnenaufgang begegneten sie der Bäckersfrau und ihrem Sohn, der diesmal jedoch nicht seine Uniform trug. Marie-Louise eilte vorneweg. Das ganze Dorf wusste, dass Pater Marcel heute die Messe las, und niemand wollte das verpassen.

Vor Beginn des Gottesdienstes hörte man das Gemurmel der Gemeinde in der Klosterkirche. Viviane saß in der ersten Reihe. Die Frau des Bäckers und ihr Sohn betraten die Kirche und versuchten, sich in den hinteren Reihen zu verstecken. Die Kinder und Marie-Louise hatten auf der Seite der Sakristei, aus der der Priester die Kirche betreten würde, einen Platz gefunden.

Die Stille wurde vom Geschrei eines Babys gestört. Seine Mutter versuchte, es zu beruhigen, indem sie ihm ins Ohr flüsterte, doch das Geplärre hielt an, sodass sie schließlich die Kirche verlassen musste, während die ganze Gemeinde ihr hinterherstarrte. Sie setzte sich draußen unter eines der Fenster in die Sonne und hielt das Baby auf dem Schoß.

Pater Auguste schleppte sich schwerfällig von einer Seite des Altars zum Mittelschiff und ließ sich auf den einzigen noch freien Platz sinken, direkt neben Viviane. Als er sich niedergelassen hatte, trat Pater Marcel aus der Sakristei und ging langsam zum Altar. Er hielt unter dem schmucklosen Kreuz inne, schloss die Augen und holte tief Luft. An diesem Tag würde es keines der üblichen Rituale geben.

»Wir leben in einer Zeit tiefster Finsternis«, begann er und verstummte dann. Élise hatte das Gefühl, beobachtet zu werden, Danielle und den anderen ging es ebenso. »Sich aus dem Schatten zu lösen ist eine schwierige Aufgabe, doch wir müssen die nötige Kraft dazu finden – auch wenn sie alles ist, was wir noch haben. Ich weiß, dass es uns gelingen wird. Wir werden nicht untergehen, indem wir uns dem Dunkel ergeben. Wer unter uns ist nicht schon das eine oder andere Mal von finsteren Gedanken heimgesucht worden? Glaubt mir, ich selbst bin da keine Ausnahme. Ich gestehe, dass auch ich an Gott gezweifelt habe. Ich habe an seiner Gnade gezweifelt, an seiner Barmherzigkeit.«

Gemurmel breitete sich durch die Bankreihen aus. Einige nickten, andere widersprachen verärgert. Wieder andere bekreuzigten sich, weil sie die Worte des Priesters als Blasphemie empfanden.

»War wirklich keiner von euch jemals in meiner Lage? Ich glaube kaum, dass sich jemand hier, im Hause Gottes, in unserem Haus, zu sagen traut, er habe noch nie an Gottes Gnade gezweifelt. Wenn ich morgens aufstehe, nach dem Gebet und manchmal selbst während des Gebets, frage ich mich, für wie viele Sünden wir noch büßen müssen – und wie lange wir noch büßen sollen.«

Mittlerweile herrschte erdrückendes Schweigen. Eine Frau weinte leise. Ein alter Mann nickte beschämt.

»Gott hat uns verlassen. Er hat uns Menschen als duldsame Lämmer in die Welt gesetzt, die zur Schlachtbank geführt werden – doch wir sind zu wilden, blutdürstigen Bestien geworden. Wir ziehen von Stadt zu Stadt, erobern und töten und wollen über alle herrschen, die nicht genauso sind wie wir, ganz so, als seien wir das auserwählte Volk. Und wir meinen, wir hätten das göttliche Recht zu entscheiden, wer leben darf und wer sterben muss. Es ist Zeit, dass wir uns erheben. Wir dürfen uns nicht länger niederwerfen lassen und anderen erlauben, unser Land zu stehlen und unsere Tempel niederzubrennen. Wir dürfen nicht länger dabei zusehen, wie unser Volk von der Erde getilgt wird. Es ist Zeit, Nein zu sagen, selbst wenn das bedeutet, dass wir unsere Hände mit Blut beflecken müssen.«

Wieder eine Pause. Henris Brust schwoll in glühendem Patriotismus, als wäre die Rede des Priesters direkt an ihn gerichtet. Pater Marcels letzte Worte hallten in der angespannten Stille wider. Er starrte wie blind auf die Buntglasfenster über dem Hauptportal der Klosterkirche. Er blickte niemanden mehr an, als sei seine Seele irgendwo weit fort. So weit fort, dass nur noch die zitternde Hülle seines Körpers an diesem heiligen Ort zurückgeblieben war.

»Ich bete für euch alle, ich bete für mich. Ich flehe Gott an, sich unser aller zu erbarmen.« Seine tiefe Stimme wurde leiser. »Zweifeln ist menschlich. Und wenn wir eines Morgens erwachen und unseren Glauben verloren haben, dann lasst uns die Augen schließen und sie nicht eher wieder öffnen, als dass wir wieder klar sehen können. Es ist besser weiterzuschlafen, wenn wir nicht bei klarem Verstand handeln können. Wenn ich euch hier vor mir sehe, wenn ich unsere gemeinsamen Sorgen sehe und unseren gemeinsamen Schmerz, kann ich das Licht sehen. In euch sehe ich das Licht der Welt. Lasst uns den Glauben nicht verlieren, meine geliebten Kinder. Lasst ihn uns nicht verlieren – denn das wäre das Schlimmste, was uns in diesen schweren Zeiten passieren könnte. Ich kann Gott in jedem Einzelnen von euch sehen. Gott ist in uns allen.«

Umhüllt von der Einsamkeit der Predigt stieß Pater Marcel einen tiefen Seufzer aus und trat vom Altar zurück. Er ging, zog die Tür zur Sakristei knallend hinter sich zu und verließ die entsetzte Gemeinde, ohne ihr ein letztes »Amen« zu gewähren.

43

Ein Staubsturm wehte durch die Straßen des Dorfes, über Dächer und um Häuserecken. Er trieb alles vor sich her, was ihm im Wege stand. Die Dorfbewohner schlossen die Fenster, damit der Staub nicht in die Häuser drang und ihre schwachen Lungen noch weiter schädigte. Die schweren Eichentüren des Klosters waren zugezogen worden, doch die Böen bliesen über den Klosterhof auf der Suche nach allem, was nicht niet- und nagelfest war. Doch sie konnten weder die staubbraunen Felsen bewegen noch den einzigen Baum entwurzeln, der stoisch in der Mitte des Hofes ausharrte. Der erbarmungslose Nordwind erreichte das Kloster, als man am wenigsten mit ihm gerechnet hatte. Und mit dem Wind kamen die Deutschen.

Als Élise hörte, dass die Deutschen sich näherten und von den *miliciens* begleitet wurden, hatte sie das Gefühl, ihr Herz würde stehen bleiben. Vielleicht war es müde geworden, vielleicht konnte sie keine Angst mehr ertragen. Sie nahm Danielles kalte Hände und stand bewegungslos mit ihrer Schwester da, während die anderen Kinder ziellos durch die Gänge des Klosters rannten.

»In den Hof! Alle in den Hof – augenblicklich!«, hörten sie jemanden brüllen.

»Hat es nicht geheißen, der Krieg sei bald zu Ende? Was ist mit den Alliierten passiert und mit der französischen Armee?«, jammerte Élise. »Wir wären besser noch weiter nach Süden geflohen, so weit weg wie möglich, statt im Kloster Schutz zu suchen. Aber ich war so durstig, weißt du noch?« Sie schaute Danielle an. »Was können sie uns denn noch nehmen? Wir haben schon *Maman* Claire verloren, und jetzt werden sie uns noch von Marie-Louise, Henri und Pater Marcel trennen. Und Paris werden wir niemals zu sehen bekommen!«

Henri kam zu ihnen gelaufen. »Wir sollen mit den anderen in den Hof gehen. Sie wollen uns einen Zaubertrick zeigen. Los, gehen wir!«

Die Mädchen folgten ihm im Gleichschritt, als könne nichts sie mehr trennen.

Nachdem sich alle Kinder auf dem Haupthof versammelt hatten, wurde es ganz ruhig. Élises Atem ging schneller. Im Hof standen der dürre Mann und der Mann mit den Augenringen. Ihre Gesichter waren von einer rissigen weißen Paste bedeckt. Ihre Augen waren schwarz umrandet, ihre Münder zu einer roten Linie geschminkt, die von den Mundwinkeln bis zum Kinn reichte, sodass es aussah, als würden sie diese in einer Grimasse des Abscheus verziehen. Die Männer taten so, als wären sie durch eine unsichtbare Glaswand von ihren aufmerksamen Zuschauern getrennt, und drückten pantomimisch gegen diese imaginäre Wand, durch die niemand – nicht einmal die Deutschen – dringen konnten. Doch die Vorstellung der beiden machte die Kinder nur noch trauriger. *Dabei sollten sie uns eigentlich zum Lachen bringen*, dachte Élise.

Dann hörte man das Donnern marschierender Schritte, so laut, dass es die Grundfesten des Klosters zu erschüttern schien, das in der Vergangenheit schon so vielen Invasionen standgehalten hatte. Die Zuschauer blickten sich suchend um, ob sie den Hof irgendwie verlassen konnten, aber die Pantomimen verlangten volle Aufmerksamkeit und bekamen sie auch.

Pater Auguste, der auf einem wackeligen Lehnstuhl neben Marie-Louise saß, war der Einzige, der über die Possen der improvisierenden Schauspieler lachte. Er blickte sich zu den Kindern um und zwinkerte ihnen mit jungenhafter Begeisterung zu, dann wandte er sich wieder den Mimen zu, die sich nun als Zauberkünstler betätigten und eine endlose Kette von bunten Taschentüchern aus einem übergroßen Zylinder hervorzogen. Als einer von ihnen den Zylinder mit dem goldenen Zauberstab berührte, tauchte das zitternde weiße Kaninchen auf. Das war der einzige Trick, den es gelernt hatte.

Zum ersten Mal applaudierten alle. Dennoch meinte Élise, die mit Danielle und Henri ganz vorn saß, in den Gesichtern der Pantomimen blanke Angst zu erkennen.

»Dreh dich nicht um. Sie sind da«, flüsterte Henri ihr zu. »Aber sie können uns nichts tun. Wahrscheinlich wissen sie nicht, was los ist. Das Beste ist, sie zu ignorieren.«

Henris Worte klangen für Élise wie fernes Gemurmel. Wieder einmal liefen sie wie gefügige Schafe auf die Klippe zu, eines nach dem anderen. Wieder einmal hatte sich das ganze Dorf versammelt und wartete brav auf die Einschläge.

Ich sollte wegrennen. Ich sollte mich wehren. Wir sollten uns alle zusammentun, gemeinsam den Hof verlassen und in Richtung Dorf gehen. Dann werden wir ja sehen, ob sie mutig genug sind, uns im Freien hinterrücks zu erschießen – und nicht eingesperrt in einer Kirche oder einem Hof. Élises Gesicht zuckte so deutlich, dass Danielle und Henri es bemerkten.

Marie-Louise, die in der Nähe saß, hatte Sorge, dass einer der drei unüberlegt reagieren könne.

Flankiert von zwei *miliciens*, stellte sich ein deutscher Offizier in der Mitte des Hofes auf, an derselben Stelle, an der kurz zuvor noch die beiden Pantomimen aufgetreten waren.

»Wir suchen nach Waffen«, sagte der Offizier mit eisiger Ruhe in perfektem Französisch.

Immer das Gleiche, dachte Élise mit starrem Gesicht.

»Und wir suchen einen unserer Männer«, fügte der Offizier hinzu.

Henri zuckte auf seinem Stuhl zusammen. Danielle schloss die Augen. Élise schluckte. Marie-Louise beobachtete die Reaktionen der Kinder.

»Kann uns hier vielleicht irgendjemand weiterhelfen? Habt ihr in den letzten Tagen etwas Verdächtiges gesehen?«

Schweigen.

»Na gut. Dann werden wir die Kinder eben eines nach dem anderen befragen. Kindermund tut Wahrheit kund«, sagte der deutsche Offizier mit einem kühlen Lächeln. Dann sah er Danielle an. »Sollen wir mit dir anfangen?«

Warum haben wir uns bloß in die erste Reihe gesetzt? Warum sind wir nicht weggelaufen? Warum haben wir uns nicht im Klausurbereich versteckt? Sei stark, dir wird nichts passieren, glaub mir, denk an Maman.

All diese Gedanken hätte Élise Danielle gern zu verstehen gegeben, indem sie ihr mehrmals die Hand drückte. Doch Danielle nahm gar nichts mehr wahr. Auf einmal war sie schwerelos und schwebte über den Hof, hoch über allen anderen.

Die beiden *miliciens* führten Danielle in die Sakristei, wo der deutsche Offizier sie schon erwartete. Élise ließ sich nichts anmerken, als sie ihre Schwester verschwinden sah, aber in diesem Moment tauchte in ihrer Erinnerung vage der Geruch des Todes auf, der sie schon immer verfolgt hatte.

Ein paar Minuten später ging die Tür wieder auf, und Danielle rannte in Élises Arme. Als Nächstes war Henri an der Reihe. Er stürmte in die Sakristei und schlug den beiden *miliciens* die Tür vor der Nase zu.

Ganz allein mit dem Deutschen. Ich wünschte, ich wäre so tapfer wie er, dachte Élise und wandte den Blick nicht mehr von der Tür zur Sakristei.

Marie-Louise kam zu ihnen. Sie fragte sich, wie sie die Kinder beschützen könne. Doch was sollte sie tun? Sie war bloß eine Köchin und hatte nicht einmal ihrem Mann helfen können. »Sei tapfer«, sagte sie zu Élise. »Heute Morgen hat Pater Marcel mir erzählt, dass Henris Bruder ihn morgen abholen kommt.«

»Wo ist Pater Marcel überhaupt?«, fragte Danielle. Marie-Louise senkte den Blick und schwieg.

Noch ehe Henri wieder aufgetaucht war, hatten die beiden *miliciens* Élise bereits zum Eingang der Sakristei geführt. Henri und Élise warfen einander einen kurzen Blick zu, während sie in entgegengesetzter Richtung die Tür passierten.

»Bald werden sie wieder weg sein und uns in Ruhe lassen«, sagte Élise zu ihm, doch eine Träne unterdrückter Wut lief ihr die Wange hinunter.

Als Henri kurz darauf mit roten Augen aus der Sakristei zu Danielle geeilt kam, wirkte er auf sie wie ein verängstigter kleiner Junge. Der deutsche Offizier folgte ihm und begleitete ihn über den Hof, ehe er vor Pater Auguste und den beiden Pantomimen stehen blieb. Élise verharrte bewegungslos im Eingang zur Sakristei, ganz allein.

»Wo halten Sie den Offizier versteckt?«, fragte der Deutsche den alten Mann. Pater Auguste schwieg. Daraufhin befahl der Deutsche den *miliciens*, mit der Suche zu beginnen. Dann wandte er sich zu den beiden Pantomimen und trieb sie mit vorgehaltener Pistole in Richtung Küche.

Danielle fing an zu zittern und murmelte leise vor sich hin. An der Bewegung ihrer Lippen konnte Henri ablesen, dass sie ein stummes Vaterunser betete.

»Bleib ruhig«, befahl er ihr.

»Der Koffer«, erwiderte Danielle mit schwacher Stimme. »Der Koffer ist doch in Pater Marcels Zelle.«

Die Männer, die das Kloster durchsuchten, betraten den Raum neben der Küche und schalteten das Radio ein. Sie drehten es lauter, und eine Rede auf Französisch war bis in den Hof zu hören, nur um gleich wieder unterbrochen zu werden. Dann erklang eine Klaviermelodie, gefolgt von einer Trompete, und eine Frauenstimme setzte ein.

»Das ist eine Sendung der Alliierten!«, erklärte Henri mit mühsam unterdrückter Aufregung. »Das muss ein amerikanisches Lied sein!«

Die Worte erreichten sie durch das statische Knistern wie ein ferner Klagegesang: *»I'll be seeing you, in all the old familiar places …«*

Der deutsche Offizier führte die beiden Schauspieler in den Raum neben der Küche. Draußen auf dem Hof konnte man nur die tiefe Frauenstimme hören, die im Radio sang, abrupt unterbrochen von Schlägen, Geschrei und Geräuschen, als würden Stühle umfallen und Möbel verschoben.

Élise starrte Henri und Danielle an.

Dann war der erste Schuss zu hören, und alles verharrte in schockstarrer Stille. Beim zweiten Schuss brach überall im Hof panisches Geschrei aus. Nach dem dritten dann kehrte eine überwältigende, allumfassende Ruhe ein.

Der deutsche Offizier öffnete die Tür und betrat den Hof, die Lippen zu einem dünnen Strich verzogen. Er warf einen verächtlichen Blick in die Runde, dann verließ er die Abtei. Hinter ihm eilten die *miliciens* zum Ausgang, sie trugen den blutigen Körper eines weiteren deutschen Offiziers.

Gleich wird es wieder eine Explosion geben, Flammen …, dachte Élise. *Sie werden uns bei lebendigem Leib verbrennen und uns in ein Massengrab werfen.*

Marie-Louise stürmte in den Raum neben dem Küchendurchgang und schleuderte das Radio auf den Boden, doch es spielte weiter: *»I'll find you in the morning sun, and when the night is new, I'll be looking at the moon, but I'll be seeing you …«* Unter Aufbietung seiner letzten Kräfte kam Pater Auguste hereingeschlurft, gefolgt von Élise. Danielle und Henri blieben im Hof, wo die Zeit stehen geblieben war.

Marie-Louise hielt sich an der geöffneten Falltür fest und stieg die Stufen in den Kellerraum hinunter. Von oben konnten Élise und Pater Auguste die beiden Pantomimen sehen. Beide hatten Schusswunden auf der Stirn. Die weiße Clownsschminke in ihren Gesichtern war blutrot zerlaufen. Am anderen Ende des Kellers lag die Leiche von Pater Marcel. Eine Kugel hatte sein Auge durchdrungen, und Blut strömte aus der Wunde über seinen Kopf.

Marie-Louises verzweifelte Schreie übertönten die Stimme der Sängerin aus dem Radio.

»Wie lange geht denn dieses Lied noch?«, murmelte Élise mit zitternden Lippen.

Niemand antwortete.

44

Der Wind wehte durch das Dorf und hinterließ Staub und Blutspuren auf den Wänden des Klosterkellers. Élise befand sich allein im Schlafsaal. Ihr Gesicht war nass, doch sie wusste selbst nicht, ob vom Weinen oder vom Schweiß. Sie wusste nicht, wann sie die Augen zugemacht oder wie sie überhaupt ins Bett gelangt war und ob sie bei Danielle geschlafen hatte.

Sie stand auf und ging in die Küche. Danielle und Marie-Louise waren beide dort und redeten. Als sie Élise kommen sahen, verstummten sie, und Élise war klar, dass sie etwas vor ihr verbergen wollten. Doch niemand musste sie noch schützen. Was sollte ihr denn noch passieren, wo sie doch schon so viel verloren hatte? Paris, der Onkel in New York – all das bedeutete ihr nichts mehr. Sie waren dazu verdammt, für immer in diesem windgebeutelten Kloster zu bleiben. Ihre letzte Hoffnung war Henri.

»Guten Morgen, Élise. Wie hast du geschlafen?«, erkundigte sich Marie-Louise. Als Élise nicht antwortete, fügte sie hinzu: »Alles wird wieder gut.«

Élise hatte genug von diesem dummen Satz. *Gut? Wie kann jemand mir immer noch weismachen wollen, dass alles gut wird?*

»Henri ist weg«, platzte Danielle heraus. »Sein Bruder wollte ihn abholen, aber er war schon weg. Niemand hat ihn gesehen, als er verschwunden ist.«

Élise sank das Herz.

»Vielleicht hat er sich versteckt. Oder er ist verhaftet worden. Wenn sie das Flugblatt gefunden haben, das er unter seine Matratze geschoben hat …«

»Henri ist abgehauen, Élise«, sagte Danielle. »Es war seine Schuld, dass sie Pater Marcel umgebracht haben.«

»Danielle, du weißt ja nicht, was du da redest! Du kannst doch Henri nicht dafür verantwortlich machen.«

»Kaum hatte er mit dem deutschen Offizier gesprochen, sind sie in den Keller runtergegangen! Das ist doch wohl Beweis genug!«, sagte Danielle voller Verachtung.

»Das wissen wir nicht«, wandte Marie-Louise ein. »Ich habe ihm erzählt, dass sein Bruder am nächsten Tag käme. Vielleicht hatte er Angst und ist deswegen weggegangen. Er wollte nicht zu seinem Bruder, das wisst ihr doch beide.«

»Henri kann nichts dafür!«, schrie Élise, und ihre Stimme überschlug sich. Zitternd stellte sie sich in eine Ecke der Küche. »Es ist nicht seine Schuld! Er kann nichts dafür!«, rief sie, unterbrochen von Schluchzern.

»Aber wir sind auch nicht schuld!«, ereiferte sich Marie-Louise. »Keiner hat Schuld. Wir sind im Krieg«, fügte sie hinzu. Sie war es leid, immerzu andere Menschen trösten zu müssen. »Schön, dass ihr noch weinen könnt – ich habe keine Tränen mehr!«

Das Radiogerät war mittlerweile in der Küche gelandet und stand, gut sichtbar für jeden, unter dem Fenster. Sie mussten nicht länger heimlich Radio hören.

Élise starrte mit Tränen in den Augen in die Staubkörnchen, die im Sonnenlicht tanzten. Sie dachte an Henri und die endlosen Meilen, die er in der heißen Sonne zurücklegen musste, bis er den Süden erreichte, wo die Deutschen ihn nicht erwischen konnten. Sie hatte sich einmal vorgestellt, wie sie eines Tages erwachsen sein würde, beinahe so groß wie Henri. Sie hatte sogar davon geträumt, dass Henri in ihr nicht mehr nur das kleine Mädchen sehen würde und sie Hand in Hand spazieren gingen, ohne Angst vor den Deutschen oder den *miliciens*. Es sollte nur ein Traum bleiben.

Im Radio hörte sie die ersten vier Töne von Beethovens *Fünfter Symphonie*. Henri hatte ihr erzählt, dass sie im Morsecode für den Buchstaben V standen – für *Victory*, Sieg. Henri wusste alles. Nun hatte sie wieder einmal einen Freund verloren. Wie viele Menschen würden sie noch verlassen? In Zukunft würde es keine Wortgefechte mehr mit Henri geben. Niemand würde sie mehr in seine Pläne einweihen, wie Henri es getan hatte, wenn er davon träumte, die Nazis zu bekämpfen oder die französische Flagge über der Place de la Concorde zu hissen.

»*Ici Londres! Les Français parlent aux Français* …«, hörte Élise eine Radiostimme. Dies war keine kodierte Nachricht, sondern eine direkte Ansprache. Alle drei traten sie dichter an den Lautsprecher, und das irritierende deutsche Interferenzrauschen anderer Sender war nicht mehr zu hören. »Heute, am 23. August 1944, haben die *Forces françaises de l'intérieur* Paris befreit.« »Eine Einheit der amerikanischen Armee hat Grenoble besetzt.« »Die Alliierten rücken auf die deutschen Abschussstellungen vor.«

»Ist der Krieg vorbei?«, fragte Élise.

Die beiden anderen wussten nicht, was sie sagen sollten.

Marie-Louise schaltete das Radio aus. »Lasst uns schnell zu mir nach Hause gehen. Sagt lieber nichts. Es könnte auch bloß ein falscher Alarm sein – oder eine Falschmeldung, um den Deutschen Angst zu machen«, sagte sie und band ihre Schürze ab. Sie verließen die Küche.

Der Kampf gegen die Deutschen war vielleicht beendet, aber das Kloster war immer noch von Schweigen umhüllt. Pater Auguste hatte sich in seiner Zelle eingeschlossen. Ein paar Kinder spielten auf dem staubigen Hof. Die Tür zum Raum neben der Küche war abgeschlossen. Élise hatte nicht den Mut zu fragen, was mit den Leichen der beiden Pantomimen und Pater Marcels geschehen war, ob man sie einfach in aufgelassenen Gräbern auf dem Friedhof der Mönche verscharrt hatte oder ihnen das christliche Begräbnis zugedacht hatte, das sie verdienten.

Danielle lief noch einmal los, um den Koffer zu holen, dann schloss sie sich Élise und Marie-Louise an.

»Bei dir zu Hause ist der Koffer bestimmt sicherer«, sagte sie zu Marie-Louise und hielt ihren Schatz umklammert.

Die Dorfstraßen waren verlassen, doch hinter den geschlossenen Türen und Fenstern waren unverständliche Rufe, Jubel und Applaus zu hören.

Von Weitem sahen sie eine Gruppe Männer, die auf etwas eintraten, was sich am Boden krümmte. Zuerst dachte Danielle, sie hätten vielleicht einen Hirsch gefangen.

Ein boche. *Sie haben Pater Marcels Mörder gefangen! Ich hoffe, er muss leiden, das geschieht ihm recht*, dachte Élise mit kaum verhohlener Wut.

Sie kamen an einem hochhackigen roten Schuh vorbei, der im Staub auf der Straße lag. Ein paar Schritte weiter entdeckten sie ein dickes Büschel Haare, lange kastanienbraune Locken, die kaum zu einem deutschen Soldaten gehören konnten. Als sie näher kamen, hörten sie ein Stöhnen und sahen schließlich auch das übel zugerichtete Gesicht einer Frau mit kahl rasiertem Kopf. Ein barbrüstiger Mann riss ihr das Kleid vom Leib, und sie brach nackt auf dem Kopfsteinpflaster zusammen. Blut lief ihr zwischen den Beinen hervor, während sie verzweifelt ihren Bauch umklammerte, um sich zu schützen.

»Sie ist schwanger!«, flüsterte Marie-Louise. »Ihr Tiere!«, rief sie dann den Männern zu, und die Meute zerstreute sich.

Es war Viviane, die dort am Boden lag. Marie-Louise streckte ihr die Hand entgegen, um ihr aufzuhelfen.

Viviane nahm sie nicht, sondern gab ihr mit einer Geste zu

verstehen, sie solle verschwinden und sie allein lassen. »Lass sie doch! Sie sollen ruhig zu Ende bringen, was sie angefangen haben …« Ihre Stimme klang tief und fest, und ihre Augen funkelten. »Ich habe nichts mehr zu verlieren.«

Marie-Louise starrte die Angreifer trotzig an, dann half sie Viviane aus dem Staub und den Speichelpfützen hoch und führte sie zu ihrem Haus. Élise half ihr, Viviane zu stützen, während Danielle die Haustür öffnete.

Viviane hatte einige Schnittwunden auf dem Kopf, wo man sie geschoren hatte. Vereinzelte Haarsträhnen hingen ihr noch im Nacken. Sie hatte ein paar Zähne eingebüßt und um das rechte Auge einen blauroten Bluterguss. Ihre Brüste waren mit Blut und Dreck verschmiert.

Marie-Louise schloss sich mit ihr im Badezimmer ein. Die Mädchen hörten das Geräusch von fließendem Wasser, das Vivianes gedämpftes Schluchzen übertönte.

»Ein Krieg ist zu Ende«, sagte Élise. »Und jetzt fängt ein neuer an. Was wird wohl mit uns geschehen?«

Sie gingen ins Wohnzimmer und schalteten das Radio ein. Die Deutschen hatten den Rückzug angetreten. General de Gaulle war auf dem Vormarsch nach Paris. Die Hakenkreuzfahne war endlich von der Place de la Concorde gerissen worden.

Den Abend verbrachten sie um den Küchentisch versammelt und tranken schweigend Kräutertee. Viviane trug einen weißen Bademantel. Mit dem kahl rasierten Kopf wirkte sie noch jünger, als sie war, wenn sie sich über ihre Tasse beugte.

»Gehen wir nach Paris!«, unterbrach Élise die Stille. Die anderen lächelten nur.

Élise wusste gar nicht, was es hieß, in Friedenszeiten zu leben. Seit sie sich erinnern konnte, hatten irgendwo Feinde auf der Lauer gelegen. Seit sie sich erinnern konnte, war ihre Hauptsorge gewesen zu überleben. Wie würde Paris wohl ohne

Hakenkreuzfahnen sein? Paris – das war für sie das Foto der lachenden *Maman* Claire vor dem Eiffelturm. Auch wenn die Deutschen sich zurückzogen, die Alliierten vorrückten und die französische Armee Paris befreit hatte, so würde doch nichts davon *Maman* zurückbringen.

»Hier wird jetzt erst mal Chaos herrschen – tagelang, Wochen, Monate oder Jahre«, sagte Marie-Louise. »Frankreich ist ein Land ohne Regierung. Gott weiß, wie viele Deutsche sich noch hier und da versteckt halten. Und wie viele andere wie den Sohn der Bäckersfrau es noch gibt, die jetzt nicht wissen, wohin mit ihrer Scham und Angst. Verzweifelte Menschen sind zu allem fähig!«

Danielle konnte den Blick nicht von Viviane wenden. Sie verspürte unendliches Mitleid mit ihr. Sie sah in ihr ein Opfer der Deutschen und nicht die verhasste Kollaborateurin, als die die Dorfbewohner sie betrachteten.

Viviane nippte an dem Tee und versuchte dabei, die Wunden an ihrem Mund nicht zu berühren. In ihren Augen standen immer noch Tränen, aber sie schluchzte nicht mehr. Als sie bemerkte, dass Danielle sie anstarrte, senkte sie den Kopf noch weiter.

»Morgen ist ein neuer Tag«, murmelte sie und schloss die Augen.

Sie schämte sich nicht mehr. Es war ihr gleich, was sie ihr noch antaten, ob sie sie totschlugen oder sie ins Gefängnis steckten. Sie hatte sich ohnehin schon wie tot gefühlt, bis sie die gelegentlichen leichten Bewegungen in ihrem Bauch gespürt hatte, die sie erst nicht richtig einordnen konnte und für ein Zittern ihres Körpers gehalten hatte. Doch sie trug ein neues Leben in sich, ein »Kind der Schande«, wie man ihr zugerufen hatte – aber dennoch ihr Kind. Ein neuerlicher Tritt des Babys ließ sie ihren Schmerz vergessen, und sie versuchte zu lächeln, so dachte sie jedenfalls. Die anderen konnten kein

Lächeln erkennen und sahen nur ihr übel zugerichtetes Gesicht, in dem immer noch Blutspuren waren.

»Vielleicht habe ich einen Fehler gemacht«, fuhr sie mit dumpfer Stimme fort. »Aber mein Kind ist kein Fehler. Wir sind noch im Krieg, und der Vater meines Kindes ist ein Feind. Aber wir werden nicht ewig Krieg haben. Ich habe nicht vor, den Rest meines Lebens davonzulaufen oder mein Kind zu verstecken. Mein Baby trägt keine Schuld!«

Am nächsten Tag schalteten sie das Radio nicht ein, denn sie wollten nicht riskieren, enttäuscht zu werden. Womöglich hatten die Deutschen erfolgreich zum Gegenschlag angesetzt, oder die militärische Verstärkung, die die schwache französische Armee hatte unterstützen sollen, war wieder in die Vororte von Paris verschwunden. Vielleicht war diese Armee selbst nur ein Hirngespinst, wie viele Leute befürchteten.

Sie beugten sich aus dem Fenster und spürten, dass auch der Sommer den Rückzug angetreten hatte. Marie-Louise ahnte, dass sie einen strengen Winter bekommen würden.

In der Abenddämmerung kehrten sie zum Kloster zurück, während Viviane im Haus der Köchin blieb. Sie musste sich ausruhen und ein paar Tage lang so viel wie möglich schlafen. Élise hatte gehört, wie sie mit sich selbst sprach, während sie mit gesenktem Blick im Zimmer auf und ab lief, niedergedrückt von der Schuld, mit der ihr Kind geboren würde. Wenn die Schmerzen in ihren Beinen und ihrem Rücken zu schlimm wurden, setzte sie sich auf die Fensterbank, und ein paar Sekunden später stand sie wieder auf und lief von Neuem im Zimmer umher.

Pater Marcels Abwesenheit war überall im Kloster spürbar: in den Korridoren, vor dem Altar, auf dem Hof, in den traurigen Blicken der Kinder, die noch niemanden gefunden hatten, der bereit war, sie zu adoptieren. Marie-Louise stürzte sich in die Arbeit in der dunklen Küche, doch Élise bemerkte, wie betrübt ihre Miene immer noch war.

»Früher einmal sind viele hierhergepilgert, um sich fortzubilden«, sagte Marie-Louise leise vor sich hin, ohne zu merken, dass ihr jemand zuhörte. »Jetzt kommt niemand mehr. Was ist bloß aus diesen Mauern geworden, die früher so viel Weisheit bargen und Bücher mit solch prachtvollen Bildern hervorgebracht haben? Was ist aus dem Duft nach Weihrauch geworden, aus den mehrstimmigen Gesängen …?«

Als Élise die Köchin so reden hörte, erkannte sie sie kaum wieder. Das war nicht die Frau, die den gefährlichen deutschen Soldaten gegenübergetreten war, die Viviane vor der Steinigung gerettet oder zwei verlassenen kleinen Mädchen Unterschlupf gewährt hatte. Auf einmal wirkte sie bloß noch wie eine zerbrechliche ältere Frau, hilflos verloren im Labyrinth ihrer Erinnerungen.

Währenddessen wanderte Danielle ziellos zwischen den Säulen der Kirche umher und vermied den Kontakt zu den anderen Kindern. Auch ihr bedeutete das Ende des Krieges nichts. Sie war genauso verloren wie Marie-Louise. Vielleicht wäre es besser, das Leben so fortzuführen wie bisher – heimlich, immer auf der Flucht, die zumindest jedem Morgen einen neuen Sinn verlieh? Besser, als friedlich zu schlafen, nachdem sie doch ihre Mutter verloren hatte. Was sollte sie von jetzt an tun? Was konnte sie tun? Weinen?

45

Nach und nach kehrten die verschiedensten Gerüche ins Dorf zurück, als hätten sich alle Leute gleichzeitig entschieden, den Backofen anzuheizen oder ihre restlichen Vorräte aus der Speisekammer zu holen. Der Krieg war vorbei – man brauchte keine Lebensmittel mehr zu horten. Es war an der Zeit, ein ordentliches Fest zu feiern. Aus den Häusern drangen lebhafte Gespräche und Musik bis auf die Straße, aber auch familiäre Streitereien, die man noch ein paar Tage zuvor in aller Stille ausgetragen hätte.

Marie-Louises Haus lag als einziges in völliger Dunkelheit. Alle anderen Fenster im Dorf waren erhellt, nur ihres nicht. Zusammen mit den beiden Mädchen stieg sie die Holztreppe hoch, die sie auch im Dunkeln in- und auswendig kannte: Diese Stufe knarrte, jene war stabiler, eine weitere hatte einen Riss im Holz. Sie vermied es, auf die laut knarrenden Stufen zu treten, um Viviane nicht zu wecken, der es nach mehreren durchwachten Nächten offensichtlich endlich gelungen war einzuschlafen.

Marie-Louise blieb am oberen Ende der Treppe stehen, ohne das Licht einzuschalten. Sie wandte sich zu Élise um, und diese sah, wie der Köchin ein Ausdruck des Entsetzens über das Gesicht huschte. Marie-Louise hatte eine Vorahnung. Ganz langsam ging sie über den oberen Flur, als wollten ihre Füße nicht recht weiter. Als sie sah, dass die Badezimmertür geschlossen war, wich sie entsetzt zurück.

Man sollte in der Lage sein, das Unglück vorherzusehen, dachte Danielle. *Dann ist man gewappnet, wenn es einem überraschend begegnet.*

Im Halbdunkel hatte sich Marie-Louises Gesicht zu einer starren Grimasse verzogen – eine senkrechte Linie, die von der Stirn bis zum Mund reichte. Ihre Wangen waren eingefallen, die Lippen zitterten. Marie-Louise schien zu ahnen, was sie gleich sehen würde. Sie ahnte, dass etwas Schlimmes geschehen war.

Sie schaltete von außen das Badezimmerlicht ein. Die Tür war immer noch geschlossen, doch durch die Spalten im Türrahmen fielen nun ein paar schräge Lichtstreifen in den Flur und ließen die Silhouetten der Mädchen hervortreten wie Scherenschnitte. Marie-Louise lehnte den Kopf an die Tür, sammelte Kraft und ließ die verschiedenen Möglichkeiten Revue passieren, obwohl es längst zu spät war. *Wäre ich doch nur zu Hause geblieben. Hätte ich ihr doch bloß mehr Zeit gewidmet, ihr zugehört.* Ein wenig Hoffnung hatte sie immer noch, deshalb klopfte sie an die Tür und rief leise »Viviane«. Mehrmals rief sie ihren Namen und hoffte auf ein Wunder.

Dann drehte sie langsam den Türknauf, inzwischen überzeugt, dass die junge Frau, der sie geholfen hatte, auch nur noch eine ferne Erinnerung war. Mit aschfahlem Gesicht schob sie die Tür auf.

Das Badezimmerfenster stand offen. Dahinter wölbte sich der sternenübersäte lilablaue Nachthimmel.

»Wo ist der Mond hin?« Élise seufzte.

Der kalte Luftzug, der von der Straße hereinwehte, jagte ihr einen Schauer über den Rücken, dann ließ Marie-Louises Aufheulen sie zusammenfahren. Als die Köchin vor der Wanne auf die Knie sank, sah Élise, was sie so schockiert hatte: In der Badewanne lag Vivianes nackter Körper, bedeckt von einem Schleier aus Blut. Die Wunden waren aus ihrem blassen, unschuldigen Gesicht verschwunden. Ihre Lippen waren wieder rosa, und ihre Augen schienen nach draußen zu den Sternen emporzustarren. Ihr Mund war zu einem starren Lächeln verzogen, ein Lächeln, für das es keine Zukunft mehr gab. An ihrer Kehle, knapp oberhalb des Schlüsselbeins, klaffte eine Wunde. Es sah aus, als hätte sich ihr Kopf vom Körper lösen und einem eigenen Ziel folgen wollen. Ihr linker Arm hing seitlich an der Badewanne herab, und neben der blutbefleckten Hand glänzte ein offenes Rasiermesser mit makellosem Perlmuttgriff auf dem Fliesenboden.

Marie-Louises Schreie zerrissen die Stille. Sie starrte das Rasiermesser an, das einmal ihrem Mann gehört hatte. Vor langer Zeit hatte sie es zusammen mit einem kleinen Säckchen Lavendel in den Handtuchschrank geräumt. Vor ihrem inneren Auge sah sie, wie Viviane ins Badezimmer gegangen war und den Schrank aufgemacht hatte. Und da, zwischen den parfümierten Handtüchern, hatte ihre einzige Rettung gelegen. Marie-Louise machte sich bittere Vorwürfe, dass sie selbst den Tod in unmittelbare Reichweite der armen Viviane gebracht hatte.

Als Viviane nach einem Handtuch griff, musste das Rasiermesser auf den Boden gefallen sein. Sie hatte es vermutlich aufgeklappt und festgestellt, dass es immer noch scharf genug war, um sie auf ihre Reise zu schicken. Nackt, schwerelos und frei von jeder Berührung mit der feindlichen Welt, befreit von einer Schuld, die sie nie wirklich als solche verstanden hatte, schwor sie sich, dass ihr Kind niemals als Kind der Schande bezeichnet werden dürfe. Sie hatte das Fenster geöffnet und sich vom fernen Glanz der Sterne bescheinen lassen, ein weiches Licht, das gnädig alle Verletzungen und Wunden verbarg.

Sie hatte es sich so gut wie irgend möglich in der kalten Porzellanwanne bequem gemacht, mit sich und der Welt im Reinen. Die Zeit für Erklärungen war vorbei. Sie würde sich nicht länger vor irgendjemandem schützen müssen.

Sie hatte das offene Rasiermesser angehoben. Die Metallklinge war wie eine Liebkosung auf ihrer Kehle gewesen. Kein Schrei, keine Tränen, kein langer Todeskampf. Mit der rechten Hand hatte sie ihren Bauch gestreichelt.

In jener Nacht, als Élise Marie-Louises verzweifeltem Schluchzen lauschte, wurde ihr bewusst, dass die Köchin nie mehr zu ihrer Arbeit ins Kloster zurückkehren würde. Sie sah vor sich, wie sie und Danielle bei Marie-Louise leben würden, und das erfüllte sie mit einem flüchtigen Glücksgefühl.

Die Mädchen akzeptierten, dass sie nun die Familie der Köchin waren. Alles wurde anders. Nun hatten sie ein richtiges Zuhause.

46

In Friedenszeiten schienen die Nächte nicht enden zu wollen. Élise fürchtete jeden Tag den Sonnenuntergang, denn nachts lag sie wach, wartete, dass die Zeit verging und endlich der letzte Stern am Himmel verschwand. Seit Vivianes Tod mochte sie ihre Augen nicht mehr schließen, aus Angst, sie könnte Bilder aus der Zukunft vor sich sehen. Sie war nicht bereit für das, was als Nächstes kommen würde. Schlaf bot ihr keine Rückzugsmöglichkeit mehr. Nach solchen Nächten stolperte Élise durch den Tag und kämpfte gegen ihre schweren Augenlider an.

Danielle hingegen zeigte Marie-Louise, dass sie sich zu einer unabhängigen jungen Frau entwickeln wollte, die ihr nicht länger zur Last fallen würde. Sie gab der vor sich hinträumenden Élise Anweisungen. »Räum die Küche auf.« »Die Handtücher sollten doppelt gefaltet werden.« »Pass auf, dass du die Fenster zur Straße ordentlich zumachst.« »Sei nicht so verschwenderisch mit dem Wasser …« All das äußerte sie mit lauter Stimme. Marie-Louise sollte sicher sein, dass Danielle ihr Leben von nun an selbst in die Hand nahm. Und als ältere Schwester trug sie auch die Verantwortung für Élise.

Die Wintermonate brachten sie damit zu, das Ladenlokal zu reinigen, die Fenster zu putzen und die Ladentheke zu polieren. Den Dorfbewohnern teilten sie mit, dass das *Atelier Plumes* ab Frühjahr wiedereröffnen und den Kunden seine Dienste anbieten würde. Das verblichene Ladenschild hing nach wie vor über der Tür. Marie-Louise rettete die verbliebenen Stoffballen aus dem Keller und weihte die Mädchen in die Geheimnisse von Brokat, Samt, Seide und Spitze ein. Einige Materialien waren gut zum Schmücken des Hauses geeignet, andere, um das Licht außen vor zu halten. Mit manchen konnte man gut Sofas aufpolstern, mit anderen düstere, vernachlässigte Ecken in Wohnräumen verschönern.

»Stoffe sind unsere Verbündeten«, erläuterte sie den Mädchen. »Wir müssen genau überlegen, wofür wir sie einsetzen. Wir müssen ihnen vertrauen, wir dürfen aber auch nicht zu weit gehen und etwas von ihnen verlangen, was sie uns nicht geben können.«

Während Élise immer noch ihren Tagträumen nachhing, lernte sie die Unterschiede zwischen Cretonne, Chenille, Damast, Leinen und Jacquard kennen. Wie eine Expertin sprach sie über gebleichten Taft in Leinwandbindung oder darüber, welche Stoffe durchlässiger und welche strapazierfähiger oder widerstandsfähiger gegen Verschleiß waren. Danielle holte die Stoffballen und rollte sie auf der Theke aus, während Élise die Kundinnen beriet – meistens Frauen, die sich den Luxus nicht erlauben konnten, ihre Sofas aufpolstern zu lassen. Sie waren bezaubert von diesem Mädchen, das über verschiedene Arten von Rohbaumwolle sprach, als handele es sich um Waisenkinder, und einen Ballen Moiré präsentierte wie eine exotische Prinzessin, die in einem Turm gefangen gehalten wurde. Auch Marie-Louise hörte ihr voller Bewunderung zu, und wann immer die Unterhaltung zu erlahmen drohte, nahm sie ein Muster des kostbarsten Stoffes und drapierte es über einen Sessel, damit die Sonnenstrahlen das zauberhafte Gewebe richtig zur Wirkung brachten und deutlich wurde, dass es sich um eine exquisite Webarbeit handelte.

Inzwischen waren die Deutschen und der Krieg nur noch ein ferner Dunst. Das Radio war auf ein leeres Regalbord in der Küche verbannt worden, weil die Nachrichten nur traurige Meldungen brachten. Marie-Louise beschloss, dass es von nun an nur noch Musik in ihrem Haus und ihrem Geschäft geben solle. Aus den Tiefen des Kellers beförderte sie ein altes Grammofon zutage, reinigte vorsichtig die Nadel, ölte den Arm und stellte es im Hinterzimmer auf.

Nun begannen und endeten ihre Tage mit Tangos von Tino Rossi, der einmal der Lieblingssänger von Marie-Louises Mann gewesen war.

»Wenn wir abends das Café zugesperrt haben, hat Albert immer mit mir getanzt. Er hatte das Haar zurückgegelt wie Tino Rossi«, sagte sie mit einem Lächeln. »Aber mein Albert sah besser aus.«

Die Musik brachte den Namen wieder an die Oberfläche, den sie bis dahin vermieden hatte auszusprechen. Zur Melodie von *Je voudrais un joli bâteau* streckte Marie-Louise Danielle die Arme entgegen und brachte ihr die komplizierten Schritte eines Tanzes bei, von dem Élise glaubte, dass sie selbst ihn vermutlich nie begreifen würde.

»Falls ich Tango lernen muss, um zu heiraten, werde ich wohl mein ganzes Leben als Jungfer verbringen müssen«, meinte Élise. Mit jedem Tag, der vorüberging, klang sie mehr wie eine alte Frau im Körper eines jungen Mädchens.

Marie-Louise hoffte immer noch darauf, dass ihr Mann eines Tages wiederkehren würde, wenn sie am wenigsten damit rechneten. Jedes Mal, wenn Élise seinen Namen hörte, riss sie die Augen weit auf und versuchte, das Bild auszuradieren, das sich ihr aufdrängte: Monsieur Albert würde niemals zurückkommen – er war am Grunde eines Brunnens verschwunden, seine Seele ertränkt, der Körper verbrannt.

Erschüttert von dem Beweis, dass ihre übersinnlichen Kräfte zurückgekehrt waren, verfluchte Élise ihre unglückselige Begabung, die Zukunft vorhersehen zu können. Sie hatte keine Ahnung, wie sie zu dieser Fähigkeit gekommen war. Mit Beginn des Sommers hielt sie Ausschau nach einem Silberstreif am Horizont. Das *Atelier Plumes* entwickelte sich prächtig, ihr Kundenstamm wuchs von Tag zu Tag. Inzwischen kamen nicht mehr nur unentschlossene alte Damen aus dem Dorf, sondern Leute aus den umliegenden Orten, die gehört hatten, dass man hier eine hervorragende Auswahl hochwertiger Stoffe aus besseren Zeiten von einer Qualität bekam, wie sie nicht einmal in den besten Pariser Geschäften zu finden war.

Nun, da das Unglück vertrieben war und man die Fenster wieder weit offen stehen lassen konnte, ohne dass Staub und Asche hereinwehten, fand Marie-Louise, dass es an der Zeit wäre, dass Élise sich wieder amüsierte. Es tat ihr leid zu sehen, dass das Mädchen noch immer nicht gut schlief, dass es mit dem Kopf in den Wolken umherlief und versuchte, sinnlose Träume zu deuten.

»Wir können nicht den ganzen Tag mit Träumen und Grübeleien verbringen. Und wenn wir immer wieder ins Träumen verfallen, müssen wir uns zumindest daran erinnern, dass Träume bloß Schäume sind«, sagte Marie-Louise eines Abends, während sie Élise das Haar kämmte. »Auf die Gegenwart kommt es an, auf den Teller mit Essen, den wir auf den Tisch stellen müssen, um zu überleben. Wenn morgen etwas anderes passiert, dann ist es eben so. Weder du noch ich können das Morgen ändern. Deshalb ist es besser, nicht zu viel zu erwarten. Es wird schon alles zu seiner Zeit kommen.«

»Wann gehen wir endlich nach Paris?«, erwiderte Élise, als habe sie ihr gar nicht zugehört.

»Du liebe Güte – jetzt fängst du schon wieder mit Paris an. Für uns gibt es nichts in Paris! Als Erstes müssen wir das *Atelier Plumes* zum Erfolg bringen. Im Übrigen weiß Albert, dass ich hier auf ihn warte. So haben wir es vereinbart, als er weggebracht wurde.«

Élise wagte nicht, ihr zu sagen, dass ihr Mann nicht zurückkehren würde. Dass er sein Ende in einem dunklen Loch gefunden hatte, aus dem er nicht mehr herauskommen würde, dass er schon von dem Tag an, als die französische Polizei ihn verhaftet hatte, zum Tod verurteilt gewesen war. Marie-Louise hatte schon genug um ihn geweint. Es hatte keinen Sinn, dass sie es noch einmal tat. Ihr Mann war tot – Élise hatte es gesehen.

Sie suchte die alte Platte von Columbia Records hervor, und tatsächlich ließ sich Marie-Louise von der Stimme ihres korsischen Idols betören und auf andere Gedanken bringen: *Le plus beau de tous les tangos du monde, c'est celui que j'ai dansé dans vos bras.* Sie nahm Élises Hände, und sie begannen zum Takt des Tangos zu tanzen, als wäre es ein Wiener Walzer.

47

Ein Jahr nach der Befreiung beschloss Marie-Louise, jemanden für die Arbeit im Atelier einzustellen, der ihnen dabei helfen konnte, Stoffballen auszulegen, Sitzkissen zu stopfen und die Sprungfedern in die schweren Lehnstühle mit den gedrechselten Beinen einzupassen.

Danielle und Élise hofften beide, dass nun ein junger Mann zu ihnen käme, weil das den Tangounterricht bestimmt beleben würde. Sie freuten sich darauf, ihm das Polstern von Möbeln beizubringen und ihm die Welt der Stoffe zu zeigen, von der sie inzwischen so begeistert waren. Doch eines Nachmittags, als sie gerade dabei waren, Stoffreste, Fäden und Klammern aufzufegen, kehrte Marie-Louise von ihrer Fahrt nach Limoges zurück, wo sie neues Material gekauft hatte. Sie trug zwei riesige Taschen und mehrere Stoffballen zur Tür herein – und wurde gefolgt von einem ältlichen, gebeugten Mann, der kaum in der Lage zu sein schien, sich selbst auf den Beinen zu halten, geschweige denn, etwas zu tragen.

»Helft Señor Soto«, forderte Marie-Louise die Mädchen auf, während sie ihre Einkäufe auf der Ladentheke abstellte.

»Kann er Französisch?«, fragte Élise flüsternd.

»Señor Soto spricht genauso gut Französisch wie wir. Heb dir deine vorlauten Fragen für später auf. Du wirst noch reichlich Zeit haben, alles über ihn herauszufinden, denn er wird nicht nur im Atelier helfen, sondern fürs Erste auch bei uns einziehen, ins Hinterzimmer.«

Señor Soto war ein dürrer Mann mit lederner Haut. Er schien kein Gramm Fett am Körper zu haben, und es kam Élise vor, als hätte er auch seine gesamte Muskulatur eingebüßt, so locker hing die Kleidung an seiner knochigen Gestalt herab. Vielleicht hatte ihm das alles einmal gepasst, doch nun hatte er die Hose mit einem Strick um den Bauch gebunden, damit sie nicht herunterrutschte, und die weiten Hemdsärmel waren bis zum Ellbogen aufgekrempelt. Über dem schlackernden Hemd trug er eine schwarze Weste, vielleicht, um seinem klapprigen Körper wenigstens eine Art Form und Stütze zu geben. Ein Männchen, leicht wie ein Windhauch.

Señor Soto war völlig kahl, doch mit der Zeit stellten die Mädchen fest, dass er sich den Kopf tatsächlich selbst schor. Ein schütteres Bärtchen bedeckte seine eingefallenen Wangen, und aus seinen tiefen Augenhöhlen leuchtete ein Paar graue Augen. Er blinzelte ständig, als versuche er, alles, was um ihn herum geschah, zu fokussieren. *Der arme Señor Soto kann wohl nicht besonders gut sehen. Wie soll er uns da helfen?*, fragte sich Danielle. Als sie ihn zum ersten Mal sahen, war er so schmutzig, dass es unmöglich war, seine wahre Hautfarbe zu erkennen. Doch zu Élises Überraschung hatte er nicht jenen charakteristischen Geruch nach Tod an sich, den die Wanderarbeiter der Nachkriegsjahre mit sich herumzutragen schienen. Señor Soto hatte überhaupt keinen Eigengeruch. Wonach hätte er auch riechen sollen, wenn es doch so aussah, als habe er seit Jahren weder gegessen noch geschwitzt?

An diesem Abend mussten sie lange warten, ehe sie gemeinsam zu Abend essen konnten, da Señor Soto mehrere Stunden im Badezimmer verbrachte. Das Wasser lief eine endlos lange Zeit, doch Marie-Louise störte das offenbar nicht.

»Er ist ein Freund meines Mannes und hat im Krieg seine ganze Familie verloren. Er braucht uns genauso, wie wir ihn brauchen. Fürs Erste wird er bei uns bleiben, bis er herausgefunden hat, ob es auf väterlicher Seite noch irgendwelche Überlebenden gibt. Und wenn Señor Soto zurückkehren konnte, dann kann das auch mein Mann.«

»Ist Señor Soto krank?«, erkundigte sich Élise, doch Marie-Louise überging ihre Frage. Tatsächlich wusste sie die Antwort nicht und erzählte ihnen deshalb nur das Wenige, was sie über ihn herausbekommen hatte.

Señor Soto war aus Spanien nach Frankreich geflohen und schließlich zusammen mit seiner Frau und seiner kleinen Tochter in einem Internierungslager gelandet. Alle drei wurden als *étrangers indésirables* betrachtet. In diesem Lager waren sie Marie-Louises Ehemann begegnet. Señor Soto zufolge war Albert kurz darauf in ein Lager nach Drancy gebracht worden und von dort in ein weiteres Lager nach Polen. Obwohl Señor Soto und er die gleichen freiheitlichen Ideen teilten, war Marie-Louises Mann für die Franzosen und Deutschen vor allem ein verachtenswerter Jude.

Élise hörte sich Marie-Louises Bericht aufmerksam an, aber statt sich auf die Vergangenheit zu konzentrieren, war ihr Blick in die Zukunft gerichtet. Sie konnte vorhersehen, dass Señor Soto nicht lange bei ihnen bleiben würde. Eines Tages würde er sie verlassen. Wenn sie die Augen schloss, sah sie vor sich, wie er sie verließ, genau so, wie er gekommen war – mit leeren Händen.

»Seine Frau und seine Tochter starben an Typhus, kurz nachdem sie ins Lager gekommen sind«, fuhr Marie-Louise fort. »Als das Lager befreit wurde, ist Señor Soto in das einzige Dorf zurückgekehrt, an das er noch Erinnerungen hatte. Doch sein Haus existierte nicht mehr, und die Nachbarn wollten ihn nicht mehr kennen und haben ihm die Tür vor der Nase zugeschlagen.«

Es fiel schwer zu begreifen, wie man im Krieg ausgerechnet an Typhus sterben konnte. Das war wirklich Pech. Im Krieg starb man bei einem Bombenangriff, wurde von einer verirrten Kugel getroffen, oder es wurde einem in den Kopf geschossen, so wie Pater Marcel. *Aber Typhus … das ist ein Tod für Friedenszeiten*, dachte Élise.

Als Señor Soto endlich wieder aus dem Bad kam und am Tisch erschien, war er ein anderer Mensch. Seine Stirn hatte einen rosigen Glanz, das runzlige Gesicht wirkte sauber und freundlich. Er trug ein weißes kurzärmliges Hemd und eine lockere, ordentlich gebügelte Hose, die einmal Albert gehört hatte. Noch immer schien er in seiner Kleidung zu versinken.

Als er sich neben sie setzte, entdeckte Élise eine riesige Narbe auf seinem linken Arm. Als Señor Soto sah, wie sie darauf starrte, zog er den Arm aus ihrem Blickfeld und hielt ihn während des Abendessens unter dem Tisch verborgen.

Danielle hätte ihn gern gefragt, wie das Leben im Internierungslager gewesen war. Wie er es geschafft hatte zu überleben, wie er Landesgrenzen überquert hatte und durch Städte gewandert war, bis er zu ihrem abgelegenen Dorf gelangte, wo er sich nun damit beschäftigen würde, Möbel für launische Kunden aufzupolstern, aber ein strenger Blick von Marie-Louise hielt sie davon ab. Sie sollten Señor Soto in Ruhe lassen, er hatte schon genug durchgemacht.

Hoffentlich wächst sein Haar wieder, dachte Élise mitleidig und betrachtete ihn, während er die sämige Kartoffelsuppe löffelte.

Nach einem ordentlichen Bad, einer gehaltvollen Suppe und ein paar Stunden Schlaf war Señor Soto nicht nur in der Lage, die Stoffballen zu tragen, sondern auch Stühle, schwere Sessel und sogar Sofas ohne Schwierigkeiten zu verrücken.

In den nächsten Wochen hörte Señor Soto die Lieder von Tino Rossi so oft, dass er bald den Text auswendig konnte, und sie stellten fest, dass dieser Mann, der bei seiner Ankunft so jämmerlich gewirkt hatte, über einen kräftigen Bariton verfügte. Eines Tages fing er an, Lieder in einer ihnen unbekannten Sprache zu singen: »*Bésame, bésame mucho, como si fuera esta noche la última vez* …« Ab der dritten Strophe fielen beide, ihr Idol ebenso wie Señor Soto, wieder in die französische Sprache zurück. Die Mädchen und Marie-Louise applaudierten.

Eines Abends war Élise allein mit Señor Soto. Sie trat zu ihm, zupfte ein paar Federn ab, die beim Aufpolstern an seiner Weste hängen geblieben waren, und sagte ihm ohne Umschweife, dass er ein vom Glück begünstigter Mann sei.

Soto holte tief Luft, ehe er ihr antwortete. Sie war nur ein kleines Mädchen, und deshalb wollte er sie nicht enttäuschen oder mit philosophischen Kommentaren verwirren, die nicht weiterführen würden. Schließlich war er sich nicht mal sicher, ob Élise sich darauf bezog, dass er das Todeslager überlebt hatte, oder darauf, dass er einem so gutherzigen Menschen wie Marie-Louise begegnet war.

Er lächelte gequält. »Du bist ein glückliches Mädchen. Du hast deine Familie.«

»Ja, das stimmt. Ja, ich glaube, ich habe auch sehr viel Glück gehabt«, entgegnete Élise, und ihre Augen leuchteten bei der Vorstellung, dass jemand, der sie erst seit Kurzem kannte, sie als Teil von Marie-Louises Familie betrachtete.

48

Señor Soto entwickelte sich bald zu einem geschickten Polsterer. Weihnachten war gekommen, und da die Nazis nun nicht mehr die Welt beherrschten, war Élise der Meinung, dass sie das Fest bei geöffneten Fenstern, Musik und einem üppigen Dessert feiern sollten. Für sie und Danielle war der Krieg nur noch eine ferne Erinnerung.

Eines Abends kehrte Marie-Louise in bester Stimmung aus Limoges zurück. Sie hatte nicht nur eine neue Schallplatte von Tino Rossi gekauft, sondern sich auch noch die Haare schneiden lassen, einen herrlichen Fasan erstanden und den Kuchen mitgebracht, von dem Élise geträumt hatte: eine *Bûche de Noël.*

Ehe sie sich zum Essen setzten, stellten sie das Grammofon in die Nähe des Tisches. Marie-Louise holte die neue Platte, und dann genossen alle drei bei einem Glas Rotwein den Augenblick. *Petit Papa Noël, quand tu descendras du ciel avec des jouets par milliers, n'oublie pas mon petit soulier …*

Von diesem Moment an wurde *Petit Papa Noël* zu Élises Lieblingslied, und sie brachte Marie-Louise so oft dazu, es abzuspielen, dass diese das Lied schließlich nicht mehr hören konnte. Obwohl Élise fand, sie könne im Moment mit ihrem Leben sehr zufrieden sein, stellte sich bei ihr von Zeit zu Zeit ein eigenartiges, unbestimmtes Gefühl ein, das sie lieber verdrängt hätte. Es überkam sie nur selten nachts, denn da fiel sie in aller Regel erschöpft ins Bett. Es befiel sie tagsüber, wenn sie schläfrig wurde, ihre Augenlider schwer wurden und sie anfing,

Dinge zu sehen. Am Neujahrsabend sah Élise vor sich, wie sie sich ganz allein auf einem Schiff mitten auf dem Ozean befand, und in diesem Moment ahnte sie, dass die glücklichen Tage für sie bald vorbei sein würden.

Im Frühjahr 1947 verließ Señor Soto sie. Er hatte einen Bruder in einer kleinen Stadt jenseits der Pyrenäen ausfindig gemacht. Zwar wirkte er nicht allzu begeistert von der Vorstellung, dorthin zu gehen, doch sein Bruder brauchte ihn, um den Hof zu bewirtschaften. Einen Angestellten im Atelier zu verlieren, stellte kein allzu großes Problem dar: Sicher würde sich schon bald jemand anderes finden, denn die Straßen waren voller junger Menschen, die alle Arbeit suchten. Doch niemand, egal, wie fleißig und arbeitsam er auch wäre, hatte wohl einen so schönen Bariton wie Señor Soto, und das stimmte sie alle traurig. Marie-Louise kam es vor, als würde sie Tino Rossi selbst verlieren.

Am gleichen Abend, als Señor Soto aufbrach, wie er gekommen war – mit leeren Händen, wenngleich ein paar Kilo schwerer und mit fülliger Haarpracht auf dem Kopf –, erhielten sie eine Nachricht aus dem Kloster: Pater Auguste erwarte sie dringend. Er habe einen Brief aus New York bekommen, vom Onkel der beiden Mädchen.

Danielle war verstört über diese Neuigkeit. Mit zitternden Händen holte sie den Koffer, und sie machten sich zu dritt auf den Weg zum Kloster. Keiner von ihnen sprach. Élise klammerte sich an Danielles Hand und folgte Marie-Louise zögerlich. Sie wollte die Zukunft nicht vorhersagen. Sie konnte es nicht.

Als sie die Klostermauern erreicht hatten, führte Pater Auguste sie auf seine Krücke gestützt in die Sakristei und ließ sich hinter dem schweren, mit Papieren bedeckten Mahagonitisch nieder. Er kramte einen Brief hervor, faltete ihn auseinander und sah Marie-Louise und die beiden Mädchen an.

»Claires Bruder, Roger Duval, hat sich mit uns in Verbindung gesetzt«, sagte er zögernd.

Marie-Louises Gesicht hellte sich auf. Sie hatte damit gerechnet, dass die Mädchen sich ebenfalls freuen würden, doch die beiden zeigten sich keineswegs begeistert.

»Wann holt er uns ab? Müssen wir dann in New York leben? Können wir nicht hierbleiben?«, stellte Danielle atemlos jede nur mögliche Frage. Élise dagegen stand bewegungslos da und riss die Augen weit auf.

Mit Hilfe suchendem Blick reichte Pater Auguste Marie-Louise den Brief. Sie fing an zu lesen, doch dann erstarrte ihr Lächeln.

Élises Herz fing an zu rasen wie schon in der Vergangenheit. Es schlug so schnell und heftig, dass ihr Gesicht rot anlief. Doch je länger ihr Herz pochte, desto mehr löste sich ihre Angst auf. Sie hatte die Zukunft bereits vorhergesehen.

»Euer Onkel Roger kann nur eine von euch aufnehmen«, erklärte der Abt.

»Ich gehe nicht ohne Élise nach New York! Das habe ich meiner Mutter versprochen«, erklärte Danielle mit fester Stimme. Sie ergriff die Hand ihrer Schwester und stellte den Koffer auf den Boden.

»Danielle …« Pater Augustes Stimme zitterte. »Dein Onkel kann nur eine von euch beiden adoptieren, und er hat sich für die jüngere Schwester entschieden.«

Élise konnte ihr Herz schlagen hören. *Zum ersten Mal, seit ich im Wald ausgesetzt wurde, muss ich die Herzschläge wieder zählen. Ja, los, Élise: Eins, zwei, drei, vier, fünf, sechs … Was ist mit der Stille zwischen den Schlägen geschehen? Zähl noch mal, nicht aufgeben!*

Da sie ganz darauf konzentriert war, die Stille zwischen ihren Herzschlägen zu finden, nahm Élise den Rest von Pater Augustes Ausführungen gar nicht mehr wahr. Sie richtete ihre Aufmerksamkeit auf die Geschwindigkeit, mit der das Blut durch ihre Adern gepumpt wurde. Sie spürte, wie es nach oben stieg, dann nach unten lief, dann wieder zurück in den Kopf. Ein kalter Luftzug drang durch das offene Fenster der Sakristei und brachte den Geruch des Regens mit.

»Also wird Élise morgen mit Marie-Louise nach Paris reisen.«

»Wir fahren endlich nach Paris?«, sagte Élise und warf ihrer Schwester einen glücklichen Blick zu.

»Darf ich jetzt gehen?«, fragte Danielle mit beängstigend ruhiger Stimme.

»Heute Nacht schlaft ihr beide noch mal hier im Kloster«, erwiderte Pater Auguste. Dann stand er auf und schlurfte aus der Sakristei.

Marie-Louise fragte sich, weshalb Monsieur Duval sich nur für eine der beiden Schwestern entschieden hatte. *Vielleicht glaubt er, Élise sei die Verletzlichere, während Danielle sich schon selbst durchschlagen kann. Womöglich sind die Duvals als Einwanderer auch zu arm, um für beide Mädchen zu sorgen*, dachte sie.

Bei Einbruch der Dunkelheit hatte sich Danielle schon in das Bett gelegt, das einmal ihres gewesen war. Sie ließ jedoch noch Platz für Élise, genau wie früher, als sie beide gemeinsam dort geschlafen hatten. Dann schob sie den Koffer noch einmal unter das Bett.

Sie kam sich vor, als hätte sie die ganze Zeit das Leben einer anderen gelebt – in Marie-Louises Haus, im Kloster, in diesem Bett, das in Wahrheit ihrer Schwester gehörte. Sie war *die andere*, das Mädchen, das ihr Onkel nicht wollte. Dabei hatte sie nur die Anweisungen ihrer Mutter befolgt, die nun anscheinend Élises Mutter war. Sie selbst war nur ein trüber, namenloser Schatten, den niemand wollte. Vielleicht war sogar die Entscheidung ihres Onkels – »nur eine von euch beiden« – von Anfang an so von *Maman* beabsichtigt gewesen.

Sie spürte, wie Élise neben ihr ins Bett schlüpfte, vermied es aber, sich zu bewegen, und hoffte, dass sie gleich einschlafen würde. Ihr wollten weder Gebete noch Fürbitten einfallen, da ihr gerade klar geworden war, dass womöglich ihre eigene Mutter bereits diese Entscheidung getroffen hatte.

Als Élise ins Bett stieg, entdeckte sie das kleine violette Schmuckkästchen, das Danielle auf ihr Kissen gelegt hatte. *Sie hat mir verziehen*, dachte Élise und steckte das Kästchen in ihre Manteltasche. Was sollte sie mit einem Armband und einem Diamantring anfangen? Sie seufzte.

In der unerschütterlichen Überzeugung, dass *Maman* Claire nie wirklich aufgehört hatte, über sie und ihre Schwester zu wachen, schlief Élise tief und fest.

Danielle dagegen kämpfte mit schrecklichen Albträumen. Eine Stimme sagte ihr, dass es ihr nicht zustehe, zu verzeihen oder zu vergeben. Es gab weder schuldig noch unschuldig. Élise würde als die Tochter ihrer Mutter aufwachsen, als ihre Schwester. Sie würde sie bis zum Tage ihres Todes beschützen, ganz gleich, wo sie sein würde. Das sei »ihre Christenpflicht«, hörte sie *Maman* Claires sanfte Stimme sagen.

Die Jahre würden ins Land ziehen, und Élise würde ihr schreiben, doch Danielle schwor sich, dass sie diese Briefe niemals öffnen oder ihr antworten würde. Ihre Schwester war ihre Strafe geworden: Seit Élise in ihr Leben getreten war, war Danielles Welt in sich zusammengestürzt. Ihre Mutter war gestorben, während sie diese andere beschützte. Nicht sie.

Sie beschloss, als letztes Opfer die Kiste mit den Briefen aufzubewahren, die aus Kuba zurückgekommen waren, und diese noch einmal an Viera zu schicken. Das war sie ihrer Mutter schuldig – und auch Frau Amanda.

Élise erwachte um Mitternacht, geborgen in Danielles Armen. Sie versuchte, sich so vorsichtig zu drehen, dass sie ihre Schwester weder weckte noch aus ihrer Umarmung glitt. Als sie Gesicht an Gesicht mit ihr lag, küsste sie sie.

Noch vor Sonnenaufgang sah Danielle, wie Élise an der

Hand von Marie-Louise den Schlafsaal verließ. Ehe sie durch die Tür trat, wandte Élise sich noch einmal zu ihr um. Sie sah, wie Danielle dort regungslos lag, das Gesicht vor Schmerz und Wut verzerrt. Sie sah Danielle weinen und wusste, dass es Tränen des Zorns waren. Élise schloss die Augen. Ihr war plötzlich klar geworden, dass sie ihre Schwester zum allerletzten Mal sah.

Es war noch dunkel, während sie zum Bahnhof gingen, aber als der Zug einfuhr, konnte Élise erkennen, dass Marie-Louise ein blaues Seidenkleid und einen braunen Mantel trug. Sie hatte sie noch nie so elegant gekleidet gesehen.

Schweigend stiegen sie in den Zug und setzten sich einander gegenüber, jede in ihre eigenen Gedanken versunken. Die Fahrt ging vorbei an frisch angepflanzten Weizenfeldern, und Élise grübelte vor sich hin. Vielleicht sollte sie besser versuchen zu schlafen, denn es würde eine lange Reise werden.

Dies war nicht die erste Familie, die sie verlassen musste – und es würde nicht die letzte sein. Es interessierte sie nicht mehr, was in der Zukunft passieren würde. Egal, was es auch war, sie war darauf vorbereitet: Was hatte sie noch zu verlieren?

Marie-Louise war bereits eingedöst. Élise sah ihr eigenes Spiegelbild im staubigen Zugfenster und starrte mit leerem Blick ins Jenseits, während der Zug weiterfuhr.

49

Paris – das waren kühle Regenschauer, dunkle Pfützen, nicht angezündete Straßenlaternen und ein schlammiger Fluss. Heimatlose, die umherirrten und sich nirgendwo verstecken konnten. Verwirrt versuchte Marie-Louise, sich zu orientieren. Überall huschten Gestalten vorüber, und sie schaute sich immer wieder um, als wäre ihr der Feind auf den Fersen.

Die Stadt war nicht mehr als eine Ansammlung alter, dunkler Gebäude. Élise hätte am liebsten jedes Bild eingefangen, um sie alle in Erinnerung zu behalten: ausrangierte Möbelstücke, zerschlagene Lampen, Betrunkene, die an den Straßenecken kauerten. Eine Frau mit Hut und hochhackigen Schuhen beugte sich über einen Trümmerhaufen. Zwei Kinder liefen zu ihr. In einem Dachfenster hatte jemand eine Hakenkreuzfahne vergessen. Auch in Paris gab es keine Sterne.

Während der Taxifahrt reckte Élise den Kopf aus dem Fenster. Der Pariser Nieselregen bildete einen nassen Film auf ihrem Gesicht. Das Viertel, in das sie unterwegs waren, bestand aus unübersichtlichen schmalen Straßen, düsteren Fassaden und schiefen Fenstern.

Marie-Louise bereitete sich innerlich auf die Rückkehr in jene Straße vor, in der sie einmal gewohnt hatte. Sie hob stolz den Kopf und schob das Kinn vor, während sie mit Élise an der Hand aus dem Taxi stieg. Müde von der langen Reise betraten sie ein kleines Hotel. Élise schaute zu, wie Marie-Louise mit einer alten Dame hinter der Rezeption sprach. Kurz darauf wandte sie sich wieder zu ihr um, nahm sie an der Hand, und sie gingen in ihr Zimmer hinauf.

Marie-Louise stellte sich ans Fenster und betrachtete die endlose Häuserreihe mit den breiten Einfahrten für die Fuhrwerke. In diesem Quartier war sie einmal zu Hause gewesen, doch nun tat der Anblick ihr weh, und schmerzhafte Erinnerungen ließen sie wieder vom Fenster zurücktreten.

Sie schliefen in zwei Betten, die nur durch ein kleines Nachtschränkchen getrennt waren. Élise ließ sich auf die Matratze sinken, hielt ihre Augen jedoch so weit aufgerissen, dass sie wie Lichter in der Dunkelheit glänzten. Sie sah eine Zukunft getrübten Glücks vor sich. *Das ist das Opfer, das die Schuldigen erbringen müssen*, ging ihr durch den Kopf. Weil sie überlebt hatte, weil sie nicht in der Lage gewesen war, *Maman* Claire zu retten, weil sie Jacques und Henri hatte gehen lassen, weil sie Viviane keine helfende Hand gereicht hatte, weil sie Pater Marcel im Stich gelassen hatte. Und am nächsten Tag würde sie die einzigen Menschen zurücklassen müssen, die ihr auf dieser Welt noch etwas bedeuteten.

Sie wurden von einer unangenehmen Helligkeit geweckt. Es war Zeit, der Wahrheit ins Auge zu sehen, und ihre Beklommenheit, inzwischen vermischt mit einer Abneigung gegenüber der französischen Hauptstadt, wurde nur noch größer. Es gab keinen Morgengruß, keine freundlichen Gesichter. Marie-Louise ging raus auf die Straße, nur ein weiteres Gespenst des Krieges, das die Einheimischen ohne jede Neugier betrachteten. Ihr fehlten die Geduld und Ruhe, vor dem Haus stehen zu bleiben, in dem sie einmal gelebt hatte, oder an der Straßenecke zu pausieren, wo einmal ihr Café gewesen war. Mit einem tödlichen Streich löschte sie die Vergangenheit aus, in der Hoffnung, dass es sie dann weniger schmerzte. Élise beobachtete sie und bekam einen Eindruck von dem, was noch kommen würde.

Sie entfernten sich ein ganzes Stück aus Marie-Louises ehemaliger Nachbarschaft und setzten sich auf die Terrasse eines leeren Restaurants, wo sie Kaffee und Sahnetorte bestellten.

»Du wartest hier auf mich«, befahl Marie-Louise ihr, ehe sie ohne weitere Erklärung davonging.

Élise blieb auf der Terrasse sitzen, umgeben von Gestalten, die keine Notiz von ihr nahmen, während sie vorübergingen. Das war also Paris – eine Stadt, an die sie sich nie wieder erinnern würde.

Als Marie-Louise eine Stunde später wiederkehrte, schien sie ein Stück geschrumpft zu sein. Élise sah, dass sie geweint hatte.

»Albert kommt nicht zurück«, sagte Marie-Louise, während sie sich unendlich müde auf den Stuhl sinken ließ. »Er ist tot. Sie haben ihn umgebracht«, erklärte sie und hob die Tasse mit kaltem Kaffee an die Lippen. »Aber für dich wird alles gut, Élise. Du wirst diesem Albtraum ein für alle Mal entfliehen«, fuhr sie fort. Ihr Gesichtsausdruck war nun genauso hart wie ihre Stimme. »Geh fort von hier, Élise. Verschwinde aus dieser Kloake, so schnell du kannst. Paris – was ist noch übrig von Paris? Etwa die Pariser? Zum Glück wirst du bald weit fort sein.«

Élise hätte ihr gern erzählt, dass sie längst Bescheid gewusst hatte, dass ihr Mann in einem dunklen fensterlosen Loch gestorben war, wo man ihm sogar die Luft zum Atmen noch genommen hatte. Doch ihr war klar, dass es sinnlos wäre, Marie-Louise das zu sagen.

Dies war ihr letzter Tag mit Marie-Louise. Am liebsten hätte sie sie umklammert und sie angefleht, sie nicht zu verlassen, doch noch fehlte ihr der Mut. Zunächst durchquerten sie die Stadt und suchten nach der Sammelstelle für die geretteten Waisenkinder. Élise tat so, als hätte sie sich in ihr Schicksal ergeben.

Am besten blieb sie ganz ruhig und folgte Marie-Louise, auch wenn sie am liebsten laut geschrien hätte, auch wenn sie am liebsten mitten auf der Straße vor ihr auf die Knie gesunken wäre und sie angefleht hätte, Mitleid mit ihr zu haben. Das war ihre letzte Gelegenheit, vor allem davonzulaufen, vor dem unbekannten Onkel und dem Schicksal, das sie erwartete.

Hätte Monsieur Albert überlebt, dann hätten er und Marie-Louise vielleicht Danielle und mich adoptiert. Wir hätten gemeinsam meinen zwölften Geburtstag feiern können. Noch nie hat jemand meinen Geburtstag gefeiert, dachte Élise.

Man führte sie in einen Raum, in dem sich zahllose weinende Kinder befanden. In einer Ecke wurde ein Foto von ihr gemacht, in einer anderen bombardierte man sie mit Fragen, auf die sie nicht antwortete. Marie-Louise war ihre Stimme, ihr Gewissen, ihr Henker. Dokumente, Briefe, Formulare mit Unterschriften und Briefköpfen, ein Ticket für eine Schiffspassage, einen Stempel für New York. Ihr Körper befand sich im Zimmer, doch ihre Seele war bereits weg und schwebte irgendwo durch die Luft.

Erst als Marie-Louise sie umarmte, kehrte sie wieder zurück in diesen Raum voller verzweifelter Opfer, die in ein neues Leben aufbrechen sollten.

»Verlass mich nicht, Marie-Louise! Ich sollte gar nicht hier sein! Ich bin nicht wie die. Ich habe doch dich«, flehte Élise in einem letzten verzweifelten Versuch.

»Du hast einen Onkel, der dich erwartet, mein Kind. Dem darf ich mich nicht widersetzen, selbst wenn ich wollte. Du willst doch nicht bei einer Witwe leben, die nur darauf wartet, dass sie endlich zu dem Mann zurückkehren kann, der ihr genommen wurde?« Marie-Louise wollte auf keinen Fall, dass Élise sie weinen sah. Wenn einer das Recht hatte, Tränen zu vergießen – ob nun aus Schmerz oder Wut –, dann war das Élise selbst.

»*Maman*, verlass mich nicht!«, rief Élise wie in Trance.

Zugleich berührt und erschreckt wich Marie-Louise vor ihr zurück.

In diesem Moment verlor Élise den letzten Rest Unschuld. Ihre Kindheit war zu Ende. *Nicht ich sollte diejenige sein, die auf dieses Schiff geht. Das sollte Danielle sein!*, hätte sie am liebsten geschrien, brachte jedoch kein Wort heraus.

Sie sah Marie-Louise in der Menge verschwinden. Wieder einmal war sie verlassen worden. Diesmal nicht in einem Wald, wie sie es geträumt hatte, sondern auf einem Ozeanriesen auf hoher See. Dies war ein weiterer Tod für sie – und mit dem Tod begann ein neues Leben; dasjenige, welches sie schon in ihren Träumen vorhergesehen hatte.

Sie schloss die Augen. Als sie sie wieder aufschlug, sah sie sich selbst, namenlos, am Bug eines Schiffes. Auf dem offenen Meer.

Wenn der Krieg vorbei ist, musst Du nach Frankreich reisen, nach Haute-Vienne, und nach der Familie Duval suchen. Frag nach Claire, Danielle oder Pater Marcel. Erzähle ihnen, wer Du bist, und sie werden Bescheid wissen.
Deine Schwester ist dann vielleicht erwachsen, verheiratet und hat Kinder. Womöglich erinnert sie sich nicht mehr an Dich.
Sie wird nicht mehr Lina heißen, sondern Élise. Es kann sein, dass sie zunächst gar nichts von Dir wissen will. Weshalb hat es so lange gedauert, die Wahrheit herauszufinden?, wird sie vielleicht fragen. Du darfst Dich nicht abwimmeln lassen und musst ihr unsere Briefe zeigen, alle Briefe, denn bis dahin wirst Du sie alle bekommen haben.
Sie wird Dir erzählen, dass sie eine andere Familie hat und an einen anderen Gott glaubt. Doch das ist nicht wichtig. Gott ist Gott, und Du bist ihr Fleisch und Blut. Versprich mir, dass Du nach ihr suchen wirst.
Dann sollst Du ihr sagen, dass ich sie mein Leben lang geliebt habe und dass ich getan habe, was ich konnte, um sie zu retten – auch wenn das bedeutet hat, dass ich mich selbst verleugnen und sie dazu bringen musste, zu vergessen, wer sie war und woher sie kam.
Eines Tages werdet ihr beide nach Berlin zurückkehren und Euren Kindern zeigen, wo einmal unser Zuhause war – unser »Büchergarten«. Dann kann ich in Frieden ruhen. Und Euer Papa ebenfalls, denn wir beide werden immer auf Euch aufpassen.
Versprich mir, dass Ihr beide die Goldketten mit dem Davidstern tragen werdet, die Papa für Euch gekauft

hat – wenigstens für einen Augenblick. In einen der Sterne ist der richtige Name Deiner Schwester graviert: Lina Sternberg.

SECHSTER TEIL

Der Abschied

New York, April 2015

50

»Mom.« Adele trat an ihr Bett.

Ja, sie war Mutter, Großmutter, eine alte Frau. Sie war weder auf dem Deck eines Ozeandampfers noch mitten in einem Wald.

Die ersten zwölf Jahre meines Lebens waren wichtiger als der ganze Rest.

Danach war mein Leben nur ein Schwindel.

Du bist das einzig Wirkliche, was geblieben ist, Adele.

Das einzig Gute, was ich in diesem Land vollbracht habe.

Sie hatte das alles nicht laut gesagt – oder doch? Sie war beinahe sicher, dass sie noch sprechen konnte.

Kannst du mich hören, Adele?

Sie blickte sich im Krankenzimmer um. *Maman* Claire, Pater Marcel und Danielle – alle waren sie da. Auf dieses Treffen hatte sie immer gewartet – die letzte Begegnung, bei der sie alle erscheinen und sie richten würden.

Träumte sie?

»Wir sind im Krankenhaus, Mom«, erwiderte Adele, die den fragenden Blick in den Augen ihrer Mutter gesehen hatte.

Es war die sanfte Stimme einer Tochter, die sie nicht verdammen würde. Doch Élise brauchte das Gegenteil: Der Augenblick war gekommen, ein Geständnis abzulegen, und sie wollte weder Vergebung noch Vergessen.

Letzten Endes tragen wir alle Schuld. Schließlich ist die Erinnerung doch nichts anderes als ein Mittel, um zu überleben.

In ihrem einseitigen Dialog schüttelte Élise den Kopf und bewegte langsam die Lippen. Ihre Tochter war an ihrer Seite, um sie zu umarmen. Um von ihr Abschied zu nehmen.

»Ich bin an so vielem schuld«, sagte sie. Sie hörte ihre eigene Stimme wie ein Echo.

»Du warst noch ein Kind, Mom. Du solltest dir keine Vorwürfe machen«, versuchte Adele, sie zu trösten.

Élise lächelte. Es rührte sie, dass ihre Tochter Mitleid mit ihr hatte, und sie war froh, dass sie Adele noch hören konnte.

»Du brauchst dir keine Sorgen zu machen, Mom. Wir fahren bald wieder nach Hause«, fuhr Adele fort.

Doch Élise ahnte, dass die Zeit gegen sie lief, deshalb sprach sie hastig und unter großer Anstrengung: »Meine Ankunft in New York mit dem Schiff, mein Leben bei einem Onkel und einer Tante, die nicht wussten, dass es gar keine Blutsverwandtschaft zwischen uns gab … dann die Begegnung mit der Liebe meines Lebens, deine Geburt und die meines Enkels. Das ist alles unter falschen Voraussetzungen entstanden. Das war eigentlich gar nicht meine Bestimmung – dieses Leben hätte Danielle haben sollen. Sie war die echte Nichte, die Französin – ich war nur ein Eindringling.«

Adele lächelte, dann schürzte sie die Lippen in einer Art und Weise, die Élise an ihre eigene Mutter erinnerte. Auch diese hatte den Kopf schief gelegt und die Lippen gespitzt, wenn sie nicht zeigen wollte, dass sie Angst hatte. Zum ersten Mal hatte Élise ihre echte Mutter in ihrer Tochter wiedererkannt – und dieser flüchtige Moment ließ sie erschauern.

»Weißt du was, Adele? Ich habe schon so viele verschiedene Leben geführt, dass ich gar nicht weiß, welches von ihnen nun bald zu Ende sein wird!«

»Aber alle diese verschiedenen Leben sind dein Leben, Mom. Ganz bestimmt. Und jetzt musst du dich noch ein bisschen ausruhen. Ich bin sicher, dass du dann morgen wieder nach Hause darfst.«

»Warte noch, Adele«, sagte Élise und hielt die Hand ihrer Tochter fest. Sie atmete langsam und kontrolliert. »Bitte. Ich habe noch so vieles auf dem Gewissen, so viele Geheimnisse …« Sie hielt inne, dann fuhr sie fort. »Ich habe den Mann verraten, der mich damals aus dem Wald gerettet hat. Den Mann, der mich gelehrt hat, Gott zu vertrauen – und an Gott zu zweifeln. Der mich getröstet hat, als ich Trost am nötigsten hatte, und der mir Hoffnung gegeben hat, als alles verloren schien.«

»Du warst noch ein Kind. Du hast doch nur gesagt, dass im Keller ein Soldat im Sterben lag. Wie hättest du vorhersehen sollen, was die Nazis tun würden? Wir haben darüber schon gesprochen, weißt du nicht mehr? Kurz vor meiner Hochzeit hast du mir erzählt, was damals in Frankreich passiert ist.«

Sie betrachtete Adele und versuchte, sich an das Gesicht ihres Mannes zu erinnern. An den Mann, mit dem sie eine echte Familie gegründet hatte, dem sie in New York begegnet war und den sie kurz nach ihrem Collegeabschluss geheiratet hatte.

»Dein Vater hat sehr viel Geduld mit mir gehabt«, sagte sie langsam, mit einer Pause nach jedem einzelnen Wort. »Er wollte gar nichts über meine Vergangenheit wissen. Im Grunde hatte ich ja auch keine. Ich hatte sie ganz und gar aus meiner Erinnerung gelöscht.«

Eine Nadel stach ihr in den Arm. *Was werden sie wohl in diesem dicken Blut entdecken? Jeder Tropfen Blut wird ihnen bloß zeigen, dass ich eigentlich gar nicht existiere – dass ich nur ein Phantom bin, ein namenloser Schatten. Und meine Seele … Wo ist eigentlich meine Seele geblieben …?*

Meine Seele habe ich vor siebzig Jahren zurückgelassen, auf der anderen Seite des Atlantiks, dachte Élise und blickte an der Krankenschwester vorbei, die nach einer geeigneten Vene suchte.

Gedanken tauchten auf und verschwanden gleich wieder, während man sie ins CT schob, wo vermutlich herauskommen würde, wer sie wirklich war. Alle ihre Lügen würden ans Licht kommen.

»Entspannen Sie sich – und nicht bewegen!«, forderte die Krankenschwester sie auf, bevor sie das Gerät einschaltete, um ihre Gedanken zu überwachen.

Als Adele sie an diesem Abend besuchen kam, wurde sie schon ungeduldig von Élise erwartet. Sie musste alles erfahren.

»Und Mama? Was ist mit Mama geschehen?«

»Nach dem Krieg hat Tante Danielle Vieras Adresse herausgefunden und die Briefe samt einer Notiz nach Kuba geschickt. Sie hat ihr nur geschrieben, dass die Briefe an sie gerichtet seien und dass Amanda und Lina nach Auschwitz deportiert worden seien. Ohne weitere Erklärungen …« Adele hielt inne. »Viera hat immer gedacht, dass ihr beide in Auschwitz gestorben wärt. Deshalb hat sie nie nach dir gesucht.«

»Wieder mal hat Danielle mich gerettet.« Élise standen die Tränen in den Augen. »Ich hätte auf der *St. Louis* nach Kuba reisen sollen, gemeinsam mit Viera. Stell dir vor, wie anders dann alles gekommen wäre …«

»Viera hatte einen Sohn, Mama: Louis. Und Anna ist seine Tochter, deine Großnichte.«

»Das brauchst du mir nicht zu erzählen. Das habe ich schon begriffen, gleich, als ich ihre Augen gesehen habe.« Überflutet von Bildern, die auftauchten und sich wieder auflösten, versuchte Élise, sich aufzurichten.

»Du darfst nicht so viel grübeln!«, sagte Adele mit strenger Stimme. »Du bist noch nicht wieder gesund.«

»Was ist aus Viera geworden?«, fragte Élise ängstlich.

»Viera ist schon vor vielen Jahren gestorben. Auch ihr Sohn Louis lebt nicht mehr, aber vor seinem Tod haben Ida und er noch Anna bekommen. Ida ist die Dame, die uns die Briefe gebracht hat.«

»Die Seiten aus dem botanischen Album …« Plötzlich hatte Élise schrecklichen Durst.

»Ida und Anna haben die Briefe auf Kuba entdeckt. Sie haben sich sofort mit Limoges in Verbindung gesetzt«, erklärte Adele. »Das Dorf und das Kloster liegen in der Nähe der Stadt. So haben sie dich gefunden. Im Kloster gab es immer noch die Aufzeichnungen aus dem Krieg. In den Unterlagen stand das Datum, an dem du dort angekommen bist, und auch, wann du zu deinem Onkel Duval geschickt wurdest. Sie haben in dem Kloster damals ziemlich viele Kinder gerettet.« Adele sah, wie ihre Mutter zitterte.

»Als die Briefe endlich bei Viera ankamen, war ich schon jemand anderes. Wenigstens hat Danielle die Briefe noch einmal nach Kuba geschickt, sodass sie meine Schwester noch vor ihrem Tod erreichten. Als sie die Briefe gelesen hat, muss ihr bewusst geworden sein, dass wir sie niemals vergessen haben.«

»Ida hat alle Hebel in Bewegung gesetzt, um dich ausfindig zu machen«, sagte Adele. »Sie hat nicht aufgegeben, bis sie deinen Namen im Kloster entdeckt hat. Wir haben ihr viel zu verdanken.«

»Danielle hat sich für mich geopfert, um *Maman* Claires letzten Wunsch zu erfüllen.« Élises Stimme war nur noch ein Murmeln. »Meine Schwester Danielle … Ihr habe ich am meisten zu verdanken!«

Als Adele sie eine Woche später mit einem Strauß Tulpen abholen kam, hatte Élise schon ihre Sachen zusammengepackt und saß am Fenster. Sie war bereit, das Zimmer zu verlassen, wo man ihren Körper an so viele Kabel angeschlossen hatte, um Informationen zu bekommen, die doch niemand entziffern konnte. Élise strich sich über die Blutergüsse auf ihrem linken Arm. Sie erinnerten sie an die Malvengewächse in dem botanischen Album. An der Tür stand eine Schwester mit den Krankenakten, daneben ein Sanitäter, der einen Rollstuhl schob.

Auf dem Nachhauseweg bat sie darum, kurz auf dem Bürgersteig anzuhalten, dort, wo sie während der letzten Jahrzehnte entlanggegangen war. Sie schaute auf die Bäume im Park. *Die sind ja immer noch grün*, dachte sie.

Die Eingangstreppe konnte sie ohne fremde Hilfe hochsteigen. Adele öffnete ihr die Haustür. Élise stützte sich am Türrahmen ab. Ihr Zuhause war eine Zelle in einem Bunker aus Beton und rötlichem Backstein, umgeben von einem unwirklichen Garten.

Der Flur kam ihr vor wie eine endlose Brücke, die sie erst überqueren musste, ehe sie sich die Briefe noch einmal anschauen konnte. An der Wand hing ein Hochzeitsfoto, auf dem sie sich selbst kaum erkannte. Der Schleier bedeckte ihr halbes Gesicht. Auf der anderen Seite des Flures hing ein weiteres Foto, darauf waren ihre Tante und ihr Onkel mit einem kleinen Mädchen abgebildet. Das Gesicht des Mädchens war nicht das ihre – es war Danielles.

Im Wohnzimmer warteten die Briefe auf sie, ordentlich gefaltet in dem Ebenholzkästchen, als wären sie nie auf den Boden gefallen, als hätte sie niemand gelesen, als warteten sie immer noch darauf, dass man sie über den Ozean schickte.

Élises leise Stimme unterbrach die Stille. Sie las alle sechs Briefe, fünf davon waren an Viera adressiert. Alle, bis auf den letzten, entsprachen den Jahreszeiten. Der Brief ohne Datum war ein Auftrag, eine Anweisung. In diesem Moment wurde Élise klar, dass er für sie bestimmt war. Deshalb hatte ihre Mutter ihn nicht wie die anderen mit dem üblichen »Meine kleine Viera« überschrieben.

Adele beobachtete sie fasziniert. Ihre Mutter las den deutschen Text und wiederholte laut die einzelnen Sätze, als versuche sie, die Bedeutung zu verstehen. Die Wörter schlängelten sich an Zeichnungen von Blüten und Pflanzen entlang.

»Diese Briefe haben schon mehrfach den Atlantik überquert. Sieh nur, jetzt sind sie bei uns gelandet!«

Élise hob die Hand an die Brust, spürte jedoch ihre Herzschläge nicht mehr, sie waren zu schwach. Sie wollte sie noch einmal zählen, einen nach dem anderen, so wie ihr Vater es ihr beigebracht hatte.

»Ich kann mich nicht mehr an Papas Gesicht erinnern – das Einzige, woran ich mich noch erinnere, ist, dass er sehr groß war. Mama hat die Welt immer durch seine Augen gesehen. Sie hat uns gesagt, er sei ein Engel, aber trotzdem ist sie seinen Anweisungen nicht gefolgt, als er geplant hat, dass Viera und ich gemeinsam auf der *St. Louis* das Land verlassen sollten.« Élise hielt inne und lächelte traurig. »Und wie du siehst – man sollte sich niemals den Anweisungen eines Engels widersetzen …«

Plötzlich war ihr so schwindlig, dass sie den Satz nicht zu Ende bringen konnte. Die Sonne ging langsam unter, und das Licht im Zimmer wurde schwächer. Mühsam ging sie in die Küche und kehrte mit zwei Kerzen zurück. Sie stellte sie auf den Esstisch und zündete sie an.

»Gelobt seist du, Ewiger, unser Gott, König der Welt, der du uns geheiligt durch deine Gebote und uns befohlen, das Sabbatlicht anzuzünden«, sagte sie. Dann blickte sie ihre geliebte Tochter an und fügte hinzu: »Ich erhebe meine Augen zu den Bergen: Woher wird mir Hilfe kommen?«

Adele sah sie verständnislos an. Élise hob die Hände vor die

Augen, dann trat sie zu ihrer Tochter und legte ihr die Hände sanft auf das Gesicht.

Kurz darauf ging Élise in ihr Schlafzimmer und kehrte mit einem kleinen violetten Schmuckkästchen in der Hand zurück. Sie blieb vor dem Panoramafenster mit Blick auf den Park stehen. Sie ließ sich in ihren Lieblingssessel sinken und sah zu, wie die Sonne allmählich am Horizont verschwand. Während sie mit den Fingern über die Damastpolster strich, fielen ihr plötzlich wieder das *Atelier Plumes* und ihre geliebte Marie-Louise ein. Plötzlich fühlte sie sich ganz schwach, und das Schmuckkästchen fiel ihr aus der Hand und landete auf dem Boden.

»Mom!«, rief Adele und eilte zu ihr. »Wir müssen den Arzt rufen!«

»Mir geht es gut, Adele, mir geht es gut. Ich brauche nur ein bisschen Zeit, um meine Gedanken zu ordnen – in aller Ruhe und allein. Dabei kann mir auch kein Arzt helfen. Gib mir doch bitte noch mal das Kästchen, ja?«

In dem Schmuckkästchen lagen der Ring und das Diamantarmband. Während der Schmuck ihr früher wuchtig und schwer erschienen war, wirkte er jetzt ganz zart und zerbrechlich.

»Die sind für dich, Adele«, murmelte sie und schob sie ihrer Tochter in die Hand.

Im geöffneten Kästchen fiel Élise plötzlich ein kleines Fach auf, das sie noch nie bemerkt hatte. Als sie mit ihrem Zeigefinger darin herumtastete, pikste sie etwas Spitzes in den Finger. Sie zog überrascht die Hand zurück, doch dann schob sie den Finger vorsichtig noch einmal hinein und tastete mit geschlossenen Augen nach dem Gegenstand, der sich in dem geheimen Fach verbarg.

Behutsam zog sie ein Goldkettchen aus dem Versteck. An der Kette hing ein Davidstern. Das Geschenk ihres Vaters war zu ihr zurückgekehrt. Sie brauchte nicht nach ihrer Brille zu suchen, um zu lesen, was in den sechszackigen Stern eingraviert war.

»All die Jahre war die Wahrheit in greifbarer Nähe – aber ich habe lieber die Augen verschlossen.« Sie seufzte. »Papa, nun weiß ich, dass du immer bei mir warst!«

Sie nahm das Kruzifix ab, das sie seit ihrer Atlantiküberquerung begleitet hatte, und bat Adele, ihr stattdessen das Kettchen mit dem Davidstern umzulegen. Dann verabschiedete sie sich mit einer innigen Umarmung von ihrer Tochter.

»Ich möchte nun lieber allein sein«, sagte sie leise.

Adele sah sie zärtlich an und ging, ohne zu widersprechen.

In ihrem Sessel glitt Élise zurück in die Schattenwelt. Es kam ihr vor, als würde die Zeit sich immer weiter ausdehnen, während ihr Körper immer schwächer wurde und schrumpfte.

In ihrem Traum findet sie sich in einem Boot voll mit Kindern wieder. Nach mehr als einer Woche auf hoher See taucht am Horizont eine Insel mit Wolkenkratzern auf. Sie haben ihr Ziel erreicht. Das Ziel der anderen Menschen. In der Ferne ragt einsam und stolz die Freiheitsstatue empor. Endlich ist das Schiff im Hafen eingelaufen.

Sie rennt auf einen Zollbeamten zu, der ihr den Weg verstellt. Er ist wie eine Mauer – er bildet die Grenze zwischen Heute und Gestern. Der Onkel, der sie am Kai erwartet hat, kommt zu ihr und fragt, wer sie ist.

Ich heiße … Ich bin nicht die, die ich bin. Maman *Claire ist nicht meine Mutter. Meine Mutter …*

Der Zollbeamte bringt sie wieder zurück auf das Schiff. Sie ist allein, niemand sonst fährt mit diesem Passagierschiff. Der Onkel verabschiedet sich von ihr – ein endgültiger Abschied, den sie verdient hat. Bei ihrer Rückkehr erwartet Danielle sie schon, und sie umarmen einander. Diesmal blickt Danielle sie nicht voller Groll an. Sie lächelt und möchte mit ihr spielen, doch sie haben keine Zeit – das Schiff legt schon ab. Dies ist ihre letzte Chance.

Los komm, Danielle! Das hier ist dein Platz. Dein Onkel ist da und erwartet dich mit offenen Armen!

So hätte es sein sollen.

Im selben Hafen sieht sie ihre Mutter mit einem Koffer. Viera steht neben ihr. Élise läuft zu ihnen, und alle drei gehen gemeinsam fort. Viera ist kein Kind mehr, sie ist genauso groß wie ihre Mutter. Sie überqueren eine Brücke, dann einen Fluss und halten am Fuße eines Berges an. Sie sind in Sicherheit. Es gibt keine Soldaten, niemand trägt Hakenkreuzbinden am Arm, niemand verfolgt sie, niemand weist sie zurück. Die Mutter lächelt glücklich. *Und Papa?*

Papa erwartet uns schon.

Die Mutter holt Großvaters botanisches Album aus dem Koffer. Es ist heil und unversehrt. Es gibt keine Briefe, es hat nie Briefe gegeben. Keine Gebete oder Fürbitten, keine brennenden Kerzen.

Sie steigen den Berg hinauf, bis sie den ewigen Schnee erreicht haben. Am Gipfel ist alles weiß, ein makelloses, reines Weiß. Dort, wo die Spitze dem Himmel am nächsten ist und Schnee und Wolken ineinander übergehen, öffnen sie eine Tür und treten in den *Büchergarten* ein, den niemand sonst sehen kann.

Élise nahm den sechsten Brief ihrer Mutter, den Abschiedsbrief, und presste ihn an ihre Brust. Sie schloss die Augen, strich über das Goldkettchen und ertastete die sechs Zacken des kleinen Sterns, das Geschenk ihres Vaters. Mit letzter Kraft zählte sie noch einmal leise: »Eins, zwei, drei, vier, fünf, sechs ...«

Eine schwache Stimme in der Dunkelheit.

»Ich heiße Lina, Lina Sternberg.«

Sommer 1942

Schalom
Mama

Anmerkung des Autors

Wie mein erster Roman, *Das Erbe der Rosenthals*, erzählt *Die verlorene Tochter der Sternbergs* eine vergessene Geschichte des Zweiten Weltkriegs – eine Geschichte, die sich an dem Tag in mir bildete, als ich Judith traf, eine Überlebende des Flüchtlingsschiffs, das von Kuba weggeschickt wurde. Seine zurückgebrachten Passagiere gingen einem grausamen Schicksal in den Konzentrationslagern Europas entgegen.

Judith war erst vierzehn Monate alt, als ihre Familie sie an Bord der *St. Louis* brachte. Nachdem sie wie so viele andere von Kuba, den USA und Kanada abgelehnt worden waren, erreichten sie Frankreich, wo eine katholische Familie ihnen Obdach gewährte, bis die Nationalsozialisten Europa überfielen. Eines Nachts holten deutsche Wachen sie und ihre Eltern aus dem Haus und brachten sie in ein provisorisches Internierungslager. Ihr letzter Bestimmungsort: Auschwitz.

Ich werde nie meinen Besuch bei Judith vergessen, die in einem kleinen Apartment in Kew Gardens, Queens, lebte. Die dunklen, schweren Vorhänge in ihrem Wohnzimmer waren geschlossen, das einzige Licht spendete eine bernsteinfarbene Leuchte neben einem mit Damast bezogenen Lehnstuhl, in dem Judith saß. Sie erzählte mir leise ihre Geschichte und kämpfte dabei gegen ihren schlechten Gesundheitszustand. Sie erzählte, sie sei im Lager mit ihren Eltern und den anderen Kindern vergleichsweise glücklich gewesen, bis sie sich eines Abends, kurz bevor alle in ramponierte Güterwaggons nach Polen gesteckt wurden, an der Hand ihres Vaters mitten im Wald wiederfand. Ihr Vater näherte sich ihr und flüsterte ihr ins Ohr: »Schau hoch, in die Baumwipfel.« Einen Moment lang fühlte sie sich allein. Plötzlich nahm eine andere Hand die ihre; sie wusste nicht, wem sie gehörte. Als sie sich umdrehte, war ihr Vater gegangen. Sie sah ihn nie wieder.

Als ich an jenem Tag zutiefst beeindruckt von ihren Worten bei Judith saß, fühlte ich etwas in mir keimen. An jenem Abend wurde *Die verlorene Tochter der Sternbergs* geboren.

Oradour-sur-Glane

Am 10. Juni 1944, kurz nach Mittag, umstellten Soldaten der 3. Kompanie des SS-Panzergrenadierregiments »Der Führer« das Dorf Oradour-sur-Glane im Département Haute-Vienne, nordwestlich von Limoges. Sie trieben die Bewohner auf dem Dorfplatz zusammen und sperrten Frauen und Kinder in die Kirche.

Die Männer wurden in nahe Scheunen geführt und dort mit Maschinengewehren erschossen. Frauen und Kinder wurden bei lebendigem Leib in der Kirche verbrannt. Insgesamt kamen bei dem Massaker 642 Menschen ums Leben, darunter 207 Kinder.

Unter den 1.500 Einwohnern des Dorfes befanden sich auch einige Juden, ebenso Spanier, die vor dem Franco-Regime geflohen waren. Die Nationalsozialisten, unter denen auch Rekruten aus dem Elsass waren, brannten im Anschluss an das Massaker die Häuser und Läden des Dorfes nieder und versuchten auf diese Weise, die Spuren des Verbrechens zu beseitigen. Einige Kinder, die das Massaker überlebten, flüchteten in ein nahe gelegenes Kloster und wurden von den Mönchen gerettet.

Wenige Tage zuvor war in der Region ein SS-Offizier von Partisanen hingerichtet worden.

Nach Kriegsende beschloss die Regierung de Gaulle, das Ruinendorf von Oradour-sur-Glane als Gedenkstätte für die Opfer zu erhalten, als Mahnmal für die Gräueltaten, die die Nationalsozialisten auf französischem Boden verübt hatten.

MS St. Louis

Am Abend des 13. Mai 1939 legte der Transatlantikliner *St. Louis* der Hamburg-Amerika-Linie (HAPAG) vom Hamburger Hafen mit Fahrtziel Havanna, Kuba, ab. An Bord befanden sich etwa 900 Passagiere, die meisten von ihnen jüdische Flüchtlinge aus Deutschland.

Die Flüchtlinge besaßen Landungserlaubnisse, die von Manuel Benítez, dem Direktor der kubanischen Einwanderungsbehörde, ausgestellt worden waren und über die HAPAG ausgegeben wurden.

Eine Woche, bevor das Schiff in Hamburg ablegte, erließ Kubas Präsident, Federico Laredo Brú, das sogenannte Dekret 937 (diese Zahl bezog sich auf die erwartete Gesamtzahl der Flüchtlinge an Bord der *St. Louis*). Darin wurden die Landungserlaubnisse, die Benítez unterzeichnet hatte, für ungültig erklärt.

Als das Schiff den Hafen von Havanna am Samstag, den 27. Mai, erreichte, gestatteten die kubanischen Behörden der *St. Louis* nicht, im Hafen im Anlegebereich der HAPAG festzumachen, und das Schiff war gezwungen, in der Bucht von Havanna zu ankern.

Nur vier Kubaner und zwei nicht jüdische Spanier durften das Schiff verlassen, ebenso die 22 Flüchtlinge, die sich offizielle Einreiseerlaubnisse des kubanischen Außenministeriums beschafft hatten, noch bevor sie jene durch Benítez ausgestellten Landebewilligungen bekamen.

Am 2. Juni nahm die *St. Louis* Kurs auf Miami, doch als sie sich der Küste der USA näherte, verweigerte Franklin D.

Roosevelts Regierung den Passagieren die Einreise in die Vereinigten Staaten. Auch die kanadische Regierung unter Mackenzie King wies die Flüchtlinge ab. Daher war das Schiff gezwungen, über den Atlantik zurück in Richtung Hamburg zu fahren. Ein paar Tage, bevor die *St. Louis* dort ankam, gelangte das *Joint Distribution Committee (JDC)* in seinen Verhandlungen mit den europäischen Ländern zu einer Einigung über die Aufnahme der Flüchtlinge: Großbritannien nahm 287 Personen auf, Frankreich 224, Belgien 214 und Holland 181. Doch im September 1939 erklärte Deutschland den Krieg, und bald wurden die Länder Kontinentaleuropas von Hitlers Wehrmacht besetzt.

Nur die 287 Flüchtlinge, die von Großbritannien aufgenommen wurden, waren in Sicherheit. Die überwiegende Zahl der Passagiere der *St. Louis* durchlitt dagegen die Schrecken des Krieges oder wurde in den Konzentrationslagern der Nationalsozialisten umgebracht.

Armando Lucas Correa
im März 2018

»Er wollte Zeuge sein, dafür war er am Leben geblieben.«

Monika Held
DER SCHRECKEN VERLIERT SICH VOR ORT
Roman

272 Seiten
ISBN 978-3-8479-0077-1

Als Lena Heiner trifft, weiß sie, dass sie ihn festhalten muss. Er zögert. Soll er sich auf eine Frau aus Deutschland, dem Land der Täter, einlassen? Sie wagen diese Liebe. Lena fragt sich, ob sie die Welt, in der ihr Mann zuhause ist, je verstehen wird. Und Heiner fragt sich, wie weit man Erfahrungen weitergeben kann. Denn während Lena vom gemeinsamen Urlaub träumt, kämpft Heiner mit seiner Vergangenheit, dem Schrecken von Auschwitz. Immer wieder landen sie in Sackgassen - und immer wieder hilft ihnen eine überraschende Fähigkeit: Humor.
»Das stärkste und intensivste Buch, das ich je über Auschwitz und den Holocaust gelesen habe.« FLORIAN VALERIUS

Eichborn